2002년 제26회 이상문학상 수상작품집

뱀장어 스튜 외

문학사상사

2002년도 이상문학상 수상작품집
제26회 대상 수상작
권지예 〈뱀장어 스튜〉 외 9편

ⓒ 문학사상사, 2002

제26회 이상문학상 대상 수상작 선정 이유서

탁월한 표현수법과 강렬한 주제성으로
한국 소설미학의 새로운 가능성을 제시한 탁월한 작품

　문학사상사가 주관하는 이상문학상의 2002년도 대상 수상작으로 권지예 씨의 〈뱀장어 스튜〉를 선정한다. 이 작품은 한국 소설의 새 경지를 개척할 만한 탁월한 표현수법, 강렬한 주제성 및 새로운 소설미학의 가능성을 제시하며, 사랑의 숨은 파괴욕과 집착의 화려한 승화를 단순한 대상(對象)의 미화를 넘어선 참신한 상징적 은유를 통하여 생동감 넘치는 구성과 기법이 돋보이는 탁월한 수작(秀作)으로, 한국 소설사에 오래 기록될 것으로 믿는다.

　이에 선고위원회는 〈뱀장어 스튜〉의 소설적 완성도를 높이 평가하고 전원 이의 없이 제26회 이상문학상 수상작으로 선정한다.

2002년 1월

이상문학상 선고위원회

이어령·유재용·윤후명·김인환·권택영·권영민·조남현

작품 본위의 심사 재확인
─첫 투표에 7인 위원 합의 이끈 놀라운 결과

본심에 올린 작품들이 예년에 비해 수준이 높다는 것이 심사위원들의
공통적인 평가였다. 특히 거대 서사의 퇴조, 문장력의 향상,
문학적 상상력의 활성화, 특정 소재에의 편향 등이 최종 심사 대상이 된
작품들의 일반적 특징이라는 데 뜻을 같이했다.

이상문학상 선고위원회
(정리 : 장현규 문학사상사 편집장)

　　　　　　　　제26회 이상문학상 심사는 예년과 마찬가지로 문학평
론가, 문학전공 대학교수, 작가, 문예지 편집자와 독자들
에게까지 광범위하게 의뢰한 앙케이트 추천을 종합하는
작업을 출발점으로 삼았다.

　예심은 각 이상문학상 작품집의 권말에 공시한 '이상문학상의 취지
와 선정방법' 제4항에 따라, 조남현 편집주간 주재 하에 주관사 편집진
이 수개월에 걸쳐 광범위한 각계 의견을 종합하여 예비심사를 마쳤다.
이 과정에서 3회 이상 우수작상을 받은 작가 및 원로 중진작가의 작품
은 본심에 회부되었으나, 심사 후 대상을 받지 못할 경우에는 예우적
차원의 내규에 따라, 2명의 작품이 우수작상 수상에서 제외되었다.

　예심을 통과한 작품은 모두 15편이었으며, 올해부터 심사의 객관성
과 공정성을 더욱 제고하려는 취지에 따라, 심사위원을 종전보다 2명
을 더 늘려 7명으로 정했다. 심사위원들은 2002년도 본심 후보작들의

전반적 수준이 예년에 비해 높은 편이라는 의견을 공통적으로 피력하면서, 거대 서사의 퇴조, 문장력의 향상, 문학적 상상력의 활성화, 특정 소재에의 편향 등으로 이번 본심 후보작들의 일반적 특징을 정리하였다.

이렇듯 총론을 나눈 다음 심사위원들은 개별적인 작품에 대한 찬반의 토론없이 제1차 투표에서 각자 3편의 대상(大賞) 후보작을 츠천하는 무기명 투표에 들어갔다. 예년의 경우 5인 심사위원제 때에도, 심사의 첫 단계에서는 다양한 의견이 나오기 일쑤였고, 처음엔 추천 표가 분산되다가, 각 작품의 장단점에 관한 심사위원들의 활발한 토론을 거쳐 통합적인 결론을 얻는 경우가 적지 않았던 예에 비추어, 7명의 의견이 모아지려면 상당한 토론의 과정이 불가피할 것으로 예상됐었다.

그러나 놀랍게도 토론없이 심사의 중심과 방향을 잡기 위해 실시한 제1차 무기명 투표에서, 권지예의 〈뱀장어 스튜〉가 심사위원 전원의 추천을 받아 쉽게 심사의 가닥이 잡혔다.

심사위원들은 똑같이 1군에 드는 작품 가운데서도 〈뱀장어 스튜〉가 압도적으로 심사위원 전원 찬성이라는 최고 득표를 얻은 점에 주목하면서도, 〈뱀장어 스튜〉 외에 그와 비슷한 비중을 지녔다고 평가되는 두 편을 합한 세 편의 작품을 중심으로, 일단 득표 결과를 고려하지 않고 대등한 입장에서 그 우열을 가리는 토론을 진행했다.

그 결과, 〈뱀장어 스튜〉가 다른 작품들보다 구성이 완벽하며, 평범한 담론을 비범한 것으로 도금해 내고, 상징적 장치가 인상적이라는 점에 의견이 모아졌고, 그 비교 우월성이 인정되었다.

특히 이 작품의 비범한 점은 사랑 이야기와 존재 이야기가 뫼비우스의 띠처럼 진행되고 있는 표현 기법이 뛰어나다는 데에 심사위원들은 공감했다. 숨김과 생략의 미학이 다소 미흡한 것 같다는 지적도 없지 않았으나, 5년 전에 등단한 이래 좋은 작품을 계속 발표하여 문단의 주목을 받기 시작하다가, 지난 1년 동안 왕성한 창작 의욕을 발휘하며, 〈나무 물고기〉, 〈고요한 나날〉, 〈뱀장어 스튜〉, 〈정육점 여자〉, 〈행복한 재앙〉 등, 거의 2개월에 한 편꼴로 모두 5편의 중단편을 발표하는 가운데, 특히 〈뱀장어 스튜〉가 보기 드문 역작이라는 평가를 받으면서부터 문단의 비상한 주목을 받게 된 권지예는 비범한 작가적 역량을 인정받게 되었다. 다만 신인의 영역을 벗어나지 못한 그의 연륜에 대한 고려도 없지 않았으나, 18년 전의 제8회 대상 수상자 이균영(李均永) 씨의 경우 작품집 한 권도 내지 못한 신인인데도 대상을 받았고, 은희경 씨의 경우는 등단 3년 만에 대상을 받은 선례에 비추어, 이상문학상의 작품 본위의 심사 기준을 재확인하며 권지예의 대상 수상을 확정했다.

그가 짧은 작품 활동으로 이상문학상의 대상의 영예를 안게 되었다는 것은, 연배나 등단 햇수에 관계없이 '우수한' 작품을 써 낸 작가에게 주는 이 문학상의 공정성과 객관성을 다시 한 번 입증하게 된 셈이다.

우수작상을 받은 김연수의 〈첫사랑〉, 김인숙의 〈밤의 고속도로〉, 윤영수의 〈이인소극(二人笑劇)〉, 정영문의 〈죽은 사람의 의복〉, 조경란의 〈마리의 집〉, 천운영의 〈눈보라콘〉, 한창훈의 〈여인〉 모두 뛰어난 작품이라는 점에 심사위원들의 의견이 일치했다. 본 선고위원 일동은 한번 우수작상 수상자의 반열에 오르면, 조만간 대상을 받을 수 있는 가능성이 증대해진다는 점에서, 모든 작가들에게 꾸준한 노력과 분발을 촉구하고자 한다.

한편 기수상작가의 우수작 선정에 있어서는 지난해에 활발한 작품 활동을 전개한 바 있는 김원일, 박상우, 박완서, 신경숙, 윤대녕, 은희경, 이문열, 조성기, 최윤, 최수철, 최일남 씨 등의 작품이 여러 편 있었으나, 오랜만에 문예지에 좋은 단편소설을 발표한 최인호 씨의 〈유령의 집〉을 기수상작가 우수작으로 선정하게 되었다.

이상(李箱)이 회심의 미소를 지을 만한 작품
― 참신한 은유가 자아내는 건축적인 아름다움

외설에 가까운 격렬한 성 묘사가 오히려 잔잔하고
슬픈 생의 심연으로 잦아 들어가는 그 감동을 우리는 일찍이 경험하지 못했다.
이상이 이 소설을 보면 회심의 미소를 지을 것 같은 참신한 은유 하나하나가
사원의 모자이크처럼 정교하게 어울리면서 건축적인 아름다움을 자아낸다.

이 어 령(李御寧 · 문학평론가)

수상작으로 뽑고 싶은 작품들이 많았다. 천운영의 〈눈보라콘〉도 그 랬고, 김연수의 〈첫사랑〉과 조경란의 〈마리의 집〉도 그랬다. 하지만 권지예의 〈뱀장어 스튜〉를 읽는 동안 내가 맞춰야 할 과녁이 무엇인 지 분명해졌다.

이 작품에는 에로스와 타나토스와 같은 관념적인 삶의 문제들이 끈 끈이에 붙어 조금씩 죽어 가면서도 끝없이 움직이는 바퀴벌레의 더듬 이처럼 촉각적으로 그려지고 있다. 그리고 그 소설의 맛 또한 타이머 가 달린 냄비 속에서 서서히 익어 가는 뱀장어 스튜나 삼계탕 같은 미 각으로 전달된다. 섹스(삶)를 먹는 요리코드와 오버랩시키는 수법은 영화에서도 흔히 볼 수 있지만, 이 소설처럼 외설에 가까운 격렬한 성 묘사가 오히려 잔잔하고 슬픈 생의 심연으로 잦아 들어가는 그 감동을 우리는 일찍이 경험하지 못했다. 참신한 은유 하나하나가 사원의 모자 이크처럼 정교하게 어울리면서 건축적인 아름다움을 자아낸다.

소설이란 빨랫줄과 같은 선이 아니라 모래알을 뭉쳐 만든 두꺼비집 같은 건축물이라는 것을 다시 한 번 깨닫게 한다. 이상(李箱)이 이 소설을 보면 회심의 미소를 지을 것 같다.

우리 소설문학의 한 자리를 차지할 작품
─상징과 비유를 내재한 일화, 삽화, 사건들로 직조

〈뱀장어 스튜〉는 상징과 비유를 내재한 일화, 삽화,
사건들로 직조해 낸 빼어난 작품이다. 우리 소설문학의 떳떳하게
한 자리를 차지할 만한 격조 높은 작품이다.

유 재 용(柳在用 · 소설가)

한창훈의 〈여인〉, 윤영수의 〈이인소극(二人笑劇)〉, 김연수의 〈첫사랑〉, 권지예의 〈뱀장어 스튜〉를 인상 깊게 읽었다.

한창훈은 우리 마음에 너무나 친숙해져서 다 낡아 버린 듯한 내용을 다시 새롭게 우리 식으로 살려 내는 재간을 지녔다. 귀한 작가다. 그러나 그의 작풍(作風)이 경우에 따라서는 거꾸로 평가될 수도 있을 것이다.

윤영수의 〈이인소극〉은 작가의 소설적 근성을 느끼게 해주는 작품이다. 돌밭이나 진흙밭을 갈아 내는 소나 농부를 연상케 한다. 그런 끈기와 뚝심이 설득력을 만들어 낸다. 그러나 내용의 평범성이 문학적 승화를 이룩하는 데 미흡했고, 틈틈이 끼여드는 해설조가 거슬린다.

김연수의 〈첫사랑〉은 아주 산뜻한 작품이다. 복선 및 사건의 절묘한 배치가 빛을 발한다. 악동소설일 수도 있고, 성장기의 악동을 통해 선의(善意)가 사회 통념의 발길에 짓밟히는 문제를 메시지로 지닌

소설이랄 수도 있다. 단편소설의 한 전범이 될 수 있다고 칭찬해 주고 싶다. 그러나 중후함에서 아쉬움이 남는다.

권지예의 〈뱀장어 스튜〉는 상징과 비유를 내재한 일화, 삽화, 사건들로 직조해 낸 빼어난 작품이다. 현대소설은 대상(주제·소재) 그 자체보다도 대상을 처리하는 거리, 각도, 배치 그리고 상징, 비유로의 변용과 승화가 승패를 가른다.

주인공인 그녀는 제왕절개 수술로 출산한 수술 자국과 자살하려고 동맥을 자른 자국을 아랫배와 오른쪽 손목에 지니고 있다. 축복받지 못한 아이를 출산한 상흔이고, 그 아이를 유럽의 어느 나라 누구엔가로 입양시켜야 했던 절망의 상흔이다. 그녀는 그 상처들을 혀로 핥아주는 남자와 결혼해 프랑스에서 살면서 결핍인지 관성인지 분명치 않은 동기로 이삼 년에 한 번 한국에 와서 아이를 함께 만들었던 남자와 성교를 한다. 프랑스에 있는 남편에게서도 한국에 있는 남자에게서도 그녀는 사랑을 느끼지 못한다. 그녀는 자신의 그런 삶과 행위를 어릴 적 바닷가 모래밭에서 만들어 보곤 하던 두꺼비집에 비유한다.

죄의식과 공허와 무의미성, 몸과 마음속에서 고여 오르며 출구를 찾곤 하는 에너지가 그녀를 일탈과 자기 방기로 이끌어 간다.

우리 소설문학사에 떳떳하게 한 자리를 차지할 만한 격조 높은 작품이며, 약간의 미숙한 점은 오히려 가능성으로 연결된다. 좋은 작가의 출현을 축하하며 고행 같은 작가수업을 계속해 가기를 바란다.

신선한 충격 자아낸 역작
─구태를 벗은 아름다운 소설

바퀴벌레, 닭, 흉터 들은 새로운 감각을 느끼게 하기에
적어도 한 걸음은 더 내딛고 있었다. 일상의 작은 스침으로부터
삶과 죽음의 대비를 선명하게 그려 보이는 필치는
차라리 처연할 정도였다.

윤 후 명(尹厚明 · 소설가)

　나는 전체적으로 저조하다는 인상을 갖고 심사에 임했다. 이 나라 소설의 축도로서 그 작품이 그 작품이라는 생각은 오늘의 우리 문학에 대해 어두운 느낌마저 곁들여 왔다. 도대체 소설이란 무엇인가. 근본적인 물음을 다시 던질 수밖에 없다. 소설은 삶의 본질과 새로움을 동시에 추구하는 것일진대.

　아무리 훌륭한 '이야기'를 갖추고 있다고 하더라도 예술을 향해, 미학을 향해 나아가지 않는다면 그 소설은 의미가 박약하다. 그런 관점에서 우리 소설 전반이 어떤 깨달음을 얻어야 하리라는 믿음을 되새긴다.

　〈뱀장어 스튜〉는 발표될 때부터 기억에 남아 있었지만, 여기서 만나게 되어 더욱 반가웠다. 새로운 얼굴을 보는 즐거움도 신선했고, 여러 가지 요소를 아우르는 솜씨 또한 매우 돋보였다.

　낡은 어법을 벗어나 범상치 않은 눈으로 세상을 바라보는 자세는

뿌리치지 못할 매력으로 다가왔다. 바퀴벌레, 닭, 흉터 들은 새로운 감각을 느끼게 하기에 몇 걸음은 더 앞으로 내딛고 있었다. 일상의 작은 스침으로부터 삶과 죽음의 대비를 선명하게 그려 보이는 필치는 차라리 처연할 정도였다. '비워 내기 위해 받아들이는' 섹스의 아픔을 이야기할 수 있는 점도 구태를 벗고 있었다. 아름다운 소설이라는 생각에서 주저하지 않고 표를 던졌다.

세련된 기법이 돋보인 원숙한 작품

─ 남편과 애인과 성(性)에 대한 환멸의 기록

남편과 애인과 성에 대한 환멸의 기록이다.
소설의 탁월한 작품성과 강한 인상을 인정하지 않을 수 없었고,
세련된 표현기법의 미는 신인답지 않은 원숙한 경지를 엿볼 수도 있게 한다.

김 인 환(金仁煥 · 문학평론가/고려대 교수)

잡지를 편집하는 후배에게 문학적 감정의 분위기가 바뀌었다는 말을 들었다. 후보작품들을 읽으면서 그의 말이 사실임을 확인하였다. 그러나 변화를 감정의 표현에 국한할 수는 없을 것이다. 감정이 아무리 경탄할 만한 것일지라도 소설에서 중요한 것은 감정에 사로잡히지 않고 사물을 정면으로 묘사하는 것이다.

모두 잘된 소설들이라고 생각되었으나, 장면들만이 아니라 작품 전체가 머릿속에 그림 그려지는 작품은 많지 않았다. 작가의 마음속에는 한 사람의 건축가가 살고 있다. 그 건축가는 다른 사람이 그에 대해 무어라고 생각하든지 전혀 관심이 없다. 평생 동안 똑바로 아무 망설임도 없이 제 안에 있는 건축가에게 자신을 맡기는 것만이 작가의 유일한 도덕이 되어야 한다.

독자에게 작품 전체를 머릿속에 그림 그릴 수 있도록 하는 것을 현실묘사라고 한다. 작품의 부분이 되는 장면들을 묘사하는 솜씨가 우

수한 소설은 많았으나 그러한 소설들에도 작품 전체를 거머쥐는 능력
에는 아쉬운 점이 있었다. 여러모로 궁리하다 나는 천운영의 〈눈보라
콘〉과 김연수의 〈첫사랑〉과 권지예의 〈뱀장어 스튜〉를 추천하였다.

이 세 작품은 어린이의, 청년의, 중년의 내적 변모를 다루고 있다.
어머니와 친구들로 인해서 가난한 신선동은 잃어버린 낙원이 된다.
〈눈보라콘〉의 주인공은 양아버지에게 어머니와 고향을 빼앗겼다. 〈첫
사랑〉의 주인공은 이데올로기의 사슬을 인식함으로써 그 동안 구시해
왔던 사람들을 이해하게 된다. '현실에 눈뜸'을 첫사랑에 비유한 이
미지가 참신하다.

〈뱀장어 스튜〉는 남편과 애인과 성(性)에 대한 환멸의 기록이다. 음
식 만드는 과정과 섹스가 집요하게 반복해서 비교된다. 소설의 탁월
한 작품성과 강한 인상을 인정하지 않을 수 없었고, 세련된 표현기법
의 미는 신인답지 않은 원숙한 경지를 엿볼 수도 있게 했다. 소설에
는 재료가, 부스러기가, 여분이, 진흙과 더러운 것이, 무의미와 혼돈
이 있다. 이러한 혼돈 앞에 홀몸으로 서는 것이 얼마나 불안한 일이
며, 손쉽게 거머잡을 수 없는 질료와의 싸움이 얼마나 힘겨운 일인가
를 체험하지 못하는 사람은 소설을 이해할 수 없다. 그러나 혼란스러
운 질료와 싸워서 성과를 얻어 내려면 망치와 같은 엄격성, 수학과
같은 정확성이 또한 필요하다. 포우의 이 말을 앞으로 대작가를 향한
길을 걷게 될 권지예 씨에게 전해 주고 싶다.

상차리기와 성욕의 섬뜩한 은유
—사랑의 숨은 파괴욕과 집착의 화려한 승화

사랑의 숨은 파괴욕과 집착을 꿈틀거리듯 화려하게 승화시킨 뛰어난 작품이다.
욕망에 대한 치밀한 해부와 상황을 심미적으로 녹여 내는
부드러움의 극치를 보여 주고 있다.

권 택 영(權澤英 · 문학평론가/경희대 교수)

한동안 낯익은 글자로부터 멀리 떨어져 지내다가 다시 우리 소설을 만나 본다. 어딘지 달라졌다. 원래 단편이 뛰어난 것이 우리 문단의 특징인 것은 사실인데 올해의 좋은 작품들에는 유난히 인간의 내면세계, 그 가운데에서도 욕망과 대상에 대한 인식의 한계를 파고드는 치열한 글들이 많다. 독자를 너무 얕보거나 반대로 지나치게 대접하지도 않아 적절히 여분을 남기면서 의미를 안겨 주는 작품들이 꽤 손에 잡힌다.

그 가운데에서도 애증의 치열한 투쟁을 대담하게 파헤친 〈뱀장어 스튜〉가 꿈틀거린다. 목을 쳐도 살기 위해 달아나는 강렬한 생명력을 겪어 보아야 그 닭을 사랑할 수 있다니, 살해는 사랑의 한 표현이다. 정신분석에서 연인이란 나도 그처럼 되고 싶은 이상형이다. 그래서 '갖고 싶고 먹고 싶은 대상'이다. 그와 한몸이 되는 길은 그것뿐이다. 상차리기와 성욕은 뗄 수 없다. 그러나 닭의 꽁무니에 인삼을 넣

고 푹 고듯이 사랑이란 폭력과 뗄 수 없고 쾌락은 파괴와 뗄 수 없는 것이지만, 오랫동안 푹 고아질 때까지 기다려야 한다. 연인을 승화시켜 한몸되기를 늦추는 것, 이것이 사랑이고 삶이 아닐까.

〈뱀장어 스튜〉는 사랑 속에 숨은 폭력을 섬뜩하게 은유화한다. 사랑은 고귀한 삶의 동력이지만 우리는 가끔 그것을 천상에서 끌어내려 지옥으로 맛볼 필요가 있다. 그것을 귀하게 대접해야 하는 이유를 알기 위해서다.

〈뱀장어 스튜〉는 사랑의 숨은 파괴욕과 집착을 꿈틀거리듯 화려하게 승화시킨 탁월한 작품이다. 방황하는 한 쪽과 무관심할수록 더 집착하는 다른 쪽. 그래서 사랑은 사도-마조히즘적인 죽음의 쾌락이고 언제나 남아도는 미련이다.

손에서 미끄러져 나가는 뱀장어를 잡으려는 소유욕이라는, 그 피할 수 없는 사랑의 속성을 푹 고아야 한다는 암시는 우리에게 성과 사랑에 대한 많은 것을 생각케 하는 대작이다.

김인숙은 욕망이 대상을 제대로 볼 수 없게 만드는 인식의 한계를 〈밤의 고속도로〉로 은유화한다. 사랑하기에 더욱 알 수 없는 역설이다.

그리고 〈눈보라콘〉은 남성작가라고 알았다가 다시 읽어도 여전히 남성이 쓴 것만 같다. 어린아이의 시점에서 서술되는 어른을 위한 이야기 속에 참신한 소재가 응집력 있게 전달된다.

가짜와 진짜의 구별이 있는가. 가짜 속에 오히려 진짜가 더 있지는 않은가. 녹을 다루는 부드러운 손길과 "차가운 것일수록 더 세심한 배려가 필요하다"는 말은 소외계층에 대한 따스한 배려를 암시한다. 아무리 부라보콘을 흉내내도 눈보라콘밖에 될 수 없는 우리들 모두를 분노가 아닌 연민으로 바라보기에 가볍지만 무거운 작품이다.

애증과 욕망에 대한 치밀한 해부, 상황을 심미적으로 녹여 내는 부드러움이 최근의 글쓰기인가 보다.

사랑과 상처의 아이러니
— 서사적 긴장을 지속시키는 치밀한 기법

〈뱀장어 스튜〉는 평범으로 떨어지기 쉬운 소재를 기법을 통해
새로운 예술로 탄생시켜 놓고 있다. 이 작품에서 우리가 주목해야 하는 것은
이야기 소재에 대한 작가의 해석과 그것을 풀어 나간 뛰어난 기법이다.

권영민(權寧珉·문학평론가/서울대 교수)

사람들은 누구나 자신의 몸에 감추고 싶은 사랑의 상처를 한두 개
씩 지니고 살아간다. 그것은 세월의 무덤 속으로 묻혀 버리기도 하지
만, 일상의 삶에서 견디기 힘든 아픔으로 되살아나기도 한다. 어쩌면
사람들은 이 아픔을 다스리기 위해 살아가는 것인가? 그러나 사랑의
상처는 결코 치유될 수 없는 법. 권지예 씨의 소설 〈뱀장어 스튜〉가
노리고 있는 것이 바로 이같은 아이러니의 의미이다.

소설 〈뱀장어 스튜〉는 평범으로 떨어지기 쉬운 소재를 기법을 통해
새로운 예술로 탄생시켜 놓고 있다. 이 작품을 이야기로 읽는다면 한
여인의 삶의 아픈 상처를 그린 것으로 풀어 볼 수 있다. 그러나 이러
한 설명은 이 작품의 특성을 이해하는 데에 별 도움을 주지 못한다.
이 작품에서 우리가 주목해야 하는 것은 이야기 소재에 대한 작가의
각별한 해석과 그것을 풀어 나간 뛰어난 기법이다. 이 소설의 여주인
공은 처녀시절에 낳은 아이를 해외 입양 보낸 아픈 상처를 숨기고 살

아간다. 이같은 행위자의 설정을 극적인 것으로 만드는 것은 상황의 중첩성을 교묘하게 풀어낸 서사적 기법이다. 이 소설의 이야기는 삼계탕을 만드는 과정이 서사의 표층을 형성한다. 그리고 닭을 다듬어 인삼을 집어넣고 함께 고아 내는 과정 속에 몇 개의 장면들이 녹아든다. 과거의 상처, 그 상처에서 벗어나고자 했던 몸부림, 그리고 사랑으로부터의 도피—이 모든 것들이 함께 들춰진다. 가장 뜨겁게 끓어오르는 격렬한 섹스도 한복판에 자리한다. 그러나 이 사랑이라는 이름의 섹스는 상처를 거듭 확인하는 과정으로 이어지고 있다.

한 여인이 과거와 현재 사이에서 겪는 사랑과 그 상처, 그리고 갈등을 이처럼 격렬하게 그려 낸 작품은 별로 없다. 모래 위에서 짓는 속이 텅 빈 두꺼비 집을 자신의 정신적 공허를 드러내기 위해 끌어들인 대목이라든지, 죽은 어미의 알 속에서 살아 나오는 바퀴벌레 새끼를 보면서 자기 생에 대한 증오감을 표시하는 대목 등은 충격적이면서도 인상적이다.

이 소설에서 조금은 낯설게도 일인칭 화자의 간섭을 액자적 구조로 처리하고 서로 다른 시제(時制)로 그려진 삽화들을 통해 의식의 중첩성을 암시하면서 이야기 전체의 서사적 긴장을 지속시킨 점 등은 작가의 치밀한 기법의 소산이라고 할 수 있다. 이상문학상 본심에 오른 작품은 모두 15편이다. 그 가운데 내가 특히 주목했던 작품은 김인숙의 〈밤의 고속도로〉, 조경란의 〈마리의 집〉, 권지예의 〈뱀장어 스튜〉 등이다.

〈밤의 고속도로〉는 인간의 삶에서 그대로 넘겨 버리기 쉬운 문제의식을 추구하고자 한다. 사랑이라는 것에 대한 진지한 질문과 경박한 체험을 대비하면서 인간의 양면성을 드러내고자 하는 의욕을 보여 준다. 〈마리의 집〉은 일상의 의미에 대한 새로운 해석을 시도하고 있는 작품이다. 미술관 내부의 정지된 시간을 외부적 상황과 대비시키는 과정 자체가 밀도 있게 전개되고 있다. 본심의 첫 번째 투표에서 〈뱀장어 스튜〉가 모든 심사위원의 지지를 받았다. 문단 경력이 그리 오래지 않은 신인급의 작가에게 이 커다란 영예를 안겨 주게 된 것은 이제까지 수상자 26명 가운데 이균영과 그리고 은희경에 이어 세 번째 문단에 신선한 충격을 자아낸 일로서, 이상문학상의 새로운 활력을 말하는 것이라고 생각한다. 권지예 씨에게 축하를 보낸다.

대상의 미화를 넘어서는 치장술과 연금술
—작가는 치장술과 연금술의 장인이어야 함을 입증한 작품

〈뱀장어 스튜〉를 통해서 남녀의 불륜이라는 범속한 이야깃거리는 빈틈없는 구성력,
시적인 것과 산문적인 것을 자유자재로 넘나드는 담론, 생동감 넘치는 상징적 장치
등의 힘을 빌리면서 의미 있는 서사체로 태어났다.

조 남 현(曺南鉉 · 문학평론가/《문학사상》편집주간)

 김연수의 〈첫사랑〉은 관제데모, 나비, 반딧불이, 술집여자인 혜지 누나, 일식 구경 등 주인공의 과거 체험을 구성해 주는 존재나 행위를 상징의 차원으로 끌어올리려 했지만, 결말이 급류를 타는 바람에 다소 싱거운 이야기가 되고 말았다. 김인숙의 〈밤의 고속도로〉는 화자와 여주인공이 만나서 사랑하게 된 과정이 압축의 공법에 실리지 못하여 구성미를 제대로 살려 내지 못한 결과가 되었다. 이 작품이 긴장감을 팽팽하게 당기는 사건소설이나 행동소설로 나타났더라면 독자반응은 달라졌을 것이다.

 윤영수의 〈이인소극〉은 나이 든 모녀가 이인극을 한다는 모티프가 어머니의 통절한 자식사랑이라는 스토리가 불러올 법한 공감도를 한층 끌어올리는 데 적극 기여했는가 묻게 만든다.

 권지예는 〈뱀장어 스튜〉를 통해서 작가는 치장술과 연금술의 장인이어야 함을 실천적으로 입증해 주었다. 남녀의 불륜이라는 범속한

이야깃거리인데도 빈틈없는 구성력, 시적인 것과 산문적인 것을 자유자재로 넘나드는 담론, 생동감 넘치는 상징적 장치 등의 힘을 빌리면서 의미 있는 서사체로 태어났다.

남편이 있는 한 여자가 첫 남자와 2,3년 간격으로 계속 만나 격렬하게 사랑을 나눈다는 중심사건은, 뱀장어 스튜 요리법, 바퀴벌레의 생태 묘사, 암컷 원숭이의 행방 추리, 여자의 어머니의 첫사랑 에피소드 등과 어울리거나 그것들로부터 조명을 받으면서 오랫동안 기억되어도 좋은 이야기로 살아나고 있다. 권지예의 치장술과 연금술은 단순히 대상의 미화에서 끝나고 있지 않은 것으로, 사랑의 속성의 파악을 지나 존재와 삶의 관성을 내다보는 위치에까지 올라서고 있다. 그런 끝에 권지예는 겉으로는 약하고 조용하면서도 속으로는 끝없이 내견하고 있는 힘을 강조하게 된다. 신이 준 마지막 시간까지 타오르는 사랑의 열정과 실존에의 의지를 확인시켜 주고 싶어한다. 작은 것을 이야기하면서 큰 것을 일깨워 주는 것은 좋은 소설의 한 요건이기도 하다.

차 례

뱀장어 스튜

권 지 예

1960년 경북 경주 출생. 이화여대 영문과 졸업.

대학 재학 시절 이화문학상, 이대학보 문학상을 수상했다.

프랑스 파리 7대학에서 8년 간 유학하며 비교문학 전공,

2000년 1월 문학박사 학위를 받았다.

1997년 《라쁠륨》에 〈두 개의 꼭두각시 인형〉 ·

〈상자 속의 푸른 칼〉로 등단했으며,

작품으로 〈사라진 마녀〉 · 〈투우〉 · 〈나무 물고기〉 ·

〈내 가슴에 찍힌 새의 발자국〉 · 〈섬〉 · 〈풋고추〉 ·

〈고요한 나날〉 · 〈정육점 여자〉 · 〈행복한 재승〉 등이 있다.

동해대 국문과 교수로 문예창작론을 강의하고 있다.

뱀장어 스튜

뱀장어 스튜(La matelote d' anguilles).

마지막 페이지에 나온 그림의 제목이다. 그러나 나는 한동안 화집을 덮지 못하고 있다. 화집답지 않게 그 그림의 밑에는 뱀장어 스튜를 요리하는 법이 쓰여 있다.

4인용의 뱀장어 스튜를 위해선 1.2킬로그램의 뱀장어, 2큰술의 올리브유, 당근 2개, 양파 2개, 굵은 대파 2개, 셀러리 2쪽, 마늘 3통, 버터 100그램, 월계수잎 1장, 향초 약간……

소개한 요리법은 '자끌린의 스튜 요리법'이라는 특별한 이름이 붙여져 있으며 1996년 출판된 알뱅 미셸 출판사에서 나온 〈피카스의 식탁〉이란 책에서 인용했다고 밝히고 있다.

뱀장어 스튜라는 요리에 처음부터 관심을 가진 건 아니었다. 하지만 그건 '자끌린이 만드는 뱀장어 스튜'였다. 자끌린. 그녀는 피카소의 마지막 여자다. 자끌린은, 천재치고는 아흔 살이 넘도록 지독히도 오래 살았던 난봉꾼 노화가의 마지막 여자인 것이다. 그 '마지막'이란 단어와 '스튜'라는 요리 이름이 합성되어 풍기는 느낌 때문이었을까. 거기다 또 '뱀장어'라니!

뱀장어 스튜. 그건 인생을 '비빔밥'이라고 하는 것보다는 더 풍부한 은유로 다가온다. 무엇보다 그 그림, '뱀장어 스튜'에서는 세월의 냄새가 나기 때문이다.

수많은 여자들…… 에바, 올가, 마리-떼레즈, 도라, 프랑소와즈, 자끌린…….

피카소의 화집을 들여다보니 정말로 여인들의 초상이 많다. 모두가 피카소가 사랑했던 여자들이다. 그가 그린 여인들의 모습은 그로테스크해 보인다. 정면과 프로필이 한 화면에 합성되어 있다. 그는 우리가 볼 수 없는 반대쪽의 보이지 않는 여인의 눈이나 유방마저도 보여주고 싶어했다.

그 그림, '뱀장어 스튜'는 기형적으로 그려진 수많은 여인들을 거쳐 두꺼운 화집의 맨 마지막 장에 편집되어 있다. 한평생을 태운 노화가의 열정의 화염이 종국에는 뱀장어 스튜를 데울 만큼 은근하고 고요하게 잦아든 느낌이다. 중요한 점은, 뱀장어 스튜를 만들려면 불이 세지 않아야 한다는 것이다. 아주 고요하고 평화로운 화력(火力)이어야 한다.

그림은 이렇다. 베란다 난간 너머로 녹색의 후경을 깔고, 전경엔 긴 갈색 테이블이 놓여 있다. 그 위에 이제 막 뱀장어 스튜 요리를 하기 위한 재료들이 놓여 있다. 테이블 왼쪽에 커다란 양파, 테이블 가운데는 풀어 놓은 신문지 위로 검은 뱀장어들의 몸이 난교하듯 서로 얽혀 있다. 그 오른쪽엔 여자용 갈색 손지갑이 놓여 있다. 그리고 그 앞엔 투박하지만 끝이 매우 뾰족한 식칼 한 자루가 놓여 있고…….

지독히도 단순하고 평면적인 그림이다. '아비뇽의 처녀들'이나 '게

르니카'의 화려함이나 장엄함에 비해서는 초라할 만큼 평범한 그림. 입체파로 세상을 풍미하던 기교의 천재가 79세에 그린 단순하기 짝이 없는 그림. 그리고 말년의 피카소가 마지막 여자에게 바치는 아래와 같은 헌사가 붙어 있는 그림.

"1960년 12월 3일 자끌린이 점심식사로 만든 스튜를 위하여. 이 그림을 바침으로써 그녀를 영원히 행복하게 해줄 수 있기만 하다면."

왠지 이 '뱀장어 스튜'란 그림은 내게는 쓸쓸한 감동을 준다. 인생의 황혼에 접어든 예술가의, 일상에 대한 경의와 마지막 여자에 대한 예의가 느껴진다. 인생이란 화려하지도 않고, 더군다나 장엄하지도 않으며 다만 뱀장어의 몸부림과 같은 격정을 조용히 끓여 내는 것이 아닐까……. 스튜 냄비의 밑바닥처럼 뜨거움을 견디고 살아 내는 것인지도 모른다는 생각이 조용히 스며들기 때문이다. 신이 조절한 타이머에서 종소리가 날 때까지 말이다. 하긴 꼭 뱀장어 스튜가 아니면 어떤가. 삼계탕이나 곰탕, 뭐 이런 것들도 조용히 끓고 있는 것이다.

그러자 한 여자가 떠올랐다. 이슬비 내리는 파리 근교의 낡은 아파트 부엌으로 조용히 들어서고 있는 그녀…….

*

부엌에 바퀴벌레를 잡기 위한 덫을 세 군데나 놓았다. 그건 종이로 접어서 만든 것이다. 마치 바퀴벌레를 위한 조립식 집처럼 생겼다. 커다란 창문처럼 사면에 통로가 있고, 안엔 바퀴벌레가 좋아하는 먹이가 들어 있다. 그러니 집의 조건은 잘 갖춘 셈이다. 그러나 그 안으로 한 발만 디뎠다 하면 영원히 빠져나오지 못한다. 강력접착제가 바닥에 도포되어 있는 것이다.

밖에는 여전히 이슬비가 내리고 있고, 비가 내리고 있다는 그 사실은 그녀에게 바로 '이곳에' 왔다는 존재감을 비로소 느끼게 해준다. 습한 우기의 공기가 몸을 눅은 김처럼 길들이는 곳. 그렇다. 그녀는 이제 다시 집으로 돌아왔다. 집. 석 달 만이다.

그녀가 집을 비운 사이에 약간의 변화가 있었다. 집 안에 먼지와 바퀴벌레가 는 것이다. 이곳에서 칠 년을 살았지만 바퀴벌레는 그전엔 아예 없었던 존재다.

는 것도 있지만 준 것도 있다. 남편의 체중과 은행의 잔고.

그녀는 세 군데의 건물을 순찰하듯 자주 세 곳, 바퀴벌레의 집 안을 들여다본다. 바퀴벌레집 안에 든 벌레들의 반쯤은 이미 푸석하게 널브러져 죽어 있다. 오늘도 도합 열 마리가량 잡혔다. 새로 들어온 놈은 몸의 윤기로 알 수 있다. 새로 출고된 구두처럼 유난히 반짝거린다. 죽어 가고 있는 놈들은 하루하루 윤기를 잃어 가고 있다. 가운데 먹이까진 차마 가 보지도 못하고 수많은 바퀴벌레가 통로 앞에서 죽어 가고 있다. 세 쌍의 긴 다리는 바닥에 붙어 버린 채로 몸통과 긴 더듬이만 간절하게 움직이고 있다. 벌레들이 싸 놓은 배설물은 마치 까만 채송화 씨앗들처럼 바닥에 흩뿌려져 있다.

그런데 씽크대 옆에 놓아둔 집을 들여다보는 그녀의 눈빛이 그만 꼿꼿해진다. 가운데 먹이 근처에 거의 다다른 암컷의 꽁무니에서 표면에 윤기가 잘잘 흐르는 길죽한 유백색 주머니가 비어져 나오고 있는 중이다. 죽어 가는 상황에서도, 끈끈이 위에다 알을 낳을 수밖에 없는 암컷은 연신 더듬이와 꽁무니를 흔들어 대고 있다. 꽁무니에서 쑥 빠져나온 알주머니는 따끈따끈할 것만 같다. 그녀의 손이 다가간다. 엄지손톱을 밑으로 바퀴벌레집 지붕을 아래로 꾹 누른다. 미세하게 톡, 알집 터지는 소리가 나고 잠깐 천장이 바닥에 들러붙었다가 떨어진다. 알은 흔적 없이 사라지고, 알이 있던 자리는 노란 액체가 번져 있다.

"뭐 하고 있어? 또 들여다보고 있어? 징그럽지도 않니?"

남편이 부엌으로 들어서다가 눈살을 찌푸린다. 쪼그리고 앉아 있던 그녀가 놀라서 일어선다.

"벌레는 곧 죽음이 다가오는 걸 모르는가 봐. 붙어 버린 다리를 끊임없이 굽혔다 폈다, 간절하게 더듬이를 움직이구…… 저렇게 안간힘 쓸 필요가 있을까? 죽는 순간까지 쓸데없이 저러고 있네, 쟤네들."

손으론 마늘을 까면서 바퀴벌레의 집에서 눈을 떼지 않고 그녀가 말한다.

"어쩔 수가 없잖아."

남편이 심드렁하게 대꾸하며 묻는다.

"대추랑 인삼은?"

그녀는 싱크대 수납장을 고갯짓으로 가리킨다. 남편은 인삼 상자에서 제일 큰 것을 한 뿌리 골라내고 대추도 한 움큼 꺼내어 수돗물에 씻는다.

그리고 좀전에 그녀가 씻어 놓았던 닭을 끌어당겨 놓는다. 닭은 좀 외설스런 포즈를 하고 있다. 두 다리를 한껏 가슴에 치켜 올린채 누워 있는 닭의 뚫린 꽁무니에 남편이 대추를 집어넣고 있다. 그리고 인삼뿌리를 쑤셔 넣으며 말한다.

"한동안 말이지. 난 닭고기를 못 먹었어. 어릴 땐 엄마가 집에서 키우던 닭을 잡곤 했는데, 내가 좀 크니까 그걸 나한테 시키더라구. 엄마는 닭 모가지를 참 잘 비트셨지. 우리 집은 늘 아버지가 골골하시고 엄마는 힘이 셌지. 처음 내가 닭을 잡는데 말야. 차마 목은 못 비틀겠더라. 식칼을 들고 벌벌 떨다 눈 질끈 감고 목을 쳤는데 닭이 푸득거리는 통에 기겁을 하고 놀랐지. 그런데 목이 덜렁거리는 닭이 질질 피를 흘리며 도망가다가 빨래 간짓대를 쓰러뜨려 버렸어. 흰 이불 홑청

이 땅바닥에 널브러지고 닭은 그 위로 피를 쏟으며 달려가고. 털을 뽑기 위해 물을 끓이던 엄마는 저눔의 닭! 고함을 치고…… 그러다 닭이 어딘가로 도망을 가 버렸어. 아무리 찾아도 없는 거야. 그런데 새벽에 나쁜 꿈을 꾸고 설핏 깼는데 무슨 신음 같은 게 들려왔어…….”

닭의 사타구니에 인삼을 꾹꾹 찔러넣던 남편이 잠시 재채기를 하려는 사람처럼 고개를 들고 동작을 멈추었다. 그의 옆 얼굴은 약간 질려 있다.

남편은 그러고 나서 천천히 말했다.

“아아, 그 닭이 말야, 내가 차마 죽이지 못했던 닭이 말야, 바로 내 머리맡에 앉아 있는 거 있지. 다 죽어 가면서 반쯤 감은 눈으로 날 보고 있는 거야. 그러더니 서서히 막이 내리듯 아주 천천히 눈꺼풀이 닫히면서 닭이 죽는 거야. 생각해 봐. 서서히 눈꺼풀이 올라오고 있는 닭의 작은 눈을…….”

“그랬어?”

그녀가 의외라는 듯 호들갑스럽게 묻는다.

“닭을 다시 먹기 시작한 건 군대 갔다 오고부터야. 군대는 모든 걸 바꾸어 놓을 수 있으니까.”

“이젠 그런 죄의식을 갖는 소년은 없을 거야. 집에서 닭을 죽일 필요가 없어졌어. 이렇게 손질이 잘 되어 있는 닭을 파니까.”

“그래. 그럴 거야. 하지만 문제는, 무언가를 죽여 보지 못한 사람은 무언가를 사랑할 수도 없다는 거야. 이렇게 죽어 있는 닭들에 익숙해진 사람들은 닭을 다시 키운다고 해도 애정 따윈 생겨나지 않지.”

남편은 가끔 자신이 한 말에 스스로 도취되는 경향이 있다. 지금도 자기 확신에 차서 끝의 두 음절을 아주 신중한 톤으로 말하고 있다.

남편이 끓는 냄비 안에다가 사타구니에 인삼 끼운 닭을 안쳤다. 조리대 한쪽에 놓아둔 덫 근처에 윤기 나는 통통한 바퀴벌레 한 마리가 얼씬대고 있다. 집 나온 여자가 서성대며 망설이듯 통로 주위만 머뭇거리고 있을 뿐이다. 그녀는 그놈이 들어가는 걸 보고 싶어 안달이 나는 마음을 애써 누른다. 들어가라…… 안에 너를 유인하는 먹이가 있는 집으로 들어가라. 네 더듬이를 한껏 벌려라. 들어가서…… 죽는 날까지 남아 있는 생에 치를 떨다 죽어 버려라. 단 한 번의 유혹에 소금 기둥처럼 바닥에 들러붙는 다리를 어쩌겠니. 더듬이로만 울부짖다 서서히 죽어 가라…….

놈을 유인할 수도 없기에 막연히 놈의 행로를 그녀는 눈으로 좇고만 있다. 그녀의 염력이 그만 그놈의 안테나에 포착되었나 보다. 벌레는 통로 앞에서 발길을 돌린다.

그러다 그녀는 바퀴벌레의 집 안을 들여다본다. 세상에! 그녀가 나지막이 부르짖는다. 그녀의 눈에 믿기지 않는 사태가 벌어져 있다. 바글거리는 참깨알! 죽은 어미 바퀴벌레의 꽁무니에서 나온 알이 부화되어 참깨알보다도 작은 새끼들이 알주머니에서 기어나오고 있는 중이었다. 왜 이 조리대 위의 집에 어미가 알을 까 놓은 걸 못 보았을까. 어미는 이미 죽은 지 오래되어 껍질만 바닥에 붙어 있는데 홀로 떨어져 있던 알덩이에서 이렇듯 새 생명을 받아 나오다니. 그녀가 여직껏 눈에 보이는 대로 알주머니를 터뜨렸는데 여태도 살아남아 이렇듯 많은 새끼가 되어 나오다니. 소름이 끼쳤다. 이상하게도 새로 태어난 새끼들은 끈끈이에 들러붙지도 않고 서로의 몸을 타넘고 집 밖으로 기어나오고 있었다.

"아니, 뭐야? 도대체 뭘 보고 있는 거야!"

그때 남편이 넙적한 손바닥으로 바퀴벌레의 집을 위에서 잽싸게 짓눌러 버린다. 그 와중에도 혼비백산한 새끼들이 사방으로 뛰쳐나갔다. 갑자기 남편에 대해 막연하지만 전부터 어딘지 익숙한 느낌이 잔잔하게 밀려오는 것 같다. 그건 남편을 향한 살의였다.

"당신이 바퀴벌레를 그렇게 사랑하는지 몰랐어."

그녀는 씹어뱉듯이, 그러나 웃으면서 말했다.

"당신만큼은 못하지."

남편의 얼굴이 잔인하게 빛났다. 바퀴벌레를 죽인 손으로 그녀의 목덜미를 어루만진다. 남편도 그녀에게 살의를 느끼는 게 분명했다.

남편은 스튜 냄비에 닭을 안치고 중간불로 불을 조절한 다음 타이머를 1시간에 맞추었다. 그리고 그녀를 침대로 데려갔다.

남편은 그녀를 눕혀 놓고 그녀의 두 손을 깍지 껴 만세를 부르게 하고 그녀의 오른손목에 먼저 키스한다. 방금 전 마늘을 깠던 그녀의 손에서는 생마늘 냄새가 심하게 날 것이다. 전희의 시작을 알리는 그 동작은 남편의 오래된 습관이다. 두 팔을 올려 만세를 부르는 듯한 그 동작은 그녀에게는 항복 신호처럼 느껴진다. 사실 그녀는 항복한 포로처럼 늘 얌전하다.

이제 남편은 그녀의 오른손목을 혀로 핥기 시작한다. 엄격히 말하면 손목이 아니다. 오른손목에 자벌레처럼 오톨도톨하게 남은 흉터다. 오른손목의 푸른 정맥을 가로지른 그녀의 흉터 자국을 마디마디 혀로 핥기 시작한다. 마치 그것이 다른 여자들에게는 없는 특별한 그녀만의 성감대이기나 한 것처럼. 그러고 나면 그는 마치 진압군처럼 비로소 전의가 충전되는 듯하다. 조금씩 격렬하게 그녀 몸의 여기저기를 수색하다가 맨 마지막으로 아랫배에 나 있는 또 하나의 흉터에 이르면 그는 그녀 속으로 깊이 투하해 마침내 폭발해 버린다. 아랫배엔 오래전 자궁에서 아이를 꺼내느라 생긴 흔적이 가시 돋힌 철삿줄처럼 그어져 있다. 오른손목의 자벌레나 아랫배의 철삿줄, 둘 다 남편과는 상관없는 상처들이다. 남편을 만나기 오래전부터 그녀는 그것들을 몸에 지니고 있었기 때문이다.

그가 그 상처들을 애무해 주는 건 이제 그녀에게 아무런 위안이나 특별한 감동을 불러일으키지는 않는다. 그러나 그가 처음으로 상흔에 입술을 대던 순간 몹시 울었던 기억이 난다. 섹스를 하면서 감상에 빠지는 적은 드물었는데도 그랬다.

그 상처를 지닌 스무 살부터 많은 남자들을 만났지만, 그녀에게 모욕감을 느끼게 하지 않고도 그 상처들을 따뜻하게 핥아 주는 남자는 남편이 처음이었다. 치유되고 있는 느낌이었다. 남편은 아무 것도 묻지 않았다. 환부를 오랫동안 들여다본 의사처럼, 상처를 아주 잘 이해했다는 듯이 첫 섹스 후에 남편이 말했다.

"당신은 말이야, 당신은…… 당신은 삶을 정말 사랑할 수 있는 여자요."

반드시 그 이유 때문은 아니지만 그는 그녀의 남편이 되었다.

그런데 어느 날 그가 갑자기 생각난 듯 물은 적이 있다. 청명한 초여름 오후, 어느 시골 국도변에 차를 받쳐 놓고 카페 테라스에서 맥주 한 잔씩을 하고 있을 때였다. 그들은 목적지도 없이 어딘가로 떠나는 중이었다. 함께 살기 시작한 지 오 년이 지나서였다. 맨살갗을 어루만지는, 에로틱하게까지 느껴지는 햇빛으로 그녀가 거의 으르가슴을 느끼고 있을 때였다.

"그런데 왜 오른손목이었지? 당신은 왼손잡이도 아니잖아?"

그가 조금은 퉁명스레 물었다.

눈을 감고 있던 그녀는 눈을 반짝 떴다. 그녀는 변명하듯 더듬머뭇, 그러나 금세 자신을 조롱하듯 장난스레 말했다.

"글쎄, 음…… 그러고 보니까 정말 마지막 순간에까지 망설였던 건 칼을 어느 손에 쥐느냐의 문제였어. 우습지? 죽는 순간에까지 생을 가지고 장난을 친 거지. 결국 왼손에 칼을 쥐었지. 나는 지독한 오른손잡이라 오른손의 힘은 센데 왼손은 전혀 그렇지 않아. 이렇게 흉터가 지저분한 거 봐. 오른손이었다면 단 한 번만으로도 끝났을 텐데…… 그럼 깨끗했을 거야."

하지만 왠지 자신이 비겁하게 느껴지는 순간이었다. 그녀는 찬란한 햇빛 아래서 처참한 기분이 들었다. 그 순간 남편이 오른손목에 입술을 오랫동안 가만히 대고 키스를 해주었으면 하고 잠깐 바랐으나 그런 일은 일어나지 않았다. 선글라스를 쓴 남편의 표정은 알 수가 없었다.

아무튼 잘 들여다보면 삶에는 어느 순간, 균열의 순간이 있는 것이다. 돌아보니 그 여행이 그랬다. 카페에서 다시 차에 올라탄 그들은 노르망디 지방의 에트르타라는 바닷가 마을로 목적지를 정했다. 파리에서 가장 가까운 바닷가였고 또 근사한 코끼리 형의 사암절벽으로 유명해서 그들이 두 번쯤 갔던 곳이었다.

그들은 해변을 버려 두고 절벽 위 높은 언덕으로 올라갔다. 언덕 위엔 온통 초원이 펼쳐져 있었고 그 위에 작은 교회가 보였다. 바다에서 불어오는 미풍이 선선했고 절벽 아래로 갈매기들이 떼를 지어 날아다녔다. 석양이 지기 직전의 바다는 흑진줏빛으로 차갑게 번들거렸다. 언덕으로 오르는 왼편 길옆은 가파른 절벽이어서 몇 곳은 두 발이 오그라질 정도로 위험하게 느껴졌다. 곳곳에 경고문이 써 있기도 했다. 뒤에서 남편이 떠다밀면 곧장 바다로 떨어질 것 같았다. 그녀는 뒤에 바짝 선 남편을 돌아보다가 공연히 놀라며 그에게 먼저 앞서게 했다. 그가 앞서자 이번엔 그녀가 그를 떠다밀고 싶은 이상한 충동이 느껴질까 봐 두려워졌다.

노을을 구경하려고 언덕에 오르는 관광객들도 제법 있었다. 평평한 곳에 이르자 남편은 자리를 잡고 화첩을 꺼냈다. 그녀는 남편을 버려 두고 언덕 꼭대기까지 올라 교회 안으로 들어갔다. 교회라고도 할 수 없는 작은 돌집은 망자들의 영혼을 모신 집이었다. 에트르타 바닷가에서 사라지거나 죽은 영혼들의 이름을 새겨 놓았다. 관광객들을 따라 그저 한 바퀴 돌아 나오는데 자꾸 뒷목이 서늘해졌다. 돌건물 특유의 냉기일까. 어둠이 내리고 있고 망자들의 영혼을 모신 곳이라 그럴까.

기어이 그녀는 뒤를 돌아보았다. 희부윰한 빛 속에 한 계집아이가 서 있었다. 커다란 눈망울에서 빛이 쏘아져 나왔다. 중년의 프랑스인 부모가 아이 옷소매를 끌고 교회 밖으로 데리고 나가려 하고 있었다. 아이는 몸은 돌리고도 눈은 그녀에게 고정한 채로 부모에게 이끌려 밖으로 나가고 있었다.

밖으로 나오니 보랏빛 노을이 장관이었다. 언덕으로 내려가는 길목에서 아이는 여전히 교회에서 나오는 그녀를 뚫어져라 바라보고 있었다. 석양을 받은 풍성한 아이의 머리칼이 금발처럼 빛나고 있었다.

그러나 가까이 가 보니 아이는 동양 아이였다. 아이의 두 눈이 그렇게 빛났던 건 두 눈에 가득한 눈물 때문이었다.

"안녕하세요. 나는 이 아이의 어미랍니다. 이 앤 아멜리라고 한답니다. 열두 살이지요. 실례지만 당신은 혹시 한국 분이 아니신지요?"

아이의 엄마라고 소개한 나이 든 부인이 아이의 어깨를 감싸쥐며 그녀에게 물었다. 그녀는 아무 말도 하지 않았다.

"이 아인 한국에서 입양을 한 아이구요. 우린 끌레르몽페랑 근처 시골 마을에서 왔답니다. 중부 산악지대죠. 동양 사람이 거의 없는 곳이죠. 실례가 되었다면 용서하세요. 이 아인 자신의 모습과 닮은 동양 여자를 오늘, 생애 처음으로 보게 된 거랍니다."

아이의 두 눈에서 후두둑 눈물방울이 떨어지자마자 다시 눈물이 검은 두 눈에 샘물처럼 가득 고였다. 아이는 눈물 고인 눈으로 그녀의 눈을 응시했다. 아이답지 않게 너무도 복잡하고 무거운 눈맞춤을 그녀는 견디지 못하고 언덕길을 내려오고 말았다.

그러다 그 아이를 다시 만난 건 그날 밤, 그 마을 특산의 해물 요리를 파는 레스토랑에서였다. 창가의 식탁에서 늦은 저녁을 먹고 있을 때였다. 그녀가 바닷가재를 나이프로 지그시 누르고 포크로 살을 파고 있을 때, 그 여자아이를 데리고 그 부인이 다시 나타났다. 아이는 이제 눈물을 달고 있진 않았다.

"어머, 여기 계셨군요. 당신을 찾았답니다."

부인이 그녀를 보고 반갑게 알은체를 했다.

그녀가 외면하듯 고개를 숙여 버리자 이번엔 부인이 남편을 붙들고 물었다.

"한국 분들이 맞지요?"

"예……."

남편이 엉거주춤 대답했다.

이번엔 부인이 그녀를 보며 간곡하게 말했다.

"저희를 좀 도와주세요. 우린 이곳에 삼 일 정도 머무를 겁니다. 큰 실례가 되지 않으면 계시는 호텔에 저희도 방을 잡을 테니 계시는 동안만이라도 저희 아이에게 어머니의 나라에 대해 많은 이야기를 좀 해주시면 어떨까 하구요. 호텔비는 저희가 지불하겠습니다. 이 아이는 십이 년 전에 서울에서 입양이 되었어요. 이 아이의 한국 이름은 은성, 은빛 별이란 뜻이래요. 참 예쁘죠? 저는 오늘 마음이 무척 아픕니다. 이 조그만 아이의 가슴에 감추어진 깊은 고통을 본 것 같아서 말입니다. 진작에 아이가 언젠가 부딪칠 존재의 비밀에 대한 혼란에 대해 아무 준비가 없었던 게 부끄럽습니다. 아이가 원한다면 한국의 엄마도 찾아 주고 싶어요. 당신을 만나서 저도 무척이나 반갑답니다. 무언가 아이를 위해 우리가 할 수 있는 일이 있을 것 같군요. 잠시만 기다려 주시겠어요? 남편과 다시 올게요. 우린 이 옆 그랑블루 호텔에 있답니다. 아멜리, 너는 여기 잠깐 있거라."

부인이 허둥대며 나갔다.

남편이 아이를 끌어다 옆자리에 앉혔다. 아이는 열두 살이라지만 보통의 프랑스 아이들보다 아주 작았다.

그녀는 남편에게 화난 투로 "일어나" 한마디만 남기고 일어섰다.

"당신, 왜 이래?"

그녀가 급하게 계산을 치를 때까지 이유를 모르겠다는 듯이 앉아 있던 남편이 그녀가 차에 올라 시동을 걸자 튕겨 나왔다. 그녀는 거칠게 차를 출발시켰다. 아이에게 눈길을 주려 하지 않았지만 백미러 안에 레스토랑 창유리에 붙은 동글납작한 아이의 노란 얼굴이 달처럼 따라왔다. 레스토랑을 향해 바삐 걸어가는 아이의 부모가 보도로 스쳐 지나갔다.

어둡고 한적한 해변도로를 정신없이 달릴 동안 남편도 한마디 하지 않았다. 어디선가 송진 냄새가 났다. 해송의 냄새일까, 유화를 그리는 남편의 몸에서 늘상 풍기는 테레핀유 냄새일까. 갈증이 났다. 길 옆에 차를 세우고 그녀는 남편의 몸을 와락 껴안았다. 몸이 몹시 떨려서 남편의 두 팔이 그녀를 꽁꽁 묶어 주길 바랐지만 그런 일은 일어나지 않았다. 대신 남편은 차 밖으로 나가 천천히 오줌을 누었다.

*

나는 그녀가 왜 그날 밤, 코끼리 사암으로 유명한 그 해변 도시를 쫓기듯이 떠났는지를, 그리고 수년 후 안개비 내리는 세느 강변의 낡은 아파트 부엌에서 바퀴벌레의 알주머니를 터뜨리는가를 생각해 보곤 한다.

삶에는 추억이라든가 기억이라는 이름의 구슬들이 널려 있는데 그 것을 어떤 실에 꿰어서 목걸이를 완성하는 것은 우리들의 몫은 아닐지도 모른다. 어쩌면 그건 신의 몫일까, 운명의 몫일까 생각해본다. 분명한 것은 생이 끝나는 순간까지 우리는 미로와 같은 삶의 궤적을 방황하면서도 완벽한 목걸이를 만들어 보려 한다는 것이다. 하지만 꼭 꿰고 싶은 구슬을 놓치는 적도 있을 것이다.

지금 그녀의 남편은 그녀의 아랫배에 나있는 한 가닥 가시 돋힌 철삿줄 같은 그녀의 상흔에 입술을 대고 있으며 그녀는 곧 그가 그녀의 몸속으로 들어올 것을 잘 알고 있다. 그녀는 눈을 감아 버린다. 그녀의 몸은 이제 남자의 페니스로 핀업된 한 마리 곤충인지도 모른다. 또는 끈끈이에 붙어서 더듬이와 사지를 버둥거리는 바퀴벌레인지도 모른다. 그런 몸과는 달리 감각은 전류처럼 저희들끼리 스파크를 일으킬 것이고, 그녀의 영혼은 잠시 어딘가를 떠돌지 모르겠다. 시간과 공간이 진공처럼 정지한 곳. 눈을 감으면 그곳에 갇혀 있는 한 여자를 알아볼 수 있다.

*

이 도시에 작은 동물원이 하나 있습니다. 동물원이라면 으레 그렇듯 원숭이 우리도 하나 있지요. 그 우리 안엔 원숭이 가족이 살았는데요. 암수 한 쌍과 새끼 네 마리였답니다.

다른 동물원의 여느 원숭이들과 마찬가지로 햇빛 좋은 날엔 길게 하품을 하며 해바라기를 하고, 서로의 이를 잡아 주며 다정하게 살았답니다. 특히나 그 한 쌍은 흉내 내기의 명수였습니다. 방문객들의 몸짓은 물론 가끔은 암수가 마주보고 앉아 서로의 흉내를 내곤 했지요. 마치 서로가 서로의 거울인 양 말이죠. 새끼들도 온갖 재롱을 떨며 방문객들의 귀여움을 독차지하였겠지요.

그런데 어느 날 그만 암컷이 없어졌답니다. 사육사가 저녁에 먹이를 주고 문을 열쇠로 잠그는 것을 잊었다고 합니다. 원숭이가 사라진 것은 아마도 새벽녘쯤인가

봅니다. 도시를 가로질러 흐르는 강의 새벽 이내 속에서 한 산책객이 어슴푸레한 그 짐승의 실루엣을 보았답니다. 하지만 그 모습이 하도 심상해 보여 그는 새벽 거리를 배회하는 부랑견쯤으로 보아 넘겼답니다. 어쩌면 암컷은 정말로 산보를 잠시 나갔던 건지도 모르겠습니다.

그러나 암컷은 우리로 돌아오지 않았습니다. 도시에서 암컷을 보았다는 사람도 없습니다. 암컷이 없어진 날의 TV뉴스를 기억합니다. 늙수그레한 사육사는 같했습니다.

"날이 어두웠고, 원숭이들은 숙소로 돌아가 먹이를 먹으면 곧 잠을 자는 습관이 있어요. 자물쇠만 잊고 안 채웠다뿐이지 문은 얌전히 닫혀 있었어요. 우리 안에서는 문이 열려 있다고는 생각도 못했을 텐데…… 일부러 잠자리에서 빠져나와 문을 열어 보지 않는 한 겉보기엔 다를 게 없었거든요. 암놈이 꼭 도망칠 기회를 엿보고 있었던 것처럼 말입니다. 암놈이 없어지고 나서도 문은 그 전과 전혀 달라지지 않았어요. 짐승들은 일단 빠져나가면 그 흔적이 남거든요. 문이 휑뎅그레 열려 있다든가…… 그런데 문은 아귀가 잘 맞도록 닫혀 있었고…… 감쪽같았어요. 우리를 빠져나가며 암놈이 원래대로 닫고 나간 모양이에요. 그래서 진작 몰랐던 겁니다."

암컷은 어디에 갔을까요. 그녀는 정말 탈출을 시도했던 걸까요. 그녀는 갇혀 있는 우리 밖이 자신의 고향인 아프리카의 평원이라고 생각했던 걸까요. 어쩌면 그녀는 짧은 여행을 떠났었는지도 모르겠어요.

그러나 지금, 원숭이 우리의 문은 더욱 완강한 자물통으로 잠겨있답니다. 그런데, 그런데 말이죠…… 불행히도 원숭이는 잠긴 문은 못 연답니다…….

강에서 새벽 안개가 피어오를 때쯤이면 이상하게 잠을 설치게 된답니다. 잠긴 우리 밖에서 서성거릴 것 같은 암컷의 환영 때문에…….

커피향 때문이었는지…… 잠을 깬 여자의 의식에 아주 잠깐 혼란이 왔다. 여자는 프랑스에 있던 집. 세느 강 지류를 낀 파리 근교의 자기집인가 생각했다. 뭔가 비밀스런 하루를 예고하듯 커피향에 젖은 아침 안개가 흰 베일처럼 내리던 곳. 그러나 잠이 깼다고 생각하는 순간, 여자는 익숙하지 않은 장소에서 새날을 맞고 있다는 걸 알았다. 분명 어제까지 머물던 큰오빠네 집도 아니다. 그곳은 늘 성난 증기기관차 같은 압력밥솥의 김 뿜어 내는 소리로 하루가 열렸다.

여자는 가느다랗게 눈을 떴다. 커다란 창문의 열어 놓은 버티컬 블라인드 사이로 눈부신 아침 햇살이 쏟아져 들어왔다. 빛은 크림색 벽과 침대 시트와 장식 없는 방을 하얗게 표백시켜 놓았다. 벽에 마티스의 복제화가 한 점 걸려 있다. 벗은 여체들의 검은 실루엣이 어울려 원무를 추고 있다. 그리고 거울…… 거울 속의 여자는 하얗게 벗은 몸이다.

그때 밖에서 남자의 휘파람 소리가 들려왔다. 도마질 소리도 들려왔다. 제법 익숙한 솜씨로 리드미컬하게 오이 같은 걸 써는 경쾌한 소리다. 여자는 침대에서 일어났다. 잠깐 어지럼증이 일었다. 어지럼증이 가라앉자 이번엔 두통과 지독한 갈증이 목을 죄었다. 그때서야 간밤에 너무 술을 많이 마셨단 생각이 들었다. 아아, 스타카토처럼 단속적인 기억. 너무 많이 마신 술 때문에 마른 모래무덤 같던 몸의 기억. 어린 날 해변에서 파 놓은 두꺼비집 같던 몸. 언젠가 허물어질 위태로운 검은 구멍. 남자의 몸이 두꺼비집에 손을 넣듯 텅 빈 여자의 몸에 무심하게 들어왔고 여자는 마른 모래더미처럼 무너져 내렸던 것일까. 옷을 찾았으나 아무 데도 없다. 망설이다 여자는 그냥 벗은 채로 나간다.

남자는 알몸에 초록색 에이프런을 두른 뒷모습으로 싱크대 앞에 서 있다. 무언가에 굉장히 몰두하고 있다. 올라간 그의 어깨 근육과 질끈 묶은 에이프런 끈 밑에 드러난 알궁둥이가 단단하게 뭉쳐 있다. 그 모습에 피식, 웃음이 난다.

"어? 일어났어? 지금 샐러드를 만들고 있어. 프렌치 드레싱으로 하려구."

남자는 샐러드유를 조심스럽게 계량 스푼에 따르고 있었다. 유리그
릇에 식초, 소금, 후추를 더 넣고 휘젓던 남자가 손가락으로 찍어 맛
을 본다. 손끝을 입에 대고 쪽 빠는 남자의 턱밑이 거무스름하다. 어
제 파르스름하니 면도하고 향수 냄새가 배었던 남자의 턱은 밤새 수
염이 자랐다. 꺼칠한 남자의 턱을 어루만지고 싶은 충동이 짧게 일었
다. 남자의 턱은 특별하다. 턱끝이 복숭아처럼 갈라져 있어 아주 도
발적이다.

"내 옷 어디 놔뒀지?"

"왜, 옷 입을려구? 또 벗을 텐데. 몇 년치 한꺼번에 하려면 아직 멀
었어."

남자가 싱긋 웃었다. 삼 년 만에 만난 남자는 그닥 많이 변하지는
않았다. 여전히 독신이었고. 다만 그 동안 좀더 넓은 아파트로 옮겼
고, 그가 아는지 모르는지 모르겠지만 뒷편 정수리 부근엔 새치가 제
법 눈에 띄었다.

"어제 너, 너무 많이 마신 거 알아? 생각나? 어휴, 나 이제 이사가
야 할 것 같아. 동네 챙피해서. 비명을 지르고 막 큰 소리로 울부짖
으면서 나쁜 짐승! 나쁜 짐승! 생각나니? 너 습관이 좀 변했더라. 무
척 폭력적이던데? 짐승은 되려 너였는데. 야수처럼 이렇게 손톱으로
긁은 것 좀 봐. 쓰라려."

남자는 손가락으로 목뒤를 가리켰다. 남자는 그걸 기억해 내고는
오히려 즐거워하는 눈치였다. 남자의 목 뒷편 어깨에는 붉은 줄이 몇
가닥 어지럽게 그어져 있다. 그러자 갑자기 한 장면이 뚜렷하기 떠올
랐다. 어쩌면 그건 환영이었을까? 불을 켜지 않았는데도 가로등 때문
인지 달빛 때문인지 어둡진 않았다. 남자는 곯아떨어진 여자를 그냥
두지 않았던 것 같다. 어제의 섹스는 너무도 취한 여자에게는 그저
물리적으로만 느껴질 수밖에 없는 섹스였다. 그건 마취된 육체에 가

해지는 우스꽝스런 폭력. 남자의 섹스는 난폭했다. 난폭. 아아, 여자는 남자와 섹스를 할 때마다 아귀진 그의 손아귀에 목이 졸리는 순간을 생각했다.

발버둥을 치면서도 어느 순간 눈을 뜬 여자는 흠칫흠칫 놀랐다. 벽에 걸린 쇠창살 그림자 때문이었다. 완강한 감옥이었다. 그 안에 광란하는 두 짐승의 그림자. 그 감옥은 바로 바깥의 가로등 불빛을 받아 영사막같이 된 흰 벽면에 반쯤 열린 버티컬 블라인드의 그림자가 만든 것이었다. 두 짐승의 울(鬱)처럼 완강하게 드리워져 있었다. 버티컬 블라인드 그림자는 절묘하게 그들을 가두어 버렸다. 꼭 우리에 갇힌 짐승들 같았다. 자신이 침팬지나 오랑우탄처럼 변해 버린 것 같았다. 마치 광기에 휘몰린 두 짐승들이 몸부림치는 것 같은 장면을, 여자는 그림자극을 보듯 냉정하게 벽을 바라보았다. 그러다 고개를 돌리니 반대편엔 거울이 보였다. 어두운 우물의 표면처럼, 거울은 아무런 선입견 없이 정확하게 그들을 반영하고 있었다. 그렇게 잔인한 모습은 아니었던 것이다. 거울이 진실하다는 데 여자는 안심하고 잠에 빠져 들었다.

어제, 여자는 삼 년 만에 남자의 휴대폰으로 전화했었다. 그녀가 살고 있는 나라의 동물원 이야기를 쓴 편지를 부친 지는 오 개월 만이었다. 낡은 수첩을 꺼내 이름 없이 번호만 적어 놓은 열자리 숫자를 누르기까지 여자는 망설였다.

그러나 남자는 말하곤 했다. 십오 년 전에도, 십 년 전에도, 팔 년 전에도, 오 년 전에도, 그리고 또 삼 년 전에도.

"오고 싶을 땐 언제든지 와. 난 항상 열려 있으니까. 아니, 난 문이 없어. 난 황야에 서 있는 정자야. 세상 수많은 사람들이 집을 짓고 문을 달고 열쇠로 채우고 싶어하지. 네가 저물녘의 새처럼 깃들이길 원한다면 내 정자의 처마에서 언제든 쉬어."

그 말 때문이었을까. 세상의 어떤 남자도 그렇게 말해 주는 사람은 없었다. 하긴 여자가 한국에 나와서 그를 만날 때는 해질녘의 새처럼 늘 지쳐 있었다. 그러나 여자는 남자의 처마 밑에서 단 하루를 달게 쉬고는 떠나곤 했다.

하지만 이번엔 여자는 전화하는 게 두려웠다. 여자는 다시 떠날 데가 없었던 것이다. 여자에게 남자는 늘 돌아가기 위해서만 더무는 집이었기 때문이다.

여자는 며칠 전 남편의 편지를 받았다. 여자가 집을 떠나온 지 58일째가 되는 날이었다. 어쩌면 마지막이 될지도 모를 편지였다.

"우연히 당신의 옷장을 보고 깨달았소. 한 달 간 가 있겠다고 하더니 겨울옷뿐 아니라 여름옷까지도 모조리 챙겨 갔더군. 당신의 여행이 장기화되든 어쨌든 당신의 자유요. 또는 돌아오지 않는다 해도 나로선 어쩔 수 없소. 당신은 자유로운 여자니까. 그러나 당신이 내게 끝내 말없이, 홀로 호시탐탐 늘 떠나갈 궁리를 했다고 생각하면 끝없이 괴롭소. 서로가 소통을 하려고 노력했어야 한다고 나는 생각하오.

그러고 싶지 않았다면 할 수 없는 일이오. 지금도 당신이 나와 소통하길 원치 않는다면 나로서도 어쩔 수 없소. 다만 지금의 나로선 당신의 여행이 빨리 끝나길 바라오. 마음속에 당신을 향한 쪽문을 잠시 열어 두리다. 그러나 명심하오. 나는 기약 없이 당신을 기다리고 싶은 마음은 추호도 없소.

무심하게 비 내리는 속수무책의 2월 오후요."

여자는 편지지를 코 끝에 대고 냄새를 맡아 보았다. 남편이 있는 나라의 비 냄새가 아련히 나는 것 같기도 했다. 너무 가늘어서 우산을 펼 수도 접을 수도 없는 그곳의 이슬비를 생각했다. 그 비를 맞으면 아무것도 선택을 할 수가 없어졌다. 남편의 편지 마지막 구절이 떠올랐다. 비 내리는 속수무책의 2월 오후요……. 여자는 너무 멀리 그곳으로부터 떨어져 있고 또 다른 인력의 지배로 자신이 알지 못할 곳으로 끌려왔다는 생각이 들었다.

여자는 늘 뭔가를 망설였고 남편은 그야말로 속수무책이었던 것이다. 여자가 늘 떠나길 망설이는 새였다면 남편은 오래된 정원의 마로니에처럼 그 땅의 일부가 된 것 같았다. 남편은 질리지도 않고 그림을 그렸고 죽을 때까지도 그곳에서 그럴 것이라 믿어졌다. 그러나 남편의 그림은 팔리지 않았다. 여자가 보기엔 그는 세상에 대해 가장이라는 이름으로 남자들이 보통 가지고 있는 전의는 모두 상실한 것처럼 보였다.

그래서 여자는 아는 사람의 소개로 파리의 한 면세점의 한국부 남성용품 코너에서 일을 하게 되었다. 한국에서 온 남자들에게 주로 향수와 넥타이와 지갑을 팔았다.

얼마 후 외환 위기가 닥치고 한국 여행객이 씨가 마르자 여자는 면세점에서 해고되었다. 그 이후로 가끔 여자는 비 내리는 저녁이면 낡은 88년식 뿌조 205를 몰고 뱅센느 숲이나 블로뉴 숲을 돌았다. 파리의 허파라고 불리는 동쪽과 서쪽에 있는 그 숲은 밤과 낮의 모습이 판이했다. 낮이면 맑은 햇빛을 쪼이며 유모차를 끌거나 개를 산책시키는 시민들도 이슥한 밤이면 사라졌다. 밤의 숲은 결핵환자의 엑스레이 사진에 찍힌 검은 공동(空洞)처럼 음울해졌다. 여장 게이들과 밤에 피는 꽃들이 독버섯처럼 돋아나기 시작한다. 여자가 주차해 있는 곳으로 슬슬 차를 몰고 온 사내들이 이렇게 물어왔다. "꽁비앙?(얼마지?)"

어느 날인가의 말다툼 이후로 여자는 남편을 몸 안으로 받아들이지 않았다. 오래 참다 못한 남편은 결혼이라는 성적 계약을 얘기했고 여자에게 계약 위반임을 비난했다. 여자는 남편을 한참 쳐다보고 나서 씹어뱉듯이 부르짖었다.

"계약? 넌 나한테 화대를 제대로 지불한 적이 한 번도 없었어!"

그러자 남편이 떨리는 날숨 끝에 뱉었다.

"더러운 창녀 같은 년!"

남편은 폭발할 듯 위태로운 몸짓으로 집을 뛰쳐나갔고, 여자는 찢어진 잠옷의 앞섶을 내버려 둔 채 밤새도록 창밖을 내다보았다. 서서히 아침 안개가 걷히고 여자네 아파트 앞을 휘돌아 흐르는 세느 강의 구불구불 길다란 지류가 거무스름하게 드러났다. 꼭 벗어 놓은 창녀의 검은 스타킹 같애. 언젠가 여자는 남편에게 강을 바라보며 이런 비유를 쓴 적이 있었던 걸 기억해 내었다. 여자는 자신의 남은 생이야말로 벗어 놓은 창녀의 스타킹이 아닐까, 생각했다. 그러자 온몸이 저리게 쓸쓸해졌던 것이다.

늦겨울 날씨치고 어제는 무척 추웠다. 남자에게 전화를 했을 때, 남자는 대낮인데도 당장 만나러 오겠노라고 했다. 차를 가지고 온 남자가 "어딜 가지?" 했을 때, 여자는 "바다로 데려가 줘"라고 했다. 날은 추웠지만 하늘이 기막히게 푸르고 무엇보다 햇빛이 투명하게 맑았다. 길가의 나목들의 그림자가 건물벽에 길게 누운 나른한 오후, 여자는 운전하는 남자의 오른쪽 어깨에 살포시 기대 잠들고 싶은 유혹을 느꼈다. 그러나 남자는 운전중이었다. 그걸 알았을까. 남자는 여자의 왼손을 끌어다 자신의 오른쪽 무릎 위에 두고 쓰다듬었다. 기어를 바꾸기 위해 남자의 손이 가끔씩 떠나갔다.

살짝 잠이 들었던 여자가 눈을 떴을 때, 이미 하늘이 복숭앗빛으로 물들어 있었다.

"차가 시내를 빠져나오는데 너무 막혔어. 바다는 너무 멀어. 대신에 자유로를 달려 이리로 왔어. 봐. 겨울 강이야. 노을이 지는 게 장관이잖아. 강을 바라보며 드라이브나 하자. 넌 금방 떠날 테지. 우린 시간이 없어. 바다로 가기 위해 운전을 하느라고 시간을 버릴 순 없잖아?"

여자는 운전하는 남자의 프로필 너머 후경으로 계속 이어지고 있는 차창 너머 임진강을 바라보았다. 강은 넓은 품안에 바람에 서걱이는 갈대밭을 다독이며 황혼 속에 취해 가고 있었다. 그 강을 배경으로 운전하는 남자의 얼굴은 조각처럼 굳어 있다. 이 남자였나. 팔을 벌려 서까래가 되고 처마가 되어 여자를 깃들게 하는 남자가. 남자의 집, 그 황량한 정자. 벽이 없으므로 문도 없어 늘 바람처럼 허허롭던 남자의 집.

하지만 여자는 스무 살에 남자를 만나 사랑을 한 이후 남자가 자신을 가두어 주길 바랐다. 이 남자의 감옥이라면 갇히고 싶다는 생각을 했다. 그래서 남자 몰래 죄를 잉태했는지도 몰랐다. 여자는 남자 몰래 아이를 낳았다. 하지만 남자는 바람을 막을 집을 지어 줄 수 있는 사람은 아니었다. 아무리 어려도 여자는 그걸 알고 있었다. 그럼에도 그에게서 결코 벗어나지 못하리라는 것도.

결국 아이는 여자의 부모의 강권으로 하늘이 다른 어느 먼 나라로 입양 보내졌다. 태어난 지 일주일 만이었다. 오랫동안 궁리하여 아기에게 '누리'라는 이름을 붙여 주리라 마음먹고 있던 터였다. 이름도 미처 지어 주지 못했던 아이는 여자에게 아무것도 남기지 않고 떠났다. 그래서 여자에겐 최초의 태동의 기억과 함께 아랫배에 아이가 열고 나온 흔적만이 희미하게 남게 되었다.

남자가 물었다.

"황혼이 되면 무슨 생각이 드니?"

여자는 대답 대신 한숨을 쉬었다.

"우리 어머니, 황혼녘만 되면 큰형네 집 현관문 앞에서 당신 신 내놓으라고 떼쓰셨다. 작년에 돌아가셨는데. 치매로 한 오 년 간 고생하셨지. 노인네 때문에 몇 겹으로 안전장치를 달아 놓은 현관문을 달그락거리며 해거름만 되면 발을 동동 구르셨지. 실제로 어머니는 감시가 허술한 틈을 타서 집을 나간 적도 있었어. 그때마다 우리는 어머니가 아버지와 평생을 사셨던 고향으로 가고 싶어한다고 생각했어. 그러나 어머니는 솔미재라는 우리가 알지 못하는 지명에 줄곧 집착하면서 그리로 해 지기 전에 가야 한다고 우기시는 거였어. 늘 황혼녘만 되면 맨발로 동동 발을 구르면서 어린애처럼 떼를 쓰셨지. 어머니 돌아가시고 나서야 그 정신 놓은 어머니의 입에서 나온 솔미재가 어딘지 알 수 있었지. 문상 온 이모님과 형이 이런저런 얘길 나누다가 슬쩍 솔미재를 이모한테 물었던가 봐. 이모가 한참 혀를 끌끌 차면서 에이그, 망령이 나도 곱게 날 것이지. 무덤까지 가져가면 좀 좋아, 그러며 마지못해 털어놓는 말이, 어머니가 한 동네 살던 아버지에게 시집오기 전에 남몰래 사랑한 총각이 강 건너 솔미재에 살았었다는 거야. 무슨 사연이 있는 줄은 모르지만 깊은 산, 숯 굽는 가마에 혼자 사는 총각이었대. 아버지와 날을 받아 혼례를 올리기 이틀 전날 밤, 어머니는 이모에게만 몰래 기차표를 보여 주었대. 그런데 다음날 태풍 때문에 비가 억수로 와서 마을의 강이 다 불어나서 어머니는 솔미재고 기차역이고 다 갈 수가 없었던 거야. 홍수로 어머니네 마을이 고립되었던 거야.

　나는 요즘 그런 생각이 들어. 한평생 어머니의 마음의 고향은 어디였는지…… 슬픈 얘기지 않니?"

　여자는 지독하게 취하고 싶다는 생각을 했다.

　여자가 남자에게 물었다.

　"만약 이 담에 당신은 황혼녘에 신을 찾아 신고 어디로 가지?"

　"난 포기해야지. 갈 데가 너무 많아서……."

　남자가 고개를 돌려 여자를 바라보았다. 여자의 눈빛이 잠시 흔들렸다. 남자가 차의 속도를 서서히 줄여 갓길에 세웠다. 아직 취기가 가시지 않은 서쪽 하늘을 빼고는 사위에 조용히 어둠이 내려앉기 시작했다. 남자가 몸을 돌려 여자의 머리칼 깊숙이 왼손을 집어넣어 기습적인 입맞춤을 했다. 뜨겁고 격정적인 키스였다. 남자가 갑자기 시트를 젖혔는지 여자의 다리가 반사적으로 꺼떡 올라갔다 내려졌다. 남자의 몸이 여자에게 실리면서 여자의 꼭 낀 투피스의 어디선가 솔기가 틀어지는 소리가 났다. 지나가는 차가 전조등을 번쩍이며 스쳐갔다.

잠시 후 여자의 몸에서 떨어진 남자의 얼굴은 루즈가 번져 분장이 서투른 삐에로 같았다. 남자가 담배를 물어서 분명치 않은 발음으로 여자에게 말했다.

"떠나는 자들은 몰라."

뭘 모른다는 것인지. 남자는 골이 난 듯 담배를 뻑뻑 빨아 댔다.

여자는 남자가 투정을 부리는가. 했다. 그러나 그건 전혀 그답지 않다. 그도 나이가 들어 외로움을 타는 걸까. 남자는 여자가 머무르건 떠나건 늘 그 점에 대해선 아무 말도 하지 않았다. 그것이 수많은 여자들로 하여금 남자를 떠나게 한 요인이 아닐까. 여자는 가끔 생각하는 것이다. 남자는 어떤 여자도 구속하지 않는다. 바로 그것이 여자들을 떠나게 했다고.

여자의 루즈가 남자의 얼굴에 뭉개진 대신 남자의 향수 냄새가 여자의 목덜미에 들러붙었다. 여자는 다년 간의 면세점 점원 경력으로 그 냄새가 크리스티앙 디오르의 '에고이스트'라는 걸 안다.

여자는 남자가 에고이스트라고 생각해 본다. 남자는 천성적으로 고독을 좋아한다. 여자를 구속하고 길들이길 싫어하는 남자. 그런 남자에게서는 늘 허기진 야성이 전해져 온다. 바로 그것이 강렬한 스파크처럼 여자의 몸을 점화시키곤 했다.

화장실에서 샤워를 하고 남자의 흰 목욕가운을 걸치고 나오다 여자는 목욕실 수납장에 여자용 팬티가 서너장 개어져 있는 걸 발견했다. 렌즈 소독액과 여자용 향수도 들어 있다.

샤워를 끝낸 여자는 남자와 아침식사를 했다. 커피는 맛과 향이 훌륭했고, 토스트는 알맞게 구워졌고, 계란프라이는 터지지 않고 고소했다. 드레싱이 알맞은 샐러드도 오래 휘젓지 않아 재료의 싱싱함이 그대로 살아 있어 훌륭했다.

"아 참. 목욕탕에 여자용 화장수를 쓰지 그랬어? 원한다면 팬티를 꺼내 입어도 되는데 말야. 깨끗하게 삶아서 빨아 놓은 거거든."

"누구 건데? 함께 사는 여자가 있는 거야?"

"아니, 그냥 버리기 뭣해서 모아 뒀지."

"당신다워."

"참, 네 손수건과 머리핀도 어디 서랍에 들어 있을 텐데. 오 년 전에 떨어뜨리고 간 거였어."

"그거 딴 여자한테 빌려 준 적 있어?"

"응. 머리핀은 얼마 전까지 혜규라는 여자가 집에 오면 가끔 썼었어. 그 여자완 결혼할 뻔 했었는데……."

"그럼 저 물건들은 다 혜규란 여자 거야?"

"아니. 섞였어."

여자는 샐러드를 오물거리며 하하, 웃었다.

"그런데 왜 결혼 안 했지?"

"그 여자. 나랑 석 달 정도 살았는데 도망가더라. 내가 만난 여자 중에 섹스를 가장 잘 하는 여자였는데. 모험적이고 아방가르드한 테크닉도 있었고. 지금도 생각이 많이 나."

"언젠가 그 여자도 당신의 정자에 가끔은 쉬러 오겠지."

"그러겠지."

남자가 쓸쓸하게 웃었다. 남자가 곧 뒤돌아서 샐러드 접시와 커피 잔을 치우다 말고 여자를 번쩍 안아 식탁 위에 앉힌다. 남자는 여자의 무릎에 고개를 묻는다.

"가끔 네 생각 했어. 혹시 이제나저제나 나와서 한 번 다녀가지 않을까. 몇 년 만에 태풍처럼 나타났다 홀연히 가 버리면 내 마음이 얼마나 쑥대밭이 되는지 넌 모를 거다. 널 안을 땐 늘 마지막이라 생각하지만. 그래도 살면서 기다려져. 내가 가끔 네게 찾아가면 참 좋겠는데, 하는 생각도 해봐. 다 부질없지. 나 이제 늙었나 봐. 옛날 같지 않게 외로움을 타니 말이야. 하지만 난 우리들의 이런 관계를 사랑해. 떠나기 위해 온몸을 바쳐 사랑하는 관계."

까칠한 뜨거운 턱이 허벅지 살에 닿자 여자는 남자의 뜨거운 머리통을 껴안고 식탁 위에 몸을 누인다. 여자의 어깨는 작은 식탁 끝에 닿아 있고, 머리는 식탁 밑으로 늘어졌다. 긴 머리칼이 바닥에 닿을 듯 말 듯. 여자는 물구나무 선 것처럼 거꾸로 비쳐진 창밖 풍경을 내다보았다. 하늘이 흔들리는 어항 속처럼 불안했고 천장의 알전구들이 와르르 무너질 것 같은 순간에 여자는 눈을 감았다. 남자는 오늘 하루 종일을 여자와 이렇게 보낼 것이다. 여자는 다시 자신이 모래밭의 두꺼비집인 것처럼 생각됐다. 속의 공동(空洞)을 넓히느라 손을 넣어 모래를 파내고 속을 비우는 찰나 무너져 내리는 모래집. 남자는 갈퀴손처럼 여자를 한없이 비우고, 여자는 부서져 내리고. 남자는 더 깊어지는 허기로 결국엔 나가떨어질 것이다. 늘 그랬다.

집착이 없는 관계. 이게 무슨 사랑이야? 여자는 남자에게 한 번도 그걸 묻지 않았다. 남자도 여자에게 사랑한다고 말한 적은 없었다. 언제부턴가 여자 스스로도 남자를 사랑하는 거라고 생각해 본 적은 없었다. 그러나 여자는 이 년이나 삼 년을 주기로 남자를 찾아왔다. 중독인가? 결핍인가? 그건 달이 차면 기울고, 매달 멘스를 하듯 생리적이고 본능적인 충동인 것일까. 늙어 정신을 놓고 죽음을 기다리게 될 때, 황혼녘이 되면 여자도 신을 찾아 신고 그의 이름을 부르며 헤맬 것인가.

여자는 자신을 좀더 비워 내기 위해 남자를 몸 속 끝까지 받아들인다. 여자는 눈을 감고 철봉에 거꾸로 매달리듯, 양손으로 식탁다리를 필사적으로 거머쥐었다. 그때 가느다란 멜로디가 어디서 울려 왔다. 곧 식탁 다리의 삐걱대는 소리가 잦아들더니 남자가 여자의 몸에서 내려갔다. 남자가 거실의 소파 쪽으로 몸을 옮겨 탁자 위에 놓인 휴대폰을 집어드는 소리가 났다. 휴대폰 안에서 젊은 여자의 목소리가 적요한 집 안으로 앵앵거리며 새어 나왔다.

여자는 눈을 떴다. 햇빛이 차암 좋네, 라고 여자는 속삭여 보았다. 남자는 햇빛 잘 드는 거실 창 옆, 괘종시계 밑에 기대어 서 있다. 시계는 거꾸로 보아선지 도무지 몇 시인지 얼른 감이 잡히지 않았다. 남자는 아무 말 없이 연신 오른손으로 땀 젖은 앞머리칼을 쓸어 올렸다. 순간 남자의 앞머리칼에서 튕겨 나가는 땀방울들이 햇빛에 반사되는 것 같았다. 남자는 잠깐 시계를 올려다보았다. 햇빛은 땀으로 번들대는 남자의 나신을 아름답게 부각시켰다.

"그래, 알았어. 오늘은 곤란해. 내가 다시 연락할게. 아냐, 지금 집이 아니라니까."

여자의 목고개가 고통스럽게 아파 올 무렵 남자가 식탁 위에 성큼 올라앉아 여자의 목고개를 받쳐들고 무릎 위에 안았다. 남자가 여자의 긴 머리칼을 손가락으로 말아 쥐고 입술로 빨면서 말했다.

"신경 쓰지 마. 꼭 바람난 남편 잡도리하듯 하는 여자는 질려. 너도 남편한테 그러니?"

여자는 대답 대신 손을 뻗어 남자의 아래턱을 만지작거렸다. 살짝 갈라진 곳을 엄지손톱으로 긁기 시작했다. 남자가 성가신 듯 고개를 흔들었다.

"혼자 있다는 게 얼마나 고통인지 넌 모를 거야. 요즘엔 나도 결혼하고 싶어. 등이 시릴 정도로 쓸쓸함이 느껴질 때가 많아. 여자가 없어도 아이라도 하나쯤 있으면 할 때가 다 있다니까. 혈육의 따스함. 나이 먹어 가니까 뭐 그런 게 그립기도 해."

남자가 이제 늙어 가는 것일까. 세상의 모든 아버지들은 어리석다고 여자는 생각해 본다. 여자는 남자가 가여웠다. 여자는 수년 전에 트르타에서 만났던 한국 소녀의 눈동자를 떠올렸다. 지금쯤 제법 처녀꼴이 날 그의 아이가 유럽의 어느 나라에서 자라고 있다는 걸 말한다면 이 남자의 표정은 어떻게 변할까.

다시 여자의 머리채가 식탁 밑으로 출렁, 하고 내려오고 식탁 다리가 심하게 삐걱거리기 시작했다. 미처 치우지 못한 설탕 그릇이 덜덜거리다 바닥에 떨어져 박살이 났다. 여자의 머리칼이 성난 물결을 탄수초처럼 흔들렸다.

여자의 감은 눈에서 눈물이 비어져 나와 눈썹 쪽으로 흘러갔다.

*

그녀는 섹스를 끝내고 잠깐 잠이 든 남편을 바라보고 있다. 남편의 이마엔 땀이 나 있다. 손으로 땀을 닦아 머리칼 쪽으로 쓸어 준다. 이마의 세 가닥 주름살이 언제부턴가 더욱 깊어져 있는 걸 본다. 머리칼을 쓸다 보니 앞머리칼 속에 흰 머리칼이 듬성듬성한 것도 보인다. 인생의 황혼 무렵, 이 남자도 자신이 흘려 버린 구슬을 찾아 신을 찾아 신고 헤매일 것인가. 가슴속에 짜르르, 연민이 끓어올랐다.

격정의 시간이 지나고 나면 무엇이 남을 것인가. 한순간의 깊은 상처는 긴 세월 동안 흉터를 남긴다. 함께하는 세월 동안 남편은 그녀의 흉터를 핥아 줄 것이고 그것이 사랑이 아니어도 괜찮을지도 모르겠다. 그건 그저 아름다운 하나의 습관, 견딤, 의리라 한들 어떨까.

생이라는 건 질긴 것이다. 구슬을 꿰는 실처럼. 하루하루 끊임없는 애증으로 엮어진 질긴 실인 것이다.

남편은 집으로 돌아온 그녀에게 삼계탕을 끓여 주고 싶어했다.

*

나는 지금 그녀를 보고 있다. 그녀는 강변을 향한 아파트 부엌창에 상반신을 드러내고 있다. 창을 열어 놓고 담배를 피고 있다. 슈미즈 바람으로 담배 연기를 내뿜는 그녀의 벗은 어깨가 부풀었다 내려온다. 얼굴은 상기되어 있지만 평온한 모습이다.

비인지 안개인지 모를 물 입자가 강 주위를 떠다닌다. 이 비 오는 날, 멀리서 보면 집 안에 있는 그녀는 꽤나 아늑해 보인다. 부엌에선 삼계탕 끓는 소리가 자작자작, 빗소리에 잦아들고 있을 것이다. 소리 죽여 우는 여자의 흐느낌처럼, 격렬한 섹스를 끝내고 잠든 남자의 박동소리처럼 고요히 끓고 있을 것이다. 삼계탕이 끓고 있는 동안 그녀는 고즈넉한 평화로움에 젖는다. 살아서 펄떡이는 것들을 모두 스튜 냄비에 안치고 서서히 고아 내는 일. 살의나 열정보다는 평화로움에 길들여지는 일. 그건 바로 용서하는 일인지 모른다.

그녀는 이제 집으로 돌아온 것이다.

타이머에서 종소리가 난다.

내 가슴에 찍힌 새의 발자국

권 지 예

그녀가 내 얼굴에 담배 연기를 훅 뿜으며 내 눈을 응시했다.

이상하게 가슴 저린 눈빛이었다. 그녀가 내 손을 끌어다

쓰다듬었다. 그러더니 입술로 가져가 눈을 감고 내 손등에

오래 입을 맞췄다. 그녀의 까칠한 입술 감촉이 느껴졌다.

내가 그만 킥, 웃었다. 그러나 그녀는 웃지 않았다.

다시 내 얼굴을 쓰다듬으며 말했다.

"널 잃고 싶지 않아. 죽을 때까지 나랑 함께 있었으면……."

내 가슴에 찍힌 새의 발자국

외롭게 살다 외롭게 죽을
내 영혼의 빈터에
새날이 와 새가 울고 꽃잎 필 때는,
내가 죽는 날,
그 다음날.

―천상병의 시, 〈새〉 중에서

종이 인형

어제 저녁부터 내리던 눈이 낮에 잠시 주춤하더니 저녁 무렵이 되며 다시 오기 시작했다. 밖은 바람까지 부는지 굵은 눈송이들이 마치 흰 새의 찢긴 깃털처럼 흩날린다. 남편에게선 왜 아직 아무 연락도 없는 걸까. 전국에 대설주의보가 떨어졌다는데. 그저께 아침에 출발할 때 스노우 체인이라도 챙겨 간 걸까. 혹시…… 나는 머리를 흔든다. 핸드폰도 불통이고 오직 전화벨 소리에만 귀를 곤두세우고 있으니 더 답답하다. 오디오의 시디 버튼을 눌러 본다. 비제의 오페라 '카르멘'이 흘러나온다. 카르멘이 '사랑은 제멋대로'를 부르고 있다. 남편이 듣다 걸어 놓고 간 모양이다.

잔뜩 눈을 맞고 피아노 학원에서 돌아온 딸아이는 옷을 갈아입고 제 방에 들어가 몇 번 피아노를 딩동거리다 무얼 하는지 잠잠하다.

나는 부엌으로 가서 3인분의 쌀을 찬물에 말갛게 씻어 담가 놓는다. 냉장고엔 버섯 볶음과 오뎅 조림이 랩에 싸여 있다. 혹 오늘 밤에라도 남편이 오려나. 새로 찌개라도 끓일까 조금 망설이다 그만둔다. 냄비에는 점심 때 먹고 남은 부대찌개가 건더기만 잔뜩 남아 있다. 물을 조금 붓고 칼칼하게 양념장만 더 끼얹고, 야채 박스에 한 줌 남은 콩나물이나 다듬어 넣고 다시 데워야겠다. 카르멘의 '하바네라'는 흐르고 투명한 쌀이 익어 뽀얀 밥이 되어 가는 이 저녁, 눈보라를 바라보는 통유리 속 실내의 안온이 잠깐 달콤하게 느껴진다.

저녁을 먹으라고 소리쳐도 딸아이에게선 아무 대답이 없다. 나는 문을 열고 아이의 방에 들어간다. 아이는 방바닥에 무언가를 잔뜩 어질러 놓고 얼굴을 장판에 댄 채 잠들어 있다. 아이를 깨우려던 내 손이 천천히 방바닥으로 내려앉는다. 종이 인형……

아홉 살인 아이는 언제부턴가 인형에는 관심이 없었다. 그런데 정교하게 그려진 이 종이 인형들은 유독 신기해했다. 며칠째 만지작거리고 있다.

미끈한 다리의 여자 인형은 어린 시절, 엄희자 만화의 여주인공처럼 우아하면서도 순한 얼굴이다. 12색 모나미 색연필 자국이 아직도 선명한 색색의 옷들도 바닥에 늘어져 있다. 잘생긴 남자 인형도 있다. 그는 손에 권총을 들고 있다.

며칠 전 베란다 창고에서 오래된 장난감들을 뒤지다 우연히 이걸 발견해 낸 아이는 탄성을 내질렀었다.

"엄마, 이 빨간 상자 속에 이것 좀 봐! 신기해라. 사람이 그린 종이 인형이야. 너무너무 잘 그렸다. 이 옷들 좀 봐. 이렇게나 많아. 엄마 그런데 이거 누구 거야?"

딸의 손에 와 있는 십팔 년 전의 종이 인형들…… 죽은 그애…… 은우의 손때가 묻은 이 인형들…… 뚜껑이 열린 상자 속에는 아직도 나오지 못한 수많은 종이 인형들이 즐비하게 누워 있다. 무려 십팔 년 동안 관 속 같은 어둠에 지질려 있던 그것들은 탈골이 되지도 썩지도 않았다.

나는 자는 아이를 물끄러미 바라본다. 어째 저렇게도 은우를 똑 닮았을꼬. 니를 안 닮고 말이다. 음전한 것 하며, 하는 짓도 닮았다…… 하기사 세상 천지에 느거들처럼 그렇게도 의가 좋은 자매지간도 없었을 거라…… 한테 묶어 논 짚신 두 짝맨쿠로. 어머니의 말이 떠오른다. 내가 봐도 아이는 이상하게 오래전 죽은 제 이모를 많이 닮았다. 자매간이라도 닮은 데가 없던 우리들이었다.

딸애를 낳을 때 자궁 문이 열리질 않아 오래 고생을 했다. 결혼 후 오 년 만에 생긴 아이였다. 밤새 지독한 산통에 시달리면서도 고통이 썰물처럼 잠시 밀려간 사이사이로 꿀처럼 달콤한 잠이 스며들었다. 달콤한 죽음의 유혹. 내가 꿈꾸는 건 바로 그런 죽음이었다. 그러나 고통의 파도가 채찍이 되어 다시 몰아쳤다. 그때 나는 참으로 오랜만에, 죽은 은우를 생각하며 견디었다. 은우의 고통을 생각했다. 간혹 지나간 인생에서의 가혹한 고통의 반추는 새로운 고통을 이기게 해준다.

한때 은우의 죽음이 내 삶의 고통스런 껍질이었던 시절이 있었다. 나는 부화를 거부하고 애처로운 구심력으로 존재를 웅크려 안은 하나의 알. 세상과의 화해를 거부한 한 알의 무정란. 그애가 죽고 난 후 나는 한동안 죽음을 꿈꾸는 알이었다.

이윽고 질구(膣口)를 뚫고 아기가 세상 밖으로 박차고 나갈 때, 나는 손안의 새를 놓친 듯 허전한 생각이 들며 까무러쳤다. 어두운 동굴에서 새가 빛을 향해 비상하는…… 그건 딸아이의 탄생에서 몸으로 느낀 메시지였다. 그런데 그 느낌은 아주 선험적인 느낌이었다. 그랬다. 열일곱에 죽은 그애, 은우도 새로 환생했다고 하지 않았던가. 죽자마자 화장을 해서 뼈를 뿌린 지 49일 만에 스님이 그랬다. 나는 그

때 세상 어디선가 은우가 새로 태어나느라 알을 깨는 소리를 들은 듯 싶었다.

그런데 아아, 나는 왜 이 인형들을 그애와 함께 순장(殉葬)시키지 않았던가. 모든 게 불타 한 점 티끌로 변하는 게 두려워서? 내 가슴에 영원히 꽁꽁 묻어 두려고? 하지만 세월이 많이 흘렀다. 십팔 년. 내 가슴속의 무덤 또한 풍화되어 지금은 사막의 모래처럼 건조하게 흩날릴 뿐인데……. 그애가 죽은 후 지나온 어느 세월 모퉁이에서라도 나는 왜 그걸 버리지 못했을까? 그렇게도 소멸을 받아들이지 못했으면서도 지금은 어쩌자고 이렇게 하얗게 잊고 살았을까.

어머니 몰래 그 인형들을 훔쳐 냈던 건 그애가 죽고 난 직후였다. 사십구재가 있던 날, 어머니는 죽은 그애를 위해 새로 마련한 고운 한복 한 벌과 고무신 한 켤레를 보따리에 싸면서 절집으로 가기 전에 내게 또 한 번 다짐을 두셨다. 행여 그애의 것이 머리카락 한 오라기도 남김 없어야 한다고. 깨끗하게 태워서 이승의 업을 지워야 한다고. 나는 시치미를 뗐다.

절집의 대처승이 그애가 흰 새로 환생했음을 알림으로써 재(齋)를 마치고 나오는 상계동 골목길은 몹시도 질척댔다. 빙판 길이 녹아 본드처럼 신발에 들러붙었다. 어머니의 흰 고무신이 몇 번 훌러덩 벗겨졌다. 어머니는 깨금발로 내 어깨를 짚고 그걸 꿰어 신으며 자꾸 웃으셨다. 하도 울어 퉁퉁 부어오른 두꺼비 같은 두 눈이 웃을 때마다 살 속에 묻혔다. 그래도 무척 홀가분한 표정이었다. 어머니는 중음(中陰)에 머물렀던 그애의 영혼이 멀리 훨훨 날아가 버린 게 아주 흡족한 듯했다. 그러나 아무래도 그애는 내 안에다 둥지를 튼 모양이었다.

나는 그애의 영혼이 떠난 후에도 그애 없는 빈방에 홀로 누워 몰래 상자 속의 종이 인형들을 꺼내어 가지고 놀곤 했다. 삼 년 여의 투병 기간 동안 가난했던 그애가 그려서 가지고 놀던 유일한 노리갯감인 그것들을. 그러다 잠들면 그 종이 인형들이 3D 애니메이션 영화처럼 갑자기 생명을 얻어 상자 속에서 주루루 튀어나오는 꿈을 꾸기도 했다. 그들의 가슴에 숨결이 차 오르고 납작한 사지는 물이 오르듯 부풀어 오른다. 남자 인형들은 말을 타고 여자 인형들은 춤을 춘다. 그러다 꿈을 깨면 나는 다시 상자 속의 종이 인형들을 확인했다. 그들은 차곡차곡 누워 있었다.

그러면 나 또한 종이 인형처럼 다시 천장을 바라보며 반듯하게 눕는다. 쥐 오줌이 지린 천장의 사방 연속 무늬를 끝까지 따라가 본다. 그러다 가없는, 끝나지 않을 것 같은 막힌 무늬들의 연속에 숨이 막힐 듯 큭, 하고 울음을 토해 낸다. 그리고 울음이 새지 않도록 이불을 뒤집어쓰고 죽음 같은 잠을, 아니 잠 같은 죽음을 청하곤 했다. 나는 사랑하는 사람의 죽음을 인정하는 법을 몰랐었다. 스무 살 때였다.

전화 벨이 울린다. 나는 가슴이 뛰었다. "당신이야?"라는 말을 곧장 내뱉을 뻔하다가 참으며 "여보세요?" 한다.

"여보세요? 으응, 은애니? 나 민주야. 그 동안 잘 있었지? 정말 오랜만이다. 얘."

민주다. 나는 맥없이 풀어지는 어깨를 다시 추스르며 반가운 듯 목소리를 높인다.

"그래. 벌써 한 일 년 된 것 같다. 니네 애들 여전히 공부 잘하고? 너는 요즘도 그렇게 바쁘게 돌아다니니? 눈이나 오니까 너 전화를 받는구나. 어째 오늘은 집에 있나 보지? 폭설은 폭설인가 보다."

민주는 이른 출산으로 아이 둘이 벌써 중학생이다. 연년생으로 아이가 셋이나 된다. 아이들을 몰고 과외에 데려다 주거나 모임으로 바쁜 그녀의 모습이 떠오른다. 극성스런 그녀의 모습을 보면 학교 때나 지금이나 주눅이 든다.

"얘는, 내가 집에 있을 틈이 어딨니? 지금 차 안이야. 큰애 케리러

가는 길이야. 지금 테헤란론데 다 와 가지고 꽉 막혔네. 사고가 났나……? 영 안 풀릴 기미야. 말도 마. 나 되게 정신없었다. 우리 시어머니 돌아가셨어. 아주 정정하셨었는데 말야. 근데 그 노인네 땜에 망신살이 뻗쳤다. 돌아가신 지 일주일이나 돼서 발견됐잖니. 아파트 주민들이 신고를 했단다. 아파트에서 혼자 사셨잖아. 내 말은, 우리 큰동서는 도대체 뭐하는 여잔지 몰라. 재산은 자기가 다 깔구 앉아서 말야. 돌아가셨다고 연락 온 날도 그 여자는 한국에 없었어. 미국에 자기 아들 학교 옮겨 준다고 가 있었지. 연락 온 날부터 그 치다꺼릴 내가 다 했다. 장례식 끝나고 왔더라. 세상에…… 그런 큰며느리가 어딨니? 참, 그런데 은애야. 나 이상한 소릴 들었다. 우리 시어머니 일 치른 그 장의사 사람이 우연히 툴툴거리는 소릴 들었는데…… 그 아파트 단지에서 여름에 어떤 송장을 친 일이 있단다. 식구들이 어디 여행 간 사이에 죽어서 방치되었던 시체래나 봐. 정신이상자라 식구들이 문을 밖으로 잠궈 놓고 간 것 같다는데. 같은 송장을 쳐도 자긴 왜 이렇게 썩어 문드러진 송장을 쳐야 하는지 모르겠다고 하도 찍자를 놓는 통에 돈깨나 집어 줬다. 그런데 그 죽은 여자는 키가 작고 발을 좀 저는 불편한 몸을 하고 있었다는구나…… 느낌이, 아니 이상하게 소름이 쪼옥 끼치더라. 그래서 혹시나 해서…… 소연이가 그 동네 살았잖니. 아이, 아닐지도 모르지. 니가 그랬잖아, 소연인 기도원인가 수도원인가 들어가서 몇 년 됐다구. 그냥 종적없이 사라졌다구…… 내가 괜히 이런 말 하나 봐. 그렇지만 며칠 나 혼자 알고 있으려니 기분이 영 안 좋아. 그래도 너만은 알고 있는 게 나을 것 같아서…… 너는 소연이하고 둘도 없는 친구였잖아. 은애야, 은애야? 듣고 있니? 에이, 그래 그냥 잊어버려. 확인하려 해도 지금은 할 수 없어. 장의사집 말로는 그 집이 장사 치르고 뉴질랜든가 어디로 이민을 갔다드라. 어, 차 빠진다, 얘. 너무 늦어서 나, 막 밟아야 되거든. 끊을게.

다시 통화하자. 너, 너무 신경 쓰지 마."

찰칵, 전화는 박절하게 끊겼다. 악력이 풀린 내 손아귀에서 수화기가 스르르 미끄러졌다.

그녀가 내게 오는 소리

아이는 잠이 들었지만 나는 집 안의 불들을 끄지 않는다. 불을 끄면 눈 내리는 모습이 보일 것이다. 그러면 새하얀 영혼들이 흩날리듯 눈발이 날리는 검은 하늘을 볼 수 있을 것이다. 하지만 나는 커튼마저 이중으로 단단히 쳤다. 남편에게선 아직껏 연락이 없고 마지막 뉴스에선 대설주의보가 대설경보로 바뀌어 있었다. 전국의 도로가 군데군데 두절되었다고 한다. 남편은 차를 몰고 또 어디를 방황하는가. 이 눈 오는 밤만이라도 새들처럼 처마 밑에서 몸을 사리고 있기를. 남편은 요즘 집필실에서 집에 사흘에 한 번꼴로 들어왔다. 그것도 늘 새벽이었다. 내가 자유로를 지금 시속 얼마로 달려왔는지 알아? 남편은 속도광이었다. 그러나 그것이 그에게 자학의 한 수단이 된다는 걸 나는 알고 있었다. 전업 작가인 남편. 언제부턴가 헐떡거리며 창작의 속도가 늦어질수록 그의 자동차 시속은 반비례했다.

이상한 밤이다. 종이 인형들이 기지개를 켜고 우르르 살아날 것 같은 밤. 죽은 자들의 혼령이 새하얀 설화(雪花)로 피어나 삭정이 같은 가슴에 맺힐 것 같은 밤. 더운 실내에서 맨살의 팔뚝에 소름이 오소소 돋는다. 어서 잠들고 싶어 위스키를 거푸 두 잔을 마셨지만 점점 의식이 말똥해진다. 그때 무슨 소리가 났다. 쿵 치리릿 쿵 치리릿 쿵 치리리…… 현관 앞의 긴 복도를 울리며 다가오는 소리…… 그 소리와 함께 머리끝까지 싸늘한 피가 밀물처럼 밀려온다. 머릿속이 단숨에 하얗게 비어 버린다. 나는 현관 쪽으로 귀를 기울여 본다. 아니야. 그럴 리 없어. 그녀는 죽었다고 했잖아……

나는 오디오의 전원을 누르고 무조건 소리를 높인다. '비 오는 거리'가 홍수로 쏟아져 나왔다. 너무도 큰 소리에 혼비백산, 얼른 볼륨을 줄인다.

그날도 비가 내렸어 나를 떠나가던 날 내리던 비에 너의 마음도 울고 있다면 다시 내게 돌아와 줘 기다리는 나에게로……

텅 빈 기타 속 같은 내 가슴의 녹슨 줄 하나가 울리고 있다.

쿵 치리릿, 쿵 치리릿, 쿵 치리리……

내 스물한 살의 가을 속으로 쿵 치리릿, 쿵 치리릿, 그녀가 들어오고 있다.

그날 나는 서클룸들이 모여 있는 대강당 건물의 방 하나에 혼자 들어 있었다. 클래식 기타반. 눈에서 시린 눈물이 나올 만큼 맑은 가을날이었다. 서클룸의 창을 통해 바라뵈는 동창회관 앞의 오래된 은행나무 잎이 신라 금관처럼 나부끼던 늦은 오후였다. 가을 축제 무렵이었던가. 먼 곳에서 탈춤반의 농악 소리가 울려 왔다. 어쩌면 산발적인 시위대의 소리인지도 몰랐다.

그날은 내가 처음으로 클래식 기타반에 들려고 마음먹은 날이었다. 별 큰 뜻은 없었고, 다만 '로망스' 한 곡만이라도 멋지게 연주하고픈 마음에서였다. '금지된 장난'이라는 프랑스 영화에서 흐르던 그 곡을 나는 내 손으로 꼭 쳐 보고 싶었던 것이다. 은우와 텔레비전에서 마지막으로 함께 보았던 영화였다. 그 영화에서 아이들은 십자가를 갖고 놀았다. 내가 가끔 그 나이에 홀로 종이 인형들을 꺼내어 놀듯이……

그런데 이상하게 그 서클룸은 텅 비어 있었다. 나는 잠시 더 기다려 보기로 했다. 혹 내가 기억한 금요일 다섯 시 반이 아닐지도 몰랐다. 그 즈음 나는 내 기억에 자신할 수가 없었다. 내 머리통은 가끔 까맣게 암전되곤 했으니까. 나는 그때 대학 내의 심리 상담 치료를 받고 있었다. 동생 은우가 죽은 지 일 년이 다 돼 가고 있었지만 그 죽음은 영 나를 놓아 줄 것 같지가 않았다. 나는 한 발을 죽음의 늪에, 한 발을 삶의 모래밭에 처박고 몸부림치고 있었던 모양이다. 그나마 음악에라도 내 스스로를 좀 걸어 보겠다고 생각한 것이 기특할 지경이었다.

얼마나 기다렸을까…… 은행나무 빛깔이 그만 구릿빛이 될 만큼 햇빛이 기울었을 때 적막한 복도를 울리는 소리가 들렸다. 발자국 소리였다. 그러나 두 박자의 소리가 아닌…… 쿵 치리릿 쿵 치리릿 쿵 치리릿, 쿵. 그리고 까아악, 까마귀 소리를 내며 문이 열렸다.

그때 나타난 이는 반쯤 어둠에 먹힌 복도의 빛 때문에 얼굴이 선명하지가 않았다. 평균보다 아주 작은 여자가 다리를 절뚝이며 들어섰다. 그리곤 이내 불을 켰다. 형광등이 오래 찌르르 울리더니 불이 들어왔다.

"어머, 오늘 기타 안 한대요? 여섯 시가 훨씬 넘었는데."

그녀는 오히려 내게 묻고 있었다.

"축제 기간이라 모임이 없나……? 계속 삼 주 간 못 나왔거든요. 새로 왔어요?"

"네……."

그녀는 나를 향해 찡긋 웃더니 짐 부리듯 엉덩이를 의자 하나에 털썩 내려놓았다.

"여기서 보네. 나 몰라요? 우리 도서관 뒤 숲에서 몇 번 본 적 있죠?"

나는 그녀가 나를 기억하지 못하길 바라고 있었다. 나 또한 이미 그녀를 알고 있긴 했다. 그런데 그녀가 이렇게 나를 기습적으로 아는 척을 하자 나는 도망이라도 치고 싶었다. 나는 사람들이 두려웠다. 그래서 늘 고개를 숙이고 다녔다. 더군다나 그녀는 처음부터 왠지 싫었다. 어쩌다 캠퍼스에서, 강의실에서 보는 것만으로도 가슴이 체한 것처럼 불편했다.

도서관에서 머리를 처박고 책을 보다가 석양 무렵이 되면 도서관 뒤편 가파른 오솔길을 걸어올라 숲에 들어갔다. 아기자기한 여자 대학 캠퍼스의 석조 건물들 사이로 화사한 여자애들의 웃음소리가 팝콘처럼 하얗게 터져 오르는 것이 저 아래 보였다. 하지만 삼삼오오 몰려다니는 여자애들도 음침한 숲속에 들어오는 경우는 거의 없었다.

숲엔 저마다 둥지를 찾는 새들의 날갯짓 소리와 마른 낙엽들이 내 발 밑에서 바스러지는 소리만 들릴 뿐이었다. 나는 베어진 참나무 그루터기에 앉아 은하수 담배를 꺼내어 물었다. 잔뜩 한 모금 빨고 내뿜는 호흡 속에서 나는 비로소 숨을 쉬는 느낌이 들었다. 너무 달뜨지 않은 공기. 나뭇잎을 통해 걸러 들어온 빛 속에서, 나는 편안했다.

그런데 간혹 몇 걸음 밑의 발치 쪽에서 바스락대는 소리가 들리기도 했다. 누군가 먼저 자리잡은 거기서 쌉싸한 저녁 숲의 공기를 뚫고 담배 냄새가 올라오기도 했다. 어쩔 땐 미성(美聲)의 노랫소리가 올라오기도 했다. 꽃잎은 하염없이 바람에 지고…… 바이올린의 가는 현이 떨리듯 울려 나오는, 바이브레이션이 많은 맑고 가는 목소리. 닭살이 쪼로록 돋았다.

일어나 숲을 내려오다 그쪽에 슬쩍 눈을 주면 몸피 작은 단발머리 여자 하나가 주저앉아 노래를 부르고 있었다. 어떨 땐 그녀가 나를 따라 곧바로 오솔길을 내려올 때도 있었다. 그녀는 아주 가는 다리를 가지고 있었다. 그런데 그나마 짧은 오른쪽 다리 하나는 발목부터 비틀려 있었다. 나뭇가지를 붙들고 내려오는 그녀가 넘어질 듯 위태로워 보였다. 그러면 나는 뒤도 돌아보지 않고 오솔길을 먼저 뛰어 내려와 버리곤 했다.

"불문과, 조은애. 맞죠? 이름이 참 좋아요. 근데 정말 좋은 앤가요?

나, 확인하고 싶은데……. 우리 친구 해요. 난 국문과의 정소연이라고 해요. 재수했지만 같은 학번이니 서로 말 놓죠, 뭐. 아니, 말 놓자. 교양 필수과목도 우리 같이 들었잖아. 휴교 때문에 자주 얼굴을 못 보긴 했지만.”

그녀는 씩씩하고 명랑하게 말을 붙여 왔지만 나는 애매하게 웃으며 자리에서 일어나고 있었다.

“지금 나갈 생각 말아. 내 옷 좀 봐. 학생 식당에서 나오니 비가 내리기 시작했어. 소나긴가 봐. 비 그치면 가. 가을비 맞아 봤자 독감밖에 더 걸려? 나가지 마.”

쥐면 한줌거리밖에 안 되는 그녀가 내게 당찬 목소리로 명령하는 게 같잖아 대거리도 안 한 채 복도로 나섰다. 그때 뒤에서 그녀가 말했다.

“우린 비의 감옥에 갇힌 거야. 오우, 내 표현 정말 그럴 듯하지 않니?”

아닌 게 아니라 제법 어두운 하늘로부터 쇠창살처럼 완강한 굵은 비가 내리꽂히고 있었다. 나는 그 비를 뚫고 감히 밖으로 나갈 생각을 포기한 채 그녀를 돌아보았다.

그녀는 자신이 한 말에 스스로 도취된 듯 만족스런 얼굴이 되었다.

나는 서클룸의 문에 기대어 서서 동창회관 앞 은행나무가 진저리치는 모습을 바라보며 비가 그치기를 기다리고 있었다. 그때 그녀가 노래를 불렀다. 패티김의 ‘초우’였다.

가슴속에 스며드는 고독에 몸부림 칠 때 갈 곳 없는 나그네의 꿈은 사라져 비에 젖어 우네 너무나 사랑했기에 너무나 사랑했기에…….

저음의 패티김 노래를 떨림이 많은 소프라노로 들으니 기묘했다. 하지만 그녀의 목소리는 타고난 것 같았다. 저 목소리로 차라리 성악을 하지…… 그런 생각이 잠깐 들기도 했다.

그러다 그녀가 기타 반주를 넣어 ‘그때 그 사람’을 불렀다. 심수봉의 콧소리와 처량맞은 아양기가 빠진 그녀 식의 그 노래는 좀 우스꽝 스럽게 들렸다. 그래도 그런대로 애절한 가곡처럼 들리기도 하는 걸 보면 그녀의 목소리가 미성이긴 한가 보았다. 기타 솜씨도 수준급이었다. 참, 그녀가 기타를 메고 왔었지. 그녀의 몸엔 너무도 커 보이는 기타를 메고 들어왔던 생각이 났다. 그래도 그렇게 힘겨워하지 않은 듯해서 나는 그녀가 기타를 멘 걸 자연스레 보아 넘겼었나 보았다.

키는 작았지만 아래가 부실한 사람답게 그녀는 상체가 발달했다. 둥글고 암팡지게 벌어진 어깨 하며 불룩 솟은 젖가슴이 도전적으로 보이기까지 했다. 거기 비하면 내 몸은 키만 멀쑥 컸지 들고 난 데 없이 꼭 사춘기 소년 같은 모습이었다. 그녀를 볼 때마다 뭐랄까, 자기 몸도 가누지 못할 만큼 작은 들풀이 잔뜩 꽃을 주렁주렁 매단 것처럼 안쓰럽게 느껴지곤 했다. 그런데 그건 바로 하체에 비해 유난히 발달한 두 젖가슴과 열에 들뜬 듯한 눈빛 때문이었는지도 몰랐다.

나는 "혹시 로망스도 칠 줄 알아?" 하고 묻고 싶은 걸 참았다. 마침 빗발도 가늘어졌고 그녀와 거미줄처럼 가는 인연의 줄이라도 엮을 필요가 뭐 있나, 하는 생각이 들었던 것이다. 나는 서둘러 겉옷의 단추를 하나씩 채우고 밖으로 튀어 나갈 생각이었다. 서클룸을 빠져나와 복도를 몇 걸음 걸었다.

쿵 치리릿 쿵 치리릿. 야, 조은애. 쿵 치리리 쿵 치리릿. 같이 가자. 쿵 치리 쿵 치릿……

그녀가 허둥거리며 뒤따라오는 소리가 들렸다. 그냥 가 버릴까, 싶었는데 기타가 벽에 퉁, 부딪히는 소리가 나더니 쿵, 바닥에 주저앉는 소리가 들렸다. 돌아보니 그녀가 엉덩방아를 찧고 넘어져 있었다. 앉은 채로 그녀는 내게 웃으며 손을 내밀고 있었다. 나는 내키지 않은 발걸음을 돌려 그녀에게 다가가 그 손을 잡아 일으켜 주었다. 끙, 하고 된 힘을 줘 일어난 그녀가 내 오른편에 섰다. 그리고 자신의 왼

팔로 완강하게 내 오른팔을 옭아매고 내게 의지해 걷기 시작했다. 걸리적거리는 그녀의 기타를 떼어 내 왼쪽 어깨에 걸었다. 그녀가 나를 올려다보며 히죽 웃었다. 나는 모른 척했다. 하지만 좀 있다가 나는 그녀를 내려다보았다. 숱 없는 머리칼 속의 허연 가마며 그 밑으로 도도하게 융기된 젖가슴. 그 밑으로, 비에 젖어 번들거리는 아스팔트로 내딛는 그녀의 성한 작은 왼발을. 처음으로 한 존재가 내 오른팔에 잔뜩 실린 무게감으로 나는 비틀댔다. 하지만 몇 걸음 안 가 이인삼각 게임 같은 그 보행에 차츰 익숙해져 갔다. 그녀와 헤어지고 나서 그 다음날까지도, 그녀가 내게 몸을 실었던 내 오른팔은 무지근하게 아팠다. 나는 그녀를 만나지 않기 위해 클래식 기타반에 들려고 했던 마음을 완강하게 도로 닫아 걸었다. 하지만 내 오른팔은 가끔 그녀 몸의 하중을 기억하곤 했다.

처음에 내가 왜 소연이를 그토록이나 싫어했는지 모르겠다. 자폐적인 인간들이 흔히 그렇듯 나는 사교적인 사람들을 두려워하는 습성이 있었다. 그들은 꼭 독방에 숨어 있는 나를 억지로 불 밝은 재판정으로 끌어내는 간수처럼 여겨졌다. 그녀는 온몸이 흔들거릴 정도로 불편한 다리로 사람들 사이를 파고 들어가 수다를 떨곤 했다. 늘 먼저 인사하고 몇 사람이 모인 만만한 자리에선 가끔 목을 가다듬고 위세에 찬 카나리아처럼 노래를 불렀다. 사람들은 보통보다 몇 배의 박수를 쳐 주고 보아란 듯이 상냥하게 구는 듯했다. 나는 콧방귀를 뀌었다. 그건 가식이야. 네 뒤틀린 다리를 매력으로 보아 주는 것도 아니고 그렇다고 넌 전혀 예쁜 얼굴도 아니지. 오히려 네 얼굴을 보고 있으면 잘린 발을 끌고 먹이를 간원하는 추레한 잿빛 비둘기가 떠오르지. 사람들은 잠깐 과자 부스러기를 던져 주곤 그 비둘기를 곧 잊게 되지. 사람들이 상냥해도 석양의 숲속에선 넌 늘 혼자잖니. 나는 사람들 사이에 있는 그녀를 볼 때마다 악의에 찬 속말을 그녀에게로 쏘아 보내곤 했다. 상처받은 사람은 홀로 숨어서 그 상처를 스스로 핥아야 돼. 나는 소리쳐 주고 싶었다.

　그래서였을까. 소연을 보면 언짢았다. 그녀의 다리 하며, 그녀의 노랫소리며, 새의 부리를 생각나게 해주는, 작은 매부리처럼 휘어진 코도 싫었다. 그녀와 은우는 전혀 닮은 데가 없었지만 왠지 그녀를 보면 은우 생각이 나는 것도 새의 이미지 때문인지 몰랐다.

　그러던 어느 날, 나는 뜻하지 않은 어머니의 편지를 받았다. 내 밑으로 유복자인 은우를 낳고 줄곧 과부로 살아온 어머니는 은우의 사십구재를 치르고 얼마 후에 개가를 했다. 상대는 이년 전부터 얘기가 있어 온 전주에서 삼계탕 집을 한다는 중늙은이였다. 어머니는 딸의 병간을 구실로 미뤄 오다 그쪽의 간청에 못이기는 척 늦봄에 개가를 해서 전주에 내려가 계셨다. 의부는 내 대학만큼은 책임져 주마고 했고 다달이 몇 푼의 돈이 생활비 조로 올라왔다. 그런데 그만 의부가 빚보증을 잘못 서 줘서 식당을 날리게 생겼다며 형편이 될 때까지 어떡하든 학업을 혼자 힘으로 이어 보라는 눈물 어린 당부였다. 그쪽도 자식이 둘이나 딸려 먹고 살 일이 막막해 어머니마저도 다른 식당의 주방 일을 새로 시작했다는 얘기였다.

　나는 그제서야 정신이 퍼뜩 들었다. 청천벽력이었다. 겨울이 시작되고 있었다. 다음 학기 등록금은 고사하고 당장 쌀과 연탄마저 아껴 써도 한 달을 넘기지 못할 터였다. 새로운 걱정이 죽음과도 같던 혼곤한 자폐의 세계를 노크했다. 그러나 이상하게도 비로소 긴 겨울잠에서 기지개 켜듯 하루하루 살고 싶은 마음이 소롯이 돋아났다. 이틀에 한 번꼴은 냉방에서 자며 나는 열심히 아르바이트를 찾아보려 교내 직업보도실을 들락거렸다. 구직 신청해 놓고 한 달이 되어도 내 차례가 오지 않았다. 그러던 어느 날, 직업보도실에서 나오는 나를 그녀가 기다리고 있기라도 한 듯 내 뒤를 쫓아왔다.

"너 아르바이트 구하니? 내가 하나 소개할까?"

그녀가 절룩거리며 나를 쫓아왔다.

"야, 좀 같이 가자. 무슨 애가 걸음이 그렇게 빠르니? 숙식 제공에 월수 십오만 원!"

그녀가 다급하게 소리까지 질렀다. 사실 급한 건 나였다. 이틀 후면 학년말 고사가 시작되고 대학은 곧 긴 겨울방학에 들어간다.

"어떤 종류의 일인데?"

"몰래바이트. 중2짜리와 고1짜리 애들 각각 일주일에 두 번 영, 수만 봐 주면 돼. 시간이 더 늘 경우엔 보수도 올라가."

아주 좋은 조건이었다. 새 군사 정권이 들어서면서 과외 금지 조처가 내려져 한 달에 허드렛일로 오만 원도 벌기 힘든 상황이었다.

그녀는 벌써 내 오른팔을 터억, 꿰차고 있었다.

"맘에 있으면 지금이라도 당장 가."

"어딘데……?"

"우리 집."

비상(飛翔)

그해의 겨울방학 때부터 나는 소연의 두 남동생들의 입주 과외 선생으로 들어앉았다. 소연의 집은 생각보다 부자였다. 여의도 샛강 옆의 아파트는 65평이나 되었다. 허름한 옷차림과 생김새로 공연히 그녀를 밑보던 나는 기가 좀 질렸다. 불구라도 자신만만함을 과시하던 소연이 이해가 될 듯했다. 나는 그녀와 한방을 쓰게 되었다. 피아노와 수많은 책들과 이인용 침대가 놓인 커다란 방. 돈 때문이었다고는 해도 그녀와 한솥밥을 먹고 한방에서 자다 보니 서서히 정이 들어 갔다. 집에서건 학교에서건 붙어 있다 보니 그럴 수밖에 없었으리라.

어쩌면 두 남동생들의 과외 선생보다도 그녀의 경호원으로 취직이 된 듯도 싶었다. 소연의 부모들도 오히려 그걸 흡족해하는 것 같았다. 내 오른쪽 팔에 매달리는 그녀 심장의 박동과 숨결조차도 내 것인 양 자연스럽게 느껴질 무렵, 소연이 말했다. 창밖 샛강에서 유난스레 개구리 울음이 시끄럽던 밤이었다.

"처음 널 보았을 때 내 가슴이 얼마나 뛰었는지 몰라. 너는 날 어디서 처음 봤는지 모르겠지만 나는 네가 교복 차림으로 내 앞에서 입학원서 내던 날부터야. 너에게 가까이 다가가고 싶어서 얼마나 안달했는지 아니? 그런데 너에겐 가까이 할 수 없는 그늘이…… 찬바람이 느껴졌어. 지금 고백하지만 그래서 너를 맴돌기도, 보이지 않게 미행을 해보기도 했었다. 마침 네가 아르바이트를 구하려고 하는 걸 알고 우리 부모를 졸라 우리 집에 데려오게 되었을 때 나, 너무 기뻤어."

그러며 그녀는 나를 그윽이 쳐다보며 '수선화'란 가곡을 불러 주었다. 내 뒤를 몰래 추적했었던 그녀의 말이 기분 나쁠 틈도 없이 그녀의 노랫소리에, 우정의 고백에 가슴이 젖어 들었다.

그녀는 천성적으로 열정적인 여자였다. 그 차오르는 감정을 어쩌지 못해 끓어오르는 목소리로 노래를 부르거나, 성치 않은 몸으로 재미나게 집안 청소나 요리를 하기도, 밤 늦게까지 소설을 쓴답시고 앉아 있기도 했다. 교회의 성가대로 주일날에도 바쁜 그녀를, 키만 컸지 병약하고 게으른 천성의 나는 키 큰 해바라기처럼 망연한 눈길로 좇을 뿐이었다.

언젠가 소연이 내게 딱 한 번 자조적으로 말한 적이 있다.

"하느님은 왜 이 작은 몸에 열정만 가득 채워 주시고, 나보고 어쩌라고 내 다리를 쥐어틀어 버리셨나 몰라. 건전지만 초강력이면 뭐하니? 장난감이 고장인데. 끝내는 주체할 수 없는 열정 때문에 나, 폭발하고 말 것 같아. 하지만 나, 그것 때문에 살아 냈어. 네 살 때 갑자기 소아마비에 걸리고 나서 여느 애들 같으면 휠체어를 타야 할 만큼 상태가 비관적이었다는데 나는 꾸준히 피나게 걷는 연습을 했어. 사람들이 지독한 꼬마라고 그랬대."

그래서일까. 그녀와 함께 있다는 것만으로도 그녀의 넘치는 기(氣)가 저절로 내 피에까지 스며드는 느낌이었다. 살아 있다는 것이 충만하고 기꺼운 느낌. 나는 은우의 죽음에서 서서히 회복되고 있었다.

어느 날 먼저 잠든 내가 이상한 기척에 눈을 떴다. 처음엔 창을 통해 들어온 샛강의 소슬바람인가 싶었다. 그러나 짧은 잠옷 소매 밖의 맨살에 느껴지는 그것은 온기와 습기를 머금고 있었다. 눈을 떴다. 소연이었다. 앉아 있는 그녀의 얼굴이 조상(造像)처럼 느껴졌다. 그녀의 땀 밴 손이 내 벗은 종아리를 지나고 있었다. 그녀가 잠꼬대처럼 말했다.

"너는 어쩜 이렇게 아름다우니? 네 몸. 네 발. 세상에…… 발톱까지도 꼭 새끼 조가비 같구나."

나는 얼른 홑이불을 끌어다 덮었다. 소연이 한숨을 쉬며 자리에 누웠다. 기분이 좋지 않았지만, 그녀는 내 다리, 내 발을 시샘하고 있다. 그녀에겐 완벽하지 않은 그것들을. 이렇게 생각하니 그녀가 가여웠다. 나는 아무 티를 내지 않고 잠이 든 척했다. 소연이도 곧 고른 숨소리를 내었다.

아침에 소연이가 일어난 자리에 빨간 얼룩이 있었다. 그녀가 눈을 찌푸리며 말했다.

"나 참, 애를 날지나 말지나 모를 몸이 웬 달걸이는 이렇게 꼬박꼬박 한담! 지겨워 죽겠어."

내가 일부러 아무렇지도 않게 물었다.

"애를 못 낳아?"

소연이가 시무룩하게 말했다.

"반반이래. 하지만 남자하고 자는 덴 아무 문제 없대나 봐."

그러며 내 어깨를 짚고 끙, 일어나 방을 나갔다. 그녀의 엉덩이에 내배인 붉은 꽃잎이 걸을 때마다 심하게 흔들렸다.

소연이는 그 무렵 소설을 쓰고 있었다. 나 또한 소연의 서가에 꽂힌 책들 덕으로 독서량이 많아져 우리는 밤에 가끔 술 한잔씩 기울이며 문학 토론을 하기도 했다. 주장이 강하고 나보다 책을 훨씬 더 읽은 그녀의 독서력(讀書歷)에 지레 대항할 힘을 잃고 마는 나지만. 그녀가 얼마 후 다 쓴 초고를 보여 주었다. 제목이 '비상(飛翔)'이었다. 한 여대생의 성적 방황을 통한 자아 찾기, 뭐 그런 내용이었다.

"어때? 너무 '겨울 여자' 냄새가 나지?"

그녀가 조심스레 물었지만 나는 사실 대담한 성의 묘사에 놀라고 있었다. 남자 경험이 많은 여자가 쓴 소설 같았다. 나는 그때까지 과 대표가 주선했던 옆대학의 정외과 학생들 전체와 했던 고고팅이 전부였다. 축제 무렵이면 학교 앞에 파트너 헌팅을 온 남학생들이 가끔 삐끼처럼 다가오기도 했지만 나는 도무지 남자에 관심이 쏠리지 않았다. 매달 해야 할 달걸이도 일 년에 서너 번꼴밖에 하지 않았다. 그게 오히려 편하게 느껴지기도 했다. 아이를 낳는 것은커녕 남자와 잘 수나 있는 걸까. 남자의 물건은 어린 사내애 고추와는 달라 여자와 잘 때는 홍두깨처럼 커진다는데, 이해를 할 수가 없었다. 여자의 몸 어디에 그걸 삼키는 늪 같은 것이 있는 걸까. 나는 고작 그런 수준이었다.

그러나 소연의 소설 속의 성의 묘사는 이렇게 흐르고 있었다.

"그를 바라보는 것만으로도 아래가 뜨겁게 젖어 왔다. 그리고 거기를 진원지로 해서 알 수 없는 떨림이 내 속에서 지나갔다. 내 은밀한 그곳은 곧 태풍의 눈이 되어 그를 빨아들이고 싶어 아, 그를 삼켜 버리고 싶어…….”

“음악이 블루스 곡으로 바뀌었다. 색소폰이 흐느꼈다. 그는 내 손을 이끌고 플로어로 나를 데려갔다. 그의 뜨거운 숨결이 귓가에 느껴졌다. 나는 두 팔로 그의 목덜미를 감싸 안았다. 내 스커트에 그의 것이 서서히 부풀어 오르는 부드럽고도 사랑스런 견고함이 느껴졌다.”

“이제 그는 내 몸속 깊이 자신의 뿌리를 박았다. 내 몸에 또 한 주의 유실수(有實樹)를 심은 것이다.”

문학적 비유로 가득 차긴 했지만 나는 공연히 얼굴이 뜨거워졌다. 그걸 알았을까. 그녀가 웃으며 말했다.

“소설은 상상력의 산물이야. 하긴 아무것도 없는 곳에서 저절로 생기는 상상력이란 없지. 나, 이 방면으로 옛날부터 공부 좀 했다.”

“공부?”

“응, 너같이 아무런 취미도 없이 공부만 해서 과수석 하는 그런 공부 말고. 중학교 들어가니까 성적인 호기심이 주체할 수 없어지더라. 그때부터 몰래 포르노 잡지를 봤다. ‘펜트하우스’니 ‘플레이보이’ ‘킨제이보고서’ 이런 것들을 능력껏 구해 봤지. 내가 답답하면 가만히 못 있는 성격이잖아. 간접 경험이지, 뭐. 내가 일찍 까졌었나 봐. 담배도 중학교 2학년 때부터 피웠잖냐.”

“으이구, 쪼만한 것이…….”

내가 알밤을 먹이는 시늉을 했다. 우리는 함께 웃었다.

“아, 진짜로 남자와 섹스를 하면 어떨까……. 하지만 나한텐 미팅도 안 들어와. 그렇다고 다리도 이 모양이지, 국민학생마냥 키도 작고 얼굴도 이쁘지 않으니까 쫓아오는 남자도 없고. 야, 조은애! 너라도 미팅에 좀 자주 나가서 남자 좀 주워 와라. 너 먼저 쓰고 남으면 나한테 좀 넘기면 안 되냐? 너야 미끈하게 키 크겠다 얼굴도 그만하면 괜찮지. 근데 넌 도무지 남자한텐 끌리지 않는 거니?”

말은 장난스레 했지만 그녀의 얼굴은 곧 쓸쓸해졌다. 그녀가 내 얼굴에 담배 연기를 훅 뿜으며 내 눈을 응시했다. 이상하게 가슴 저린 눈빛이었다. 그녀가 내 손을 끌어다 쓰다듬었다. 그러더니 입술로 가져가 눈을 감고 내 손등에 오래 입을 맞췄다. 그녀의 까칠한 입술 감촉이 느껴졌다. 내가 그만 킥, 웃었다. 그러나 그녀는 웃지 않았다. 다시 내 얼굴을 쓰다듬으며 말했다.

"널 잃고 싶지 않아. 죽을 때까지 나랑 함께 있었으면……."

두 몸이 깍지 끼듯

은우와 나는 어릴 때부터 꼭 껴안고 자는 버릇이 있었다. 두 손을 깍지 끼듯 두 팔과 두 다리로 옭아매고 두 몸을 꼭 붙이면 바람 한올 샐 틈이 없었다. 아궁이가 시원치 않아 탄불이 자주 꺼지기 때문에 생긴 버릇이었는지 모른다. 그 버릇은 결국 폐암으로 전이되어 그애의 호흡이 예사롭지 않게 될 때까지 계속되었었다. 슬그머니 그애 쪽에서 등을 돌려 거부의 몸짓을 나타낼 때까지.

언제부턴가 소연이의 잠버릇이 좀 이상해지기 시작했다. 자다 보면 나를 등뒤에서 껴안고 있기도 했고 그녀의 손이 내 가슴에 얹혀져 있기도 했다. 자기 전에 내 이마에 가만히 뽀뽀를 해주기도 했다. 처음에 나는 은우와 마찬가지로 그녀를 받아들이려고 했다. 친자매간의 육친애처럼 우정이 무르익은 거라고. 그녀 또한 외딸로 자랐고 세상 사람과 다른 불구의 몸으로 얼마나 외로움을 탔을까. 그런데 이상했다. 그게 단지 여자들간의 우정인가, 나는 의심하기 시작했다. 그녀의 손길과 입술은 깜짝 놀랄만치 뜨거워져 가고 있었다.

그러다 어느 날 새벽, 잠결에 이상한 신음 소리를 들었다. 창밖에

뿌연 안개가 바짝 진군해 있는 초가을 새벽이었다. 그녀가 몸을 뒤틀고 있었다. 내가 다가가 놀라서 흔드니 그녀가 내 손을 거칠게 뿌리쳤다. 그리고 일어나 앉아 다짜고짜로 잠옷의 앞섶을 쥐어뜯으며 신경질을 부렸다.

"날 좀 가만 놔두란 말야!"

그러더니 엎어져서 울었다. 아닌 밤중에 홍두깨라고 나는 멍한 눈으로 그녀를 쳐다보았다. 조금 후 그녀가 내 무릎에 엎어져 내 허리를 안으며 중얼거렸다.

"미안해. 미안해. 난 나쁜 년인가 봐. 저주받은 년인가 봐."

뭔지는 모르지만 나는 그녀를 위로해야 할 것 같았다. 내가 그녀의 등을 토닥여 주자 그녀가 내게 물었다.

"넌 그런 경험 없겠지? 온몸과 정신은 잠에 빠져 있는데 내 이곳에서부터 둥둥둥 북소리가 울리듯, 아니 서서히 회오리바람이 시작되는 거야."

그러며 그녀는 자신의 사타구니를 가리켰다.

"그러면 황홀하고 이상한 전율이 내 온몸을 휘돌아. 아아 모르겠어. 이 아래가 그냥 저 홀로 미쳐 가는 것 같아. 용광로 아가리처럼 뭐든지 녹이고 싶어 환장을 하는 거 같아. 그러다 잠 깨고 나면 허탈해. 아래는 온통 젖어 있고…… 그럴 때 널 보면 너는 말간 얼굴로 세상 모르게 자고 있고."

그때부터였다. 그녀의 정열이 정념의 또 다른 얼굴이라고. 아니 넘쳐흐르는 성욕이 그녀에겐 커다란 고통이 되는 것을 나는 어렴풋이 알았다.

"내가 만약 몸이 성하고 이쁜 여자애였다면 아주 바람둥이였을 거야. 내 소설의 주인공처럼. 아아 소설로, 음악으로 승화를 시킬 수 있을까? 아냐. 결국 그런 것들은 나를 충족시켜 주질 못해. 하지만 내겐 통로가 없어. 여고 때 내가 아주 좋아하는 여자애가 있었다. 그 애도 날 좋아했었어. 그애를 못 보는 순간엔 미칠 것 같았지. 그러다 어느 날 화장실에서 나도 모르게 깊은 키스를 하고 말았다. 그애는 충격을 받더라. 말이 없어지더니 곧 전학을 가 버렸어. 대학에 입학해서도 다른 여자애들이 곱게 차려입고 미팅에 나갈 때 그애들의 터질 것처럼 탱탱한 엉덩이를 바라보면서 나는 체념을 곱씹어야 했어. 어쩌다 만나게 되는 남자들은 내게 친절했지만 늘 투명한 유리벽을 치지. 그럴수록 나도 초연한 척하지만. 오죽하면 등록금을 걸고 아버지 운전기사를 내가 다 유혹했다. 등록금을 잃어버렸다고 거짓말해서 또다시 등록금을 타 냈어. 한 번의 정사를 위한 화대로는 엄청난 돈이었지만 기사는 별로 내켜하질 않았어. 그리곤 그도 곧 기사 일을 그만두었어."

소연의 고백을 듣고 나니 기분이 좀 상했다. 내가 또는 그녀가 믿고 있는 건 과연 순결한 우정인가……

"나, 다 알고 있어. 네 마음도 이런 나를 거부하고 싶어한다는 걸. 하지만 네게 대한 내 우정의, 아니 사랑의 순도를 의심하진 마. 어느 남자도 나만큼 너를 좋아하진 않을 거야."

그 말이 이상한 전율로 내 몸에 메아리되어 퍼졌다. 나는 속으로 이제 이 집을 떠날 때가 되었구나, 생각이 들었다.

"이런 내가 싫다면 네가 따로 방을 써도 좋아. 원한다면 창고로 쓰는 방을 줄 수도 있어. 아니면 이 방에 네 침대를 따로 놓아도 좋고. 네가 싫어하는 짓들을 앞으론 절대 안 할게. 하지만 나를 떠난다고는 말하지 말아 줘. 나를 버리지 마."

어머니에게선 가을이 깊어 가도록 편지 한 장이 없었다. 소연의 말대로 나는 그녀 방 한구석에 내 침대를 마련하는 선에서 어정쩡하게 그 집에 머물렀다. 소연의 고백이 있고 나서부터 우리 사이에는 무척 어색한 공기가 흐르고 있었다. 내가 뚱하니 말을 안 하고 담배만 죽이는 데 반해 소연이는 등을 돌리고 몇 시간이고 피아노만 쳐 댔다. 나는 마음속으로 겨울만 넘기면 떠날 생각을 먹고 또 먹었다.

그 무렵 그런 소원한 우리들의 관계를 회복시키는 사건이 하나 있었다. 소연의 소설 '비상'이 어느 대학에서 모집한 현상 문예에 당선된 것이었다. 나는 진심으로 축하를 해주었다. 소연이가 문학을 통해서 자신을 불사를 수 있다는 믿음은 그녀에게 얼마나 큰 힘이 될 것인가. 소연이는 단박에 활기를 찾았다. 그녀가 문학을 하는 대학생들에게는 꽤 유명해졌는지 남학생들에게서도 편지가 제법 오는 모양이었다.

집으로 들어가기 전에 버스에서 내린 소연이 상가 안의 카페로 나를 끌고 들어갔다. 며칠 전부터 이상하게 소연이 초조해 보인다고 생각했다. 칵테일을 한 잔씩 시킨 소연이 한참 동안 말이 없다가 결심한 듯 입을 열었다.

"너한테 부탁이 있어."

그녀는 입술을 이로 잘근잘근 씹더니 생각난 듯 가방에서 뭔가를 꺼냈다. 편지 봉투 묶음이었다.

"읽어 봐."

편지는 소연의 앞으로 온 것들로 모두 일곱 통이었다. 문학을 좋아하는 남학생인 듯, 소연의 소설에 대한 열광적인 찬사로 시작하여 은근하지만 집요하게 그녀를 향한 연정을 세련되게 드러내고 있었다. 그러다 마지막 두 개의 편지에선 일방적으로 약속을 정하고 기다리겠노라고 덧붙여 놓았다.

"한 달 전부터 학교, 내 우편함으로 오기 시작한 걸 내가 다 모아서 너한테 보여 주는 거야."

"답장은 했어?"

"딱 한 번. 느낌이 어떠니?"

"글쎄, 글을 굉장히 잘 쓰네. 아주 진지하고 따뜻한 사람일 것 같네."

"그렇지? 그 대학의 문학회 회장이라는데 소설도 이미 정평이 나 있다는 거야."

소연의 얼굴이 밝아졌다.

"그럼 만나 본 거야?"

"아니. 그냥 좀 알아봤어."

"잘 됐다. 좋은 사람인 거 같다."

내가 아무 사심 없이 맞장구를 쳐 주었다.

"네가 만나라. 내일 저녁 여섯 시 학교 앞 맥심."

소연이 단호하게 말했다.

내가 펄쩍 뛰었다.

"싫다, 애. 내가 왜 너 좋다는 사람을 만나니?"

소연이 담배를 꺼내 물었다.

"그래서 내가 너한테 부탁하는 거야. 네가 잠깐 그 앞에서 조은애가 아닌 정소연이가 돼 주기만 하면 돼. 그 사람이 어떤 사람인지 내게 얘기해 주면 돼. 그가 정말 좋은 사람이라면 그 다음에 우리 셋이 우정을 나누어도 되고. 너도 알잖아. 사람들, 특히 남자들이 내게 다가오는 걸 꺼리잖니? 뭐, 이상하게 생각하지 마. 이래 보는 것도 재밌잖아."

나는 고개를 저었다.

"난, 남자를 사귄 경험도 없고 너처럼 문학에 대해 잘 아는 것도 아니고. 또 내가 어떻게 너가 될 수가 있니? 그러다 망신이나 당하면……."

"그냥, 저는 원래 말이 없는 사람이에요 그렇게 앉아 있다 오기만 해. 여기 마지막 편지에 협박 좀 봐라. 계속 안 나오면 나를 찾아오겠다고 하잖니? 참, 사진도 한 장 보내왔더라."

그러며 그녀가 수첩을 꺼내 깊숙이 넣어 둔 사진 한 장을 꺼냈다. 우리 나라 최고의 대학 영문과 3학년에 다닌다는 남학생의 얼굴. 그가 캠퍼스 벤치에 앉아 웃고 있었다. 수려한 얼굴선. 서글서글한 눈매와 희고 고른 잇속. 어디서나 눈길을 끌 만한 잘생긴 얼굴이었다.

소연은 이미 이 남자에게 빠져 있는 게 틀림없었다. 나는 선뜻 아무 말도 할 수 없었다. 하지만 결국 내가 그를 만날 것 같다는 내 마음의 울림에 나는 흔들리고 있었다.

슬픈 예감

맥심 2층. 어둑한 실내에 눈이 익지 않아 입구에서 엉거주춤하고 있을 때 한 남자가 다가왔다.

"저어, 정소연 씨죠?"

"네? 아 네, 그런데 저를 어떻게……."

사진 속의 남자. 구영서라고 이름을 외우던 남자가 따뜻한 눈빛으로, 기쁜 빛을 감추지 못하고 자리로 안내했다. 그는 목까지 올라오는 흰색 스웨터에 감색 상의를 받쳐 입어 아주 스마트한 인상이었다.

"이렇게 나와 주셔서 영광입니다. 문을 열고 들어오는 순간 소연 씬 줄 알았습니다. 머리가 좀더 길으셨군요."

"네?"

내가 눈을 동그랗게 뜨자 그가 양복 속주머니를 뒤져 사진 한 장을 꺼냈다.

"잊으셨습니까? 제가 사진을 보내자 이 사진을 동봉한 답장을 한번 보내셨지요. 생일날 찍은 사진이라면서, 옆엣분이 같은 학교에 다니는 이종사촌이라구요. 지금 계시는 데가 이모님 댁이구요."

기가 막힐 노릇이었다. 사진은 소연의 생일날 함께 찍은 것이었다. 소연은 내게 왜 한마디도 하지 않았을까. 나는 이미 이 남자에게 정소연으로 들어앉은 지 오래건만. 하지만 어수룩하게 굴어서는 안 된다. 소연과의 약속은 약속이니까.

"소설, 편지에서도 누차 얘기했지만 정말 굉장해요. 자칫 외설적으로 흐를 수도 있는 걸 절묘한 균형 감각으로 예술로 빚어내는 솜씨가 보통이 아니라 생각했어요. 아주 살얼음 같은 차가운 슬픔이 흐르는 작품이라 생각했는데 만나 보니 제가 상상했던 소연 씨의 이미지와 딱 부합이 되는 것 같아요. 저도 습작을 하긴 하지만 앞으로 서로의 세계에 많은 교감이 있기를 바래요."

남자는 차분한 목소리로 토씨 하나 틀리지 않고 말을 했다. 말할 때마다 정맥이 두드러진 섬세한 흰 손을 모았다가 새의 날개가 펴지듯 펼치는 모습도 우아했다. 비프까스를 써는 그의 유연한 나이프질에도 공연히 주눅이 들 무렵 남자가 말했다.

"음악을 좋아하신다구요. 저 역시 그렇습니다. 우린 공통점이 많은 것 같아요."

남자가 동의를 구하는 눈길을 던졌다.

"아, 지금 푸치니의 토스카 중에서 유명한 아리아, '별은 빛나건만'이 흐르는군요. 누구의 오페라를 좋아하세요?"

"네…… 저는 차이코프스키의 '백조의 호수'가 좋아요."

"아, 그건 오페라가 아니라 무용곡인데. 그럼 발레에도 일가견이 있으시군요."

나는 애매한 웃음을 지어 보였다. 자꾸 그가 무엇을 물어 올까 봐 조마조마했다. 한동안 남자의 화제는 음악으로 이어졌다. 내가 할 수 있는 일이라곤 성의를 다해 그의 말을 들어 주는 게 고작이었다. 가끔 고개를 끄덕이며.

"생각보다 퍽 말이 없으신 분이군요. 저만 공연히 떠들고⋯⋯."

그 말에 내가 더듬거리며 요즘 학교에서 다루고 있는 실존주의 소설들에 대해 몇 마디 했다. 그는 국문과신데도 불어 실력이 대단하신가 봐요. 하며 경탄의 눈길로 나를 보았다. 등허리에 땀이 흘렀다. 나는 비프까스를 반도 먹지 못하고 손을 놓았다.

"정말 조금밖에 안 드시네요. 이 집 음식이 괜찮은데. 소연 씬 살좀 쪄야 되겠어요. 풀잎의 이슬만 받아 드시는 분 같아요."

그는 안쓰런 눈길로 내 얼굴을 핥듯이 들여다보았다. 그 눈길을 견디지 못해 아래로 내리뜬 내 속눈썹이 자꾸 파르르 경련을 일으켰다. 분위기 있는 데 가서 차를 마시자는 그의 제안을 뿌리치고 무조건 자리에서 일어섰다. 그가 계산을 치르는 동안 나는 아무 생각 없이 바닥만 내려다보고 있다가 그의 뒤를 따라 나갔다. 그런데 무조건 따라 들어간 곳이 그만 남자 화장실까지 좇아 들어가고 말았다. 나는 기겁을 하고 뛰어나왔다. 그만큼 내 정신이 아니었던 모양이었다.

밖에는 들어올 때와 달리 부슬부슬 비가 내리고 있었다. 내가 막 거리로 뛰어나가려 하자 내 팔을 뒤에서 붙들며 그가 우산을 폈다.

"소연 씨 만나기 전에 일기예보를 꼼꼼하게 들었어요. 소연 씨 혹시 감기 드실까 봐 우산을 챙겨 왔죠. 이 비 그치면 곧 겨울이 오겠죠? 첫눈이었으면 우리 첫 만남이 더 낭만적이었을 텐데⋯⋯. 집까지 택시로 바래다 드리죠. 이쪽으로 더 오세요. 저런! 그쪽 어깨가 다 젖었잖아요."

그가 내쪽으로 우산을 더 기울였다.

"저는 저쪽 정류장에서 버스 타면 돼요."

내게 우산을 기울이느라 이번엔 그의 한쪽 어깨가 젖어서 감색이 검은 색이 되었다. 나도 모르게 자꾸 달아나려 했는지 어느 틈에 그가 내 어깨를 살짝 끌어당겨 우산 속으로 집어넣었다. 그의 손길이 닿자 걸음에 힘이 빠지고 스르르 주저앉고 싶었다.

"아, 미안해요. 감기 들어요. 우산 쓴 보람이 없잖아요. 하긴 우산이 좀 작죠? 사실 저 오늘 비가 오길 은근히 기다렸어요. 집에서 일부러 제일 작은 우산 골라 온 내 심정 이해하실라나 몰라."

그가 웃으며 말했다. 그러면서 그는 내 어깨에 얹은 손에 살짝 힘을 주었다. 그가 손을 얹은 내 오른쪽 비 맞은 어깨가 따뜻해졌다. 한 번으로 끝날지도 모를 이 만남. 하지만 이 오른쪽 어깨는 한동안 그의 손길을 기억할 것 같다. 만약 그후로도 그리워하게 되면 어쩌나⋯⋯. 한 번도 느껴 보지 못한 슬픈 예감이었다.

여의도 가는 버스가 오자 나는 그에게 고맙다는 인사를 하고 급하게 올라탔다. 그러나 그도 곧 뛰어 올라왔다. 그런데 버스창 밖에서 뭔가가 내 시선을 끄는 느낌이 들었다. 아! 거기 소연이가 서 있었다. 버스를 놓치지 않기 위해 네 활개를 치며 퍼덕거리며 방금 소연이 도착했지만 버스는 이미 출발하기 시작했다. 그녀와 내가 순식간에 눈이 마주쳤다. 그녀는 온통 비에 젖어 있었다. 그리고 떠나는 버스를 망연히 바라보았다. 가는 다리. 그 다리로 균형을 잡기 위해 항상 조금 뾰죽하게 내밀고 있는 엉덩이. 둥그런 상체. 힘없이 처진 팔. 비에 젖어 엉겨 붙은 머리칼. 아, 새 같다. 작은 새. 비에 젖은 새. 다친 새⋯⋯.

은륜 위의 맹세

남자는 첫 만남 이후로 사흘에 한 번꼴로 연서를 보내 온다고 했다. 그 편지는 물론 수신인이 소연이 앞이라 그녀의 손안으로 들어갔다. 가끔 소연이 답장을 하는 듯했다. 하지만 나는 애써 아는 척을 하진 않았다. 소연이 자주 침울해졌다. 잠을 못 이루고 한숨을 쉬기도 했다. 그럴 때마다 나도 이불 속에서 가만히 내 오른쪽 어깨에 손을 대 보곤 했다. 빗속에서 그의 손이 닿았던 곳.

그러다 그를 두 번째로 만나게 되었다.

"소연아! 전화 받아."

소연이 내게 외쳤다. 나는 잠시 혼란이 왔다. 햇빛 맑은 일요일, 늦잠에서 일어나 머리를 감고 빗질을 하고 있을 때였다. 소연의 방에 설치된 전화기에서 벨이 울렸다. 몇 마디 하던 소연이 다짜고짜로 내게 수화기를 내밀며 소근거렸다.

"영서 씨야."

얼떨결에 전화를 받은 내 귀에 들뜬 그의 목소리가 파고들었다.

"지난 번 편지에 집주소와 전화번호를 가르쳐 줘서 무척 기뻤어요. 뭐하세요? 이렇게 화창한 날. 나 지금 어디 와 있는 줄 알아요? 소연 씨 집 앞이에요. 우리, 오늘 광장에서 자전거 타요. 지금 빨리 나오세요."

"저, 자전거 못 타요."

"그럴 줄 알았어요. 제 뒤에 타면 돼요. 저는 선수급이거든요. 제 허리만 꼭 잡으면 단숨에 지구 끝까지도 갈 수 있어요."

나는 소연을 돌아보았다. 그녀가 고개를 끄덕였다. 전화를 끊고나자 소연이 머리를 빗기 시작했다.

"나도 같이 나가. 이종사촌을 소개시켜 주고 싶어 데리고 나왔다고 하면 되잖아. 너 절대 실수하지 마. 난 조은애고 넌 정소연이라는 거."

그날, 햇빛 아래 블루진의 재킷과 바지를 입고 나온 그는 가을 강물만큼이나 청신해 보였다. 그는 스스럼없이 소연과 나를 반겼다. 광장으로 나간 우리는 자전거 한 대를 빌렸다. 그는 먼저 소연을 태웠다. 소연을 조심스레 뒷자리에 앉혔다. 세심한 배려로 소연을 대했다.

그는 햇빛 속에 은륜을 굴려 쏜살처럼 광장을 한 바퀴 돌아 왔다. 햇빛에 부서지는 자전거 바퀴의 은빛이 참 아름다웠다. 꼭 잡아요, 허리가 으스러지도록! 가끔씩 그가 소리치는 소리. 고개를 뒤로 젖혀 머플러를 날리며 웃음을 흩날리는 소연의 모습. 소연은 행복해 보였다. 그녀는 좀처럼 내릴 생각이 없는 듯했다. 햇빛은 맑았지만 바람은 차서 내가 발을 동동 구르자 마침내 소연이 아쉬운 듯 자전거에서 내리겠다는 몸짓을 했다. 그는 다시 소연을 안아 내렸다.

그리고 성큼 자전거 앞자리에 올라타고는 나를 향해 고갯짓을 하며 "타세요" 했다. 왜 그랬을까, 잠깐 섭섭한 맘이 들었다. 그래서 감히 그의 허리도 안지 못하고 옷깃만 슬쩍 쥐고 있자니 그가 거칠게 자전거를 출발시켰다. 내 몸이 반사적으로 그의 등에 쏠렸다. 그가 하하, 웃었다.

"그렇게 허술하게 잡으면 떨어져요. 아까 사촌은 엄청 세게 허리를 껴안던데, 지금도 뱃가죽이 아파 죽겠어요. 자, 지금부터 전속력으로 달립니다. 혹시 하늘로 날지도 몰라요."

그는 정말 어마어마하게 속도를 냈다. 나도 모르게 손에 땀이 나며 그의 허리를 꼭 껴안았다. 갑자기 아파트들이, 하늘이, 강물이 회오리바람이 되었다.

"무서워요. 그만 내려 줘요."

내가 소리를 질렀다. 그가 속도를 조금 줄였다.

"그럼 앞으로 내가 원할 때마다 무조건 나를 만나 주겠다고 맹세해요. 이제 나, 감질나게 편지 안 해요. 보고 싶을 때마다 전화하거나 집으로 막 쳐들어갈 거예요. 소연 씨 얼굴이 어른거려 잠도 안 온다구요."

내가 어떻게 대답을 하겠는가. 나는 정소연이가 아닌데. 또 그 자신도 원하는 여자가 과연 조은앤지 정소연인지 모르지 않는가.

"어어? 대답 없어요?"

그가 자전거를 다시 거칠게 몰았다. 나는 울상이 되어 대답할 수밖에.

"알았어요. 그런데 내 사촌한테도 잘해 주셔야 해요. 저는 이만 내릴래요. 저는 속도 공포증이 있어요. 대신 소, 아니 은애를 좀더 태워 주세요."

그날 이후 영서는 정말 자주 전화했다.

"여긴 우리 집도 아니고 이모 집이니 너무 자주 전화하지 말아요."

나는 소연의 눈치를 보며 얼버무렸다. 그래도 전화가 오지 않으면 왠지 허전했다. 소연이 내게 말했다.

"그렇게 내 눈치 볼 것 없어. 하지만 내 허락 없이 만나면 너, 약속 위반이다. 만나고 싶으면 만나도 좋아. 하지만 내게 모든 걸 숨김없이 다 얘기해 줘야 돼. 너 혹시 영서 씨를 좋아하는 거 아니지?"

나는 고개까지 흔들며 부정했다.

"아냐. 절대 아냐. 하지만 소연아 나, 이제 이 이상한 게임을 그만두고 싶어. 영서 씨는 좋은 사람이야. 우리 그만 고백해 버리자. 영서 씨는 널 진심으로 사랑할 수 있는 사람이야."

소연은 대꾸 없이 싸늘한 얼굴이 되었다.

숨은 그림자

그 이상한 만남은 겨울이 지날 때까지 계속 되었다. 겨울 방학 동안 그가 고향인 대전에 내려갔던 한 달을 제외하더라도 우리는 일주일에 한 번꼴로 겨울 내내 여섯 번쯤은 만나게 되었다. 나는 일부러라도 그와의 만남에 소연을 데리고 나갔다. 영서와 소연이는 죽이 잘 맞았다. 영서는 내게 은밀하게 눈길을 보내곤 했지만 늘 소연과 신이 나서 떠들어 댔다. 음악이니 문학이니 영화 얘기니 끝이 없었다. 더군다나 영서도 노래를 무척 잘 불렀다. 부드러운 바리톤의 음색을 가진 그가 소프라노인 소연이와 아름다운 화음으로 이중창을 부르기라도 할라치면 나는 쓸쓸해졌다. 두 사람의 화음의 물결이 나를 멀리멀리 밀어내는 것 같았다. 그래도 우리 셋은 영화관에도 같이 가고 연주회도 함께 가고 술도 같이 마시러 다녔다.

"내 참, 은애 씨하고 나는 어째 이렇게 이빨이 잘 맞지? 은애 씨 없으면 술맛도 안 난다니까."

그러면 소연은 깜빡 넘어가도록 좋아라 했다.

"이빨만 잘 맞으면 뭐해요? 궁합이 맞아야지."

"그럼 언제 우리 궁합 한번 맞춰 볼까?"

"정말?"

나는 그들의 수작을 한 귀로 들으며 해찰하는 아이처럼 딴 짓을 했다. 어떨 땐 둘 사이가 더 임의로웠다. 소연이가 그를 술 마시자고 불러내기도 했다. 소연은 이제 영서의 오른팔에 자연스레 매달려 걸었다. 빙판 길에선 아예 영서가 그녀를 업고 다니기도 했다. 두 사람은 그럴 때 호흡을 맞춰 노래를 불렀다. 정태춘과 박은옥의 노래들을 듀엣으로 부르기도 했고, 곧잘 18번으로 '웨딩케이크' 노래를 아름다운 화음으로 불렀다. 달이라도 뜬 밤이면 영서는 곧잘 하늘을 우러르며 슈베르트의 세레나데를 불렀다.

명랑한 저 달빛 아래 들리는 소리 무슨 비밀 여기 있어 두근거리나 우리 서로 잠시라도 잊지 못하여 잊지 못하……

그러면 소연이 뒷소절을 냉큼 받아, 돌아오라 나의 사랑 빛나는 곳에 터질 듯한 나의 사랑 나의 사랑, 하고 불렀다. 오페라 주역 가수들처럼 서로 마주보며 사랑의 선율로 사무친 얼굴들을 하고서……. 아마도 소연에게 행복한 날들이 있었다면 바로 그 시절이 아니었을까.

그러나 그 시절은 오래가지 않았다. 3학년에 올라간 지 며칠 되지 않은 봄 밤. 영서의 전화를 받고 신이 나서 나갔던 소연이 곧 시무룩하게 들어왔다.

"나가 봐라. 요 앞에 영서 씨 와 있다. 할 얘기가 있다고 너를 불러 내 달라는구나. 좀 취해 있어. 너 말이지…… 아니야."

소연이 무슨 말을 할 듯 입을 종긋거리다가 몸을 휙 돌려 방문을 세차게 닫고 들어가 버렸다. 나는 집에서 입던 반소매 차림에 얇은 스웨터 하나만 걸치고 내려갔다. 수은등 기둥에 몸을 기대고 하늘을 보던 그가 고개를 돌려 걸어오는 나를 쳐다보았다. 수은등 밑에 길게 누운 그의 그림자가 너무 길어서 슬프게 느껴졌다. 가슴이 쿵쿵거렸다.

그가 다가서는 나를 거칠게 가로등 그늘로 끌어당기더니 대뜸 입을 맞추었다. 싸늘한 그의 코끝이 느껴짐과 동시에 뜨거운 그의 혀가 입속으로 물큰 밀려들었다. 나는 반항의 몸짓을 했지만 그는 완강했다. 해토가 되는지 샛강 쪽에서 꿉꿉한 내음을 실은 바람이 밀려들었다. 나는 입술을 빼앗긴 채 눈을 부릅뜨고 5층 소연의 창을 확인했다. 흰망사 커튼 뒤에 숨은 사람 그림자 하나. 나는 절망으로 눈을 감았다.

그날 밤. 기습적으로 영서의 첫키스를 받던 날. 나는 이상하게 소연 앞에서 고개를 들 수 없었다. 커튼 뒤의 그림자. 소연은 낱낱이 내려다보고 있었을 것이다. 나는 가만히 내 통장의 숫자를 떠올려 보았다. 새학기 등록을 한 지 얼마 되지 않아 한동안 큰돈 쓸 일은 없을 터였다. 새 아르바이트를 구하면 몇 달 간 버틸 수는 있을 것 같았다. 그리고 그 다음은 차차 생각하자고 마음을 다잡았다. 그리고 영서에게 모든 것을 고백하고 그를 떠나는 게 도리라는 생각이 들었다. 그러자 괜히 눈물이 솟구쳤다. 잊었던 혀의 감촉이 잡힐 듯 말

듯 되살아나면서 그가 그리워졌다.

소연은 내게 아무 말도 하지 않았다. 그런데 다음 날인 일요일, 교회를 다녀오더니 한 친구를 데려왔다. 몸집이 튼실한 우리 또래의 여자였다. 그녀 또한 약간 다리를 절었다. 청바지 차림의 괄괄한 성격의 그녀와는 오래전부터 친한 사이인지 나하고 있을 때와는 달리 둘 사이가 거침이 없었다. 아주 화통했다. 마구 욕설을 섞기도 했다. 그래도 애정이 가득한 얼굴로 욕을 하는 그들. 내게 소개를 하긴 했지만 둘은 피아노를 치며 찬송가를 활기차게 부르기도 하며 자기네끼리만 아는 얘기들을 하며 웃음을 터뜨리기도 했다. 공연히 따돌림을 받는 것 같아 눈치를 보는 내 자신이 초라하게만 느껴졌다. 나는 그녀가 가 주기를 바라며 일찌감치 내 침대에 누워 잠을 청했다. 그녀들은 그런 나를 두고 둘이서 술잔을 기울이는 모양이었다. 청바지 절름발이의 수다는 끝이 없었다. 나는 그녀들에게서 벗어나기 위해 영서를 떠올렸다. 처음으로 소연이 미웠다. 영서에게 고백을 하리라. 그래도 그는 나, 조은애를 택할 것인가. 영서가 사랑한 것은 도대체 누구인가. 나는 두려웠다.

새벽녘, 이상한 소리에 잠이 깨었다. 머릿속을 끌로 긁는 듯한 기분 나쁜 소리. 그 소리는 소연의 침대에서 났다. 청바지는 돌아갔는가. 바닥은 치우지 않은 술판이 어지럽게 펼쳐져 있었다. 그러나 새벽의 여명 속에서 소연의 침대 위에 앉아 있는 것은 청바지였다. 하지만 그 여자는 청바지를 입고 있지 않았다. 아래가 온통 허옇게 드러나 있었다. 나는 왈칵, 긴장이 느껴졌다.

그 여자는 쭈그리고 앉아 허연 허벅다리 살을 연신 주무르고 있었다. 그럴 때마다 이상한 쇳소리가 났다. 나는 긴장했다. 뭘까? 아아, 곧 어둠에 익숙해진 내 눈에 비친 그것은 어슴푸레하게 떠오른 의족이었다. 여자는 의족을 장치하고 있었던 것이다. 갑자기 그녀가 칼칼

한 목소리로 쏘아붙였다.

"뭘 봐! 뭔 구경거리 났어? 쥐눈을 뜨고 그렇게 쳐다보니, 그래 우리 같은 다리 병신들은 사람으로 안 봬? 그렇게 소연이 뜯어먹고 학교까지 다니면 됐지, 그 반반한 얼굴하고 미끈한 각선미로 어디 꼬실 남자가 없어 소연이 남자를 채어 가?"

"야! 그만둬. 너 참 성깔 한번 드럽다. 너 같은 것들 땜에 병신 육갑 떤다는 소릴 듣고 사는 거야."

소연이 잠을 깼는지 청바지에게 소리부터 질렀다.

나는 머리통을 세게 얻어맞은 듯 아무 생각도 분노도 일지 않았다. 그저 유령처럼 아파트를 빠져나왔다. 월요일이었지만 나는 학교 강의를 빼먹고 싼 월셋집을 찾으러 후미진 동네들을 헤맸다. 밤이 되었지만 소연의 집으로 들어가고 싶지 않았다. 아무리 월셋집이라곤 했지만 보증금과 당장의 생활비도 만만치 않았다. 두 개의 전화번호. 어머니와 영서의 전화번호. 손가락에 경련을 일으킬 만큼 다이얼을 돌리고 싶었지만 나는 소주 두 병을 가방에 숨겨 근처의 값싼 여인숙에 들어 거덜을 내고 고꾸라졌다. 이틀을 죽은 듯이 지냈다.

지워진 남자

사흘째 되던 날, 공덕동 달동네 꼭대기에 월셋방 하나를 봐 두고 소연의 집에 갔다. 소연의 얼굴은 몰라보게 초췌해 있었다. 내가 말없이 짐을 싸자 소연은 안절부절못하더니 나를 붙들어 앉혔다.

"모든 게 내 잘못이야. 내가 이렇게 용서를 빌 테니 제발 가지 마."

"아냐. 그 동안 정말 고마웠어. 나 네 덕분에 정말 잘 지냈어. 네 부모님과 고3 올라간 종우에겐 미안하지만 이게 우리들에게 최선의 선택인 것 같아."

내가 조금 떨리는 목소리로 더듬거리며 말했다. 소연이 애가 타는 듯 무릎걸음으로 다가왔다.

"내 친구 말 너무 고깝게 생각 마. 그애가 그렇게 생각한 거지. 나는 항상 변함없이 너를 좋아하는 거 알잖니? 나 영서 씨 포기했어. 그러니 가지 마. 너가 이틀째 학교도 안 나와서 나는 네가 영서 씨와 함께 있는 줄 알았다. 그 사람한테 나, 다 말했어. 그래 차라리 홀가분해. 그 사람 넋이 나간 듯 아무 말 못하더구나. 충격이 컸을 거야. 끝까지 아무 말 없더구나. 내가 모두에게 못할 짓을 했어. 하지만 그는 곧 너를 선택하겠지. 나 백 번 너한테 양보할게. 나 같은 거야, 뭐. 신도 포기한 인간인데 뭐. 난 괜찮아. 난 이렇게 양보하며 사는 게 습관이고 운명인데 뭐."

그러며 그녀는 입을 실룩거리기 시작했다. 나는 그녀의 뒤틀어진 소나무 가지 같은 오른쪽 다리에 눈을 주며 다짐하듯 말했다.

"혹 영서 씨가 나를 좋아한다 해도 나는 마음속에서 그 사람 지웠어. 그는 정신적인 사랑을 소중히 여길 사람이야. 나는 그 사람의 아무것도 채울 수 없는 여자야. 그리고 나, 여길 떠나도 너 안 잊어. 놀러 와. 달동네 꼭대기라 네가 올라오기 힘들긴 하겠지만."

나는 그녀의 마비된 오른쪽 다리를 쓸어 주었다.

그해 여름이 되어 가도록 영서는 소식을 끊었다. 물론 나 또한 소연의 집을 나오면서 그를 매몰차게 지웠다. 학교에서 가끔 만나는 소연의 얼굴엔, 영서를 언급하진 않았지만 언뜻 미련인지 그리움인지 모를 애잔한 기다림이 묻어났다. 여자의 직감이 정확하다면 소연은 영서를 못 잊고 있었다.

한데 내게 영서가 나타났다. 내가 아르바이트를 하고 있는 햄버거 체인점이었다. 가로수의 플라타너스가 하루가 다르게 새파래지는 계절이었다. 나는 그가 시킨 치즈버거와 콜라 한 잔, 프렌치 프라이의 계산을 두 번이나 틀렸다. 계산대 위를 허둥거리는 내 손길을 그가 눈치챌까 봐 얼굴까지 달아올랐다. 그는 내가 마주 바라보이는 자리에 앉아 나를 눈으로 좇으며 오래도록 햄버거를 씹었다. 그후로도 몇 번 말없이 햄버거만 씹다 갔다. 그때마다 그가 나를 통째로 씹어 삼키는 듯한 통각이 느껴지며 이상한 전율이 지나갔다. 그러던 어느 날이었다. 열한 시가 넘어 아르바이트가 끝나면 통금에 걸리지 않기 위해 서둘러야 했다. 방범등도 제대로 갖춰지지 않은 어두운 오르막 골목길은 항상 무서웠다. 바싹 긴장을 하고 걷는데 술 취한 걸음으로 줄곧 내 뒤를 좇는 한 남자가 점점 거리를 좁혀 왔다. 저만치 세 든 집의 푸른 일각 대문을 향해 어기찬 걸음을 막 내딛는 순간, 그 남자가 말을 붙였다.

"은애……."

나는 그 목소리를 아주 잘 기억하고 있었다. 영서였다. 우리는 한동안 할 말을 잊고 서 있었다. 그때 저 아래로부터 통금을 알리는 사이렌 소리가 퍼져 올라왔다. 그날 밤 그는 햄버거를 씹듯이 목마르고 조금은 슬픈 듯한 얼굴로 내 몸의 구석구석을 씹듯이 애무했지만 내 몸은 끝내 열리지 않았다. 다음 날 그가 남긴 키스 마크를 가리기 위해 나는 더운 날씨에도 목이 올라오는 스웨터를 입었다. 학교에서 소연을 만났을 때 나는 깊은 죄책감을 느꼈다.

그후 통금 무렵만 되면 술 취한 그가 가끔 찾아왔다. 그를 통금의 거리로 내쫓을 순 없었다. 통금 사이렌과 함께 뛰어 들어온 그가 나를 무너뜨렸지만 나는 딱딱하게 굳어 두 무릎을 앙다물고 벌리질 않았다. 내 몸은 이상하게도 그를 받아들일 수가 없었다. 나는 온통 사막과 같아서 당신을 받아들일 늪이 없는가 봐요. 사랑이 거부당했다고 절망하는 그에게 나는 속으로 자꾸 그 말만 부르짖었다.

"영서 씨 다음 주에 군대 가. 넌 참 몰랐겠구나."

채플 시간. 대강당의 내 좌석으로 찾아온 소연이가 놀라운 소식을 전했다. 언제부턴가 영서는 내게 오지 않았다. 그를 마지막 본 게 한 달 전이었다.

"글쎄, 졸업도 한 학기밖에 남지 않았는데…… 왜 남자들은 심란하면 군대 가잖니. 나하고 요즘 거의 매일 술잔을 기울인다. 그는 요즘 슬럼프야. 너를 부르려고도 했지만 영서 씨가 좀 꺼리는 것 같아서…… 하지만 우리 전송 파티는 함께 해주자."

그러던 소연이 다음 날 나를 도서관 뒤 숲으로 불렀다.

"……나 아길 가진 것 같아."

"뭐어? 누구 아길……?"

"누군 누구야. 세상 모든 남자들 중에서 영서 씨 말고 내게 누가 또 있니?"

나는 더 이상 듣고 싶지 않았다.

"곧 군대 갈 사람이긴 하지만 애길 하긴 해야겠지? 하긴 이 몸으로 아일 낳는 건 무리라고 의사는 곧 유산을 시켜야 한대. 하지만 사랑의 열매가 내 몸에 자란다고 생각해 봐. 영서 씨도 무척 좋아할 거야. 어째 쑥스러워. 네가 영서 씨한테 말 좀 해줄래?"

"싫어. 싫어. 더 이상 너희들 사랑놀음에 나를 끼워 넣지 마. 네가 말하면 되잖아."

나는 뒤도 돌아보지 않고 매미 소리가 그악을 떠는 숲에서 뛰쳐나왔다. 나는 영서고 소연이고 영영 보고 싶지 않았다.

영서의 입영 전야. 누름돌처럼 가슴을 짓누르던 슬픔이 급기야 몸살이 되었다. 일찍 불을 끄고 자리에 누웠다. 창문 두드리는 소리에 설핏 잠이 깼다. 영서였다. 가슴에서 무언가가 걷잡을 수 없이 폭발할 듯한 기분이었다. 나는 이불을 뒤집어쓰고 숨을 죽였다. 한참 동안 창문을 두드리던 소리가 멈추고 그가 비탈길을 후두둑 후두둑 내려가는 소리가 났다. 곧이어 통금 사이렌이 길게 울렸다.

눈 위의 발자국

남편은 지금 어디에 있는 걸까. 소연은 정말 죽은 걸까? 그녀의 영혼이 날갯짓을 해서 남편을 불러내기라도 하는 걸까. 나는 베란다 창으로 다가가 본다. 눈발은 가늘어져 있다. 지난 여름부터 남편은 말없이 차를 몰고 나가 하루 이틀쯤 지나 집으로 돌아오곤 했다. 그런 그의 몸에선 산골짜기의 냄새가 나기도 뻘밭의 냄새가 나기도 했다. 소연의 소식이 끊긴 지 사 년째로 접어들고 있었다. 그녀에게서 오랫동안 소식이 오지 않던 삼 년 전의 어느 날, 그녀의 남동생 증우는 그녀가 한 번 들어가면 나올 수 없는 수도원으로 갔다고 애매하게 말하며 더 이상 언급을 피했었다. 그때 어쩜 남편과 나는 안도의 깊은 숨을 쉬었을까. 생각해 보면 끔찍한 인연이었다.

소연은 두 번 자살미수를 했고 두 번의 유서를 우리에게 남겼었다. 그 유서로 인해서 우리는 진실을 알게 됐다. 그리고 상처받았다. 또한 나는 깨달았다. 진실은 복수를 꿈꾸는 또 하나의 독화살이 될 수 있음을.

그 여름날 이후 그, 내 방 창문을 두드리다 어지러운 발자국 소리만 남기고 통금 사이렌 속으로 사라졌던 그. 거역할 수 없는 운명의 힘으로 지금은 내 남편이 된 그를 다시 만난 건 병원에서였다. 소연이 약을 먹어 위 세척을 하고 있는 동안의 복도에서였다. 그 무렵 나는 학교에서도 의도적으로 소연을 피했다. 가을이 깊은 토요일 밤이었고 그는 짧은 머리에 사복 차림이었다. 알고 보니 그는 방위병이었다. 소연은 그가 전방 근무를 하는 듯이 내게 말한 적이 있었다. 그는 노골적으로 내 배를 쏘아보았다. 모든 게 소연의 농간이었음이 그녀가 남긴 유서에서 밝혀졌다. 그녀가 그의 아기를 가졌다는 사실도, 내가 학교를 그만두고 한 남자와 동거를 시작해 만삭이 다 되어간다는 것도 그녀가 꾸민 이야기라는 것이. 그와 나는 서로 놀랐다. 그녀가 그에게 쓴 유서는 말하고 있었다.

"내가 두 사람을 너무 사랑했음을 용서해 주십시오. 오래도록 두 사람을 떠나고 싶어하지 않았던 내 집착을. 나는 두 사람 사이에서 선로 사이의 침목처럼 괴어 영원히 이어지고 싶었을 뿐입니다. 그러나 그건 사랑이었을까요? 두 사람은 나를 떠났습니다. 나는 사는 게 두렵습니다……."

하지만 나는 그녀의 유서에서 한결 더 벼려진 미망(迷妄)의 칼날만을 보아 버린 기분이었다. 그녀가 회복실로 옮겨졌다는 얘길 듣고 그와 나는 병원을 나왔다. 둘 다 영혼이 빠져나간 빈 껍데기 같은 몸에 술을 들이붓자 통금 사이렌이 울렸다. 우리는 눈에 띄는 아무 여관에 들어가 쓰러졌다. 산다는 게 모욕이었다. 우리는 서로를 학대하듯 모욕적인 섹스를 했다. 그것만이 그날 밤 소연의 저주에서 달아날 수 있는 방법인 양.

아아. 그때부터였을까. 철저하게 소연을 짓밟고 싶은 사심(蛇心)으로 가슴이 벌벌 떨리기까지 했다. 그해의 첫눈 오는 날. 나는 두 사람에게 따로 연락을 했다. 그에게는 여덟 시까지, 소연에게는 아홉 시까지 내 셋방으로 오도록 했다. 소연이의 자살미수 소동이 있은 지 갓 한 달이 지났을 때였다. 나는 그때 아현동의 마당 넓은 한옥집 뒷켠의 방으로 세를 옮긴 지 얼마 되지 않았을 때였다. 낮에 눈이 많이 내렸지만 영하의 기운으로 녹지 않고 뽀송한 밤이었다. 그는 방위복 차림이었다. 나는 그의 군화를 바로 방문 마루 위에 세워 두었다. 그가 빨갛게 언 몸으로 들어왔다. 나는 혼자 저녁부터 전작이 있어 뜨거운 몸으로 그의 몸을 녹이기 시작했다. 불이 잘 든 방에서 곧 그와 나는 풀무처럼 푸푸 숨을 쉬며 알몸으로 뒹굴었다. 시계는 아홉 시를 가리키고 있었다. 나는 바깥에 잔뜩 신경을 곤두세웠다. 방문이 뒷마당으로 돌아앉아 있어 인적이라곤 없는 바깥에 무슨 소리가 난 듯 느껴졌다. 나는 그때 잘 달구어진 숯덩이 같은 그의 몸을 내 몸 깊숙이 받아들였다. 그리고 터져 나오는 신음 소리를 참지 않았다. 나는 한술 더 떠 울며불며 그의 목에 매달렸다. 그 또한 전염되었는지 광기 어린 신음 소리를 내질렀다. 얼마 후 오줌을 누러 나갔던 그가 말했다.

"누가 왔다 갔나 봐. 랜드로바 자국 같은 게 나 있어."

나는 확신했다. 정확하게 아홉 시. 그녀가 왔다 갔다. 그녀는 방문 앞에 세워 둔 군화를 보았을 테고 절정에 다다른 남녀의 신음 소리를 들었을 것이다. 나는 방문을 열고 오래도록 눈 위에 새겨진 발자국을 보았다. 그가 내 허리를 끌고 다시 나를 눕힐 때까지. 나는 회심의 미소를 지었다.

그가 제대를 하고 복학을 했다. 복학한 해의 겨울, 그는 한 일간지의 신춘 문예에 단편소설로 당선이 되어 등단을 했고 원하던 일간지의 기자 시험에도 합격이 되었다. 어영부영 나도 졸업을 하게 되었다. 그는 나와 하루라도 빨리 결혼을 하고 싶어 안달을 했다. 그때도 우리는 가끔 소연을 불러 함께 지내곤 했다. 그러나 예전 같진 않았다. 소연은 자살 소동 이후 한층 말수가 적어지고 삶에 초연한 모습이었다. 대학원 진학 준비를 해왔던 그녀는 같은 대학의 국문과 대학원에 무난하게 진학을 했다.

많은 현실적인 우여곡절을 겪고 그와 나도 그해 가을 결혼을 하게되었다. 소연이 결혼식장에서 축가를 불렀다. 그녀가 눈물을 삼키며 부르는 '사랑'은 차라리 처절하게 들렸다. 그후 그녀는 대학원을 졸업하고 무슨 사설 연구소에 다닌다고 했다. 그러다 들리는 애기로는 결혼을 하려고 무진 애를 쓰는데 잘 안 된다는 것이었다. 남자를 만나면 지참금 애기를 꺼낼 만큼 그녀는 달아 있다고 했다. 한때 그녀의 돈을 탐내고 약혼까지 한 남자가 결국 파혼을 제안했다는 애기도 나돌았다. 연구소도 그만두고 소설도 포기했다고 했다. 이상하게 소연도 내게 점점 연락을 하지 않았다. 그러다가 어쩌다 그녀를 볼 때마다 그녀의 모습은 변해 있었다. 잔뜩 퍼머로 안개꽃처럼 머리를 부풀린 모습으로 손톱마다 새빨간 매니큐어와 짙은 화장, 그리고 바지만 입던 그녀가 다리를 드러낸 스커트 정장 차림으로 나타나기도 했다. 오히려 그게 삐에로의 분장 같아 나는 가슴이 아팠다.

"소연아, 눈을 좀 다른 데로 돌려 봐. 네가 신명을 바쳐 할 수 있는 일이 세상엔 많을 거야. 네 자신의 인생이 맘에 안 든다면 사회, 아니 세상에 너를 필요로 하는 사람들을 위해 할 일을 찾아서 거기서라도 기쁨을 좀 느껴 봐."

내가 안타까운 마음으로 겨우 그렇게 말할라치면 소연이 눈에 파랗게 불을 켰다.

"흥! 넌 지금 날 모독하는구나. 네가 뭘 알아. 네가 지금 부족한 게 뭐니? 네가 이런 어두운 숙명을 가지고 태어난 사람들의 인생을 짐작이라도 할 것 같아? 지금 너, 네 남편 뺏기고 다리마저 똑 부러져 세상에 나올 수도 없어지면 그런 말 해."

그러다 언제부턴가 가끔 전화가 왔다. 그것도 꼭 남편과 내가 잠자리에 들 무렵. 취한 듯 늘적늘적한 목소리가 뱀처럼 전화선을 타고 넘어왔다.

"너무 외로워서 전화했다. 뭐하니? 자려구 한다구? 넌 좋겠다. 영서 씨가 옆에 있어서. 나, 난 이렇게 외로울 땐 어떻게 하면 좋냐? 영서 씨 출장 가면, 거 뭐냐 화끈한 거 좀 사 오라 그래. 선진국엔 정말 진짜처럼 잘 빠진 것들이 많다고 하던데. 성능도 끝내준다더라."

내 얼굴이 하얗게 질리면 남편이 전화를 뺏었다. 그가 그녀를 달래고 얼렀다. 그렇게 한 삼 개월쯤 시달리다가 우리는 밤이면 아예 전화 코드를 뽑아 버렸다.

"소연이 왜 그렇게 허물어지나 몰라. 새처럼 자유롭고 그 열정 많던 여자가 고작⋯⋯."

남편의 얼굴도 괴로움으로 일그러졌다. 그리곤 그는 등을 돌려 한숨을 쉬었다. 가끔 그의 잠꼬대에서 그녀의 이름을 듣는 적도 있었다.

두 번째 자살미수 소식을 들었다. 결혼 오 년 만에 가까스로 생긴 아이가 막 걸음마를 떼던 무렵이었다. 이번에는 손목의 동맥을 그었다고 했다. 병원에서 우리를 본 그녀는 하염없이 울기만 했다. 이틀 후 우편으로 받아 본 유서에는 이루지 못한 사랑에 대한 자신도 어쩌지 못하는 절규가 피맺히게 서려 있었다.

그 무렵 남편은 신문사를 그만두고 전업 작가로 시내에 집필실을 마련해 놓고 있었다. 그 사건 이후 우리는 지쳐 가고 있었다. 그래도 남편은 그녀의 황폐한 마음이 하루속히 치료되길 바라며 그녀를 간혹 만나는 것 같았다. 나는 개의치 않았다. 오히려 그녀의 미망에서 벗어날 수만 있다면 가끔 남편이라도 빌려 주고 싶은 마음이었다.

그러고도 세월이 얼마간 흘렀다. 남편은 밀린 원고 때문에 외박이 잦았고 나는 아이에게 빠져 정신이 없었다. 그때 그녀가 또 한 번 변신을 했다. 신학대학에 들어갔다고 했다. 무슨 성가전도대에 들어가 주님을 찬양하는 데 목소리를 바쳤노라고 했다. 참으로 오랜만에 그녀의 얼굴이 환하게 빛났다. 그리고 한 이 년이나 흘렀을까⋯⋯ 그녀가 종신 수도원 같은 델 들어간 거 같다는 말을 들은 건. 내가, 그런 게 어딘가에 있는 걸까, 하고 어느 날 남편에게 물었을 때 남편은 말했다. 세상에 드러날 때까지는 우리가 모르는 그런 곳이 있겠지.

화석(化石)

소파에서 잠이 들었었나 보다. 눈을 뜨니 동향인 베란다 창으로 햇빛이 가득 쏟아져 들어왔다. 눈은 그쳐 있다. 창을 조금 여니 새들이 지저귀는 소리가 들렸다.

언제부턴가 남편과 나는 대화가 없어졌다. 그나마 부부로서 명분을 유지할 수 있을 만큼 한 달에 한두 번 잠자리를 가질 뿐이다. 나는 혹 그가 나를 선택한 걸 후회하는 건 아닌가, 가끔 생각해 보곤 한다. 소연이 사라지고 모든 게 평온해질 줄 알았다. 하지만 남편이 이상해진 건 오히려 그녀가 사라지고부터였던 것 같다. 그는 구상을 한답시고, 소설이 풀리지 않는다고 전보다 더 집을 자주 떠났다. 여름부터는 부쩍 더했다. 혹시 남편은 무언가를 알고 있었던 건 아닐까.

그런데 모두가 그녀를 잊고 있던 사이, 그녀는 정신병자로 살다 혼자 갇혀 죽은 채로 발견이 되었단 말인가. 사실일까? 확인을 해 보고 싶다. 나는 그녀의 집 전화번호를 적은 옛 수첩이 어디 있던가 잠시 생각해 본다.

온 서랍을 뒤지다 보니 수첩은 보이지 않고 내용물이 비어 있는 봉투 하나가 나왔다. 발신인은 강릉시의 '소망기도원'으로 되어 있고 수신인은 '구영서'로 되어 있었다. 작년 1월 21일자의 소인이 찍혀 있었다.

한데 그저께 아침 생각이 퍼뜩 났다.

그저께 아침, 아침식사를 하던 중에 남편은 한 통의 핸드폰을 받았다. 마침 미역국을 한 술 떠서 입 안으로 막 넣던 중이었는데 통화 내내 국물을 뜬 숟가락은 공중에서 가늘게 떨며 멈춰 있었다.

앵앵거리는 여자의 목소리가 울려 나왔지만 내용을 알아들을 수는 없었다. "제가 가서 수습하겠습니다." 통화중에 남편의 입에서 나온

단 하나의 문장이었다. "강릉에 좀 갔다 올 거야." 내 얼굴을 보지 않고 이렇게 말한 후 장롱을 열어 검은 양복을 골라 입고 급히 나가 버렸다. 현관을 열고 아파트의 긴 복도로 걸어가는 그에게 나는 소리쳐 물었다.

"무슨 일이에요?"

엘리베이터 있는 곳으로 꺾어 들며 잠깐 서서 하늘을 쳐다보더니 그가 뭐라고 웅얼댔는데 곧 그의 모습이 사라져 버렸다.

"새가……."

그렇게 들렸던 것 같다. 나도 하늘을 올려다보았다. 하늘이 흐린 게 곧 푸슬푸슬 진눈깨비라도 날릴 것 같았다. 아파트 광장에서 검은 까마귀처럼 바바리코트 자락을 휘날리며 남편이 차에 올라 시동을 걸고 출발하는 것을 보고 나는 현관문을 닫았다.

지금에서야 왜 그 생각이 나는 걸까. 그는 누군가의 부음을 받고 간 것이 틀림없다. 새가…… 새라니! 갑자기 머릿속이 환해져 왔다. 남편은 지금까지도 소연과 연결이 되어 있었단 말인가. 언젠가 남편에게 물은 적이 있다. 우리 부부가 소연의 일을 입에 올리지 않은 지도 삼 년이 넘었다.

"왜 소연이 얘기는 소설로 안 써요?"

남편은 내가 자신의 소설에 대해 뭐라 얘기하는 걸 참지 못하는 성미였다. 내가 그 말을 꺼낸 건 내가 그에게 할 수 있는 하나의 공격이었다. 그러나 남편은 그 말에 나쁜 짓을 하다 들킨 사람처럼 애매하게 웃으며 탄식처럼 말했다.

"그녀에게서 아직 벗어나지 못했다는 얘기겠지."

남편의 그 말은 오히려 나를 역공(逆攻)하여 갈가리 내 가슴을 찢었다.

남편은 그렇게 소연을 사랑했던 걸까. 그런데 이제 그녀가 죽었다면, 그녀는 남편의 가슴에 영원히 화석처럼 남을 것이다. 이루어지지 못한, 죽어서 더 아름다운 불멸의 사랑으로……. 차라리 죽음은 얼마나 은총인가. 그녀가 두 번의 자살을 꿈꾸었을 때도 그녀는 이미 그것까지 계산을 하였을 터였다.

그녀의 비극적인 삶에 도대체 나는 무엇이고 남편 또한 무엇인가. 그녀의 존재는 불쑥 찾아오는 치통처럼 불편한 자책감을 안겨 주곤 했었다. 하지만 그녀의 죽음이란 또 뭐란 말인가, 가슴이 먹먹해졌다.

소연은 사라진다해도, 내 가슴엔 깊은 발자국이 찍힐 것이다. 새는 날아갔어도 지워지지 않을 발자국. 영혼은 떠났어도 죽은 자가 산 자의 마음밭에 찍어 놓고 떠나는 발자국. 그리하여 산 자는 속죄감에 스스로 마음속 감옥의 수인이 될 것이다.

아아 그러나 어쩌랴. 누구든, 혹 가슴 저리게 사랑하는 그 누구라도 그의 운명을 어쩌지는 못하는 것. 강물처럼 도저한 운명의 물살을 거스르지 않기 위해 제물처럼 누군가는 죽어야 하고 누군가는 어디선가 상처로 피 흘리는 것. 산다는 것은 어쩌면 그 사실마저도 망각해야 하는 것이다. 저마다의 운명을 위해 그저 흘러가야 하는 것이다.

나는 창을 활짝 열었다. 햇빛에 펼쳐진 눈밭은 눈이 시리도록 새하얗다. 그 눈밭 위에 왼발이 더 선명한 그녀의 발자국이 찍혀 있는 듯하다. 어느 겨울날의 발자국처럼……

방금 단풍나무 가지에서 새가 날아갔는지 후루룩, 눈이 떨어진다. 눈 오는 밤, 어디에서 밤을 지샌 새들일까. 칫치리리…… 이름 모를 새들이 운다.

첫사랑

김연수

1970년 경북 김천 출생.

성균관대 영문과 졸업.

1994년 《작가세계》 문학상에

《가면을 가리키며 걷기》가 당선되어 등단했다.

소설집 《스무살》, 장편소설 《가면을 가리키며 걷기》·

《7번 국도》·《꾿빠이, 이상》 등이 있다.

동서문학상을 수상했다.

첫사랑

어제 짐을 정리하다가 우연히 옛 노트에 적혀 있던 네 주소를 봤
어. 갑자기 지난 일들이 떠오르더군. 오랫동안 잊고 지내던 이름이었
어. 벌써 오 년도 더 지난 과거 속으로 들어간 이름. 너도 어쩌면 신
문에서 보게 될지 모르지만, 오늘 저녁이면 나는 무시무시한 죄를 저
지른 죄인이 돼 있을 거야. 이제 감옥에 들어가 다시 나오려면 얼마
나 많은 세월이 흘러야 할지 나도 알 수 없어. 최선을 다한 만큼 후
회도 없고 아쉬움도 없지. 그렇게 많은 세월이 흐른 뒤에도 너는 내
이름을 기억할까? 신문과 방송에 이름이 나고 재판을 받고 감옥에 갇
혀 있는 동안, 나는 잊혀지겠지. 두렵지는 않아. 견딜 수 있을 것이
라고 말하고 싶어. 그러니까 이 글을 쓰는 오늘은 크리스마스야. 오
늘 새벽, 오랜만에 성탄 미사에 참여했지. 미사에 참여하지 않은 지
가 이 년도 넘은 것 같은데 아직도 기도문들이 줄줄 흘러나오더군.
일 년 넘게 철저하게 다른 사람으로 살려고 노력했는데, 내 머릿속

어디에 그런 기억을 챙겨 뒀나 몰라. 미사가 끝난 뒤, 고향의 어머니에게 전화했어. 자수할 날이 임박했음을 알려 드렸지. 내 문제로 처음 경찰서에서 연락이 왔을 때만 해도 화병이 나서 며칠 동안 자리보전하셨다는 분이 이번에는 되려 임수경이도 풀려 나고 대통령도 바뀌었으니 나도 괜찮을 것이라며 위로하셨어. '그럴 거예요. 이제 좋은 세상이 될 거예요'라고 내가 말했지. 눈물 흘리는 꼴을 보여 드리고 싶진 않았기 때문에 일찍 끊었어. 그리고 여느 때와 달리 사람들로 북적대는 자정 너머 명동 길을 걸어가면서 네게 편지를 쓰리라 결심했어. 왜 그런 생각을 했는지 모르겠지만, 누군가에게는 이런 얘기를 남겨야만 될 것 같은 초조한 마음이 나를 사로잡았으니까.

　막상 편지를 쓰려니까 일곱 살 되던 해 여름이 생각나. 판문점에서 도끼만행사건이 일어났다고 해서 역전 광장에 사람들이 모여 크게 시위를 벌인 날이었어. 관에서 주도하는 모임에서 흔히 느낄 수 있듯이 얼른 시간이 지나갔으면 하는 바람이 사람들의 얼굴마다 가득했지. 과녁에 꽂히는 화살처럼 매서웠던 여름 볕은 이미 이울 대로 이울어져 역전 한쪽에 내건 축 늘어진 현수막 위에 간신히 매달려 있었지. 이런 저런 회사를 통해 동원된 사람들 대부분이 벌써 가을 옷을 꺼내 입었던 게 생각나. 어른들이 줄지어 서서 선창에 따라 구호를 외쳤어. '때려잡자'라든가 '무찌르자' 따위의 군사 용어들이 버려진 종이 쪼가리처럼 역전 바닥에 난무하도록. 버려진 종이 쪼가리를 줍는 호기심 많은 아기처럼 우리도 뛰어다니며 '때려잡자'고, '무찌르자'고 외쳤었어. 팔을 무겁게 몇 번 내지르고 나면 모인 어른들은 대부분 먼 산을 바라봤지. 먼 산. 북녘 산꼭대기로는 벌써 가을이 몰려왔는데 나른한 기운이 온 역전에 퍼져 있었어.

　뉴스를 통해 그 사건에 대해 들었을 때, 얼마나 놀랐는지 몰라. 어렸으니까. 피난 갈 준비를 해야 한다고 아버지가 우스개 소리처럼 말했지. 6월 25일 아침이면 늘 괴뢰군 탱크가 추풍령을 넘어오고 있다고 말해 나를 놀라게 하셨던 분이야. 전쟁이 일어나던 해 6월 25일, 아버지는 서울 을지로의 한 적산가옥에서 살았다고 해. 미아리 고개를 넘어온 인민군이 서울을 점령하고 며칠이 지난 뒤, 아버지는 같은 또래의 소년들과 함께 연극을 보기 위해 단성사로 들어갈 수밖에 없었다지. 애국심을 고조시키는 연극이 끝난 뒤, 앞자리의 누군가가 외쳤다는군. '조국을 위해 싸우자!' 몇몇이 동조하면서 인민군 측은 바로 의용군 지원 신청을 받았다고 해. 하지만 아버지는 용케 그 자리에서 빠져나왔어. 괴뢰군 탱크가 추풍령을 넘어온다는 것은 아버지에게 그 일을 의미했어. 어린 나는 아버지의 불안한 우스개를 제대로 받아들일 능력이 없었으나, 아버지의 예감은 틀리지 않았어. 왜냐하면 그 몇 달 뒤, 휴가 나온 사촌형의 '대포권 발동'이니 뭐니 하는 말에 아버지가 깜짝 놀라는 모습을 봤기 때문이지. 동네 아는 형에게 '대포권'이 뭐냐고 물었더니, 한참 머리를 굴리더니 대포를 쏠 수 있는 권리라고 말하더군. 하지만 지금 생각해 보면 그건 '대포권'이 아니라 '데프콘'이었어. Defense Condition, 그러니까 방위 준비 태세의 약자라고 나중에 검은 선글라스의 교련선생이 가르쳐 줬지.

그게 대포권 상황이든 데프콘 상황이든 어린 나와는 아무런 상관이 없었어. 그럼에도 일곱 살밖에 되지 않은 내가 그 시위에 참가했지. 왜냐하면 아버지가 남은 머리띠와 피켓을 내게 줬기 때문이야. 합판에 사각형 나무 막대를 잘라 못으로 고정시킨 뒤, 흰 종이를 두르고 대서소 글씨처럼 이렇게 써 놓았지. '우리들도 총칼 들고 일어서자 ○○택시'. 피켓을 가진 사람은 줄의 맨 앞에 서서 연사가 힘줘 말할 때나 구호를 외칠 때마다 두 손으로 피켓을 잡고 흔들어야 해. 마지못해 참가한 사람들에게는 성가신 일이었지. 그래서 저마다 마다하는 바람에 준비한 피켓이 남은 거야. 그게 내게까지 돌아온 거지. 다른 아이들이 얼마나 부러워하던지 나는 꽤나 우쭐해졌어. 아버지 앞에 서서 기념촬영을 한 뒤 가끔 생기 없는 박수 소리를 받으며 멸공의 불길을 이어가려고 애쓰는 앞쪽 연사의 웅변과는 무관하게 나지막이 떠들어 대는 무리 뒤쪽의 사람들 사이로 피켓을 든 나는 소리를 지르며 뛰어다녔지. '아아, 잊으랴. 어찌 우리 이 날을'이라고 6·25 노래를 부르며. 멀리서 아버지가 피켓을 제자리에 갖다 놓으라고 말했지만, 내 귀에는 들리지 않았어. 얼마쯤 시간이 지나면 사람들은 시청까지 시가행진을 벌일 예정이었어. 상업고등학교 밴드부 학생들이 연주하는 군가를 맞춰 새마을 모자를 쓴 재향군인회 늙은이들이며 M1을 멘 향토예비군들, 자기 회사 이름을 크게 박은 현수막을 든 직장예비군들이 행진했을 거야. 왜 따라가지 않았느냐고? 지금 그 얘기를 하려고 해.

그때 나는 나비를 봤어. 아니야, 그건 나비가 아니라 펄럭거리는 노란빛이라고 해도 좋을 거야. 어쩌면 잠시 나비 모양으로 뭉쳐진 금빛 먼지라고 해도 좋겠지. 마이너스의 무게를 가져 한없이 허공 속으로 솟구쳐 오르는, 순간적인 아름다움이라고 해도 좋아. 내가 본 것은 양 날개 끝에 초승달처럼 노란 줄이 그어지고 검은색 반점이 군데군데 박힌 아주 작은 나비였어. 불규칙하게 날아오를 때는 마치 가을 햇빛이 바람에 걸려 그대로 뭉쳐진 것 같았어. 저울로도 그 무게를 잴 수 없고 붓으로도 그 자취를 따라 그릴 수 없는 어떤 빛이 역전파출소 화단 위를 떠다녔지. 나는 그만 그 나비에 끌린 거야. 작은 머리로는 도저히 지탱하지도 못할 그 연약한 더듬이가 나를 유혹했던 것인지도 모르지. 어린 나를 나비에게로 이끈 그 무엇을 일컬어 아름다움이라고 말할 수 있을까? 아니면 단순한 반사작용에 불과한 것일까? 그게 무엇이든 나는 나비를 잡고 싶었어. 피켓이 포충망이라도 되는 양 두 손으로 움켜쥐고 분홍색 코스모스 위에 앉은 나비를 향해 내리쳤지. 반원형으로 구부려 화단 경계에 박아 놓은 철근 울타리에 피켓이 부딪히는 소리가 크게 울렸지. 잡았다고 생각하는 순간, 햇살 속으로 빨려 들어가듯 노란 나비가 솟구쳤어. 철근에 부딪히는 통에 피켓에 두른 흰 종이가 조금 찢어졌지만, 나는 아랑곳하지 않고 나비를 따라 뛰었어. 나비는 영영 태양 쪽으로 날아갈 듯 보이더니 대단히 복잡한 경로를 거쳐 다시 아래쪽으로 내려왔어. 위장을 할 셈이었는지 이번에는 노란 페인트가 칠해진 파출소 벽에 가 앉았지.

　나는 다시 피켓을 들고 조심스레 걸어갔어. 혹시 나비가 눈치챌까 봐 두려워하며 조심조심. 연사의 무슨 말끝에서인가 사람들이 '와!' 하고 함성을 질렀지. 나는 잠시 깜짝 놀라며 주춤거렸어. 화형식이 벌어졌던 것인지도 몰라. 횃불을 들고 이름표를 목에 매단 헝겊인형을 태울 때면 사람들은 저도 모르게 소리를 지르곤 했으니까. 불이 타오르면 기름이 끼얹어진 헝겊이라도 되는 양, 사람들은 매서운 기세로 적대감을 드러냈지. 등뒤에서 무슨 일이 벌어졌는지 돌아보고 싶은 마음이 굴뚝같았지만, 나는 돌아보지 않았어. 나는 사로잡혀 있었으니까. 무질서하게 날아오르던 그 움직임이 한순간 빛깔로 바뀌어 파출소 벽에 멈춰 섰으니까. 주저하지도 않고 나는 그 빛을 향해 피켓을 휘둘렀어. 네모난 피켓이 파출소 벽에 부딪히는 동안, 무엇도 날아가지 않았어. 나는 한동안 꼼짝도 하지 않고 그 피켓을 그대로 움켜쥐고 있었어. 이가 부딪히면서 덜덜덜 소리가 났어. 누군가 목청껏 외치는 구호 사이로 기차 경적이 길게 그어졌지만, 나는 조금도 움직이지 않았어. 갑자기 두려움이 나를 감싸더군. 피켓을 움켜쥔 손에 힘이 빠지더군. 나는 패잔병처럼 천천히 피켓을 내려놓았어. 나비의 잔해라고 말할 수도 없는, 구겨진 더러운 휴지 조각 같은 뭔가가 파출소 벽에 붙어 있다가 툭 떨어졌어. 나도 모르게 눈을 감았더니 갑자기 귀가 트인 듯 역전에 모인 사람들이 저마다 말하는 소리가 또

렷하게 들려오는 게 아니겠어. 나는 다시 눈을 뜨고 그 휴지 조각보다도 못한, 노란 덩어리를 운동화로 마구 짓이겼지. 나도 모르게 입을 앙다물었더니 이가 갈리는 게 느껴지더군. 한동안 짓이기다가 나는 피켓과 머리띠를 집어던지고 도망쳤어. 역전에 모인 사람들은 그제야 슬슬 행진할 채비를 갖췄지.

알 수 없는 일이야. 그때 너를 처음 만나고 집으로 돌아가는 길에 나는 그 나비를 떠올렸어. 왜 그랬는지 모르겠어. 그러니까 우리가 처음 만난 게 너희 학교와 우리 학교가 가을 소풍을 떠난 바로 그날이었지. 날마다 야간자습으로 10시 30분까지 학교에 있는 우리들에게 소풍이란 그저 일찍 집으로 돌아갈 수 있다는 사실 외에는 아무 것도 의미하는 바가 없었지. 자전거를 타고 근교의 목적지까지 가서는 급우들에게 모은 돈으로 준비한 음식을 선생들에게 챙겨 준 뒤, 몰래 사온 캔 맥주를 마시며 담배를 돌려 피우고 나면 더 이상 할 일이 없는 게 고등학교 2학년 가을 소풍이라는 것이지. 조금 붉어진 얼굴로 팔베개를 하고 누우면 한적한 시골 하늘로 어느 한가한 사람이 던져놓은 듯 구름 몇 점이 무기력하게 지나가는 광경이 보이지. '첫 번째, 두 번째, 세 번째'라고 속으로 외치며 그 구름들을 바라보노라면 환각처럼 기분 좋은 어지럼증이 내 몸을 감싸. 불교의 만다라 문양처럼 화려한 무늬의 동그라미들. 수없이 많은 동심원들이 우주 저편까지 확산되는 동안, 그 중심부에는 무엇으로도 채울 수 없는 목마름이 있었어. 나는 열일곱 번째로 돌아오는 생일을 이제 맞이하려던 참이었지. 그런 내게 필요한 것은 바로 그 목마름을 달래줄 그 무엇이었지. 그 무엇. 마치 어린 나를 사로잡았던 노란 나비 같은 것.

하지만 무엇도 할 수 없었지. 점심을 먹고 나면 무엇도 할 수 없는 게 바로 고등학교 2학년 가을 소풍이라는 것이었지. 소풍이 즐거웠던 시절은 이미 오래 전에 끝나 버렸으니까. 학급별로 모여 앉으라고 말해도 모이는 학생이 없어. 어차피 대입을 앞둔 우리는 저마다 위대한 혼자이니까. 자기들도 술을 마신 데다가 사고만 나지 않으면 된다는 생각뿐이었으니 선생들도 더 이상 통제가 되지 않자 소풍을 끝마치기로 결심하더군. 아직 2시도 지나지 않았는데 말이야. 나는 일찍 집으로 돌아가 대충 씻고 난 뒤, 대구에 다녀올 생각이었어. 고향에서는 구할 수 없는 김지하의 책 몇 권이 필요했거든. 열일곱이 지나면서 서서히 빈 터가 생기던 내 마음의 한쪽을 김지하의 글들이 채워 줄 수 있으리라고 생각했으니까. 어느 애 집으로 몰려가는 친구들의 권유를 뿌리치고 혼자서 열심히 자전거 페달을 굴려 일찌감치 집으로 달려간 까닭은 그 때문이었어. 서두르지 않으면 4시 25분 대구행 완행열차를 타지 못할 테니까. 이 지옥처럼 답답한 소도시에서 나를 벗어나게 해줄 그 기차를.

그러다가 하늘색 색을 메고 인도로 걸어오는 네 모습을 봤어. 네 얼굴에 잠깐 눈을 고정시켰을 뿐, 그러고도 나는 한참을 더 갔어. 내 머릿속에서 김지하의 시 구절이 떠나지 않았기 때문이었어. '서라면 좋겠네/물이라면 혹시는 바람이라면//여윈 알몸을 가둔 옷/푸른 빛이여 바다라면/바다의 한때나마 꿈일 수나마 있다면'. 그 시 구절이 다 끝나기도 전에 너에게 돌아가 네 이름을 묻고 싶은, 아니 묻지 않으면 안 된다는 강렬한 느낌에 사로잡혔던 거야. 마치 그것만이 나의 절대적인 사명이라도 된다는 듯이. 나는 앞뒤를 살핀 뒤, 크게 반원 모양을 그리며 자전거를 반대편 차로로 돌렸지. 잠시 자전거가 비틀거리면서 등에 멘 가방에서 빈 도시락 소리가 났어. 바로 그 순간부터 나는 너를 사랑하기로 결심했어. 네가 나를 어떻게 생각하든 간에. 그 도시락 소리가 시작을 알리는 종소리라도 되는 양. 그렇게 찾아온 가슴 뛰는 그 느낌 사이로 내가 첫사랑이라고 믿었던 뭔가가 찾아왔지. 그 사랑이 모두가 깊이 잠든 밤에 몰래 들어온 도둑처럼 눈치 채지도 못할 만큼 빠르게 내 마음 가장 깊은 곳의 빈 터에 자리잡았지. 레몬 즙으로 쓴 글자처럼 그 뜨거움에 노출되기 전까지는 아직 어떤 글씨가 씌어져 있는지 알 수 없는 그런 사랑이 내게 찾아온 거지.

'너, 이름이 뭐니?'라고 자전거로 앞길을 가로막고 서서 내가 묻자, 너는 눌린 입술에 핏기가 가시도록 이를 깨물더니 마침내 정인이라고 말했어. '예쁜 이름이구나'라고 말한 뒤, 내가 다시 자전거를 돌려 떠나려고 할 때 네가 소리쳤지. '왜 제 이름을 묻는 거예요?'라고. 나는 고개를 돌려 약간은 겁에 질린 듯, 약간은 당혹스러운 듯 떨리는 네 눈을 바라봤어. 내가 계속 바라보고 서 있으니까 너는 혀로 입술을 한번 훔치더니 팔짱을 끼더구나. 내가 말했지. '지금부터 너를 좋아하기로 했으니까'라고. 그리고 자전거 위에 뛰어올라 마구 페달을 밟았지. 앞도 제대로 살피지 않고 정신없이 두 발을 굴렀어. 방금 내가 무슨 일을 한 것일까? 나를 향해 환하게 뿜어지던 그 빛은 무엇일까? 혹시 오래 전의 그 나비처럼 그토록 연약한 빛은 아닐까? 잡으려는 생각이 혹시 아름다운 그 빛을 죽이는 일이 되지는 않을까? 사랑은 왜 두려움과 함께 오는 것인지 그때 처음 알게 됐지. 소중하게 다루지 않으면 아름다운 사랑은 망가져 버리니까. 그리고 다시는 그 아름다움을 되찾을 수 없으니까. 그게 사랑이라면 소중하게 다루지 않으면 안 돼.

사랑하는 사람을 다시 만나는 시간은 아무리 빨리 돌아와도 늦은 거야. 그렇게 지루한 시간을 나는 견뎠지. 그저 네 이름을 아는 아이를 수소문하고 그 애에게서 국민학교 졸업 앨범을 구해 네 사진을 오려내고 너와 같은 교회를 다니는 친구에게 갑작스럽게 유행하는 헤르만 헤세의 《크눌프》와 네가 나온 수련회 단체사진을 맞바꾸고. 그리고 가끔 집으로 돌아가는 너를 먼발치에서 바라보거나 틈나는 대로 이런 식으로 긴 편지에 내 마음을 담아 보냈지. 너는 조금도 눈치 채 지 못했겠지만, 나는 날마다 네게 익숙해지는 방법을 하나씩 찾아낸 거지. 내 마음 깊숙한 곳에 너를 자리잡게 하는 방법을 배워 나간 거 야. 너를 다치게 하지도 않으면서 너를 놓치지도 않는 방법을.

계절이 바뀌듯 내 마음 한쪽에 다른 빛들이 들어와 앉은 사실을 가 장 먼저 알아차린 것은 놀랍게도 혜지라는 이름의, 나보다 대여섯 살 정도 나이가 많던 술집 여자였어. 그게 본명인지 가명인지는 알 수 없었지만, 낮 동안 시장에서 양품점을 하는 어머니에게 늘 말동무가 돼 주는 여자라는 것은 오래 전부터 알고 있었지. 곱게 자란 어머니 와는 어울리지 않는 여자였지만, 아버지가 돌아가신 뒤로 나를 키우 느라 시장에서 양품점을 하면서 어머니에게는 그런 경계가 옅어진 듯 했어. 아들 하나와 이 세상에 남게 된 어머니에게 삶이란 더 이상 미 추(美醜)의 구분이 없는, 그저 악착같이 살아남아야만 하는 전쟁터였 으니까. 아버지 살아 계셨을 때만 해도 혜지 누나 같은 여자와는 한 마디도 하지 않으셨을 분인데, 이제는 손님만 찾아오지 않는다면 해 가 저물도록 그녀가 당신의 친동생이라도 되는 듯 얘기를 나누었지. 밥상머리에 앉아 몇 번이고 그녀와 만나지 말라고 주장했지만, 그때 마다 어머니는 그저 의아한 표정뿐이었어. '왜?' '더러운 여자니까요.' 그럴 때면 어머니는 가소롭다는 듯이 웃음을 터뜨렸지. '걔더러 더럽 다고 한다면 세상에 안 더러운 사람이 없어. 뭣도 모르면서 건방진 소리하지 마'라고 어머니가 단호하게 말했어. 그럴 때면 나는 고개를 돌려 뭐라고 중얼거리고는 숟가락을 집어던지며 밥상에서 일어나곤 했지. 사실 내가 혜지 누나를 싫어한 것은 그녀가 술집에서 일하는 더러운 여자여서가 아니었어. 바로 어머니가 우리 집에서 일어나는 일을 시시콜콜히 그녀에게 얘기했기 때문이야. 그런 여자에게 집안

일이며 가게 일이며 고민을 털어놓는다고 해서 무슨 대단한 충고를
받겠니?

토요일이었던 그날 이번에는 그저 먼발치에서 바라보지 않고 너에
게 내 마음을 확실히 고백하리라 생각하고 일찌감치 집을 나서던 찰
나였어. 용돈 문제로 어머니와 승강이를 벌이다가 포기하고 돌아서려
던 참인데, 기미가 잔뜩 낀 멍청한 표정으로 한쪽에 앉아 있던 혜지
누나가 문득 이렇게 말했어. '너, 좋아하는 여자애가 생겼지?' '무슨 소
리예요?' 라고 신경질적으로 되물었지. 그녀는 깔깔거리더니 집게손가
락으로 나를 가리켰어. '왜 그렇게 놀라니? 그러니까 더 수상한데.
니 뺨이 발그스레한 게 사춘기 지나 오춘기로 접어드는 것 같아서 하
는 소리야. 아주 사랑에 푹 빠진 모양인데. 안 그래요, 언니?' 라며 그
녀가 어머니를 향해 웃으며 말했지. 어머니는 뜨개질하는 털실에서
눈을 떼지 않은 채 애써 근엄한 표정을 짓고 있다가 '너, 공부 안 하
고 자꾸만 딴 생각하면 혼난다' 라고 다짐하듯이 말했어.

가뜩이나 용돈 문제로 기분이 상했던 나는 그녀를 향해 버럭 소리
를 질렀어. '아줌마가 사랑이 뭔지나 알아요?' 내 말이 끝나기가 무섭
게 그녀가 깔깔거리며 '아줌마라니. 너하고 나이 차이가 얼마나 난다
고. 나야 사랑이 뭔지는 몰라도 눈물의 씨앗이라는 것은 안다' 라고
말하더군. 낮 동안 제 나이보다 십 년은 늙어 보이는 그녀와 이런 저
런 얘기를 나누다가 어머니는 요즘 내가 좀 이상해졌다는 말을 했겠
지. 그녀는 보나마나 짝사랑하는 여학생이 생긴 것이라고 말했겠지.
고등학교도 못 마치고 고작 술집 작부로 눌러 앉은 주제에 그 더러운
입으로 잘도 재잘거렸겠지. 막걸리 잔에나 어울리는 그 입술로. 나는
도저히 참을 수가 없어서 소리쳤어. '그만 해요!' 그리고는 돌아서면
서 '씨팔, 술이나 파는 더러운 주제에' 라고 혼잣말한다는 게 너무 큰
소리로 떠든 거야. 어머니가 뜨개질하던 것을 내려놓더니 '이 자식,

이리 와'라고 소리쳤어. 나는 어머니가 내게 무슨 말을 할 것인지 잘 알고 있었기 때문에 그런 어머니가 더 야속했지. '뭐 잘났다고 니가 그딴 소리를 해! 하라는 공부는 안 하고 순 깡패짓이구나! 이 녀석아, 이리 못 와!'라고 소리치는 어머니를 뒤로하고 나는 가게를 뛰쳐나왔지.

알다시피 바로 그날, 나는 자전거를 타고 네 집 앞에까지 가서 너를 기다렸어. 내가 쓴 시와 사진 따위를 넣은 봉투를 들고. 겨울의 초입에 접어들었기 때문에 바람이 차가웠지만, 너를 볼 수 있다고 생각하면 충분히 견딜 수 있었어. 매번 먼발치에서 너를 바라봤지만, 이제는 다시 너와 마주하기로 결심했지. 너를 향한 내 사랑을 고백한다고 해도 이 우주의 무엇 하나 다칠 일이 없다는 사실을 알게 된 거야. 그러니까 '대포권'이니 하는 말들이 난무하던 그 다음 해 여름, 아버지와 함께 무주 구천동에 놀러간 일이 있었어. 버너, 코펠, 텐트 등을 넣은 무거운 배낭을 챙긴 뒤, 시외버스 터미널에서 구천동행 시외버스를 타고 꼬불꼬불 끝없이 이어진 길을 따라 소백산맥을 넘어갔지. 나제통문이라는 것을 처음 봤고 그렇게 험한 산길도 처음 봤어. 자칫하면 낭떠러지로 굴러 떨어질 것만 같아 겁이 나더군. 그날 저녁, 아버지를 따라 무주 남대천에 가서 반딧불이를 봤어. 그 은은한 따뜻함을 온 저녁 하늘로 뿌리는 반딧불이의 불빛이 어찌나 예쁘던지! 아버지와 나는 날아다니는 반딧불이를 잡아 준비해 간 빈 병에다 한 마리씩 넣었지. 넣을 때마다 병 안의 공기는 신비스럽게 바뀌어 갔어. 그 아름다운 빛을 머리맡에 두고 바라보면서 잠이 들었는데, 다음날 깨어 보니 모두 빳빳하게 죽어 있었어. 그 아름다웠던 빛은 그저 지독하게도 끔찍하게 생긴 곤충에 불과했지.

아직은 아름다웠던 반딧불이를 머리맡에 두고 잠들 무렵, 형설지공이니 뭐니 하시며 자신이 얼마나 힘들게 살아왔는지를 말하는 아버지에게 내가 문득 왜 그렇게 늦게 결혼하신 것인지 물었어. 서른 다섯에야 결혼하셨으니까 정상적인 결혼 연령은 아니었지. 그때 아버지가 한 말이 생각나. 결혼할 기회는 많았으나 결혼하지 않았다는 둥, 부모 덕이 없었던 자신으로서는 가정을 꾸리는 일이 두려웠다는 둥. '너는 아직 잘 이해하지 못하겠지만, 어렵게 살아온 사람에게는 그저 평범한 사람들의 편안하고 행복한 가정마저도 두려울 때가 있어. 같 잖게 분수에도 맞지 않는 행복을 탐내다가 죄다 망쳐버릴 수도 있으니까.' 물론 나는 그게 무슨 소리인지 이해할 수 없었어. 나중에 쉰 살도 되지 않은 아버지가 돌아가신 뒤에야 그 말이 무슨 뜻인지 조금 알 것도 같았지. 돌아가시면서도 아버지는 공연히 결혼해 어린 아내와 아들을 남겨 둔 일 때문에 스스로를 책망했을 거야. 아버지의 행복이란 하룻밤 짝을 찾는 반딧불이의 화려한 빛과 같은 것이었지. 다음날 날이 밝으면 그게 얼마나 끔찍한 것이었는지 비로소 알게 되는. 이제 내가 왜 그렇게 내 사랑에 다가서는 일을 두려워했는지 알 거야. 나는 어려서 그 일을 모두 지켜봤거든. 혹시 사랑이 다음 날이면 끔찍한 모양으로 죽어 있는 곤충 같은 것이 아닐까 걱정했거든. 그래서 나는 네게 너무나 조심스럽게 다가간 거야. 너를 사랑한다는 말이 저절로 나올 때까지 기다렸던 거야.

네가 집 앞에 모습을 나타냈을 때, 나는 당장이라도 네 손을 잡고 어디론가 떠나고 싶었어. 아름답고 행복한 일만 존재하는 미지의 곳으로. 너와 함께. 기억나니? 그런 내게 넌 이렇게 말했지. '도대체 왜 자꾸 저를 괴롭히는 거예요? 저는 사귀고 싶은 마음이 없다고 지난번 편지로 분명히 말했잖아요.' 너는 나를 빤히 쳐다봤어. 나도 모르게 한숨이 나오더군. 너를 괴롭힐 생각이 전혀 없었으니까. 너는 내게 더없이 소중한 사람이었으니까. 나는 아무 말 없이 네게 사진이 든 봉투를 건넸어. 너는 아예 받을 생각도 없더군. 나는 봉투에서 지난

밤 앨범에서 고르고 고른 내 사진을 꺼냈어. '이게 뭐예요?' 라고 네가 물었지. '나도 네 사진이 있으니까 너도 내 사진을 가져' 라고 내가 말하는 동안 네 얼굴이 끔찍하게 일그러지는 모습을 볼 수 있었어. 너의 그 아름다운 얼굴이. 그러더니 다시 입술 한 쪽이 올라가면서 너는 미소를 지었지. 천천히 내가 보는 앞에서 그 사진을 찢기 위해서였어. 나도 모르게 눈을 감았지. 근처 숲에서 새가 날갯짓을 하는 소리, 조그만 개울이 흐르는 소리, 바람 소리, 먼 빛이 나뭇잎을 스치는 소리, 먼바다의 파도 소리가 두서없이 내 귓가를 맴돌았어. 다시 눈을 떴을 때, 너는 두 손으로 뺨을 감싼 채 눈물이 그렁그렁 맺힌 눈망울로 나를 바라보고 있었어. 나는 돌아서서 자전거에 올라탄 뒤 열심히 페달을 밟았지. 나 또한 흘러내리는 눈물을 감추려고 더 세게 발을 굴렀지. 가로수 길을 한참 달리다가 숨이 턱까지 차오르고 허벅지 근육이 터질 것 같아질 때쯤에야 나는 내가 너를 때렸다는 사실을 수긍해야만 했어. 푸른 빛이여. 바다라면. 바다의 한때나마 꿈일 수나마 있다면. 내 푸른 빛이여.

십 년 전쯤 그랬듯이 역전에 사람들이 모여 있던 어느 일요일이었어. 고향 사람들이 빨갱이라고 부르던 어느 대통령 후보의 유세가 있던 날이었어. 친구와 나는 맨 앞자리에 쪼그리고 앉아서 그가 단상에 올라오기를 기다렸어. 하지만 그는 결국 단상으로 올라오지 못했어. 그 대신에 깨져 버린 계란의 더러운 노란빛만이 단상을 장식했지. 결국 세상은 하나도 아름다울 게 없는 곳이었어. 아름다운 줄만 알고 다가섰다가는 그만 그 더러운 꼴에 구역질이 나게 마련이지. 그 지겨운 꼴을 낱낱이 보고 있다가 저녁 무렵, 나는 친구를 끌고 시장통의 술집으로 갔어. 백조, 은하수, 동백 등 촌스런 상호를 붙이고 양주, 맥주, 안주일체 따위의 글씨를 시커멓게 선팅해 놓은 집들이 다닥다닥 붙어 있는 곳이지. 가끔 학교에서 돌아오다 보면 알이 군데군데 빠진 싸구려 발 사이로 나무 무늬 벽지가 벗겨진 실내가 보이던, 그런 곳이야. 안 가겠다고 사정하는 친구 녀석의 소매를 잡아끌어 미림이라는 상호의 술집으로 들어갔어. 주인 아줌마는 내가 양품점 집 아들이라는 사실을 알았기 때문에 술을 못 팔겠으니 나가라고 소리쳤지. 내가 돈을 꺼내 보이며 '내 돈으로 내가 술 마시겠다는데 왜 그러시냐'고 엉거주춤 말했지. 하지만 안 통하는 얘기였어. 그 꼴을 보더니 어느 틈에 친구 녀석은 줄행랑을 치고 말았지. 그렇게 아줌마와 실랑이를 벌이고 있으려니까 혜지 누나가 우리를 내다보더니 뛰어나왔어. '너, 왜 그러니?'라고 그녀가 말했고 나는 '술 마시러 왔어요! 왜요?'라고 되쏘았지. 그때 갑자기 깔깔거리며 그녀가 '너, 여자한테 차였냐?'라고 말했고 나는 맥이 탁 풀리고 말았어. 하지만 '웃기는 소리, 집어치워요! 더러워서 안 마실 테니까'라고 소리치고 뛰어나가려는데 그녀가 내 팔을 붙잡았어. 도망가지도 못하고 병신처럼 팔뚝을 잡히고 말았지. 나는 숭고한 내 첫사랑을 망친 사람이 혜지 누나라고 생각한 거야. 그래서 그녀에게 한껏 모욕을 주려고 마음먹고 찾아갔던 길이었어. 그런데 그녀의 말에 갑자기 모든 호기가 사라지고 도망갈 기운마저 빠진 거야.

나는 빈 잔을 내밀며 맥주를 가져온 혜지 누나에게 따르라고 말했어. 그녀는 피식 웃더군. 어차피 돈을 주면 누구에게나 술을 따르는 사람이 아니냐고 내가 말하자, 그녀의 얼굴에 그늘이 드리워졌지. '나는 아무에게나 술을 따르는 사람이 아니야'라고 그녀가 얘기했어. '돈을 벌기 위해 행동하는 것은 내 진심이 아니니까.' '진심으로 원하는 것도 아니면서 왜 술집 같은 데서 일해요? 그렇게 싫으면 공장이라도 다니면 되잖아.' '공장을 다니는 게 네 말처럼 쉬운 일이 아니라는 걸 알아야지. 너야 네 어머니가 주는 돈으로 학교 다니니까 그런 걸 알 턱이 없지.' 그녀의 말에 나는 갑자기 짜증이 났어. '걱정하지 않아도 돼요. 어차피 스무 살이 되면 나는 가족이니 뭐니 하는 따위는 아주 없는 곳에서 살 테니까요. 아무도 알아주지 않아도 좋아요. 난 내가 옳다고 생각하는 일을 찾아 살아갈 테니까.' '네가 옳다고 생각하는 일이 뭔데?' '세상을 좀더 살 만한 곳으로 만드는 일. 불화와 다툼이 없는 정의로운 세상을 만드는 일이죠.' '그게 가족을 떠나 네가 하고 싶은 일이야?' 그녀가 자기도 한 잔 달라며 잔을 내밀었지. 나는 술을 따랐어. 그녀가 맥주를 단숨에 들이켜더군. 질세라 나도 단숨에 잔을 비웠어. 그녀가 다시 내 잔에 술을 따르면서 '넌, 오늘 내 손님이니까'라고 말했어. '진심으로 따르지는 않는다는 말씀이군.' 하지만 그녀는 말이 없었지. 저녁 지을 무렵이었는데 아직 손님이 올 시간이 아니었는지, 아니면 일요일은 원래 그렇게 한가한지 들어오는 사람이 없었어. 혜지 누나와 둘이서 좁은 칸막이 자리에 들어가자, 우리를 비아냥거리던 그녀의 동료들은 모두 방으로 들어가 텔레비전만 보고 있었지. 시간이 술 취한 듯 제멋대로 흐르고 있었어.

'나는 스무 살 때, 뭘 하고 싶었는지 알아?' 혜지 누나가 말했어. '술 마시고 싶었겠죠.' '그땐 네 말처럼 공장에 다녔으니 술 마시고 싶어도 마실 시간이 없었다구.' 그녀는 집게손가락으로 탁자에 동그라미를 그리며 말했어. '마음놓고 일식을 한번 봤으면 했어.' '일식이라구요?' '그래, 일식. 이렇게 쥐 파먹듯이 해가 달에 가려지는 것 말이야. 스무 살 생일 무렵, 고향에 있는 동생이 편지를 보내왔거든. 누나 생일인 9월 23일에 부분일식이 일어나. 천문학자를 꿈꾸는 나는 당연히 그을린 유리로 태양을 볼 거야. 누나도 꼭 봐. 그 전날 밤에 나는 유리를 하나 구해 불에 그을렸어. 그리고 일식이 일어나던 오전에 잠깐 밖에 나가서 그을린 유리를 들고 해를 바라봤지. 남동생은 너와 똑같이 고등학교 2학년이야. 어릴 때부터 공부를 얼마나 잘했는지 몰라. 그 애는 분명 대단한 천문학자가 될 거야. 너처럼 정의로운 세상을 만들지는 못하겠지만, 제일 처음 발견하는 별에 내 이름을 붙여 줄 거야. 그 애를 위해서라면 난 뭐든지 할 수 있단다. 일식이 도대체 뭔지도 모르면서 그을린 유리로 해를 바라본 까닭도 그 때문이었어. 한참 들여다봐도 아무 변화가 없어 의아하던 차에 누군가 지금 뭐하냐고 묻더군. 공장에서 일하는 윗사람이었어. 얼른 유리를 감추며 아무것도 아니라고 말했어. 그 사람이 또 물었어. 그래서 일식을 본다고 말했더니 다짜고짜 따귀를 때리더라구. 그 심정, 너는 모를 거야. 내가 왜 맞아야 하는지 모르고 매를 맞는 심정 말이야. 그 사람은 일식이라고는 초밥밖에는 모르는 놈이었어. 일식이 뭔지도 모르는 그런 새끼가 공순이 주제에 미친 지랄한다면서 소리를 고래고래 질러 댔지. 결국 난 일식도 못 보고 다시 끌려 들어갔지.' 그녀가 넋두리하듯이 주절주절 말을 쏟아 냈어.

'무식한 자식, 혼자서 속으로만 욕을 했지. 그리고 남동생에게 보내는 편지에 이렇게 썼어. 그래, 네가 보라던 일식은 나도 봤다. 해가 완전히 가려졌더구나. 공부는 잘하고 있지? 열심히 공부해서 훌륭한 천문학자가 되기 바란다. 며칠 뒤, 남동생에게서 편지가 왔어. 누나, 이번 일식은 부분일식이라 해가 조금만 가려지다가 마는 거야. 누나는 왜 그렇게 무식해? 그건 그렇고 보충수업비를 못 내서 걱정이야. 아버지는 보충수업 받지 말라고 하시는데……. 공장 일만 가지고는 어렵겠다는 생각이 들었어. 나 혼자 몸이라면 그래도 살아가겠는데, 고향의 식구들까지는 버거웠어. 일식도 마음대로 못 보던 나는 그래서 공장을 그만두게 된 거야. 알겠니?' 혜지 누나가 나를 가리키며 말했지. '그 자식, 철없는 놈이군요.' 내가 말하자 그녀가 정색했어. '너보다는 훨씬 나은 애니까 그런 말은 그만뒀으면 해. 걔가 그렇게 편지에 써 보낼 때는 정말 돈이 너무 필요해서 그랬던 거야. 걔는 훌륭한 학자가 될 거야.' 나는 그녀가 남동생을 감싸는 꼴이 보기 싫었지. '그래 봐야 누나가 술집에서 일하며 번 돈으로 되는 것 아니에요? 그런 돈으로 학자가 될 바에야 나 같으면 차라리 나도 일하겠어요.' 혜지 누나가 나를 흘겨봤지. '그렇게 쉽게 얘기하지 마. 나를 욕하는 것은 참을 수 있지만, 내 동생 욕하는 것은 참을 수 없으니까. 내 동생이나 나나 너보다는 훨씬 더 어렵게 산 사람들이야. 네 마음대로 얘기하지 마.' 그리고 그녀는 자리에서 벌떡 일어섰어. '술 다 마셨으니까 이제 그만 계산하고 가시지. 좋아하는 여학생에게 차인 꼴이 안쓰러워 잠시 말벗이나 해주려고 했지만, 넌 아무래도 안 되겠다.' 부끄러운 얘기지만, 좋아하는 여학생 운운하는 그 말에 다시 내가 왜 그 집에 술을 마시러 갔는지 기억하게 됐지.

내게 누나 행세를 하려고 드는 그녀를 보니 다시 나쁜 마음이 들기 시작했어. '왜 이래요? 돈 있다는 데 왜 술을 안 가져와.' '집에 가, 이 녀석아. 지금도 얼굴이 빨갛잖아. 네 어머니, 혼자서 얼마나 힘드신데 네가 이 야단이니. 정의로운 사회고 뭐고 간에 지금은 공부나 열심히 하는 게 제일 잘하는 짓이야. 알겠어?' '웃기는 소리하지 말아요. 남의 잔에 술이나 따르는 더러운 주제에 무슨 훈계야!' '그래, 난 남의 잔에 술이나 따르는 더러운 년이야. 하지만 너 같은 동생을 둔 몸으로 할 말은 해야겠다. 어서 일어서서 집에 안 갈래!' 우리가 큰 소리로 이런 말을 주고받으니까 방에 있던 다른 여자들이 밖으로 나왔어. 분위기가 별로 좋지 않더군. '쳇, 더러운 주제에 천문학자 동생 둬서 좋겠네. 잘 해봐라, 잘 해봐. 주제를 알아야지, 그을린 유리가 다 뭐고 일식이 다 뭐야!' 그렇게 말하고 뛰쳐나오는데 등뒤에서 혜지 누나가 큰 소리로 말했어. '너, 거기 안 서! 이 자식아!' 그리고 등을 때리는 겨울 바람결에 아이고라는 소리와 함께 분해서 엉엉 우는 소리가 멀리 들렸지. 세상에 어떤 동물도 자신이 아름답다고 느끼는 것을 일부러 부수지는 않지. 아름다운 것을 보고 망쳐 버리는 동물은 사람뿐이야. 그렇게 망가지는 꼴을 보니 신이 났어. 나는 주먹을 움켜쥐고 드디어 복수했다고 생각했어.

그리고 며칠 뒤, 새로 선출된 대통령에 관한 뉴스를 보고 있는데 가게 쪽에서 큰소리가 들렸어. 문틈으로 내다보니 혜지 누나가 온 거야. 어머니는 그녀에게 자신이 그녀를 얼마나 위해 줬는데 자기 아들에게 술을 마시게 할 수가 있냐며 소리쳤어. 혜지 누나가 말했어. '잘못했어요, 언니. 잘못했어요.' '웃기는 소리하지 마, 애. 걔는 아직 어린애야. 주인 아줌마 말 듣고 안 먹겠다며 돌아가려는 애를 니가 잡아끌었다고 그러대? 글쎄, 니가 누구 앞에서 꼬리를 치니?' '아니에요. 그저 여자친구와 헤어져 기분이 좋지 않은 것 같아 위로나 해주려고 그런 것뿐이에요. 제가 잘못했어요.' '얼씨구, 이젠 걔가 여자를 사귀었다고 말하는 거야?' '진짜예요. 걔, 어떤 여자애 좋아한 거는 언니도 알잖아요.'

잠시 뒤, 어머니가 나를 부르는 소리가 들렸어. 나가 봤더니 혜지 누나가 눈물을 흘리며 서 있었어. 그녀는 나를 보더니 우는 건지 웃는 건지 알 수 없는 표정을 짓더군. 어머니가 내게 물었어. '너, 여자애 사귄 적 있니?' 혜지 누나를 빤히 쳐다보면서 나는 '아니오'라고 말했어. 그녀의 눈이 크게 흔들렸지. 어머니가 다시 물었어. '니가 애한테 술 달라고 했어?' 나는 다시 '아니오, 그런 적 없어요'라고 말했어. 내 말에 혜지 누나는 뒷걸음질치더니 문을 열고 도망가 버렸어. 겁에 질려 나를 바라보던 그 눈이 아직도 선명하게 기억나. 방에 들어가 나는 텔레비전을 끄고 조용히 누워 있었어.

직선제 개헌이 받아들여지고 대통령 후보들의 선거 유세가 한참일 때, 나는 세상이 바뀔 것이라고 생각했었지. 웃긴 생각이었어. 세상은 내가 생각했던 것처럼 그렇게 아름다운 곳이 아니었어. 영양을 덮치는 들개들처럼 사람들은 아름답고 소중하고 정의로운 것이라면 달려들어 추하고 더러운 것으로 만들어 버려. 짓밟고 때리고 뭉개고 나면 아름다움이란 그저 찰나에만 존재하는 것이며 영원한 것은 더럽고 야비한 것들뿐이라는 생각이 들었어. 푸른 빛이여. 바다라면. 타다의 한때나마 꿈일 수나마 있다면. 정의란, 아름다움이란, 사랑이란 바다의 한때나마 꿈에 불과한 거야.

위대한 보통사람의 시대가 열린 새해부터 다른 생각은 하지 않고 학교와 집만을 왔다 갔다 했어. 어머니에게는 근처에 완구점을 개업한 노처녀가 새로운 말벗이 됐지. 독실하게 성당에 다니는 그 노처녀 덕택에 어머니는 예비자 교리반에 나갈 것을 심각하게 고려하게 됐을 정도였으니까 새로운 말벗에 대해 내가 논평할 말도 없었고 그러고 싶지도 않았어. 가끔 토요일 집에 돌아오다가, 혹은 일요일 아침 공부하러 학교에 가다가 너를 본 적도 있었지. 너는 나를 보면 일부러 고개를 돌리는 것 같았지만, 이제는 너는 내 마음에 아무런 빛도 던져 주지 못했어. 내 머릿속을 지배한 것은 일류대학뿐이었어. 너를 비롯해 나를 무시한 모든 사람들에게 그렇게 복수하고도 싶었고 이 지긋지긋한 소도시에서 벗어나는 가장 좋은 방법이 그것뿐이었기 때문이기도 하지.

집에 가다가 미림 쪽을 바라본 적도 있었어. 지나가듯이 어머니는 혜지 누나가 그곳에서 먼 바닷가인 고향으로 돌아갔다고 말한 적이 있어. 하지만 나는 그녀가 고향으로 돌아가지 않았다는 사실을 알고 있었어. 나와 동갑인 남동생이 아직 고등학교도 졸업하지 않았으니까 그녀는 고향으로 돌아갈 수 없는 거야. 어쩌면 혜지 누나는 영영 고향으로 돌아가지 못할지도 모르지. 스무 살이 되던 날, 소원이 고작 마음놓고 일식을 보는 것이었던 사람. 말하진 않았지만 아마도 남동생과 나란히 서서 불에 그을린 유리를 들여다보고 싶었던 사람. 그리고 나는 이듬해 원하던 서울의 일류대학에 합격했고 어머니는 베로니카라는 세례명을 받았어. 죽은 아버지가 평생 두려워한 불안한 행복이 우리 집에도 찾아왔지. 그 행복은 아버지가 생각했던 것만큼 두려운 게 아니었어. 일상의 행복이라는 게 부서질까 봐 겁이 날 만큼 대단한 것은 아니었으니까. 물론 채 일 년이 지나지 않아 명문대학에 합격했다는 이유만으로 생긴 이 행복이 송두리째 날아가긴 했지만.

다시 그 나비 얘기를 하는 게 좋을 것 같아. 그때 나비를 죽이고 한참을 뛰어가다가 어느 골목에 주저앉았지. 상업고등학교 밴드부가 연주하는 군가 소리가 아련하게 울려 퍼지고 있었어. 나는 오른쪽 신발을 벗고 조심스레 밑창을 봤어. 진물 같은 게 묻어 있더군. 몇 번 바닥에 문질렀지만, 웬일인지 쉽게 지워지지 않았어. 난감해진 나는 신발을 손에 들고 한참 서 있다가 맞은편 담장 너머로 던져 버렸어. 밴드부가 이끄는 시가행진을 보러 가고 싶었지만, 신발 한쪽을 버렸기 때문에 나는 하는 수 없이 집으로 돌아갔지. 살아가면서 가끔 내가 던져 버린 그 신발이 생각나. 그 신발은 지금 어떻게 됐을까? 이튿날 남대천에 뿌려 버린 죽은 반딧불이들은 지금 어떻게 됐을까? 혜지 누나는 어디서 무엇을 할까?

어제 아침 일찍, 나는 도피 생활 동안 지내던 달동네의 가톨릭 계통 고아원 사람들에게 고향에 내려가겠노라며 인사하고 밖으로 나왔어. 전날 밤에는 그럴싸한 송별식도 열었지. 같이 봉사활동을 하던 사람들도, 고아원의 아이들도 내가 수배자였다는 사실은 모르고 있었어. 심지어는 가톨릭 신자라는 사실도 모를 정도였으니까. 좋은 사람들이었지. 짐을 넣은 가방을 메고 나오는데 지난 일 년 간의 일들이 생각나면서 눈물이 나올 것만 같았어. 우여곡절 끝에 군인이 아닌 민간인이 대통령으로 선출된 서울 하늘로 12월의 새로운 바람이 스쳐 지나갔지. 젊음을 바쳐 우리가 꿈꿨던 세상을 반쯤은 이룬 것일까? 아니면 모든 게 이제 다시 시작되는 것일까? 나는 꿈결 속을 걷듯이 버스가 다니는 아래쪽이 아니라 아침 준비로 분주한 산동네 꼬불꼬불한 골목을 지나 근처의 산으로 올라갔어. 주머니에 반짝이는 유리판을 하나 넣은 채.

8시 무렵 나는 신문지에 불을 붙여 유리판을 그을렸어. 육 년 만에 돌아온 일식이었어. 오래전부터 기다려왔던 일식이었지. 시커멓게 그을린 유리판을 들어 눈앞에 대고 태양을 바라봤어. 검은 그을림에 그 세기가 약해진 노란빛이 내 눈 안으로 들어왔어. 그 아름다운 빛이 내 속으로 밀려 들어왔어. 까닭 없는 슬픔과 한없는 기쁨과 막연한 불안감이 하늘을 떠도는 먼지 알갱이처럼 내 안에서 서로 뒤섞여 거대한 하나의 원으로 바뀌는 동안, 조금씩 둥근 원이 태양 속으로 밀려들기 시작했지. 눈물 방울처럼 검은 유리판에 새겨진 그 아름다운 노란빛. 언젠가 보았던 너의, 또 혜지 누나의 눈물 맺힌 눈동자처럼 한쪽 부분부터 흔들리는 그 둥근 빛. 그러나 결코 부서지거나 망가지지 않을 그 소중한 동그라미. 무한히 수축됐다가 다시 온 우주로 퍼져 나가는 그 노란 물결. 그제야 알 것 같았어. 혜지 누나가 동생과 나란히 서서 그을린 유리로 바라보려던 게 일식이 아니었음을. 그 순간부터 나는 새였고 물이었고 혹시는 바람이었어. 푸른 빛이었고 바다였고 바다의 한때나마 꿈이었어. 내 안을 충만하게 메운 그 따뜻한 느낌. 나는 그게 사랑이란 걸 그제야 깨달았어. 나는 비로소 사랑에 빠진 거야. 알겠니? 그 누구도 망가뜨릴 수 없는, 첫사랑에 빠진 거야.

밤의 고속도로

김인숙

1963년 서울 출생.

연세대 신문방송학과 졸업.

1983년 《조선일보》 신춘문예에 〈상실의 계절〉이 당선되어 등단했다.

소설집 《함께 걷는 길》·《칼날과 사랑》·《유리 구두》·

《브라스밴드를 기다리며》, 장편소설 《핏줄》·《불꽃》·

《긴 밤, 짧게 다가온 아침》·《그래서 너는 안는다》·

《시드니 그 푸른 바다에 서다》·《먼 길》 등이 있다.

현대문학상, 한국일보문학상을 수상했다.

밤의 고속도로

1

간혹 그런 경험을 할 때가 있다.

한밤중의 고속도로 한복판에서 느닷없이 꽃이나 새나 바다를 만나는 것과 같은. 찰나의 순간에, 그것들은 내게 냄새를 남기고 멀미를 남기거나, 기억의 통증을 남긴다. 환영은 현실보다 훨씬 눈부시고, 현실보다 더욱 고통스럽다. 그러나 그 순간이 희뜩 지나가 버리고 나면 나는 여전히 고속도로를 달리고 있을 뿐이다. 등짝에 십 톤이 넘는 무게의 화물을 싣고 속도계의 바늘을 시속 120까지 올려 가면서. 졸음의 순간은 얼마쯤이나 되었을까. 십 초나 이십 초, 어쩌면 일 초나 이 초쯤이었을지도 모른다.

간혹이라고 말했지만, 실은 어쩌면 매일 밤 같은 경험을 하고 있는지도 모르겠다. 꽃이나 새나 바다 대신에, 가장 최근에 잤던 여자가 나타나기도 하고, 그곳에는 있을 리가 없는 톨게이트가 눈부시게 환한 불빛으로 불쑥 나타나기도 한다. 그러한 것들 역시 내게 냄새, 멀미, 기억의 통증을 남긴다. 중요한 것은 여전히, 내가 무사하게, 밤의 고속도로를 달리고 있다는 사실이다.

밤은 늘 무섭도록 조용하다. 오래된 트럭의 낡고 시끄러운 엔진 소리, 도 경계선을 지나면서 주파수가 바뀐 채 지직거리는 라디오 소리, 담배를 피울 때 열었다가 다시 올리지 않은 창문 틈 사이로 쏟아져 들어오는 바람의 굉음소리에도 불구하고, 트럭 안은 언제나 완벽한 정적이다. 밤의 고속도로에서 나는 내 숨소리의 한순간도 놓치지 않는다. 내가 숨쉬고 있다는 것을 잊는 것은, 극히 찰나의 순간 내가 정신을 놓았을 때뿐이다. 다행히 나는 늘 살아 있으나, 나를 잊고 나를 놓는 그 찰나의 순간이 생사의 경계였다는 것을 내가 모르는 것은 아니다. 그럼에도 불구하고 졸음의 순간은 마치 마약 같다. 버티려고 애를 써도, 결국에는 빨려 들어가게 되고, 나는 그 깊고 아득한 구멍 속에서 내가 기억하고 싶어하는 극점의 순간들을 만난다. 극점의 순간이라고 말했지만 그러나 어쩌면, 나는 그 일 초나 이 초의 순간에 또 다른 생의 전부를 살다가 온 것일지도 모른다. 밤의 고속도로는 사람을 철학적으로 만든다.

2

빵집이 문을 여는 시간은 오전 아홉 시고, 첫 번째로 구워진 빵이 나오는 시간은 아홉 시 반이다. 그 시간에 나는 다시 서울로 돌아오는 톨게이트를 통과하고 있다. 트럭 일을 하기 전에는 아침을 거르는 적이 많았지만, 밤의 고속도로를 타기 시작한 이후로는 한 술을 뜨더라도 끼니를 거르지 않으려고 애쓰게 되었다.

그 여자의 빵집은, 내가 사는 동네에 있지도 않았고 거대한 트럭을 주차시키기에 편안한 곳에 있지도 않았다. 그런데도 무엇이 나를 그 빵집으로 이끌었을까. 혼자 사는 아들을 지키던 어머니가 당신 혼자 몸도 지키기 어렵게 되어 큰형네 집으로 옮기고 난 뒤에도, 빵을 먹느니 식은 밥에 식은 국을 말아 먹는 게 낫다고 여길 정도로 빵을 좋아하지 않던 나였다.

그때 그 여자의 빵집이 바라보이는 건널목에서 신호 대기를 하고 서 있을 때, 누군가가 종이봉투에 바케트 빵을 담아 가지고 나오는 것을 본 것 같기는 하다. 밤의 고속도로에서 잠깐 졸음에 빠지는 것처럼 그 모습은 비현실적으로 보였다. 종이봉투에 담긴 바케트 빵을 사 가지고 빵집 문을 나서는 풍경은, 텔레비전 광고 속에나 있는 법이었다.

실제로 내가 그 빵집에 들어가 먹을 만한 빵들을 골라 카운터에 내밀었을 때, 여자가 그 빵을 담기 위해 꺼내든 것은 비닐봉투였다. 나는 일부러 계산대 안쪽을 눈여겨보았는데, 계산대 안쪽 어느 은밀한 곳에도 종이봉투 같은 것은 보이지 않았다.

식빵을 하나 가져가시는 게 어떻겠어요?

내가 내민 단팥빵 따위들을 봉투에 담다 말고 여자가 내게 물었다. 오늘 빵 나오는 시간이 좀 늦었거든요. 따뜻한 식빵이 있는데요.

여자의 말을 듣고 바라보니, 아직 진열되지 않은 식빵들이 하얀 김이라도 솟아 올릴 듯이, 여인의 젖가슴처럼 쟁반 위에 놓여져 있는 것이 보였다. 나를 이끈 것은 혹시 저렇게 하얀 속살로 부풀어 오른 식빵의 냄새였던가.

됐습니다.

그러나 나는 그렇게 말했고, 비닐봉투를 집어 들었다. 내가 문득 뒤

를 돌아본 것은 빵집 문을 나서다 말고였다. 어떤 기억의 끌림, 그런
게 있었다. 여자가 내게 안녕히 가세요,라고 말할 때 그 목소리의 어감
때문이었을 것이다. 언젠가 꼭 한 번 들었던 인사 같았다.

　혹시……

　내가 여자를 빤히 바라보는 채로 입을 열었고, 서랍을 열려고 허리
를 굽히고 있던 여자가 동그란 눈을 치켜뜨며 나를 바라보았다.

　아닙니다.

　나는 다시 등을 돌렸고, 여자는 다시 한 번 '안녕히 가세요' 했다.

　아침햇살이 환한 거리에서 나는 잠깐 홀로 고개를 가로저었다. 그
여자일 리가 없지 않은가. 고개를 저으면서 그런 생각을 했던 것도
같고, 그 여자면 어떻고 그 여자가 아니라면 또 어떻단 말인가, 하는
생각을 했던 것도 같다. 그 여자에 대한 기억은 이미 십오 년 전의
시간에 멈춰져 있었다. 그 동안 그 여자를 간혹 떠올리지 않았던 것
은 아니지만 그러나 더 이상은 통증이 없는 기억이었다. 그 여자와
헤어진 뒤에, 나는 그 여자와 했던 것보다 훨씬 더 독한 연애를 했고
그 연애 또한 실패로 끝을 냈다. 그 지독한 연애 뒤에, 그전이나 그후
의 어떤 여자를 떠올려도 내게 치명적 상처를 안겼던 여자의 기억을
압도하지는 못했다. 십오 년 전의 여자를 잊는 일은 자연스럽게 이루
어졌다. 기억은 기억으로 압도되었고 상처 역시 상처로 압도되었다.

　그러나 그날, 밤의 고속도로에서 나는 찰나의 순간 십오 년 전의
그 여자를 기억한다. 곱고 온순하던 웃음, 아주 적은 말수, 극장의
어둠 속에서 촉촉이 젖어 있던 손…… 골목길의 어둠, 난 겁이 나요,
라고 말하던 작은 입술의 떨림…….

　그때 나는 스물일곱 살이었고, 정수기를 만드는 회사에서 근무를
하고 있었다. 대학을 졸업하기 전에 입사가 결정되었고, 내가 입사를
하자마자 정수기가 가정 필수품인 것처럼 붐을 이루었고 느닷없는 도

시개발로 한 뼘만 하던 집 값이 껑충 뛰어, 집 안은 집 값에 붙은 동그라미 숫자를 헤아려 보는 것만으로도 행복하고 풍요로웠다. 돌이켜 보면 그 시절이 내 인생의 절정기가 아니었던가 하는 생각도 든다. 꿈이 꿈만으로도 풍요로웠던 시절…… 나는 온순하고 다소곳한 여자와의 가정을 꾸리는 것을 꿈꾸었고, 남보다 조금 빨리 진급하여 정수기 회사의 간부가 되는 것을 꿈꾸었고, 형이 집 값의 반을 뚝 떼어 주어 내 몫의 작은 아파트를 갖게 되는 것을 꿈꾸었다. 내가 그런 꿈들에 매혹되어 있을 때, 내 곁에 있던 여자가 바로 그 여자였다.

지금에 와서야 하는 생각이지만, 내가 그 여자의 어떤 부분에 오해를 했다면, 그건 아마도 그 시절의 내 꿈 때문이었을 것이다. 나는 내 꿈의 퍼즐조각을 맞추는 일에 몰두하느라 그 퍼즐이 잘못된 조각일 수도 있다고는 생각조차 할 수가 없었을 것이다. 그러니 내가 사랑했던 건 내 꿈의 조각이지 그 여자 자체가 아니었을지도 모를 일이다. 그후 내 독한 연애는 그 여자와 헤어진 뒤 고작 반년 만에 일어났는데, 내가 십오 년 전의 그 여자를 진심으로 사랑했다면 그렇게 빨리, 그렇게 치명적인 연애가 곧바로 이루어질 수 있었을지 의문이다. 어쩌면 나는 단 한순간도 그 여자를 사랑하지 않았던 것일지 모르겠다.

그러나 그런 생각은 나를 위안하기 위한 것에 아니지 않을까. 헤어진 여자를 사랑하지 않았다고 생각하는 것처럼 편안하고 합리적인 위로의 방법은 있을 수 없는 것이다. 헤어질 수가 없게 된 여자를 사랑한다고 믿어 버리는 것처럼 말이다. 일 년 전, 내가 트럭운전사가 되지 않을 수 없었을 때 나는 어렸을 때의 내 꿈의 목록 중의 하나가 트럭운전사였다는 사실을 기억해 내야만 했다. 나는 위로받고 싶어 애를 썼고, 실제로 위로가 되었던 것도 사실이기는 하지만, 내가 대통령이 되거나 재벌회사 사장이 되지 않을 수 없을 때 어렸을 때의 꿈이 그러했다는 것을 기억해 내는 것처럼 행복하고 자연스러운 일은 아니었을 것이다. 적어도 그런 경우에는 위로받는 것과 동시에, 빌어먹을! 하필이면 왜 트럭운전사 따위가 되고 싶었어!라고 오래된 기억에 대고 욕설을 내뱉지는 않을 것이다. 빌어먹을, 어떻든 나는 성공한 거야. 어린 시절의 꿈을 이루었잖아, 라고 밤의 고속도로에서 혼자 고래고래 소리를 지르는 일도 없을 것이고.

내가 그 여자를 사랑한 것이 사실이든 아니든, 그 여자를 만나고 있던 시절에 나는 그 여자에게 내 어린 시절의 온갖 꿈을 다 이야기해 주었었다. 물론 그 꿈들 중에, 정수기 회사의 영업사원이 되는 꿈 같은 것은 없었다. 천 가지 종류의 꿈 중에도 존재하지 않았던 꿈. 그러나 그런 것이 무슨 상관이 있었겠는가. 내 현실은 적당히 안락했고, 그래서 편안했고, 희망적이었다. 적어도 십오 년 후의 어느 날의 내 삶이, 한밤중의 고속도로, 시속 120킬로미터 위에 놓여지리라고는 생각지도 못했던 나날들이었다.

3

거대한 트럭들이 노란 후미등을 밝힌 채 줄지어 가는, 밤의 고속도로의 풍경은 저 원시 공룡의 시대를 연상케 한다. 트럭은 짙은 어둠의 밤처럼 장엄하고, 모든 소리와 모든 움직임을 압도한다. 승용차들은 작은 초식 동물처럼 트럭을 피해 차선을 변경하고, 재빠르게 꽁무니를 빼 버린다. 트럭의 높은 운전석에서는 승용차의 지붕이 납작하게 내려다보인다. 내가 성큼 한 발만 들어 올려도, 그 납작한 지붕은 형체도 없이 내 두터운 발바닥 아래에 깔아뭉개질 것이다. 졸음이 몰려올 때, 나는 내 머리통을 쥐어박듯 경적을 울린다. 작은 새들이 흩어져 날아가는 것처럼, 승용차들이 흩어진다.

고속도로 갓길에 트럭을 밀어붙이고 깜깜한 어둠 속에 오줌발을 길게 내갈길 때, 나는 내가 왜소한 몸집의 사내라는 것을 까맣게 잊어버린다. 내 몸이 곧 트럭이고, 내 내장은 콘크리트와 철근, 또는 거대한 H빔 같은 것들로 가득 차 있다. 나는 공룡처럼 오줌을 내갈긴다. 오줌과 함께, 아아, 씨팔, 씨팔, 하는 욕설도 고래고래.

바깥 차선으로 천천히 지나가는 트럭의 보조석에, 늙은 여인의 피로한 얼굴이 희끗 바라보인다. 밤의 트럭 안에서 여자를 발견하는 것은 어려운 일이 아니다. 밤일을 하는 남편의 졸음을 쫓아 주거나 말동무가 되어 주기 위해 그 아내들은 흔히 트럭의 보조석에 올라타곤 하는 것이다. 보조석의 여인은 늙은 아내가 아니라 때로는 창녀일 때도 있다. 창녀는 공룡의 허벅지를 간질이고, 때로는 공룡의 바지 지퍼도 내리겠지……. 그러나 고속도로에 신음 소리 같은 건 없다.

트럭운전사들이 밤의 트럭에 아내를 태우기도 한다는 것을 알게 된 뒤, 어머니는 내 결혼에 성화가 많아졌다. 어머니는 젊은 과부 이야기를 꺼내기도 하고, 혼기를 놓쳐 늙어 버렸으나 숫처녀인 것은 틀림없는 식당 주방여자 이야기를 꺼내기도 했다. 그때마다 나는 어머니에게 눈을 부라리며, 기다리라고 곧 갓 스물짜리 기집애 하나 데려다 살겠다고 큰소리를 쳤지만, 그게 얼마나 부질없는 소리인지는 어머니만큼이나 나도 잘 알고 있었다. 기실 나 역시도 최근에는 '어디 가서 술집 기집애나 하나 얻어다 살까' 하는 생각을 하는 중이었으니까 말이다.

그러나 여자와 살을 붙이고 정을 붙이며 사는 일이, 내게 그렇게 중요한 일인지는 알 수 없었다. 결혼을 할 수 있었던 기회들을 놓치고, 또한 나이가 들어가면서 나는 내가 혼자 사는 남자일 뿐만이 아니라 '영원히 혼자 살 수도 있는 남자'라는 사실에 익숙해져 가고 있었다. 그런 면에서는 트럭운전사란 괜찮은 직업이었다. 나는 늘 어딘 가로 홀로 떠나고 있고, 돌아간다는 일은 다시 떠난다는 것을 의미할 뿐이었다. 나는 늘 혼자였으므로, 내 신발 끈을 매 주는 여자는 없었고, 내 등 뒤에서 내게 칼을 겨눌 여자도 없었다.

그러니 내가 십오 년 전의 여자를 문득 떠올리게 되는 일 역시, 여자에 대한 그리움이나 추억 따위는 아닐 것이었다. 나는 다만 오래된 의문을 떠올리고 있을 뿐이었다. 그 여자는 어떤 여자였던가. 내가 그 여자와 헤어지기 직전 그 여자의 머리채를 휘어잡으며 기어코 말하고 싶었던 것처럼 그 여자는 '창녀, 매춘부보다 더 더러운 여자'였을까, 아니면 첫 입맞춤에 입술을 떨며 '나는 겁이 나요'라고 말할 수 있었던, 내가 알고 있었던 온순하고 다소곳한 그 여자였을까.

당신이 날 믿으려고 하지 않기 때문에, 나는 이미 그 무엇도 아니에요.

그 여자의 오래된 말이 십오 년 만에야 떠오른다. 그 여자의 과거 연인이었다고 주장하는 신입 기사의 이야기를 듣고, 바로 그날 밤의 일이었다. 너, 누구야?라고 내가 물었고 여자는 이미 그런 일이 벌어질 것이란 걸 충분히 예상했던 듯 그렇게 대답했었다. 여자의 몸에 손을 댈 생각까지는 없었지만, 느닷없이 여자의 머리채 쪽으로 손이 올라갔던 것은 여자의 그런 식의 대꾸 때문이었다. 내가 그 여자를 만나던 일 년 여의 시간 동안, 그 여자는 한 번도 그런 식의 어투를 사용해 본 적이 없었다. 그 여자는 늘 네, 라고 대답했고, 혹은 다소곳하게 웃었고, 아주 짧게 말했으며, 그 짧은 말들은 대개 단순했다. 나는 그 여자가 말하는 것을 이해하기 위해 그 여자의 말을 되물을 필요가 전혀 없었다. 그 여자는 늘 내가 알아들을 수 있게만 말했고,

이미 내가 예상했던 대답들만을 말했었다.

그런데 그 무엇도 아니라니…… 그렇게 알아들을 수 없는 말이라
니…….

나는 영화 속의 장면처럼 여자의 뺨을 때리는 대신에, 난데없이도
여자의 머리채를 휘어잡았고 그리고는 악을 써 댔다. 누가 듣거나 말
거나, 보거나 말거나 아무 상관없이. 나쁜 년, 나쁜 년, 나쁜 년……
이렇게만.

—하마터면 딱 한 번만 자 달라고 말할 뻔했어요.

그 여자가 일하는 동사무소에 정수기를 점검해 주러 갔었던 신입
기사의 말이었다.

—그 여자인 걸 알아보는 순간, 그 생각밖에는 안 나더라니까요.
솔직히 말하는 거지만, 딴 건 몰라도 그 여자 그거 하나는 정말 끝내
주거든요. 헤어질 때도, 우리 헤어지는 건 헤어지는 거고 그건 계속
하는 게 어떻겠느냐고 말하고 싶었을 정도였으니까, 말해 뭐해요. 하
룻밤에 세 번이나 했는데도, 아침이 되면 또 하고 싶어진단 말이에
요. 그런 여자였다구요.

그날 나는, 신입과 함께 그 여자의 동사무소에 같이 가기로 되어
있었다. 그러나 이미 우리 사이를 빤히 알고 있는 동사무소에 업무를
핑계 삼아 얼굴을 내민다는 것이 좀 면구스러워, 신입만 들여보내 놓
고는 나는 근처의 영업소에 들렀다가 나오는 길이었다. 신입이 그런
말을 할 때, 내 곁에는 영업소의 대리도 함께 있었다. 신입이 그런
말을 꺼내기 직전, 대리는 내게 언제 날을 잡을 거냐고 농담을 건네
었고, 그 이야기 끝에 신입이 손바닥을 딱 치며 나 좀 전에 아는 여
자를 만났어요, 라고 말을 꺼내기 시작했던 것이다.

—그런 여자하고 왜 헤어져?

그때까지 신입이 말하는 그 여자라는 게 누구인지를 알지 못하고 있던 대리가 재미난 화제를 만났다는 듯 물었고, 나 역시 킬킬거리며 신입의 말에 귀를 기울였다.

— 딴 남자가 있었더라구요, 젠장.

신입은 다시 생각해도 입맛이 쓰다는 듯, 말끝에 젠장, 소리를 붙였다.

— 우연히 알게 됐죠. 같은 회사 동료였는데, 어느 날 자기가 옛날에 명기를 가진 여자와 연애를 했다고 얘길 하는 거예요. 대리님이나 선배님처럼 나라고 별 수 있어요. 입맛이 당겨서 그 여자가 누구냐, 어딜 가면 만나느냐 물었더니 글쎄, 그 여자인 거예요. 정애실. 이름이나 흔해요? 정애실이라는 그 촌스러운 이름이?

세상에는 그런 일도 있을 수가 있었다. 신입이 과거에 겪었던 일은 바로 그 순간에 내가 겪고 있는 일이었다. 이름이나 흔한가? 정애실이라는 그 촌스러운 이름이? 게다가, 신입은 바로 그 여자, 정애실이 일하는 동사무소에 들렀다가 온 길이었던 것이다. 대리의 얼굴이 벌게지면서 느닷없이 신입에게, 남자가 채신머리없게 그런 소리를 왜 떠들고 다니느냐고 버럭 고함을 지를 때까지도 신입은 전혀 그 사정을 모르고 있었다. 신입에게 그 여자 이야기를 떠들었다는 과거의 회사 동료 또한 그랬으리라.

신입에겐 더 물어볼 것이 없었다. 나는 얼굴이 벌게진 영업소 대리와 어리둥절해 하는 신입을 자리에 그대로 놓아둔 채, 일어나 등을 돌렸다. 기가 막혔다. 그런 이야기를 같은 회사의 신입에게 듣지 않았다면 어땠을까. 정애실이라는 그 여자와 내 관계를 환히 알고 있는 영업소 대리가 있는 자리에서 듣지 않았다면 어땠을까. 그건 과거라고, 그런 게 무슨 상관이냐고, 한마디쯤은 흰소리를 낼 수도 있었을까?

나는 그날 오후, 회사에 들어가지 않았고 대낮부터 소주 집에 홀로 앉아 있었다. 낮의 소주 집에는 나 말고는 손님이라고는 아무도 없었다. 나는 텅 빈 소주 집에서 소주 한 병과 김치찌개를 시켜 놓고, 찌개 냄비 위로 날아드는 파리 떼를 그냥 쳐다보며 멍하니 앉아 있었다. 여자의 곱고 다소곳한 얼굴이, 말간 소주잔 위로 왔다 갔다 했다. 그런데 그 여자가 한 남자를 육욕에 들뜨게 만든 장본인이고, 또 다른 남자에게도 역시 그러했던 여자라니…… 거짓말 같았다. 만일에 그 이야기를 내게 전달한 사람이 같은 회사의 신입만 아니었다면, 그리고 그 이야기를 같은 자리에서 들은 영업소 대리의 존재만 없었다면…… 나는 그렇게 믿고 싶었을 것이다. 거짓말이라고…… 그 여자는 그런 여자가 아니라, 내가 알고 있는 정애실일 뿐이라고.

4

빵집이 문을 닫는 시간은 오후 열 시다. 여자는 등을 곧게 펴고, 팔을 길게 뻗어 셔터를 내린다. 자바라 식의 셔터가 내려진 뒤에도, 빵집의 유리창은 고스란히 들여다보인다. 아직도 김이 모락모락 날 듯하고, 그 안에서 팥 앙금이 스며 나올 듯한 빵들이 쟁반에 가지런히 담겨진 채 창밖의 어둠을 내다보고 있다. 창문에는 빵 굽는 시간을 알리는 종이가 붙어 있다. 오전에 두 번, 오후에 두 번 여자의 빵집에서는 새로운 빵들이 하얀 속살로 부풀어 오를 것이다.

오후 열 시, 내 트럭은 서울 톨게이트를 빠져나간다. 밤의 공기가 내 트럭의 등을 민다. 간혹, 밤의 공기는 트럭에 실린 거대한 콘크리트 덩이의 옆구리를 간질이고, 내 트럭은 기어코 참지 못한 처 흐흐 웃음소리를 낸다. 그러나 트럭은, 공룡처럼 소멸의 길을 가고 있을 뿐이다. 출고된 지 팔 년이 된 중고 트럭은, 내게로 와서 다시 일 년 세월을 늙었다. 고달픈 엔진이 덜덜거리는 소리를 낸다.

어느 날 밤, 나는 고속도로의 가드레일을 뚫고 나가 절벽에 걸려서 있는 트럭 한 대를 본 적이 있다. 트럭의 전면 유리창은 박살이 나 있었다. 운전자는 아마도 유리창을 뚫고 나가 절벽 아래, 강물로 떨어져 내렸으리라. 그가 유리창을 뚫고 강심까지 내려가는 동안의 시간은 얼마나 되었을까. 일 초나 이 초…… 그것은 찰나의 순간이다. 운전자는 졸음에서 깨기도 전에, 이미 또 다른 세상의 문을 열었을지도 모른다. 그의 잠은 영원하고, 그의 꿈은 영원히 지속될 것이다.

내가 여자의 빵집에 다시 들렀던 것은, 여자를 처음 발견하고 열흘 만인가의 일이었다. 여자를 처음 발견했을 때, 대체 그 여자면 어떻고 또 아니면 어떻단 말인가 하고 홀로 고개를 가로젓기까지 했으나, 그 열흘 사이 나는 그 여자를 다시 한 번 보고 싶은 마음을 참기가 힘들었다. 정말 그 여자인지 아닌지 그것만 확인을 할 작정이었다. 만일에 그 여자라면, 그 여자는 어떻게 나를 못 알아보는지…… 어쩌면 진실로 궁금했던 것은 그것이었을지도 모르겠지만.

"어서 오세요."

빵집이 문을 닫기 직전의 시간이었지만, 여자는 친절하게 웃었다. 마치 십오 년 전의 동사무소 여자처럼.

"날 기억해요?"

내가 물었고, 여자는 다시 웃었다.

"지난번에 오셨었잖아요. 굉장히 큰 트럭을 타고 오셨었는데……. 그렇게 큰 것도 트럭이라고 부르는 게 맞나요?"

"트럭이 다 트럭이지, 뭐겠어요."

나는 갖가지 빵들이 먹음직하게 놓여 있는 진열대 쪽으로 등을 돌렸다. 진열대 앞의 창문이 내 뒷등을 바라보고 있는 여자의 모습을 반사시켰다. 오래 전의 그 여자는 늘 긴 생머리를 유지하고 있었다.

그러나 지금의 빵집 여자는 짧은 파마머리였다. 짧은 파마머리라고는 하지만 서른의 중반을 넘겼을 나이의 머리 스타일이라기보다는 텔레비전에서 자주 보는 연예인들의 활달한 스타일을 닮아 있었다. 오래전의 동사무소 여자에게 그런 머리는 어울리지 않았을 것이다.

십오 년이란 어느 정도의 긴 세월인 것일까. 만일에 내가 이십대였다면, 십오 년의 세월이란 것은 너무나 아득한 것이어서 그 기억은 전생처럼 멀게도 여겨졌을 것이다. 그러나 사십을 넘긴 나이의 십오 년이란 그리 긴 세월이 아니었다. 엊저녁처럼 떠오르는 기억이 갓 스물의 기억일 때가 많았다. 어느 순간부터 세월은 저 홀로 흘러가고, 나는 그 세월의 겉에서 헛도는 것 같았다. 내 늙은 얼굴에도 불구하고 나는 여전히 청년 같았고, 내 몽상은 청년의 그것처럼 헛되기도 했다. 어떻든 십오 년이란 세월에도 불구하고, 내가 여자의 얼굴을 완벽히 착각하거나, 그 여자가 나를 완벽히 알아보지 못한다는 것은 가능한 일로 여겨지지 않았다. 그렇다면 지금 누가 잘못된 기억의 무대 위에 놓여 있는 것일까. 그 여자인가, 아니면 난가…….

"문 닫기 전 한 시간 동안은 세일을 해요. 생크림 케이크 같은 건 반값에도 드리구요."

내 등을 바라보고 있는, 유리창 속의 여자가 나긋나긋한 목소리를 냈다. 여자가 생크림 케이크를 이야기했지만, 나는 쟁반 위에 식빵 하나를 얹었다.

"빵집 오래 했어요?"

계산을 하면서 내가 물었고, 여자는 습관처럼 웃음소리를 냈다.

"여기서만 삼 년 됐나…… 오래된 건가요?"

여자가 농담처럼 말을 건넸지만 나는 그 여자의 '여기서만'이라는 말에만 집중했다. 그렇다면 딴 곳에서도 빵집을 했다는 소린데, 그건 몇 년이었을까. 적어도 십이 년 이상은 아니겠지. 당신, 십오 년 전에는 뭘 했어요,라고 묻고 싶은 것을 나는 간신히 참았다. 그 여자가 나를 알아보지 못하는 이상, 그 여자를 내가 아는 그 여자라고 확신할 만한 근거는 아무 데에도 없는 것이었다. 물론 간단한 방법이 없지는 않았다. 당신 이름이 뭐요? 나는 그렇게 물을 수 있을 것이었다. 그러나 여자는 대답할 수도, 대답하지 않을 수도 있었다. 혹은 오래 전의 그때처럼, 그 여자는 자기를 누구라고 밝히는 대신에 이렇게 말할 수도 있는 것이다.

─당신이 나를 믿으려고 하지 않기 때문에, 나는 이미 그 무엇도 아니에요.

여자는 셔터를 내리고, 셔터를 내리는 동안 바닥에 내려놓았던 가방을 다시 단단히 한 쪽 어깨에 매고, 그리고는 밤길을 걷기 시작한다. 밤늦은 시간이기는 했지만 아직 인적이 끊길 만한 시간은 아니었다. 여자는 카페와 술집들이 네온을 밝힌 거리를, 때 이른 취객들 사이에서 걷고 있다. 여자의 뒷모습은 내게 낯설다. 오래전의 그 여자는 내게 등을 보인 적이 거의 없었다. 데이트를 끝내고 내가 그 여자를 집 앞까지 바래다주었을 때에도, 여자는 내 등을 먼저 돌리게 했었다. 먼저 가세요. 가시는 것 보구요……. 나는 그 여자의 그 나긋나긋한 목소리에 매번 매혹되었다. 나는 화려한 미인과의 연애를 꿈꾸지 않았고, 재벌가의 상속녀와의 운 좋은 결혼을 꿈꾸지도 않았다. 나는 늘 나만 바라보고 늘 내가 원하는 일만 하는 다소곳한 여자와의 영원한 미래를 꿈꾸었고, 그런 면에서 그 여자는 아주 어울리는 여자였다. 그 여자는 나보다 조금 가난했고, 나보다 조금 덜 배웠으며, 지나치게 평범하지 않을 만큼 예뻤다.

나는 그 여자를 그 여자가 일하는 동사무소에서, 정수기 판촉을 하러 갔다가 처음 만났다. 현장으로 직접 다니며 정수기 판촉을 하는 것은 신입사원들에게 주어지는 현장실습 업무 중의 하나였다. 아무 경험도 없이 단지 몇 가지 지침만을 가지고, 정수기를 팔아 와야만 했다. 그 동사무소의 동장인가 누군가가 내 선배의 작은아버지인가 그랬었다. 그러나 그날, 내가 만나려고 했던 선배의 작은아버지는 마침 외출중이었고 여자가 내게 그 사실을 알려 주며 차를 내주었다. 동사무소의 한쪽 벽에는, 그 달의 친절직원의 사진이 걸려 있었는데, 사진은 그 여자의 것이었고 사진 밑에는 그 여자의 이름도 적혀 있었다. 무료했으므로 자세히 바라보니, 상은 그 동사무소 내의 직원에게만 주어지는 것이 아니라 구 단위 전체의 직원들을 대상으로 한 것이었다. 서울 시내의 가장 넓은 구, 그 많은 동사무소의 직원들 중에 그 여자가 가장 친절한 직원이었다는 것이다.

외출에서 돌아온 선배의 작은아버지가 정수기 구입에 흔쾌한 대답을 주지 않았으므로 그후 나는 몇 차례 더 그 동사무소엘 들르게 되었고, 그러다가 결국 그 친절한 여인에게 데이트 신청을 하게 되었다. 시간을 내 달라고 말하는 내게 여자는 왜요,라고 물었는데 그때 내가 그 여자에게 했던 대답이었다.

왜냐하면 당신은 우리 구에서 가장 친절한 여자니까요.

서울시의 가장 넓은 구에서 가장 친절한 그 여자가 어떤 남자에게는 육욕의 대상이었다는 징후를, 그 여자를 만나던 일 년 동안 내가 전혀 느끼지 못했었는지는 알 수 없다. 신입에게 여자의 또 다른 정체에 대한 정보를 듣고 혼자 앉아 있던 소주 집에서 나는 그러한 징후가 적어도 열 개나 스무 개쯤은 있었다는 사실을 기억 해냈다. 그러나 신입에게 그런 이야기를 듣지 않았다면, 그것이 징후였다고 말할 수 있었을지 아닐지도 알 수 없는 일들이었다. 그러니까 남자연예인의 잡지 사진을 보다 말고, '나는 귀공자 같은 타입보다는 근육질인 남자가 더 멋있어 보일 때가 있어요'라고 말했던 것이나, 결혼 전의 여자의 순결을 문제 삼는 낡은 드라마를 보다가 내가 어떻게 생각하느냐고 물었을 때, 그녀가 끝내 아무 대답도 하지 않았다거나, 그런 것들……. 그러나, 기억해 보면 이런 일도 있었다.

그 여자와 만난 지 얼마쯤이나 흘러서였을까.

그날 여자와 만나기로 한 약속 장소에 내가 늦게 도착했을 때였다. 약속 장소는 거리 쪽으로 창이 환하게 나 있던 카페였는데, 여자가 먼저 와 있을 것을 짐작하고 창 안을 먼저 들여다보았던 나는 여자가 앉아 있던 자리에서 벌떡 일어서는 것을 보게 되었다. 약속 시간에서 삼십 분 정도가 지나 있었으므로 여자가 나를 기다리는 것을 포기하려나 보다 하는 생각이 들었고, 여자가 카페 바깥으로 나왔을 때 깜짝 놀래켜 주어야겠다는 생각도 들었던 것 같다. 그러나 내가 혼자 빙글거리며 창 안의 여자를 훔쳐보고 있을 때, 여자는 카페 입구 쪽으로 걸어 나오는 것이 아니라 바로 옆의 테이블로 뚜벅뚜벅 걸어가고 있었다. 여자가 그 테이블에 앉아 있던 남자의 머리를 핸드백으로 후려갈긴 것은 순식간의 일이었다. 남자가 앉아 있던 테이블의 커핏잔과 물 컵들이 여자의 핸드백에 걸려 바닥으로 나동그라져 내렸다. 내가 놀라서 카페가 있는 건물 입구로 뛰어들어 갔을 때, 여자는 어느새 카페 바깥으로 걸어 나오고 있는 중이었다.

무슨 일이에요?

내가 숨을 몰아쉬며 물었으나 여자는 오히려 내 거친 호흡에 놀라는 표정이었다. 그리고 여자가 되물었다.

무슨 일이 있었어요?

여자는 내가 잘못 본 것이라고 했다. 그런 일이 있기는 했지만 그건 자기가 아니었다고. 자기가 그때 나를 기다리지 않고 카페에서 나온 것은, 그런 일 때문에 카페가 소란스러워졌기 때문이라고. 자기도 그런 일이 벌어진 이유에 대해서는 알지 못한다고. 다만 확실한 것은 웬 남자의 머리를 핸드백으로 후려갈겼던 그 여자는 자기가 아닌 것이라고.

미심쩍기는 했지만, 내게 여자의 말을 거짓이라고 주장할 만한 근거는 없었다. 아무리 환한 창이라고는 해도 나는 창밖에 있었고 모든 일은 너무나 순식간에 일어났던 것이다. 여자에게 방금 전의 소란의 기미 같은 것은 전혀 없었다. 여자를 쫓아 나온 얼굴 벌게진 남자도 없었고, 하다못해 계산을 요구하며 달려 나오는 카페 종업원 하나도 보이지 않았다.

난 당신인 줄 알았어요…… 얼마나 놀랐든지…….

그러나 정말 그 여자가 아니었을까.

십오 년 전에, 나는 여자에게 물었었다. 너 대체 누구야? 나는 점심시간에도 여자를 동사무소 바깥으로 불러냈고, 퇴근시간에도 여자를 찾아갔다. 여자를 가장 가까운 소주 집이나 카페, 혹은 공원으로 끌고 가 내 분이 풀릴 때까지 묻고 또 물었다. 네 정체가 뭔지 그것만 말해. 그러면 된다구. 그것만 말하란 말이야.

여자는 내가 알고 있는 그 여자의 다소곳한 자세로, 고개를 덜구고 있거나 눈물이 그렁그렁해져서 나를 쳐다보았다. 내가 혼자서 발광을 하며 뭐라고 악을 써 대도 그녀는 끝끝내 침묵하거나, 별수 없어서 입을 열어야 할 때도 '대체 무슨 말을 하라는 거예요'라고 물을 뿐이었다.

나는 카페에서는 물 컵을 집어던졌고, 소주 집에서는 소주병을 깼고, 공원에서는 미끄럼틀에 머리를 쾅쾅 부딪혀 자해를 했다. 처음에는 고개를 떨군 채 눈물만 그렁그렁하던 여자도, 나중에는 비명을 질렀고, 때로는 내가 잡을 수 없는 속도로 필사적인 도망을 치기도 했다. 나는 그 여자가 사람 많은 길거리를 달리든 빨간 불인 건널목을 정신없이 뛰어 건너든, 그리고 막 출발하려는 버스에 필사적으로 올라타든, 그 여자를 끝끝내 쫓아갔다. 그 여자는 점심시간에 내게 불려 나왔다가 오후 근무를 못 하게 되기도 했고, 새벽까지 내게 묶여 있다가 얼굴도 씻지 못한 채 동사무소로 가는 버스에 올라타기도 해야 했다.

지금 생각하면 참혹하고도 수치스러운 일이지만, 그때 나를 분노하게 만든 요체는 내가 그녀와 하룻밤에 다섯 번은커녕, 한 번도 자 본 적이 없다는 사실이었다. 내가 그녀의 몸 중에서 가져 본 것이라고는 그녀의 축축한 손과 떨리는 입술과 긴장으로 등뼈가 단단히 굳은 그녀의 등 쪽 블라우스뿐이었다. 스물일곱 살인 그때까지 내게 여자 경험이 전혀 없었던 것은 아니었다. 그 여자 이전의 여자와 연애를 할 때에는, 시내의 여관을 삼십 군데쯤은 들락거렸으리라. 그러나 그 여자와는 아니었다. 때때로 그 여자를 허겁지겁 안고 싶을 때가 없는 것은 아니었지만 아니, 어쩌면 아주 자주 그러했겠지만, 그때마다 나를 자제시킨 건 첫 입맞춤 때, '나는 겁이 나요' 라고 말했던 그녀의 떨리는 목소리였다. 겁이 나는 여자와 함부로 잠을 자 버리는 건 나로서도 겁이 나는 일이었을 것이다. 그 여자가 그럴 것이라고 믿었던 것처럼, 나 역시도 그 여자와의 약속된 미래가 필요했다. 그 여자와의 약속이 아니라 나 자신과의 약속 말이다. 내 청춘, 내 미래, 내 꿈, 그런 것들과의.

그러나 그 여자는 이미 '그런 여자' 였던 것이다.

이미 그런 여자인 그 여자가 내게, '제발 이젠 그만해요' 라고 애원할 때마다, 나는 사실만 인정하라고 다그쳤다. 내가 알고 싶은 건 그저 사실일 뿐인 거라고. 다만 진실을 알고 싶은 것뿐이라고. 그러니 네가 그런 여자인 걸, 인정하라고.

―야, 이 개자식아.

다소곳하게 눈물만 그렁그렁하던 그 여자의 입에서 느닷없이 욕설이 튀어나온 것은, 그 여자를 마지막으로 만나게 된 날의 일이었다. 나는 그날 점심시간에도 그 여자를 불러내, 같이 부대찌개로 점심을 먹었고, 그리고 근처에 커피숍으로 여자를 데려갔다. 말해봐, 뭐가 진실인지. 내가 커피를 한 모금 들이키며 익숙한 고문자처럼 물었을 때, 테이블 위에 올려져 있던 여자의 주먹이 살짝 쥐어지는가 싶더니 나지막한 욕설이었다.

―넌 개자식이야. 알아? 넌 개자식이라구. 그게 진실이야. 이제 됐어?

여자는 일어섰다. 부대찌개를 같이 먹을 때만 하더라도 그렇게 다소곳하고, 그렇게 비련에 차 있던 그 여자가 눈 하나 깜짝하지 않은 채 그런 욕설을 내뱉고는, 말짱하게 일어서 내게 등을 돌린 것이었다.

그렇지! 그게 바로 너야! 그런 게 바로 너라구!

그때, 내가 그렇게 마주 고함을 질러 대기는 했던가. 아니면 넋이 나가 멍한 채 앉아 있기만 했던가. 어떻든 나는 그날 이후, 다시는 그 여자를 볼 수가 없었다.

5

여자는 뒤에서 누가 쫓아오는지도 아랑곳없이, 천천히 길을 걷고 있었다. 십오 년이나 흘렀음에도 여자의 몸에는 군살이 보이지 않았다. 뒷모습만 보면 세련된 이십대 여성이 길을 걷고 있는 것 같았다. 내가 트럭의 운전석에 타고 있었다면, 휘익, 휘파람이라도 불어 보고 싶었을 뒷모습…… 그러나 내 트럭은 벌써 며칠째 화물차 대기소에 틀어박혀 있는 중이었다. 그 지루한 대기의 나날들이 아니었다면, 그런 야심한 시간에 여자의 뒤나 밟는 따위의 일은 하게 되지 않았을 것이다. 나는 톨게이트를 빠져나오듯이 화물차대기소를 빠져나왔고, 그리고는 고속도로를 달리듯이 여자의 뒤를 쫓고 있었다. 어리석은 일이라는 걸 모르지는 않았지만, 대기소에 틀어박혀 화투장을 만지는 것보다는 마음이 편안했다. 어딘지 알 수 없는 곳을 향해 무작정 달려가는 것, 밤의 미행은 고속도로를 달리는 것과 비슷한 쾌감을 주었다.

그러나 미행은 오래가지 못했다. 얼마쯤 걷던 여자의 걸음이 문득 멈춰졌다. 그리고는 여자의 손이 가볍게 올라가는가 싶더니, 여자 쪽으로 한 대의 승용차가 멈춰 서는 것이 보였다.

승용차의 문이 먼저 열렸고 여자의 반쪽 얼굴에 살짝 웃음이 어리는가 싶더니, 곧 승용차 안으로 모습을 감추었다. 승용차는 그랜저였다. 나는 길 한가운데에 서서 멍하니, 여자를 태운 검은색 그랜저가 내 곁을 스쳐 달려가는 것을 보았다.

내게 그때 트럭이 있었다면, 그 그랜저를 쫓아가 보았을까. 그 그랜저가, 그랜저에 어울리는 저택 속으로 빨려 들어가는 것을 보았을까. 내 트럭의 높은 운전석에서, 그 저택의 거실 안을 훔쳐보며 그들의 관계가 무엇인지를 알아냈을까. 잘 꾸며진 거실, 올망졸망한 아이들, 따뜻하고 풍요로운 밤, 어린 계집아이가 치는 피아노 소리…… 그런 것들을 떠올리는 가슴이 마구 저려 온다. 그러한 풍경은, 내가 그 여자를 만나던 십오 년 전에, 남들보다 조금 더 빨리 진급해서 내가 정수기 회사의 간부가 된다면 십오 년 후에는 그리 될 수도 있으리라 믿었던 풍경이었던 것이다. 무엇보다도 그랜저…… 여자를 태우고 간 최신형 그랜저가 내 가슴을 욱신욱신 결리게 하고 있었다.

다른 욕심이 없었던 것에 비해 나는 유독 차에 대한 욕심이 많았다. 좋은 저택이나 글래머인 미인 아내보다도 고급 승용차에 더욱 매료될 때가 많았다. 나는 자동차 잡지를 꾸준히 보았고, 어떤 차가 얼마만큼의 최고 시속을 낼 수 있는지에 대해서도 환했다. 그것은 승용차에 대해서뿐만이 아니라, 엔진 달린 모든 것에 관해 그러해서, 모터사이클이나 경주용 차, 심지어는 화물차량에 대해서도 마찬가지였다. 따지고 보면, 내가 결국에는 트럭운전사가 되리라는 징후는 도처에 널려 있었던 셈이었다.

어린 시절 내가 살던 마을의 뒷산에는 채석장이 있었다. 날품팔이로 그 채석장에서 여름을 보내던 아버지의 도시락을 싸 가지고 그곳에 갈 때마다, 나는 그 거대한 돌덩이들을 나르는 트럭들에 매료되었다. 몇 번의 여름이 지나는 동안 산 하나의 절반이 완전히 깎여내렸고, 완만한 어깨를 갖고 있던 산은 느닷없이 절벽이 되어버렸다. 경비원들의 눈을 피해 그 절벽에 올라가 나와 친구들은 우리가 살고 있는 마을을 내려다보았다. 거대한 트럭들이 먼지를 운무처럼 피워 올리며 천천히 달려왔다가, 힘주어 달려가곤 하는 것이 바로 절벽 아래로 내려다보이기도 했다. 트럭은, 돌을 실어 나르는 것이 아니라 산을 끌어가는 것 같았다. 내가 알고 있는 세상의 전부를 실어 나르는 것도 같았다. 그 시절의 내 꿈은 트럭운전사였고, 그 사실을 알게 된 어머니는 개숫물을 앞마당에 쏟아 부우며 개숫물 같은 욕설을 내게 내뱉었다.

—아나, 좋다, 새끼야. 돌 캐는 것보다는 백 번 낫지.

그 시절의 내 이야기를 하면서, 여자에게도 오래전의 이야기를 물은 적이 있었다.

—애실 씨는 어렸을 때 뭐가 되고 싶었어요?

여자는 잠깐 망설이는 듯하다가, 부끄러움을 타는 목소리로 대답했다.

—영화배우요.

내가 그때 소리를 내 웃었던가? 신입의 등장 이후, 여자와 깨어지고 다시 새로운 여자와 지독한 연애를 하게 되기까지의 반년 동안 내가 여자의 그 말을 자주 떠올렸던 것은 기억난다. 그러나, 나를 만나던 동안의 여자가 스크린 속에 있었던 것인지, 아니면 신입이 알고 있는 그 여자가 스크린 속의 배우였던 것인지는 끝내 알 수 없었다. 내게 개자식이란 욕설을 내뱉은 것을 마지막으로, 그 여자는 다시는 내 앞에 모습을 드러내지 않았던 것이다.

그날 여자에게 그런 욕설을 들었다는 것이 분하기보다는 오히려 통쾌한 기분이어서, 퇴근 무렵 의기양양하게 여자를 다시 찾아갔던 나는 여자의 동료에게서 여자가 동사무소에 사직서를 냈다는 소리를 들었다.

—점심시간 끝나고 돌아와서 한 시간이나 됐을까…… 애실이가 갑자기 울기 시작하는 거예요. 그냥 혼자 흐느껴 우는 게 아니라 엉엉 통곡을 하면서요. 누가 말려도 소용이 없었어요. 앉은 자리에서 꼼짝도 안 하고, 누가 보든 말든 간에요. 오죽하면 옆 건물 사람들이 구경을 다 왔었겠어요. 정말 기막히게 울데요……. 대체 무슨 일이 있었던 거예요?

여자의 모습을 전하는 이야기를 들으면서, 나는 그 여자가 연기하고 있는 스크린의 풍경을 완벽히 보고 있는 듯했다. 웬 노인에게 주민등록 등본을 떼어 주다 말고, 스탬프를 손에 든 채로 느닷없이 울기 시작하는 그녀……. 가만히 앉아서 꼼짝도 않는 자세로 엉엉 울고 있는 그녀, 왜 그러는 거냐고 그녀의 어깨에 손을 대는 동료들, 자리에서 일으켜 보려고 하는 사내 동료들, 그러나 입술을 악물고 몸부림을 치듯이 울고 있는 그녀…….

그날 밤, 그 여자의 자취방에도 불은 꺼져 있었다. 며칠을 연속해서 찾아갔지만 자취방은 번번이 잠겨 있었고, 일주일쯤이 흘렀을 때였던가, 주인에게서 그 여자가 그날 낮에 짐을 빼 갔다는 소리를 듣게 됐다. 그리고 십오 년인 것이다.

여자의 빵집에서 사왔던 식빵은, 한 조각도 떼어 내지 않은 채 비닐봉투 안에서 차갑게 굳어 있었다. 어느 때에는 하얀 속살로 부풀어 올랐겠으나, 그 뽀얀 젖가슴에 입술의 촉감 한 번 가져 보지 못한 채 그대로 뻣뻣하게 굳어 버린 것이다. 곧 곰팡이가 피고, 쉰내가 나기 시작할 식빵에는 부풀어 오르던 당시의 촉촉했던 결의 기억 같은 건 없었다.

만일에 그 여자라면…… 그 여자는 어떻게 나를 못 알아볼 수가 있는 것일까.

방 한구석에서 뻣뻣하게 굳어 가고 있는 식빵을 보다 말고, 나는 그 봉투에 적혀 있는 전화번호를 누르기 시작했다. 그 여자가 가게문을 닫고, 셔터를 내리고, 또 그랜저를 타고 사라지는 것을 보았으므로 당연히 텅 비어 있을 빵집이었다. 당연히 다른 작정이 있어서가 아니었다. 나는 그 텅 비어 있는 빵집의 침묵에 대고, 그저 한 번쯤 말해 볼 작정이었다.

─정애실 씨를 찾습니다. 그 여자가 거기에 있는 게 맞지요?

전화벨이 두 번 세 번, 울렸다. 받을 사람이 없는 전화이므로, 금방 끊어야 할 이유는 없었다. 벽에 기대어 앉은 채, 한 손에는 수화기를 들고, 방구석의 식빵을 바라보며, 만일에 어처구니없게도 그 여자가 전화를 받아, 전데요, 제가 정애실인데요, 라고 말한다면 나는 무엇을 말할 것인가를 생각했다. 나는 누구입니다, 이렇게 말할 것인가…… 아니면 십오 년 전에 당신을 알았던, 당신이 기억할 수도 있는, 그러나 어쩌면 이미 당신에게는 전혀 존재하지 않는…… 어떻든, 그래도 여전히 이름이 누구인 그런 사람입니다…… 이렇게 말할 것인가.

"여보세요."

벽에 기대어져 있던 내 몸이 와락 일으켜 세워졌다. 거짓말처럼 그 여자가 정말로 전화를 받았던 것이다.

"여보세요?"

나는 마치 여자가 수화기 바깥으로 나를 환히 바라보고 있는 것처럼 미동도 할 수가 없었다. 겨우 손만 간신히 움직여 살금살금 전화기 가까이로 다가가고 있었다. 그 순간에 할 수 있는 일이라고는, 전화를 끊어야겠다는 본능적인 생각뿐이었다. 그 사이에도 여자는 몇 번인가 더 여보세요,를 반복했다. 마침내 수화기 저편으로 남자의 목소리가 들려오기 시작했다. 무슨 전화야? 당신 또 빵집 전화 착신해 놨구나. 그러지 말라니까. 그리고 이어지는 여자의 목소리. 생일케이크를 주문해 놓고 안 찾아간 사람이 있어서요. 이름까지 새겨 놨는데…… 근데 여보, 웃기지. 생일케이크 이름이 내 이름하고 똑같은 거 있지? 안 찾아가면 내 생일케이크로 써야겠어. 가만있자…… 당신 생일이 며칠이더라…… 당신, 내 생일도 잊었어요? 혹시 내 이름은 기억해요? 당신, 내 이름도 잊어버린 건 아니에요?

이튿날, 거대한 H빔을 싣고 달려가던 밤의 고속도로에서, 나는 찰나의 순간 십오 년 전의 그 여자와 섹스를 한다. 여자의 몸이 나를 빨아들일 듯한다. 나는 여자의 몸으로 빨려 들어가, 여자의 혈관 속에서 몸을 틀고 여자의 근육 속에다가 사정을 한다. 그래도 여자는 나를 놓아주지 않는다. 아아, 제발…… 제발, 이제 그만…… 나를 좀 놓아줘. 그러나 여자의 몸은 깊고 아득한 뻘이다. 내 온몸을 움켜쥐고, 신음처럼 묻는다. 당신 나를 기억해요? 내가 누군지 알아요? 나를 기억하냐구요…… 나는 아무것도 몰라, 그러니 나를 놓아줘…… 이러다가 난 죽어. 난 지금 시속 120킬로에 놓여 있다구! 그러나 여자는 나를 놓아주지 않고, 순간 여자의 모습은 가장 최근에 잤던 창녀의 모습으로 바뀌고, 또 느닷없이 그 여자와 헤어진 지 반년 만에 사귀었던 내 치명적인 연애의 여자로 바뀌기도 한다.

─도대체 너 누구야?

비명을 지르며 눈을 뜨는 찰나, 나는 강심에 놓여 있다. 어느 날 밤, 가드레일을 뚫고 나가 절벽에 걸려 서 있던 트럭의 운전사가, 내가 누운 강심에 나란히 누워 몸을 반쯤 돌린 채로 다정하게 나를 바라보고 있다. 여기가 어디죠? 내가 묻고, 그는 물고기처럼 입을 벌려 다정하게 대꾸한다. 여기도 고속도로라네. 밤의 고속도로.

또 한 번 비명을 지르며 눈을 뜨는 순간, 눈앞에 절벽처럼 가로막고 있는 것은 술병을 거대하게 쌓아 올린 또 하나의 트럭이었다. 본능적으로 브레이크를 밟으며 바라본 속도계는 시속 백오십을 가리키고 있었다. 믿을 수 없는 속도였다. 브레이크를 밟았지만 속도계는 내려가지 않았다. 속도계의 고장일 거라는 생각에도 불구하고 브레이크에 얹힌 발의 힘을 뺄 수가 없었다. 다행히 뒤에서 쫓아오고 있는 차는 없었다. 그러나 겨우 진정을 하며 전방을 주시했을 때, 내 앞에서 꽁무니를 빼고 있는 술병 트럭 같은 것도 없었다.

6

트럭을 정비소에 맡겨 놓고 돌아오는 길에 버스를 탔더니, 하필이면 노선이 여자의 빵집 앞으로 가는 버스였다. 그러나 하필이면, 이라는 말은 사실이 아닐지도 모르겠다. 나는 나도 모르는 사이에 그 여자의 빵집 앞으로 가는 버스를 탔던 것일지도. 오전의 거리는 시내 중심임에도 그다지 막히지 않고 잘 뚫리고 있었다. 버스는 여자의 빵집 앞 건널목에서도 녹색신호를 받은 모양이었다. 버스의 속도는 느렸지만, 빵집 유리창을 통해 여자의 모습을 들여다볼 수 있을 정도의 속도는 아니었다. 그렇지 않았다고 하더라도, 빵집 유리창에 반사된 오전의 햇살이 여자의 모습을 가렸으리라.

　여자의 빵집을 스치듯 지나가면서, 나는 오래전 카페에서 웬 남자의 머리통을 핸드백으로 후려갈기던 여자의 모습을 떠올렸다. 내가 아니었어요,라고 말하던, 그 여자의 또박또박한 목소리도. 그렇다면 그 여자라고 믿고 카페 입구로 달려 들어가던 한 사내가 내가 아니었던 것일까. 어쩌면 그랬을지도 모르겠다. 그 시절의 나를 나라고 기억할 만한 근거는, 창 안의 그 여자를 그 여자라고 믿을 만한 근거만큼이나 존재하지 않았다. 그러니 어쩌면 나는 지난밤 고속도로에서, 찰나의 순간 내가 보았던 것처럼 가드레일을 뚫고 나가 강심에 던져진 채, 여전히 누워 있는 것일지도. 물고기 같은 사내가 내 곁에서 내 쪽으로 몸을 돌려 누워 다정히 대꾸하는 목소리가 들리는 듯싶었다.

　여기도 고속도로라네. 밤의 고속도로.

이인소극(二人笑劇)

윤 영 수

1952년 서울 출생.

서울대 역사교육과 졸업.

1990년 《현대소설》 신인상에

〈생태관찰〉이 당선되어 등단했다.

소설집 《사랑하라, 희망없이》·《착한 사람 문성현》·

《자린고비의 죽음을 애도함》 등이 있다.

한국일보문학상을 수상했다.

이인소극(二人笑劇)

눈썹가위로 파운데이션 튜브를 반으로 자른다. 가위 날이 곡선이라 튜브도 비뚤배뚤 우습게 잘린다. 그래도 상관없다. 남이 볼 것도 아니다. 이렇게, 손가락으로 찍어 쓰고 스카치테이프로 봉하면 몇 번은 더 사용할 수가 있다. 내용물이 얼마 남지 않아 잘 짜지지 않으면 호기롭게 쓰레기통에 던져 버리던 때가 있었다. 이제는 그러지 않는다. 아줌마가 되었다는 얘기다. 아줌마는, 결혼을 하고 자식을 낳아 되는 게 아니라 돈이 궁하면 자동으로 되게 되어 있다. 파운데이션을 바른 후 금방 분을 두드리면 화장이 뭉칠 염려가 있다. 막간을 이용하여 앞머리에 감았던 롤 풀기.

"지금 외출하시려고……."

콩나물 쟁반을 들고 주춤주춤 방으로 들어서는 당신의 모습이 화장대 거울에 잡힌다. 뒤를 돌아보며 기다렸다는 듯 호통을 친다.

"방에는 왜 따라 들어와? 콩나물 발이나 끊으라는데!"

단숨에 넋이 나간 당신은 그대로 문지방에 엉덩방아를 찧는다. 당신은 어찌할 바를 모른다. 치마폭에 방바닥에 쏟아진 콩나물들을 녹슨 양철쟁반에 그러담다가는 또다시 바닥에 엎고 허둥지둥 나물 허리를 분지른다.

"아까운 콩나물을 아주 요절내느면. 되다만 화상이 주제도 모르고 시시콜콜 참견은. 내가 나가면 왜, 같이 단장하고 따라나설거여!"

큼직한 빗을 소리나게 내려놓으며 나는 당신의 시어미 역할을 톡톡히 해낸다. 이미 저 세상으로 가신 나의 할머니. 홀며느리 손에 대소변을 맡기신 후에도 온갖 까탈과 호령이 변함없던 할머니.

"도대체 할 줄 아는 게 뭐여. 음식에 간 하나를 제대로 맞출 줄 알어, 저고리 동정 하나를 반듯이 달 줄 알어. 친정에서 뭘 배워 온 거여."

"죄, 죄송해유 엄니. 지가 잘못했어유, 노염 푸셔유 엄니."

당신은 콧물을 훌쩍이며 용서를 청한다. 애꿎은 콩나물이 당신 손에서 망가지는 동안 나는 열심히 머리를 매만진다. 앞으로 옆으로 고개를 돌리며 거울에 머리를 비춰본다. 나는 당신의 시어머니, 당신은 나의 변변치 못한 며느리. 연극. 이인소극.

등장인물은 물론 두 명이다. 소매 짧은 보라색 티셔츠에다 허벅지에 꼭 달라붙는 청바지 차림이지만 눈밑에는 벌써 눈주머니가 그려지기 시작한 마흔의 노처녀 박진희, 올 풀린 하늘색 스웨터에 월남치마를 받쳐 입은 일흔둘의 노파 김금례. 금방이라도 허물어져 내릴 듯한 살림살이들 사이로 사람 길을 뚫어 놓고 앉고 서고 돌아서는 딸, 그 딸의 뒤를 쉴 새 없이 따라붙으며 앉고 서고 돌아서는 늙은 어미.

당신이, 당신이 먼저 시작한 연극이었다. 내가 아니었다.

애 좀 봐. 장롱엔 왜 올라가고 그래. 진희년 보면 무슨 앰헌 소리를 들으려고.

당신이 목소리를 죽여 가며 내 등뒤에서 먼저 그렇게 속삭였다.

나는 잠깐 당신이 말실수를 했지 싶었다. 재봉틀 의자에 올라서서 장롱 위에 얹어 놓은 여행가방을 내리던 중이었다.

진희년 들어온다니께. 장롱 위는 왜 뒤져? 그 위로 달구새끼 올라갔어?

닭 얘기를 듣고서야 나는 이모를 떠올렸다. 대전 근교에서 양계장을 하는, 수건을 머리에 들쓰고 밤이나 낮이나 중덜거리며 닭을 키우는 당신의 여동생. 당신은 당신의 딸인 나를 동생으로 착각한 것이었다. 머리에 두른 수건 때문이었다. 금방 샤워를 하고 난 후라 마르지 않은 머리에 달 묵은 먼지를 들쓰기 싫어 궁여지책으로 세숫수건을 둘렀던 참이었다.

진희년이 보면, 제년이 나한테 어쩔 건데. 한마디만 해 봐. 제년 모가지를 배틀어 버리지.

여행가방을 방바닥에 내려 여름 옷들을 꺼내면서 나는 천연덕스레 이모의 말투로 대꾸했다. 몸의 뼈마디를 빗대어 욕을 해대는 것이 이모의 버릇이었다. 모가지를 채어 홱 배틀어 버릴라. 다리 몽뎅이를 잡아서 오독오독 분질러 버리지. 갈비짝 뼈를 망치로 부숴 버릴라. 물 한솥 크게 잡아 뼈를 고을 놈들.

그래, 가져가라. 갖다가 경자 경애 다 입혀라. 진희 저 미친년, 옷들은 언제 이렇게 사 모았다니. 그런데 경수댁은 아직두 소식 없는겨?

무슨 소식?

빈 가방에 겨울 스웨터들을 챙겨 넣으며 내가 되물었다.

계집년이 시집을 왔으면 새끼를 낳아야지. ……네가 허구헌날 달구 모가지 비틀어 대니까 부정탄 거 아니여. 삼신 할머니 노하신 거 아니여.

도대체 어떤 년이야? 조동아리를 망치로 바숴 버릴라. 내가 달구 모가지 돌리구 싶어 돌려?

진희년이 그러지.

나는 기가 막혀 당신을 멀거니 바라보았다. 살그머니 고개를 돌리며 눈을 내리까는 당신. 경수 오빠가 아들을 낳아 그 아들이 대학을 삼 년째 낙방하고 군에 입대했다는 소리를 들은 지가 벌써 오래전이었다.

앰헌 헛소리하지 말고 진희 말이나 들어요. 괜히 달구새끼처럼 졸졸 쫓아다니지 말고!

이왕 걸걸한 이모가 된 김에 나는 당신에게 한마디 각지게 일렀다. 당신이 나를 조심스레 올려다보았다. 당황스러웠다. 나를 알아보는 것일까. 그래도 나는 시치미를 뗐다. 연극배우 박진희 아닌가. 이 나이 먹도록 내가 할 줄 아는 일이 연기뿐 아닌가. 연극 무대에 선 지 16년. 웬만한 역할은 감독의 별도 지시 없이도 척척 소화해 내는, 말하자면 연기는 수준급인데 마스크와 몸매가 받쳐 주지 않아 비중있는 배역을 맡을 기회는 앞으로도 없을 서글픈 따라지이기는 하지만.

진희년 자꾸 따라붙기만 해봐. 나한테 혼찌검 날 테니까. 성, 내 성질 알지? 달구 모가지 돌리는 건 일두 아냐.

효과를 기대하지도 않았다. 그저 맡은 역할에 충실하게 감정을 싣는다는 정도였다. 그런데…… 웬일로 당신은 꼼짝하지 않았다. 여행 가방에 겨울옷을 다 챙겨 다시 장롱 위에 얹는 동안 당신은 세운 무릎을 두 팔로 감싸안은 채 방 한쪽에 오도카니 앉아 있는 것이었다. 여느 때 같으면 어림없었다. 옷가지를 하나하나 들추고 헤치며 어디서 났느냐 입어 봐야지 한바탕 법석을 떨 양반이었다. 더럭 겁이 났다. 딸인 나를 알아보지 못하는 것일까.

엄마, 어디 아파?

당신의 이마를 짚으며 내가 물었다. 무릎 위에 얹은 두 손을 얌전히 포개며 당신이 나를 찬찬히 올려다보았다.

……느이 이모는?

다행이었다. 딸인 나를 알아보니 큰 걱정은 없었다.

그 애는 왜 그렇게 성깔을 부린다니? 정신 사나와 죽겠어.

당신이 중얼거렸다.

사람이 순간적으로 너무 기뻐도 몸에 소름이 끼친다는 사실을 나는 그때 처음 알았다. 물벼락이라도 맞은 병아리처럼 나는 부르르부르르 몸을 떨어 대었다. 우리 집 위로 쌓인 4층 일곱 가구의 집채들을, 계집애들의 조립식 장난감 집처럼 한꺼번에 반짝 들어내고, 이 곰팡내 나는 반지하방의 구석구석을 환한 햇빛으로 거풍하는 기분이었다. 등허리에 들러붙어 절대로 떨어지지 않는 신화 속의 노인네를 다른 이의 등에 잠시 옮겨 놓고 꿈처럼 기적처럼 허리를 펴는 느낌이었다.

수건을 머리에 쓴 이모의 등장으로 나는 당신 앞에서 슬쩍 비켜설 수 있는 가능성을 보았던 것이다. 나 아닌 다른 인물을 데려온다면. 당신이 결코 만만히 볼 수 없는 상대를 당신 앞에 내세운다면 이를테면 닭 모가지를 비트는 이모, 모진 말만 골라 하던 할머니, 갈로만 들었지만 착하고 자상하던 외할머니.

아침, 내가 눈을 뜨기 전부터 내 머리맡에 앉아 내 얼굴을 들여다보고 있는 당신. 하루 종일 방으로 주방으로 욕실로 나를 따라붙는 당신. 온갖 잡사에 참견하고 휘젓고 어떤 형태로든 당신 식의 뒷갈망을 해야 속이 풀리는 당신. 그런 당신을 효과적으로 제어할 수 있는 방법임이 분명했다. 뿐만 아니었다. 사천만 원, 당신이 어떻게 처리했는지 영 기억이 나지 않는 그 돈도 이 방법으로 찾아낼 수 있을지 몰랐다. 돈의 행방을 추궁하는 형사, 경찰을 등장시킨다면.

어려운 일이 아니었다. 특별한 분장도 의상도 필요없었다. 인물의 특징만 살려 주면 되는 일이었다. 나는 누구라도 불러낼 자신이 있었다. 미국으로 날아가 버린 작은오빠, 필요하다면 허망하게 죽어 간

큰오빠까지도 무덤에서 끌어낼 용의가 있었다. 어두운 객석을 향해 잠깐 나와 보라고, 같이 연기하자고 손짓만 하면 기꺼이 올라오는 관객들. 제 식구들 앞에서 시연하는 마술사처럼 편안하게, 비둘기와 토끼와 만국기를 차례대로 끄집어내었다가 제자리에 도로 넣으면 되는 일이었다. 새삼 주위를 둘러보았다. 무대는 작게, 초점을 바짝 당겨서. 중앙에는 주방, 왼쪽에는 주방만한 크기의 방 한 칸, 그리고 오른쪽에 주방 반만한 욕실. 높이 달린 창문 바깥으로 동네 쓰레기 봉지들이 놓여 때로 악취가 스며 들어오는, 너저분하면서도 딱히 버릴 수 없는 살림살이들로 사람이 대신 밀려날 듯한 이 폐쇄된, 밤낮으로 켜대는 형광등 불빛 아래 무대보다 더욱 무대 같은. 이모가 있는 대전 쪽을 향해 큰절이라도 올리고 싶은 심정이었다.

"워째 너 같은 화상이 우리 집에 굴러 들어왔는지 몰러. 살림을 가르쳐 주면 제대로 알아듣길 허나 그렇다고 부지런하길 허나. 해가 중천에 걸리두룩 자빠져 요분질이나 해대면 다여!"

"잘못했어유 엄니. 용서해 주셔유."

당신은 드디어 울먹이기 시작한다. 나는 열심히 손을 놀린다. 뺨에는 볼터치를, 눈 밑에는 좀더 밝은 톤의 아이섀도우를. 한숨이 나온다. 눈 밑으로 드리워진 검은 색의 반원을 화장으로 감추기에는 한계가 있다. 이렇게 세월이 가는 것일까. 이대로 사그라져 폐품이 되는 것일까.

에델바이스 에델바이스 에브리모닝 유 그릿…… 휴대폰이다.

—나야, 경은이.

오경은. 이번 연극에서 나와 함께 동네여자 역할을 맡은 배우다.

—나 여기, 극단에 도착했는데, 오늘 너랑 나랑은 연극 연습 없대. 주연들 연습이 너무 안 되어서. 집에서 아직 안 떠났으면 오지 말라고.

"그래? 잘 됐네. 그렇지 않아도 귀찮았는데. 그깟 두세 마디, 안맞

쳐 본다고 소화 못 시키겠니."

말은 그리하면서도 맥이 빠진다. 이 숨막히는 반지하방에서 잠시나마 탈출할 수 있다는 사실이 내게 얼마나 큰 위안인지 그녀로서는 알 수가 없을 터이다. 그녀가 나처럼 독신이라면 만나서 실컷 떠들기라도 할 텐데. 그녀는 바쁘다. 강남의 소아과 개업의인 남편과 음악을 전공하는 딸 둘 뒷바라지가 보통이 아니라는 자랑 비슷한 신세 한탄을, 상대가 입을 열기도 전에 고장난 레코드처럼 반복해 대는 여자다. 자신이 결혼만 하지 않았더라면 이 나라 연극사를 바꿔 놓았을 것이라는 투의 반농담을 하지만 그녀도 이 바닥에서는 나와 똑같은 따라지 신세다. 하기야 주부로서는, 비중이야 어떻든 현역 연극배우라는 명함은 코에 걸고 다니기에 꽤 그럴싸한 장식품일 것이다.

─그런데 금방, 이용훈이란 사람한테서 이리로 전화 왔었어. 너한테 연락이 안 된다고 해서 네 휴대폰 번호 가르쳐 줬는데, 괜찮지? 얘, 이용훈이면, 옛날의 그 심리학 박사 아니니? 그때 너, 그 사람하고 왜 끊어졌지?

"아아, 성격이, 성격이 워낙 안 맞아서. 나이 먹어서 짝 찾기가 어디 쉽니."

적당히 얼버무리며 전화를 끊는다. 이용훈. 가짜 심리학자. 가짜 심리상담 연구소 소장. 그 사기꾼 녀석이 무슨 일로 내 연락처를 묻는가.

"빨래가 이게 뭐여. 속옷은 그때그때 삶아야 될 것 아녀. 너는 도대체 할 줄 아는 일이 뭐여?"

아뿔싸. 벌떡 일어나 주방으로 나선다. 당신은 플라스틱 세숫대야를 가스레인지에 올려놓고 야무지게 스위치를 돌려 대고 있다. 허겁지겁 대야를 들어 욕실 바닥에 가져가 내동댕이친다. 당신이 몸을 떨며 발을 구른다.

"이년, 시에미를 뭘로 보고!"

당신과 나. 이 이인극의 단점은 장면 자체가 그리 안정적이지 못하다는 점이다. 기껏해야 이삼 분, 배역 설정을 재확인시켜 주지 않으면 당신은 어느새 당신이 바라는 장면으로 돌아가 버린다. 호시탐탐 당신이 돌아가고 싶은 장면은 지금부터 팔 년 전. 당신으로서는 평생을 통해 가장 행복했었을, 중풍으로 누워 있던 여든여덟의 할머니가 마침내 세상을 뜨고 큰오빠 내외와 함께 살며 손녀의 재롱을 즐기던, 당신의 며느리를 손발처럼 부리며 살림을 가르치던 그 시절이다.

"엄마, 나하고 둘이서 같이 죽을 거야? 정신 차리라니까. 플라스틱 대야를 불에 올리면 어떡해!"

나는 그대로 욕실 문턱에 주저앉는다. 다행히 대야가 우그러지지는 않은 모양이다.

"……봐라, 민지 에미 또 없어졌다. 즈이 남편 퇴근할 때가 다 되었는디."

망연히 서 있던 당신은 입맛을 다시며 주위를 둘러본다. 연극은 잠시 막을 내린다. 현실, 이 답답한 감옥.

"가스불 만지지 말랬지? 내가 그랬어 안 그랬어?"

"뭐가 어찌 되었다구 어미에게 포악을 떨어? 가라는 시집은 안 가고."

"툭하면 시집은. 아닌 소리로 나 시집 가 버리면, 엄마 혼자 살 수나 있어? 도대체 왜 이리 나를 괴롭혀?"

"나 생각해 주느라 시집 못 가느면. 터진 입이라고 말은, 얼빠진 년."

시집이든 어디든 가고 말고. 바람처럼 흔적도 없이 사라져 주고 말고. 돈만 찾아낸다면. 당신 돈 사천만 원만 손에 쥔다면!

집주인 여자만 원망할 일도 아니다. 주인여자의 전화를 구원의 메시지로 알아들은 내가 어리석었다.

어렵게 연락처를 알아냈어요. 아주머니가 아무래도 이상해서. 연락할 곳이 따님밖에 없더라구요. 자꾸 딴소리를 하시고, 새벽 너 시에 3층 4층에 올라오셔서는 자는 사람들을 다 깨워 놓고. 아니면 집 앞 골목에서 그냥 주무시려 하고. 한편으로는 속도 상하고, 또 한편으로는 우리 친정엄마 같아서 안되셨고. 이제는 따님이라도 모셔야……

주인여자의 전화를 끊자마자 나는 서둘러 짐을 꾸리기 시작했었다.

한 쪽 문을 닫으시면 다른 한 쪽 창을 열어 주신단다, 우리의 자애로운 신은.

연극대사를 읊조리며 나는 희한한 타이밍에 정말 신이 계신 게 틀림없다고 찔끔거리기까지 했었다. 그렇지 않아도 전전긍긍하던 차였다. 말이 좋아 연극배우일 뿐, 가뭄에 콩나듯 맡는 극단의 엑스트라 배역으로는 한 달 교통비가 고작이었다. 그나마 일정 수입으로 부식비가 해결되던 연극학원 강사 자리도 학원이 문을 닫는 바람에 날아가 버렸었다. 얼마 되지 않는 현금은 눈에 띄게 줄어드는데 어떻게 살아야 하나, 밤잠을 설치는 중이었다.

내가 깔고 앉은 오피스텔 전셋돈을 빼어 그렇지 않아도 부담스럽던 은행융자를 갚고, 나머지 돈을 손에 쥐고 당신이 거처하는 집으로 합치면 만사 오케이. 다른 이가 보기에도 의지가지없는 노인네와 혼자 살던 딸이 합치는 것만큼 자연스럽고 흐뭇한 일이 어디 있겠는가. 밑져야 본전, 당신 집에 들어가 적당히 얹혀 살다가, 당신이 정 버거우면 당신 집의 전셋돈을 빼어 적당한 요양기관에 넣어드리면 될 일이었다.

오 년 동안의 독신 생활도 외롭고 지겨웠다. 극단의 동료들과 밤늦게까지 웃고 떠들고 술에 취해 비틀거리는 것도 그때뿐, 제 집으로 돌아가는 이들을 뒤에서 불러 세우는 것만큼 짓적은 일도 없었다. 25층 오피스텔 건물을 덮은 수백 수천의 유리창 중 하나, 정확히 어느 것인지 집어낼 수조차 없는 22층의 창문 하나가 가지는 의미없음 또

한, 더이상 들었다가는 경기를 일으킬 것 같은 경비원 아저씨의 '어디 가십니까'와 함께 더이상 맞닥뜨리고 싶지 않은 광경이었다.

어머니의 잔소리, 귀찮기 짝이 없는 참견이 그립기까지 했다. 전화 통화만 몇 번 나누었을 뿐 당신의 얼굴을 대한 지도 일 년이 넘었다. 밑을 내려다보면 아찔한 허공 대신 감나무 단풍나무 가지가 창을 가리는 남향집 2층. 스물네 시간 덜컹대는 차들의 소음과 그것들이 뿜어 대는 매연 대신 어린아이의 졸린 울음, 김치찌개 냄새가 나는 곳. 당신 쪽에서 나를 거부하는 게 오히려 걱정이었다.

내가 왜 딸년하고 같이 살어. 혼자 산다고 나갈 때 네 몫 네가 다 챙겨 갔지 않어. 내 집 넘보지 말어. 이 집은 내가 죽고 나면 느이 작은 오래비 몫이여.

당신이 아무리 싫은 소리를 한들 이삿짐이 들이닥치는 데야 어쩌겠는가. 방 두 칸 중에서도 안방, 햇볕 잘 드는 큰 방에 내 짐을 부려야지, 혼자 벙긋벙긋 웃어 가며 서둘러 용달차 조수석에 올랐던 것이다.

거기까지였다. 내 환상은 용달차에서 가볍게 뛰어내리던 그 순간까지였다. 비만 오면 마당의 빗물이 방문 앞으로 고여 오갈 데 없는 섬이 되는 반지하방, 아슬아슬 쌓아 올린 살림살이 때문에 발 한 번 힘주어 내딛기가 조심스러운 이 비좁고 어두운 공간으로부터 검버섯 핀 얼굴의 당신이 구무럭구무럭 올라서던 것이었다. 주인 여자가 계약서를 들고 와 한바탕 연설을 해대었다.

그 동안 어머니를 안 들여다보셨지. 2층에서 이리로 이사한 지가 벌써 다섯 달이에요. 전세금 오천에서 사천오백을 돌려 드렸죠. 보증금 오백만 남기구요. 여기, 다 써 있잖아요. 이천년 유월 삼십일, 오백에 월세 십오만 원. 맞죠? 싸게 드린 거예요. 이 동네에 요새 이런 방 없어요. 욕실 있고 부엌 있고 현관문 따로 있고. 우리 집에서 사시던 분이니까 믿고 드렸죠. 월세까지 밀리고 이러실 줄은 몰랐어요.

위낙 심성도 착하고 그러시니까.

그렇다고 용달차를 되돌릴 수도 없었다. 은행 융자금을 상환하고 챙겨든 돈 천여 만 원으로는 방을 얻어 봤자 꼭 이 정도의 반지하방이 고작이었다. 그날부터 이 쳇바퀴 도는 생활이 시작되었다. 전셋돈을 받아 어떻게 했느냐고 당신을 얼르고 다그치고, 당신은 횡설수설 알아듣지 못할 말만 되풀이하고. 내 짐을 풀기도 전에 온 집 안 살림살이들을 뒤지고 헤치고 도로 싸고, 당신은 어미 좇는 병아리처럼 내 뒤를 따르고.

한두 푼이 아니었다. 손가락 셈으로도 사천만 원이 간 데 없었다. 방 윗목의 발재봉틀 서랍에서 나온 당신의 은행 통장에는 달랑 십구만 원, 월세는커녕 그대로 굶어 죽을 판이었다.

젖은 내복들을 세탁기에 집어넣는다. 내가 싣고 온, 살림살이 중 가장 새것이라 할 수 있는 세탁기는 욕실 앞 보일러실에 놓여 있다. 4층 전체 여덟 가구의 보일러 시설들 옆에 벽돌을 괴어 뎅그러니 모셔 놓은 세탁기를 보고, 주인여자는 자기도 모르는 사이에 누가 보일러를 바꿨나 눈이 둥그래졌었다. 욕실 문을 열고 세탁기 배수 파이프를 걸쳐 놓으며 나는 한바탕 푸념처럼 이번 연극에서 맡은 동네여자의 대사를 읊기 시작한다.

"아이들이야 빨래 만드는 기계라 할 수 있죠. 어쩌겠어요, 그게 다 이 어미 일인 걸요. 그래도 우리 막내 이반의 까아만 눈동자, 발그스름한 뺨을 보고 있노라면 모든 근심이 봄눈 녹듯 사라진답니다. 어떻게, 수프를 더 드시겠어요?"

내 뒤를 따라 보일러실에 내려선 당신은 뒷짐을 진 채 반쯤 몸을 틀고는 당신 분의 대사를 읊조린다.

"귀여운 걸로 치자면 우리 민지만한 아이가 없지유. 딸아이르도 즈이 애비 인물을 빼다 박았구먼유. 즈이 애비가 어렸을 때 얼마나 귀여웠게? 사내아이라도 살결이 뽀얀 것이."

나는 목소리에 감정을 넣어 또 한마디 대사를 외운다.

"내일 아침에는 서리가 내릴 것 같아요. 물고기의 번득이는 비늘처럼, 온몸에 솟는 소름처럼, 온 산과 들에 서리가 하얗게 돋아나겠죠."

당신은 소리 높여 웃음을 날린다.

"우습기도 해라. 이 춘삼월 꾀꼬리 우는 시절에 서리라니. 시집 못 간 처녀가 한이라도 품었는개비네. 하기사 그렇기도 하겠지, 세상 이치가 다 음양이 들어맞아야 편안한 것이니께."

—열무 한 단에 천 원 고구마 한 봉지 이천 원 감자 한 봉지 천 원 무우 한 단에 천 원…… 야채 행상의 스피커 소리가 철대문을 훌쩍 뛰어넘어 지하 공간으로 뛰어든다.

"배추장사 왔네?"

당신은 횡허케 집을 빠져나간다. 당신을 따라나서는 일은 단념한 지 오래다. 따라나선들 다른 이들 앞에서 당신을 제지하기도 보통 난감한 일이 아니다. 두 손에 무언가 한아름 사들어야 직성이 풀리는 당신. 갈치 한 상자, 배 한 상자, 소금 한 푸대, 두부 한 판.

두부 한 판이 뭐이 많어, 식구가 몇인디. 소금이야 썩길 허나 김장 하려면 당연하지.

내게 빼앗길세라 재빨리 소금 푸대를 뜯고 두부판 한가운데에 암팡스레 손을 박는 당신.

방바닥에 벌렁 누워 버린다. 빌어먹을 놈의 사기꾼 이용훈. 이모의 표현대로 '물 한솥 크게 잡아 뼈를 고을' 녀석. 녀석만 아니었어도 내 팔자가 이렇게 꼬이지는 않았다. 녀석이 내게 사기를 치지만 않았어도 이 음습한 반지하방에 들어와 노망난 어미와 사사건건 핏대를 세우는 일은 없었다. 입 가벼운 걸로 치자면 둘째 가기 서러운 오경은이 그의 실체를 정확히 모른다는 사실이 그나마 얼마나 다행인지.

심리학 박사, 심리상담 연구소 소장 이용훈. 나는 그를 서른여덟에 만났다. 나는 그에게 몸도 돈도 다 내주었다. 지금 생각하면 너무나 빤한 사기 행각이었는데 나는 전혀 알아채지 못했었다. 신문에 사기 사건이 보도된 후에야 비로소 그의 실체를 알아보았다.

"캐나다의 유명 대학에서 박사학위를 딴 것으로 사칭, 수강생들을 대상으로 십억여 원의 금품을 사취한 이 모씨를 구속…… 강남구 서초동에 심리상담 연구소를 차리고 종교단체, 일반 주부들을 대상으로 심리학 강의를 해왔으며 청소년 상담 연구소 건물을 짓는다는 명목으로 수강생들로부터 수백만 원에서 수천만 원까지 기부금을…… 그의 실제 학력은 중학 중퇴, 정신병원에서 아르바이트를 한 경험……."

바보 박진희. 유일한 내 재산이었던 오피스텔 전세비 오천만 원 중 삼천만 원을 나는 내 손으로 그놈의 입에 밀어 넣어 주었다. 연구소 건물을 짓는 중인데 당장 돌릴 현금이 없다는 그의 한마디 말에 지체없이 은행 융자를 내어 가져다 준 것이다.

나는 담담히 경찰의 조사를 기다렸다. 사실 그대로 다 밝힐 생각이었다. 그런데 연락이 없었다. 기부금을 낸 사람들을 대상으로 대대적인 경찰수사가 벌어졌다는데 내게는 확인 전화 한 통이 없었다. 영수증 없는 삼천만 원 정도는 수사 대상도 아닌 모양이었다. 나는 그만두기로 했다. 돈을 되찾기는 그른 일이었다. 흥분하면 할수록 나만 망신이었다. 내 권유로 그의 심리학 강의를 들은 극단의 몇 친구들, 그 친구들이 신문 사회면 한쪽에 난 그 기사를 보지 못하기를, 혹 보더라도 그 장본인이 내가 소개한 이용훈인지 알아채지 못하고 넘어가 주기를 바랄 뿐이었다.

"얘, 이것 봐라. 저 옴팡눈 녀석이 이제 장사 그만둘라나부다. 이걸 다 주며 나더러 공짜로 가지란다. 저거 돌았지? 제정신 아니지?"

온 얼굴을 깨뜨리며 환히 웃는 당신. 배추 겉대를 담은 큼지막한 봉지를 내게 들어 보인다. 그리고도 또 다른 손에는 양파 한 자루와 감자 한 봉지. 배추 겉대들을 욕실 바닥에 부리며 히히거리는 당신을 뒤로하고 나는 양파 자루와 감자를 들고 골목으로 나선다.

"요전에 산 게 있어서요."

"예에. 그래서 제가 일부러 안 부서지는 걸로 드렸어요."

양파와 감자를 되받는 옴팡눈 야채장사도 이제는 당신이 어떤 상태인 줄을 알고 있다. 장사꾼들은 덕분에 유료 쓰레기 봉지에 수거할 쓰레기들을 우리 집에 한아름씩 부려 놓고 간다. 과일장사는 얼크러지고 뭉개진 상한 과일들을, 생선장사는 생선 내장과 대가리를 모은 봉지를.

야채트럭에서 돌아서는데 옷을 갖춰 입고 나가는 주인여자와 맞닥뜨린다.

"아아, 예, 나왔어요? 그, 저기."

올해로 예순을 넘긴 그녀는 예순넷 나이에도 직장에 나가는 남편과 아직 대학에 다니는 막내아들과 함께 맨 위 4층에서 살고 있다. 나를 부르는 호칭을 그녀는 아직 찾아내지 못했다. 마흔이나 된 여자를 '처녀'라 하기도 낯간지럽고 그렇다고 시집 안 간 여자에게 '아줌마'라 부르기도 그렇고. 내가 먼저 입을 떼기로 한다.

"쓰레기들을 왜 자꾸 우리 집 모퉁이에 버리는지 모르겠어요. 맞은편 전봇대 밑에 두면 되는데. 우리 방 창문으로 냄새가 들어오거든요. 그렇다고 창문을 닫고 살 수도 없고."

"그러게 말예요. 바깥에 좀 써 붙일까 봐요. 우리 아들한테 컴퓨터로 써 붙이라고 해야겠다. 아니, 직접 쓰셔서, 사람이 쓴 글씨가 더 나을 수도 있으니까, 냄새가 집으로 들어온다고 그렇게 직접, 그건 그런데……."

그녀가 무슨 말을 하고 싶은지 다 안다. 밀린 월세 다섯 달치 칠십오만 원. 이것 역시 내가 먼저 답을 주는 수밖에 없다.

"아직 돈을 찾지 못했거든요. 찾으면 얼른 해드릴게요."

그녀는 한숨을 쉬며 고개를 끄덕인다. 나는 고개를 조금 숙이고 그대로 철대문 안으로 들어선다. 자기 이익을 챙기지 않는 사람이 어디 있겠는가. 말로야 뱃속의 창자라도 내어 줄 듯 친절한 주인여자도 갈수록 밀린 월세에 대해 눈치를 준다. 그렇다고 내 통장의 돈을 빼어 메꿔 줄 수는 없지 않은가. 내가 들어온 이후의 월세를 꼬박꼬박 챙겨 주는 것으로 일단 내 도리는 했다고 나는 생각한다. 맨 처음 그녀가 내게 전화했을 때 밀린 월세 이야기를 했더라면 나는 절대 이 집에 들어서지 않았다. 2층에서 내려와 반지하방으로 옮겼다는 말 한마디 지나가는 소리로라도 얼핏 내비쳤다면, 내가 돌았지, 나는 이 집에 그림자도 얼씬거리지 않았다. 아들도 아닌, 당신 말대로 '키워 봤자 말짱 헛것인 딸년'이, 일정 수입도 없이 하루 종일 방구석을 헤매는 딸년이 무슨 책임을 얼마만큼 진다는 말인가.

─텔레비전 냉장고 컴퓨터 헌 카펫 내놓으세요, 헌 옷 헌 이불 헌 신발 내놓으세요.

야채장사의 스피커 소리가 멀어지는가 했더니 이번에는 고물수집장사다. 당신은 또 한들한들 집을 빠져나간다.

"고물장사 왔잖어, 뭐 있나 봐야지."

고물장사는 당신을 잘 안다. 그는 천천히 트럭을 몰 뿐 절대로 당신 앞에 전을 벌이지 않는다. '이 놈이 내 걸 훔쳤다니까? 분명해, 우리 민지 에미 해온 거!' 지난달, 다른 곳에서 싣고 온 헌 카펫을 쥐고 당신이 한바탕 소리를 지르는 바람에 그는 단단히 학을 떼었다. 골목을 천천히 빠져나가는 트럭 꽁무니를 뒤쫓다가 하릴없이 돌아설 당신.

주방과 욕실에 떨어진 배춧잎들을 줍는다. 쓸 만한 배춧잎들을 골라 싱크대에 올리고 나머지를 쓰레기 봉지에 담기 시작한다. 앞일을 생각하면 정말 막막하다. 모아 둔 돈도 없이 내 나이 올해로 마흔, 정신이 온전치 못한 당신이야 이러구러 남은 세월을 메꾼다 쳐도 홀로 남을 나는 어떻게 살아갈 것인가.

희한하다. 아무리 찾아도 돈에 대한 단서조차 나오지 않는다. 사천만 원은 어디로 증발해 버린 것일까. 추측대로 작은오빠에게 건너간 것일까?

그럴 수는 없다. 당신이 혹 깨끗지 못한 정신으로 돈을 건네주었더라도 오빠가 얼씨구나 그 돈을 받을 수는 없다. 당신은 앞으로 어찌 살라는 말인가. 오빠가 당신을 모실 것도 아니지 않은가. 어쩌면…… 작은오빠쪽에서 돈을 요구했을 수도 있다. 사람의 속은 모른다. 미국의 오빠집 전화가 불통인 것을 보면 확실히 그렇다. 오빠가 돈을 받은 후에 일부러 전화번호를 바꿨다는 얘기다. 아니면 왜 전화가 되지 않는가. 부득이한 사정으로 번호가 바뀌었으면 오빠쪽에서 먼저 연락을 했어야 하는 것 아닌가.

경영학을 전공한 작은오빠는 대학졸업 후 무역회사에 취직했었다. 경기 불황으로 회사가 망하자 유학 비자를 내어 미국으로 훌쩍 날아갔다. 거기서 멕시코계 여자와 결혼하여 시민권을 얻었다고 연락이 온 지가 이 년이다. 오빠가 그랬을까. 살면서 성품이 바뀐다 해도, 상황이 아무리 사람을 내몬다 해도 오빠가 그렇게 야비한 짓을 했을까. 큰오빠의 착한 성품까지는 따라가지 못해도, 적어도 나와는 비교도 안 되게 행동거지가 바르고 사리가 분명하지 않았던가. 전화가 되지 않으니 답답해 죽을 노릇이다. 무슨 일이 일어났는가. 아닌 소리로 큰오빠처럼, 하루아침에 비명횡사라도 했다는 말인가.

당신이…… 당신이 어째 얌전하다. 방을 들여다보니 당신은 장롱에 기대앉은 채로 끄덕끄덕 졸고 있다.

"똑바로 누워서 자."

어깨를 잡는 내 팔을 당신은 거칠게 밀어붙인다.

"자기는! 내가 잠자는 거 봤냐."

당신은 잠을 자기 위해 똑바로 눕는 법이 없다. 정신이 말짱할 때에는 방에 등을 대고 누웠다가도, 정작 잠이 온다 싶으면 얼른 일어나 앉아 머리를 내저으며 잠을 쫓는다. 잠을 못 이루는 사람은 또 있다. 올케. 당신의 큰며느리. 그녀는 재가를 하고도 내게 가끔 전화를 하여 끄윽끄윽 울음을 삼킨다.

잠을 못 자겠어요. 자꾸 오빠 꿈을 꾸어요. 온몸이 콘크리트 더미에 깔려 누운 채 꼼짝 못하는 오빠가 나더러, 너는 행복하냐고……불을 끄지 못하겠어요. 건물에 깔려 있는 게 아닌가 깜짝깜짝 놀라서요. 선생님도 물론…… 싫겠지요. 미치겠어요. 잠이 들면 그대로 죽을 것 같고.

큰오빠는 죽었다. 육 년 전. 강남의 백화점 붕괴사고 때 천여 명의 다른 혼들과 함께 그는 저승으로 떠나 버렸다. 다섯살배기 딸과 우는 일 외에는 아무것도 할 줄 모르는 아내를 두고. 울보 며느리는 몇 년을 두고 울다가 작년 이맘때 시어미 곁을 떠나갔다. 어느새 초등학교 4학년이 된 딸을 들러리로, 마침 홀아비였던 딸아이 3학년 때의 담임 선생님과 재결합하여 완전히 남이 되었다.

"무겁다니께. 온몸이 눌리고. 왜 자꾸 덮는 거여, 안 덮는다니께!"

자신의 잠꼬대에 소스라쳐 놀라는 당신. 주위를 휘휘 둘러보다가 장롱에 다시 당겨 앉는다.

백화점의 영업부 팀장이었던 오빠는 무너진 콘크리트 더미에서 열사흘 만에 발견되었다.

전혀 부패되지 않았더라구요. 우리가 구조하던 그날 아침, 다니면 구조하는 그 순간에 돌아가신 게 아닌가 싶어요. 안심하면 긴장이 풀리니까.

구조단원은 생존자를 구하지 못했다는 안타까움에, 기자들은 또 하나의 토픽이 사라졌다는 아쉬움에 오빠의 이름을 계속 들먹이며 시신을 공개했으나, 오빠의 갈라진 손톱과 문드러진 손가락들은 우리 가족의 뇌 속에, 세상에서 가장 잔인한 신의 장난으로 깊이깊이 아로새겨졌다. 긴긴 열사흘의 시간 동안 오빠는 상체를 덮은 석고보드를 긁으며 무슨 생각을 했을까. 가족들이 애타게 눌러 대는 삐삐 소리를 들으며 오빠는 신을, 이 세상의 모든 신을 불렀을까.

"이리 와 금례야. 어미하고 자자."

당신의 자상한 친정어미가 되어 당신의 어깨를 보다듬는 나. 당신은 어느새 천진한 어린아이가 되어 내 품을 파고든다.

"엄니. 옥례가, 내 밤을 다 뺏어서는 모두 제 호주머니에……."

새우처럼 꼬부린 당신의 몸피는 이제 대여섯 살 먹은 어린아이의 것에 불과하다. 내 무릎을 벤 채 당신은 드디어 잠에 빠져 든다.

당신의 머리를 베개로 옮기기 전에 나는 또 몇 번이나 뒤져 본 당신의 치마 속 고쟁이 주머니를 더듬는다. 다른 것은 없다. 여느 때와 다름없이 작은오빠의 옛 전화번호가 적힌 빛 바랜 메모지, 그리고 어디서 주워 넣었는지 알 수 없는 한복가게 명함 한 장뿐.

"왜, 왜 이려요. 남세스럽게. 엄니 들어오시누만."

내 손길에 킥킥대며 몸을 움츠리는 당신. 젊은 날의 아버지라도 만난 것일까.

우리 삼남매에게 생명을 주신 아버지. 철물가게를 하던 아버지는 내가 중학교 3학년 때 간암으로 돌아가셨다. 큰오빠가 대학교 3학년, 작은오빠가 고등학교 3학년이었다. 스무 살 청상으로 외아들 하나에 목숨을 걸고 살던 할머니는 아들의 죽음이 순전히 며느리 탓인 양 때도 없이 며느리의 머리채를 휘어잡았다.

내 아들 살려 내어, 이 야차 같은 년. 내 뭐렸어. 네년 눈빛이 호안이라 사내 잡아먹을 눈이라 안혔어. 나도 잡아먹어라 이년, 이 갈아 마셔도 시원찮을 년.

주방에 나아가 싱크대 서랍을 몽땅 빼어 본다. 서랍 밑 공간에도 역시 없다. 언제 죽었는지 모르는 바퀴벌레 세 마리가 시위라도 하듯 배를 드러내고 누워 있다. 싱크대 옆에는 냉장고, 조립식 정리장에 올려놓은 전자레인지, 칸막이 하나가 빠진 책장 겸 장식장, 세로로 세워 놓은 자개상, 상다리에 얹어 놓은 감자, 양파, 파 봉지. 살림살 이들 틈서리를 또 한 번 우비고 파 본다. 상다리 밑 공간에 무언가가 새로 만져진다. 유리컵. 또 있다. 국자, 커피잔 받침.

몰러유. 돈이라뉴. 나는 몰러유. 내가 안 훔쳤슈.

돈의 행방을 알기 위해 형사 역할을 몇 번 한 이후로 당신에게는 이상한 버릇들이 붙었다. 모든 물건을 어딘가로 숨기기 시작한 것이 었다. 부엌의 그릇들, 유리컵들을 이불 틈서리에 쑤셔 박는 당신. 문 앞의 신발을 세탁기 안에, 욕실의 비누와 칫솔과 텔레비전 실나 안테 나를 보일러실 계기판 뒤로 밀어 넣는 당신.

하루에도 몇 번씩 순사가 와서 온 집 안을 뒤진다니께? 너 없을 때 왔다니께? 쌀이고 놋그릇이고 보이는 대로 집어 가. 네가 못 봐서 그 려. 긴 칼을 차고, 말을 타고.

찬장 앞 길쭘한 바닥에 배를 대고 엎드려 두 팔에 얼굴을 처박는 다. 나도 작은오빠 따라 미국으로나 가 버릴까. 하다못해 슈퍼마켓, 햄버거가게 점원이라도⋯⋯. 그것도 쉽지 않은 노릇이다. 그놈의 잘 난 미국은 직업이 분명치 않은 독신녀에게는 관광 여행 비자조차 내 주지 않는다.

느이 작은오래비야 미국으로 잘 떠났고 말고. 그 나라에 빨갱이가 있어 난리가 났겄냐, 집을 잘못 지어 무너지길 하겄냐. 그 사람들 인 심도 여기하구는 달르다. 휴전하고 미군 안 들어왔으면 우리나라 가난한 백성 다 굶어 죽었다. 밀가루에 옥수수에 옷에 신발에 그이네들이 우리헌테 안 준 거 있남.

드러누운 눈높이에 보이는 것은 찬장 아래쪽에 꽂힌 큰오빠의 법서들이다.

버리기는! 오래비 책에 손만 대어 봐. 손모가지를 분질러 버릴겨.

짐에 눌려 사람이 쫓겨날 상황인데도 당신은 오빠의 책을 절대로 내놓지 않는다. 오빠의 이십대를 살라 버린 회색의 꿈, 느지막이 결혼을 하고 회사에 취직한 후에도 쉽사리 떨쳐 내지 못하던 법관의 꿈을 이제는 노망든 당신이 지키고 있다. 형법, 민법, 형사소송법, 헌법, 민사…… 책표지들을 읽다가 나는 나 스스로에게 소리 내어 묻는다.

"오래비 책에 손대지 말라고? 왜? 거기 뭐가 있길래?"

한 권씩 책을 꺼내어 후르르 넘겨 본다. 이따금씩 떨어지는 빛 바랜 메모들. 낯익은 오빠의 글씨에 새삼 가슴이 저려 온다. 착한 오빠. 가난한 집안의 가장으로서 늠름하려 애쓰던 오빠. 언제나 담담히 미소 지으며 큰소리 한 번 내지르지 않던 오빠. 영수증 쪽지도 한 장 나온다. "남자 한복 상하. 사모관대. 여자 한복 상하. 활옷. 족두리. 안동포. 180만 원 중 30만 원 영수함. 잔액 150만 원. 2000. 7. 12." 2000…… 2000? 벌떡 일어나 앉는다. 이 영수증은 오빠가 살았을 때의 것이 아니다. 2000년. 작년이다. 작년 7월. 7월이면 당신이 이층 전셋집을 내놓고 반지하방으로 내려온 직후다. 정신이 오락가락하는 당신이 영수증을 이 책에 넣어 놓은 것이다. 남자 한복 상하…… 그제서야 앞뒤가 이어진다. 명함, 당신 고쟁이 속에 들었던 한복집 명함! 혹시 그 집에서 한복을?

방으로 뛰어든다. 곤히 잠든 당신 몸을 거칠게 뒤집어 고쟁이에 손을 넣는다. 당신이 부시시 일어나 무어라 중얼거린다. 상관없다. 명함, 명함에 씌어진 한복집 전화번호. 430-**47. 번호를 누르는 손이 떨린다. 제발. 제발 이 집에서 뗀 영수증이기를. 남녀 사모관대, 활옷. 당신이 작은오빠 내외에게 해 보낸 것이 틀림없다. 기막힌 노릇이다. 멕시코 여자에게 무슨 놈의 족두리, 베 이불! 하여간 한복과 이불을 부쳤다면 당신은 작은오빠의 주소를 정확히 알고 있었다는 얘기가 된다. 결국 작은오빠가, 당신의 전셋돈을 빼어 간 것이다. 참 대단한 작은오빠. 천하의 불효자, 후레자식! 어떻게 이럴 수 있단 말인가. 당신이 돌아가지도 않았는데, 당신이 깔고 앉은 전셋돈을 어떻게 빼어 갈 수 있단 말인가. 어려서부터 빤질거리던 깎은선비. 그 차갑던 눈빛. 입에 발린 인사말 한마디야 건넸을 터이다. 미국에서 같이 살자고. 어떤 대답이 나오리라는 것을 뻔히 알면서.

큰일 날 소리 말어. 절대로 너랑 같이 안 살어. 이 에미 눈` 호랑이 눈이라 네가 다친다니게. 누가 그러긴? 점쟁이가 그러지. 느이 할머니도 노냥 안 그러셨남.

웬 아주머니가 전화를 받는다. '작년 7월, 남녀 결혼 예복을 해간 집'이라고 떠듬떠듬 내 쪽을 소개한다. 내 목소리가 떨리는 게 영 신경이 쓰인다. 자기들끼리 나누는 말소리가 그대로 들린다. '남녀 결혼 예복⋯⋯' 모르는 눈치다.

"안동포요, 혼수 이불도 해 가고요. 백팔십만 원!"

수화기에 대고 크게 소리 지른다. 제발, 그들이 알아야 한다. 꼭 이 한복가게여야 한다. 작은오빠 주소를 알아내어야 한다. '안동포, 작년 칠 월, 아아 그 아주머니.' 한복집 주인이라는 여자가 전호를 넘겨받는다.

―오금동인가, 혹시 그 아주머니네 아녜요?

"맞아요. 오금동요. 제가 그분 딸이거든요."

고맙다. 정말 고맙다. 나는 수화기를 두 손으로 움켜잡는다.

"그때 그, 신랑신부 주소 혹시 가지고 계신가 해서요. 집에 적어놓

왔던 게 없어졌거든요. 미국으로 부치셨죠?"

─미국요? 아뇨. 어디더라. 절로 가져가셨잖아요? 관악산이라든가,
무슨 산 쪽에. 왜요. 어머니가, 어떻게 되셨어요?

"그럴 리가 없는데요. 색시가 한국 사람도 아니고, 하기야 잠깐 서
울에 나와서……."

─흰 사모관대, 흰 활옷 수의 해 가신 분 아녜요? 안동포 고급으루
다. 오금동 아주머니, 키가 자그마하시고.

"……수, 수의요?"

─아드님 돌아가셔서, 영혼 결혼식 해드린다고…….

영혼 결혼식. 죽은 사람들끼리 맺어 주는 결혼식. 흰 사모관대에
흰 활옷, 흰 족두리. 작은오빠가 아니라…… 큰오빠다. 큰오빠를 다
시 결혼시킨 것이다. 머릿속에 그림이 도통 그려지지 않는다. 큰오빠
는 그렇다치고, 멀쩡히 살아 있는 올케를 어떻게? 올케의 인형이라도
만들어 죽은 오빠의 관에 넣었다는 말인가.

─그 절에, 돈도 몇 천 내신다고 하던데. 아드님 극락 가시게 재도
크게 지내고. 모르셨어요? 그럼 그걸 아주머니가 혼자 다 하신 거예요?

"몇 천…… 몇 천 내셨대요? 우리 어머니가 몇 천 내셨대요? 언제
요. 그, 그 결혼식 때요?"

─그런 얘기야 다 믿을 수는 없는 것이, 노인분들이야 원래 그런
소리를 황되게 하시니까. 그때 아주머니가 벌써 이상하시더라구요.
하신 말씀 또 하시고 또 하시고. 가족 분들하고 전혀 의논이 없으셨
구나. 그래도 뭐, 돌아간 아드님한테 좋은 일 하셨으니까. 나쁜 일은
아니니까.

나는 급히 침을 삼킨다. 가슴을 가라앉힌다.

"그 절요, 그 돈을 기부했다는 절이 어딘지 아시겠어요?"

─관악산 쪽 어디 절인지, 굿당인지. 내가 헷갈리는 게 아니라, 그

때 아주머니가 이랬다 저랬다 하시더라구요. 비구니 스님이랬다가 만신님이랬다가. 그런데 거기, 무당 집이 한두 집 아니라던데, 므당들이 한데 모여 온 팔도 굿을 매일처럼 한다던데 찾으실 수 있을라나 몰라.

전화를 끊고 나는 미친 듯이 당신을 흔들어 댄다. 이 노망난 노인네. 일은 혼자 다 벌여 놓고 당신 편한 대로 잊을 것만 골라 잊어버리는 이 지긋지긋한 할망구.

"일어나. 일어나라구! 이게 말이 돼? 일어나 당장!"

당신은 이미 잠에서 깨어 있다. 등을 깔고 똑바로 누워, 마치 죽어 나자빠진 바퀴벌레처럼, 뻔뻔하게 나를 올려다보고 있다. 나는 당신의 멱살을 잡아 장롱에 기대어 앉힌다. 어떻게 이럴 수 있는가.

"산 사람 입에 거미줄을 치면서 죽은 오빠 결혼을 새로 시켜? 사천만 원을 누구를 줘? 엄마 미쳤어? 어떡할 거야. 돈도 없이 이제 어떻게 살아갈 거야!"

당신의 눈이 번득거린다. 당신의 두 어깨를 누른 내 손을 매몰차게 뿌리친다.

"그럼…… 느이 오래비를, 그 불쌍한 민지 애비를 혼자 살게 두어? 민지 에미년도 제 살 길 찾겠다고 가 버리고. 그럼 느이 오래비는 누가 수발해 주냐. 교통사고 난 처자가 있다고 만신님이 소개해 줘서, 내가 혼백끼리 혼인시켰다. 그걸 네가 나한테, 왜 꼬치꼬치 따지냐!"

"그건 그랬다 쳐. 말도 안 되지만 큰오빠 위해 그랬다 쳐. 나머지 돈은 어쨌어? 무당한테 고스란히 갖다 바쳤어? 왜 말 안 했어? 내가 그렇게 물어도, 전셋돈 뺀 거 어쨌는지 생각 안 난다고, 왜 나한테 시치미 뗐어!"

"이, 이…… 개백정 같은 년."

당신이 자리에서 벌떡 일어난다. 두 주먹을 쥐어 가슴팍에 붙인 채 부르르 몸을 떤다.

"그 돈이 어떤 돈여. 느이 오래비 몸 판 돈을 에미가 갉아먹어? 불쌍한 내 새끼. 그게 맏이 노릇하느라. 죽어서도 자기 몸 팔아, 시집 장가 안 간 동생들 목돈 마련해 주고 즈이 에미 집 장만해 주고. 너는, 그 돈 받고 집 튀어 나가며 만면에 희색이 돌더구나. 죽일 년, 이 개, 개백정만도 못한 년."

피를 토하는 듯한 당신의 서슬에 내가 그만 방바닥에 주저앉는다.

"그래. 느이 오빠 하늘나라 가서 집 한 칸 장만하라고, 내가, 내 눌러앉았던 돈 빼어 오래비한테 되보냈다. 네년이 무슨 상관여. 그 돈 있으면, 내가 네 입에 고이 처넣어 줄 듯 싶더냐! 이년, 이 오래비 잡아먹은 년. 오래비 몸값 받은 돈으로 맛있는 음식 해 먹으니, 그래, 네년 목구멍으로는 그 음식이 척척 넘어가더냐!"

그랬었던가. 지금껏 부린 노망은 모두 거짓이었던가. 큰오빠가 비명에 죽고 작은오빠가 미국으로 떠나간 일, 당신이 처한 현재의 난감한 상황, 이 모든 것을 당신은 또렷이 알고 있었던가. 그러면서도 아무것도 모르는 척, 나와의 연극을 계속했다는 말인가. 순식간에 내 머리채를 휘어잡는 당신.

"무얼 빤히 쳐다보냐 이년. 이 호랑이 눈으로 내 아들 잡아먹은 년. 갈아 마셔도 시원찮을 년. 나도 잡아먹어라. 세상에 야차 같은 년."

어느새 검질긴 할머니가 되어 며느리를 족대기는 당신. 손아귀 힘이 이렇게 좋을 수가 없다. 머리칼이 다 빠지는 듯하다. 아프다. 너무 아프다. 당신을 그러안아 나도 당신의 머리채를 맞잡는다. 당신의 여린 머리칼은 잡기도 안되었다. 힘을 주면 그대로 뭉턱뭉턱 살점째 떨어져 내릴 듯하다. 그렇다고 놓을 수는 없다. 당신의 뾰족한 손톱이 내 머리통을 속속들이 파고든다. 어떻게 이리 되었는가. 당신과 내가 왜 이 모양으로 엉켜야 하는가. 한참 동안 승강이를 벌이던 당신은 돌연 마른 지푸라기처럼 바닥에 스러진다. 두 손으로 얼굴을 가리는가 싶더니 이내 몸을 추스려 무릎을 꿇는다. 머리 위로 손을 올려 손바닥을 비비기 시작한다.

"……잘못했어유 엄니. 머리채는 놓으시고요…… 제가 잘못했다니께유. 다시는 안 그래유 엄니. 화 푸셔유, 제가 죽일 년여유. 엄니."

당신의 울음 섞인 목소리. 어느새 다소곳한 며느리가 되어 시어머니에게 용서를 구하는 당신. 당신은…… 당신은 지금 연극을 하고 있다. 십육 년 경력의 나보다도 더 대단한 연극배우가 되어 가상과 현실을 넘나들며 자기가 맡은 연기에 몰입하고 있다. 뛰어난 연기, 뛰어난 연극배우.

"……엄니, 엄니 자리가 척척한데도 안 바꿔 드려서 정말 죄송해유. 엄니가 애들 앞에서 오줌 안 싼 척, 그렇게 체면 차리시는디, 지가 그게 얄미워서, 번연히 알구두 모른 척했슈. ……지가 죽일 년여유. 멀쩡한 남편 잡아먹구두 모자라, 아들까지 잡아먹었슈. 그 불쌍한 민지 애비가 열사흘이나 갇혀, 생짜로 그 힘든 길을 떠나는디…… 지는 그 동안 편안히 등 붙이고 자고 하루 세 끼 꼬박꼬박 다 찾아먹고…… 워쩐대유, 이년의 팔자. 죽어서두 엄니 앞에두 못 서고, 애 아부지 앞에두 못 서고, 지는 워쩌믄 좋대유."

당신은 목 놓아 곡을 한다. 눈물샘조차 말라 항상 벌건 눈에 꾸덕꾸덕 피 같은 물이 고인다.

그랬었던가. 연극이, 당신에게는 고해의 수단이었던가. 그토록 혹독했던 시어미를 되살려 새로이 대하면서 당신은 당신 스스로를 단죄했던가. 어린 날 헤어진, 꿈에도 그리던 친정어미를 만나 당신은 당신의 외롭고 민망한 영혼을 위로받았던가. 누구도 대신 져 줄 수 없는 삶의 곤고함, 허망함, 부질없음, 연극을 통하여 당신은 당신 자신에게 손을 내밀었던가.

에델바이스 에델바이스 에브리 모닝 유 그릿 미. 누구야! 벌컥 짜증이 난다. 연극을 관람하기 전에 휴대폰을 끄는 것은 상식 아닌가. 찍어 놓은 영화필름이 돌아가는 것도 아니고, 단 한 번의 잘못 올린 손끝에 가슴을 떠는 연극배우의 진중한 연기가 펼쳐지는데 이 무슨 교양 없는 짓들이란 말인가! 신경질적으로 주위를 돌아본다. 무릎 꿇고 울먹이는 당신, 당신을 둘러싼 낡은 티크장, 자개 경대, 텔레비전, 이미 골동품 반열에 오른 발 재봉틀, 쌀통.

끊겼던 휴대폰이 다시 울린다. 한동안 울먹이던 당신도 이제는 멍하니 나를 바라본다. 이것은 현실이다. 연극이 아니라 현실. 배우가 배역을 버리고 무대에서 내려왔을 때 맞닥뜨리는 답답한 현실. 쌀통 위에 올려 두었던 핸드백에서 나는 휴대폰을 꺼낸다.

—연극하시는 박진희 씨? 나, 이용훈입니다.

사기꾼 이용훈, 가짜 심리학 박사. '물 한솥 크게 잡아 뼈를 고을' 녀석. 이 사람이 내게 왜 전화를 한 것일까. 새로운 사기극이라도 벌이려는 것일까.

"아, 예. ……안녕하세요."

물론, 그가 안녕했을 리가 없다. 구속, 수사, 사무실 폐쇄, 건물 앞에 웅기중기 모여 있던 수강생들의 수근거림. 나쁜 놈, 몸 망친 여자가 한둘이 아니라잖아. 그런 죽일 놈은 영영 감옥에서 살려야 하는 것 아냐?

—목소리가…… 옛날처럼 너무 예쁘시네요. 어떻게, 하시는 연극은 잘돼 가십니까.

그의 목소리야말로 옛날과 전혀 다름이 없다. 사람의 긴장을 풀어주는 편안한 웃음소리. 그 속에 감춰둔 사기꾼의 날름대는 혀. 이년, 아니, 정확히 말해서 일 년 십일 개월 만이다.

—연락이 안 되더라구요. 이사를 가신 모양이죠. 겨우 전화번호를

알아내었습니다. 극단에 연락해서요. 그저께 귀국했거든요.

　귀국? 감옥으로부터의 귀가? 풀썩 웃음이 난다. 사기꾼 이용훈. 이 사람 역시 연극을 꿈꾸는가. 반지하방의 이 무대, 음습하고 구차한 이곳에 그도 올라서고 싶은 것인가.

　―……진희 씨, 듣고 있어요? 내 말 들려요?

　"예. 엄마가 같이 살자고 해서요. 지금 엄마 집이거든요."

　―원더풀, 그레잇풀! 아직 결혼하지 않으셨다는 얘기네요. 맞습니까?

　"예. 결혼은 아직."

　―가슴이 조마조마했어요. 진희 씨가 워낙 매력 넘치는 분이라. 만나도 되겠네요.

　무대에 오른 연극배우는 자신이 관객들을 완전히 속인다고 믿는다. 배역의 분장을 하고 배역의 대화를 입에서 토해 내는 순간, 현실의 자신은 사라지고 자신이 맡은 배역으로 새로 태어나 관객들을 감쪽같이 속이고 있다고 생각한다. 그러나 관객들은 알고 있다. 그가 단지 연극을 하고 있음을. 맡은 배역을 해낼 뿐 연극 속의 인물이 아님을.

　"저도, 박사님이 어떻게 지내시나 궁금했어요. 사무실도 잘되시죠?"

　―보스턴하고 미네소타에서 강의를 맡았었거든요, 캐나다 학회 일로 거기서도 계속 날아다녔고. 협회 사무총장 일을 맡아 얼마나 바삐 돌아쳤는지. 게다가 서울 전화번호들을 넣어 둔 전자수첩이 고장났잖아요. 그게 일제 소니…….

　"너, 누구하고 전화 거냐. 민지 밥 안 먹이고."

　당신이 내게 들러붙는다. 내 휴대폰에 귀를 대고 어떻게든 얘기를 엿들으려 안간힘을 쓴다.

　"……생각 많이 했어요. 연극하시는 분이라 정열적이던 것도 인상적이었고…… 우리가 사실 서로, 그냥 잊혀질 사이는 아니지 않습니까. 안 그렇습니까?"

속는 사람은 관객이 아니다. 관객은 그저 가늠해 보고 있는 것이다. 배역과 전혀 다른, 현실에 꽁꽁 묶여 사는 한 인간이 배역의 삶을 얼마만큼 흉내낼 수 있는지. 배우의 연기에 속는 사람은 단 한 사람, 연극배우 자신뿐이다. 연극을 하는가. 다른 사람의 가면을 쓰는가. 그는 현실 속의 추루한 자신을 똑바로 볼 용기가 없는 것이다. 자신의 고름투성이 과거를, 보잘것없는 현재를 있는 그대로 인정할 아량이 없는 것이다.

"너, 민지 애비헌테 죄 이를겨. 외간 남자하고 시시덕대었다고. 누구여, 도대체 워떤 놈이 남의 안사람한테 전화질이여."

당신을 피해 보일러실 세탁기 뒤로 들어서는 나.

──……괜히 나 혼자만의 짝사랑이었나? 진희 씨, 듣고 있어요?

바보 박진희. 어리석기 짝이 없는 여자 박진희. 왜 이 터무니없는 전화를 단호하게 끊지 못하는가. 속이 빤히 들여다뵈는 이 사기꾼에게 나는 도대체 무엇을 기대하는가. 그의 목소리, 되도 않은 그의 달콤한 말이 흘러나갈까 다른쪽 귀를 한껏 틀어막는 나. 보일러실 파이프 뒤, 해묵은 먼지가 거미줄 위로 두툼하게 올라앉은 구석을 향해 자꾸자꾸 몸을 들이미는 나.

"거기 누가 있다고 기어들어가는겨. 너 거기, 그 안에, 샛서방 숨겨논겨? 이리 썩 나오지 못혀?"

──……건물이 거의 올라갔거든. 당신이 나를 도와줄 수 있을까 하고. 직원도 확보해야 하고, 전국적으로 회원 관리도…… 거기 어디였지? 한강변의 우리 만났던 곳, 왜 그, 분위기 좋았잖아. 뒤에 그, 좀 쉬는 데도 있고.

욕실의 샤워기를 튼다. 열심히 이를 닦고 머리를 감고 온몸을 샅샅이 씻어 낸다. 미사리의 까페 이탈리아노. 뒷문으로 나가면 그대로 전망 좋은 러브 호텔이 이어지는 곳. 나는 그에게 뭐라 말했는가.

그렇지 않아도 의논드리고 싶었어요. 한 오륙천만 원, 어디에 투자할까 생각중이었거든요. 일이천은 지금 현금으로 있고, 물론이죠, 오늘이라도 은행에서 찾으면 되니까요. 그리고 한 사천…… 곧 들어올 거구요. 누구한테 잠깐 맡겨 놓았거든요. 요새 은행 이자도 별것 아니고 해서요. 박사님이 맡아 운영해 주시면, 저야 좋죠.

관객 역시 속고 싶다. 배우의 어설픈 연기를 시시콜콜 들추는 관객 역시, 무대 위에서 쩔쩔매는 배우만큼 속상하다. 왜 확실히 속아 넘기지 못하는가. 왜 확실히 속아지지 않는가. 어떤 증거로도 어떤 역설로도 속임수임을 밝힐 수 없는 허구, 우리는 그것을 진리라 부른다. 자신이 속고 있다는 사실조차 깨닫지 못할 정도로 큰 거짓말, 도저히 벗어날 수 없는 큰 사기, 큰 협잡에 빠져 허우적대는 상황, 우리는 그것을 행복이라 부른다. 다른 사람은 속는데도 유독 속아지지 않는 나 자신, 쓸데없이 괴까다로운 나 자신이 우리는 너무나 원망스럽다. 우리는 모두 속고 싶다. 허황된 무지개, 오늘보다는 내일 나아지리라는 기대를 안고 하루하루 잠자리에 들기, 행여나 다른 날일까 조심조심 눈 떠 보기. 우리의 삶에 대해 우리는 모두 한바탕 멋드러지게 속아 넘어가고 싶다.

"나도 목욕허야지. 몸이 왜 이렇게 찌부득헌지."

맨몸의 당신이 따라 들어선다. 앙상한 팔다리, 휘우듬한 어깨, 똑바로 보기 민망할 정도로 늘어진 뱃살 껍질. 현실을 똑바로 볼 능력을 잃고 싶은 당신, 잃은 척하면 혹시 잃어질까 안간힘 쓰는 당신.

"이리 와라 금례야, 엄마가 씻어 줄게."

나는 당신의 어깨에 따뜻한 물을 끼얹고 부드러운 비누 거품을 내기 시작한다. 당신은 좌변기 위에 다소곳이 앉아 앙상한 팔과 다리를 번갈아 내민다.

"엄니, 우리 워디 가는겨? 장에 가서 맛난 거 사 주는겨?"

오래오래, 정성을 다해 당신의 몸을 씻긴다. 살풋이 눈을 감고 온 얼굴을 깨뜨리며 웃는 당신. 당신은 천진한 어린아이, 나는 당신의 푸근하고 자상한 어미. 당신은 무대에서 내려서면 안 된다. 순식간에 거덜이 날 얕은 사기를 치며 세상에 또 다른 오물을 보태려는 어리석은 딸년이 있는 한, 어쭙잖은 한순간의 쾌락을 위하여 당신의 마지막 돈 한 푼까지 철저히 훑어 내려는 사악한 딸년이 컴컴한 무대 밑에 도사리고 있는 한 당신은 무대에서 절대로 내려서면 안 된다.

사내를 만나기 위해 화장품을 처바르는 나. 하룻밤의 향연을 즐기기 위해 양쪽 겨드랑이에 향수를 묻히는 나. 거울을 들여다보며 눈을 크게 떠 본다. 앞으로 옆으로 몸을 뒤척이며 얇디얇은 속치마를 꿰어 입는다.

"엄니, 나 예뻐? 이 옷 입으니까 예뻐?"

내가 입고 나갈 밝은 치자색 원피스를 걸치고 틀니를 온통 드러내 보이는 당신.

핸드백을 열어 약을 꺼낸다. 강남의 그 오피스텔 생활, 잠 안 오는 밤이면 삼켰던 수면제 반 알. 한 개, 한 개, 또 한 개. 수면제 세 알을 물컵과 함께 당신에게 내민다.

"이걸 먹으면 몸이 튼튼해진단다. 우리 금례, 얼굴도 더 예뻐지고. 엄마 말 잘 들어야 착한 아이지."

천진한 어린아이인 당신은 주저없이 알약 세 알을 입에 넣는다. 나는 당신의 어미. 스스로 아무것도 모르는 어린아이가 되기 위해 당신이 내게 주문한, 지상에서 마지막이 될지 모를 영광스런 배역. 당신의 어미는 순전히 무심코, 뚜껑을 닫지 않은 약병을 당신에게 맡긴다. 삼십 알, 혹은 오십 알. 당신은 행복하다. 당신에게는 돌아갈 집이 있다. 천상에 마련해 놓은 안락한 집, 사랑하는 큰아들과 며느리가 기다리고 있는 곳. 무대에 선 당신은 행복하다. 당신이 길을 편히 떠날 수 있도록 채비를 차려 주는 자상한 어머니가 함께 있다. 알약 한 알 한 알을 초콜릿 주워 먹듯 즐길 당신.

그녀는 뒤돌아보지 않는다. 약속 시간을 맞추려면 서둘러야 하기 때문이다. 약병을 통째로 넘겨준 사람은…… 내가 아니다. 부지런히 돌아다니며 가스의 주 밸브를 잠그는, 싱크대 깊숙한 곳에 성냥을 숨기는, 외출한 동안 잠이 들 어머니의 안락함을 위해서 난방을 약하게 틀어 놓는, 이 여자가 나다. 그녀는 모든 채비를 끝내고 핸드백을 든다. 거울 앞에 서서 다시 한 번 화장을 점검한다. 휴지를 한 장 뽑는다. 너무 번들거리는 붉은 입술은 자칫하면 여자를 싸구려로 보이게 할 염려가 있다.

장롱에 기대어 앉은 당신은 마구 고개를 내저으며 잠투정을 시작한다.

"엄니, 눈이 무거워. 자꾸 눈이 감겨서…… 옥례가 내 밥을……."

"누워 있으렴. 약 먹으면 원래 자리에 눕는 거야. 그렇지. 그래야 엄마가 맛있는 것 사다 주지."

철대문이 닫히며 내는 금속성 소리에 그녀는 결국 진저리를 친다. 다섯 시 사십 분. 손목시계를 보며 그녀는 서둘러 골목을 빠져나온다. 걸음을 재촉할수록, 이상하다, 그녀의 마음은 더더욱 조급해진다.

……이상스레 자기 모습이 눈에 어른거리더라구. 어떤 멋있는 경치를 보아도, 거기, 진희 씨가 서 있는 거야. 이 세상 여자가 그리 많아도, 내 품에 안을 여자는 단 한 사람, 자기밖에 없어. 진희 씨, 내 말 듣고 있어?

하이힐을 신은 발로 그녀는 종종걸음을 치기 시작한다. 왜 이렇게 불편한 구두를 신고 나왔을까, 그녀는 갑자기 스스로에게 화가 난다. 그러나 이깟일로 돌아설 수는 없다. 그가, 그녀에게 청혼한 그가 그녀를 애타게 기다리고 있다. 그녀는 진땀을 흘리기 시작한다. 저만치 보이는 버스 정류소까지는 기껏해야 오십여 미터, 그러나 그녀의 굽 높은 구두로는 너무나 멀고 아득하다. 손에 들었던 핸드백을 어깨에 멘다. 땀 찬 손바닥을 원피스 자락에 문지른다. 멀리, 이곳으로부터 되도록 멀리 그녀를 싣고 내뺄 줄 버스에 그녀는 어서 빨리 올라타야 한다.

죽은 사람의 의복

정영문

1965년 경남 함양 출생.

서울대 심리학과 졸업.

1996년 《작가세계》에 〈겨우 존재하는 인간〉을 발표하며 등단했다.

소설집 《검은 이야기 사슬》 ·

《나를 두둔하는 악마에 관한 불온한 이야기》 ·

《더없이 어렴풋한 일요일》, 중편소설 《하품》,

장편소설 《겨우 존재하는 인간》 · 《핏기없는 독백》 등이 있다.

동서문학상을 수상했다.

죽은 사람의 의복

그는 어느 주택가의 한적하면서도 좁은 골목길에 서서 앞쪽에 있는, 독신자들이 사는 한 집을 바라보고 있었다. 2층의 한 방에서 열린 창문 너머로 커튼이 펄럭이는 것이 보였고, 그는 그 방이 그가 찾는 방이 틀림없다는 생각을 했다. 고개를 치켜든 그는 하늘이 조금씩 흐려지고 있는 것을 보았다. 금방이라도 비가 쏟아질 것만 같았다.

그는 집 안으로 들어갔고 2층으로 난 계단을 올라가 왼쪽에 있는 방의 초인종을 눌렀다. 잠시 후 문이 열리며 한 여자가 모습을 나타냈다. 여자는 조용히 그를 안으로 들어오게 했다. 여자는 어쩐지 우울한 모습이었다. 그는 방 안을 한 번 둘러보았고, 그녀에게서 받은 인상을 그 방 안의 사물들에서도 느낄 수 있었다. 어쩐지 그 방 자체가 어떤 우울에 젖어 있는 것처럼 느껴졌다. 그는 자신이 이곳으로 이사를 오게 되면 그 분위기를 고스란히 물려받게 될 수도 있다는 생각을 하며 창가로 가 커튼을 젖힌 후 바깥 골목길의, 그가 조금 전서 있던 곳을 내려다보았다. 고양이 한 마리가 그곳에서 그를, 마치 서로 아는 사이라도 되는 것처럼 잠시 올려다본 후 천천히 딴 곳으로 갔다. 고양이가 사라진 골목은 무척이나 조용했다. 그 골목은 언제나 그렇게 조용한 것처럼 보였다. 그가 견딜 수 없는, 골목길에서 나는 여러 가지 소음들, 아이들이 떠드는 소리, 특히 허용 기준치를 넘어 선, 트럭 행상들의 확성기 소리들은 들리지 않았다. 그가 지금 살고 있는 집에서는 거의 무방비로 노출되어 있는 그 소음들을 생각하자 그는 목청을 다해 소리를 내지르고 싶었다. 그는 골목이 조용하다는 이유만으로도 그곳으로 꼭 이사를 와야 할 것만 같았다.

"방이 마음에 드는군요." 그가 말했다.

"방을 제대로 보지도 않았잖아요." 여자가 말했다.

그 말에 그는 방을 다시 한 번 둘러보았지만 그다지 신경을 쓰며 그렇게 하지는 않았다. 대신 그는 그 방이 우울하게 느껴지는 건 어쩌면 흐린 날씨 때문일 수도 있을 거라는 생각을 했다. 여자는 부엌과 화장실을 보여 주었고, 그는 건성으로 구경을 했다. 잠시 후 두 사람은 이사 날짜를 얘기했다. 계약은 며칠 후 여자가 주인에게 연락을 해 날짜를 정한 후 하기로 했다. 그는 방을 나섰다. 여자는 방문을 연 채로 그가 계단을 내려가는 것을 잠시 지켜보았다. 그는 그의 뒤로 문이 살며시 닫히는 소리를 들었다.

그가 집 밖으로 나왔을 때에는 비가 내리기 시작했고, 그는 우산을 갖고 있지 않았다. 그는 건물의 처마 밑에 서서 그의 앞으로 떨어지는 빗줄기가 지표에 부딪히며 튀어 오른 물방울에 그의 구두가 젖는 것을 바라보았다. 오랜만에 비에 젖어 보는 것도 괜찮겠지, 하는 생각을 하며 그가 이제 막 발걸음을 옮기려는 순간 조금 전의 여자가 그의 뒤로 모습을 나타냈다.

"이렇게 비가 오는데 당신이 우산을 갖고 있지 않은 것 같아서요."

여자가 말했다.

"괜찮다면 잠시 제 방에 들어와 있다가 비가 그치면 그때 가도록 해요. 지나가는 소나기 같으니까요."

"그래도 될지……." 그가 말했다.

"얼마든지요." 여자가 말했다.

"고마워요." 다시 계단을 오르며 그가 말했다.

"사실은 누가 오기로 했었는데, 이제 막 올 수가 없다고 전화를 해 왔거든요." 여자가 말했다.

"내가 방해가 되는 건 아닌가요? 방해가 될 생각은 추호도 없거든요."

"그런 걱정은 하지 말아요."

다시 방에 들어선 그는 며칠 후 자신의 방이 될 그곳을 찬찬히 둘러보았다. 그는 그의 많지 않은 가구들에 비해 그 방이 너무 큰 것처럼 느껴졌고, 그래서 그 방이 너무 비어 있다는 느낌이 들지 않게 가구들을 배치할 수 있는 몇 가지 방법들을 생각했다. 그리고 자신의 가구들 중에 어떤 것을 버리고 오고 어떤 것을 새로 들여놓을지를 생각했다. 하지만 그보다는 가구들 모두를 완벽하게 없앤 후 모두 새롭게 들여놓는 것이 나을 수도 있다는 생각이 들었다.

잠시 두 사람은 소파에 앉아 비가 내리는 창밖을 내다보았다. 잠시 두 사람은 약간 어색한 상태로 앉아 있었다. 여자가 자리에서 일어나 한쪽 구석에, 오디오가 놓여 있는 곳으로 갔다. 그녀는 CD에 어떤 음반을 올려놓았지만 오디오는 불분명한 소음을 냈고, 곧 그 소리마저 들리지 않았다.

"또 오디오가 말썽을 일으키는군요." 여자가 말했다.

"전선의 연결에 문제가 있는 것 같아요."

그녀는 몸을 기울여 오디오 뒤쪽의 복잡하게 뒤엉켜 있는 전선들을 들고 그 연결을 살펴보았다. 그녀가 이리저리 애를 써 보았지만 소용이 없었다. 그녀가 하는 것을 지켜보던 그는 그녀의 옆으로 갔다. 하지만 그 역시 도움이 되지 못했다.

"그런데 뒤엉켜 있는 전선들을 보면 나의 신경들이 노출된 것 같은 느낌이 들 때가 있어요." 오디오를 고치는 일을 포기하며 여자가 말했다. 그는 잠시 온몸에 전선을 걸치고 있는 그녀의 모습을 상상한 후 창밖을 내다보았다. 빗줄기는 갈수록 굵어지고 있었다. 아까 그냥 가는 건데, 하고 그는 후회를 했다.

"마침 저녁식사를 준비하고 있었는데, 함께 그걸 들고 가도록 해요, 시간이 있다면 말이지만." 여자가 말했다.

그는 건성으로 시계를 보았고, 그날 저녁 달리 할 일이 없다는 사실을 확인했다.

"폐가 되지 않는다면." 그가 말했다.

그녀는 부엌으로 갔다. 그는 그녀가 냉장고에서 음식 재료들을 꺼내는 것을 보았다. 그녀의 말과는 달리 식사 준비는 전혀 하지 않은 상태였다. 그럼에도 식사는 곧 준비가 되었다. 그녀가 그를 식탁으로 불렀다. 저녁식사로는 스테이크와 삶은 감자를 으깬 것이 나왔는데 스테이크는 표면이 시커멓게 타 있었고, 감자는 제대로 으깨지지 않은 상태였다. 그녀는 포도주를 한 병 꺼냈다.

"스테이크가 다 타 버렸어요. 프라이팬 때문인 것 같아요." 여자가 말했다.

"음식이 눌어붙지 않는 프라이팬들이 많이 나와 있는데요."

"왜 나는 그걸 몰랐죠."

"삼중 바닥 처리가 된 냄비를 쓰면 괜찮아요."

"어떻게 그런 것까지 알죠?" 여자가 물었다.

"한때 요리가 취미인 적이 있었죠." 그가 말했다.

"하지만 요리에 대한 흥미는 요리를 하기 시작한 지 얼마 되지 않아 사라져 버렸죠."

두 사람은 식사를 하기 시작했다. 그는 자신이 어떤 이유로 올 수 없게 된, 그가 알지 못하는 그녀의 남자를 대신하고 있다는 사실에 기분이 상하기는커녕 그것이 흥미롭게 느껴졌다.

"사실은 한때 주방 기구들을 파는 외판원 일을 한 적이 있거든요." 남자가 말했다.

"주방기구들을 팔았다고요?" 여자가 말했다.

"하지만 아주 잠시 동안만이었어요." 그가 말했다.

"그 덕분에 아주 싼 값에 또는 공짜로 주방 기구들을 들여놓을 수 있었죠. 부엌에 가득 쌓인 주방 기구들을 보고 있으면 그것들과 더불어 뭔가를 해야 할 것만 같았고, 그래서 요리를 배우기 시작했죠. 대부분 사람들의 경우는 그 반대, 즉, 요리를 배우게 되면서 주방 기구들을 장만하게 되는데 말예요. 하지만 아까도 말했지만 요리에 대한 취미는 오래가지 않았어요."

두 사람은 잠시 아무 말 없이 식사를 했다.

"우리가 알고 지내던 사람 같지 않아요?" 여자가 말했다.

"아무리 해도 그런 생각은 들지 않는데요." 그가 말했다.

"아니에요, 농담이에요, 사실은 나 또한 그런 느낌이 들었어요."

여자가 그를 똑바로 쳐다보았다.

"그래, 지금은 무슨 일을 하고 있죠?" 여자가 말했다.

그는 잠시 아무 말도 하지 않았다.

"무슨 일을 하길래 쉽게 말을 하지 못하는 거예요?" 여자가 말했다.

"사실은 연극을 하고 있죠. 정확히 말해 배우예요." 미소를 지으며 그가 말했다.

"어떤 작품에 출연했죠?"

"얘기해도 모를 거예요."

그럼에도 그는 자신이 출연한 작품들의 제목을 얘기했다.

"그 제목들은 생소하지만, 그럼에도 당신이 그 작품들을 공연하는 무대 위에 섰다니까 친숙하게 느껴지기도 하는군요." 여자가 말했다.

"그런데 배우라는 직업은 어쩐지 직업처럼 여겨지지 않아요. 때로는 그것이 너무도 아무 일도 아닌 것처럼 여겨지기도 하고, 또 다른 때에는 내가 하는 일이 나 자신의 전부가 아님에도 그 전부인 것처럼 느껴져, 그 자체가 너무도 나를 차지해 버려, 나 자신은 없는 것처럼 느껴지기도 하죠."

하지만 그는 그가 서는 무대 위에서 그 어떤 열정도 느끼지 못하고 있다는 말은 하지 않았다.

"당신이 연극배우라는 사실에 왜 이렇게 내 기분이 좋아지죠?" 여자가 웃음을 지으며 말했다.

그때 전화벨이 울렸다. 여자는 벨 소리가 여러 번 울릴 때까지 마치 그것이 집어서는 안 되는 뭔가가 되기라도 하는 듯 수화기를 들지 않고 바라보기만 하다가 마지막 순간에 집어들었다.

"여보세요?" 여자가 말했다.

"네, 네. 스테이크를 만들어 혼자 먹고 있는 중이에요. 그래요……."

여자의 전화 통화가 계속해서 이어졌다. 그는 여자의 전화 통화를 건성으로 들으며 남은 스테이크를 먹으면서, 비가 그치기 전까지는 여기 있어도 되겠지, 하는 생각을 했다. 하지만 비가 그칠 것처럼 보이지는 않았다.

"오늘은 곤란하겠어요. 그럼 다음에 또 연락해요." 여자가 말했다.

여자는 수화기를 다소 거칠게 놓았다.

"오기로 했던 사람인데 역시 오기 힘들겠다는군요. 누군가를 기다리고 있는 순간에는 자신을 기다리게 만든 그 사람의 수중에 꼼짝없이 들어 있게 되는 것 같아요." 여자가 말했다.

이제 그가 먹다 남은 스테이크는 어떻게든 먹을 수는 있겠지만 먹는 게 꺼려지게 굳어 있었다. 마침 그때 여자가 채 반도 먹지 않은 상태에서 포크를 내려놓았고, 마치 기회라도 만난 것처럼 그 역시 포크를 내려놓았다.

"많이 남겼네요. 이렇게 형편없는 식사를 대접해서 미안해요." 여자가 말했다.

"그냥 식욕이 없어서요." 그가 말했다.

"나도 사실은 식욕이 없었어요."

식사를 마친 그들은 남은 술과 잔을 들고 거실로 옮겨가 소파에 앉았다.

"이 소파는 모양은 별로죠. 하지만 기능적인 소파예요. 무척 편하죠. 내가 집에 있을 때면 거의 대부분의 시간을 이 소파 위에서 보낼 수 있는 것도 그것이 주는 편안함 때문일 거예요. 이상하게도 일단 이 소파 위에 올라오게 되면 그 아래로 내려가는 게 힘들어져요. 하지만 이번에 이사를 하게 되면 이 소파는 버리고, 기능은 상관없이 모양이 좀더 그럴듯한 소파를 장만할 작정이에요. 그리고 어떻게 해서든 소파 위에서 보내는 시간을 줄이고 싶어요."

그는 그 소파의 편안함이 그것이 본래 가진 탄력을 잃은 데서 기인하는 것인지도 모른다는 생각을 했다. 여자는 아무 말 없이 창밖을 바라보고 있었다.

"당신 자신에 관해서는 아무 얘기도 하지 않은 것 같군요." 그가 말했다.

하지만 여자는 아무 말도 하지 않았다. 바람이 일며 창문 사이로 들어오는 바람에 커튼이 살며시 부풀어 올라 일렁거렸다. 두 사람은 잠시 커튼이 움직이는 것을 바라보았다.

"때로 혼자서 저렇게 커튼이 움직이는 것을 보고 있을 때면 마치 그 뒤에서 누군가가 움직이고 있는 것 같아요. 그래서 커튼의 아래쪽으로 드러난 발목을 상상하며 바라보게 되죠. 하지만 발 같은 건 보이지 않아요. 그런데 이상하게도 그 점이 무섭게 느껴지기도 해요. 누군가가 저기 있는 게 분명한데 발이 없다는 사실이요……. 그리고 때로는 가만히 눈을 감고 있으면 바람이 불지 않는데도, 그리고 그 위에 누가 타고 있는 것도 아닌데 천천히 움직이고 있는 그네가 눈앞에 어른거려요." 여자가 말했다.

그는 여자를 바라보았고, 그녀의 멍한 표정에서 자신과 비슷한 어떤 면모를 보았다.

"이사 갈 곳은 정했나요?" 그가 물었다.

"아직요. 하지만 곧 구할 거예요. 아주 높은 곳에 있는 방으로 가고 싶어요. 나는 높은 곳이 좋아요. 깎아지른 절벽에서 아래를 내려다볼 때의 현기증을 느끼고 싶을 때가 있어요. 이번에 이사 가게 되는 곳은 아주 높이 있어 공기가 희박해 숨을 쉬기 어려운 곳이었으면 좋겠어요." 여자가 말했다.

그는 술을 한 잔 따랐고, 자신이 빠른 속도로 술을 마시고 있다는 것을 깨달았지만, 그 속도를 늦추고 싶지 않았고, 그래서 단숨에 잔을 비웠다. 하지만 그녀는 아직 술이 가득한 잔을 두 손으로 만지작거리고 있을 뿐 입에 대지는 않았다. 여자는 그를 보며 미소를 지었다. 그는 그 미소가 무엇을 의미하는 것인지 알 수가 없었다.

"우리가 이렇게 함께 있는 게 전혀 어색하지 않게 느껴져요." 여자가 말했다.

그는 자신 또한 그렇게 생각되는지를 생각해 보았지만 잘 알 수가 없었다. 여자가 자리에서 일어나 텔레비전을 켠 다음 비디오에 테이프를 하나 넣었다.

"당신에게 보여 주고 싶은 게 있는데 흥미가 있을지 모르겠어요."

그녀가 말했다.

그녀가 리모컨을 누르자 화면 위로 바다의 풍경이 떠오르며 한 남자가 물안경만 걸친 채로 물속으로 들어가는 장면이 나타났다.

"프리 다이빙을 하고 있는 거예요. 숨을 멈춘 채로 얼마나 물속 깊이 잠수를 할 수 있는가를 시험하는 거예요." 여자가 말했다.

그는 허리에 추를 매단 남자가 빠른 속도로 물속으로 내려가는 것을 바라보았다.

"저걸 보고 있으면 나 또한 숨을 멈추게 돼요. 저 선수가 하는 일은 나와는 아무런 상관도 없는 일인데도 저 선수의 몸의 상태에 나의 몸의 상태를 일치시키게 돼요. 저 선수가 느끼는 수압과 호흡 곤란을 같이 느끼게 되는 거예요. 사실은 나는 수영조차도 하지 못하는데도…… 가끔 혼자 있을 때면 이 비디오를 틀어 보곤 해요."

그는 수심 125미터 지점에 다다른 순간의 남자의 일그러진 표정을 보았고, 불편한 감정을 느꼈다. 그는 고개를 돌렸고, 텔레비전 화면을 뚫어지게 바라보고 있는 그녀의 얼굴이 냉담하게 변해 있는 것을 보았다. 그녀는 텔레비전 화면 속의 뭔가를 쏘아보고 있는 것처럼 보였다. 그는 여자가 왜 그러는지 이해할 수 없었다.

조금 후 화면 속의 선수가 수면 위로 올라오자 그녀는 자리에서 일어나 텔레비전과 비디오를 껐는데, 잠시 어떻게 해야 좋을지 모르는 사람처럼 그대로 서 있었다. 그는 이제 자리에서 일어나야겠다는 생각을 했고, 자리에서 일어나게 되면 그녀에게 어떤 작별인사를 할 건지를 생각해 냈다. 하지만 동시에 그는 자신의 생각과는 다르게, 또는 정반대로 행동하고 싶은 충동을 느꼈고, 그래서 자리에서 일어나는 대신 그대로, 좀더 붙박인 자세를 취했다.

"사실 아까 받은 전화는 잘못 걸려온 전화였어요." 그때까지 거의 입에 대지 않으면서도 계속해서 쥐고 있던 술잔을 단숨에 비우며 여자가 말했다.

"사실 나는 누구도 기다리거나 하지 않았어요. 내게 올 사람은 없었으니까요. 그러니까 나는 거짓말을 한 거예요."

"왜 그랬죠?" 그가 물었다.

여자는 잠시 말이 없었다.

"그렇게 거짓말을 한 이유에 대해 잠시 생각해 보았어요." 그녀가 말했다.

"그랬더니요?" 그가 말했다.

"거기에는 이유 같은 것은 없었던 것 같아요." 그녀가 말했다.

그는 자신이 약간 무시당하고 있다는 느낌이 들었고, 과연 그렇게 느끼는 것이 올바른지를 생각해 보았지만 잘 알 수가 없었다.

여자는 한참 동안 말이 없었다.

"아니, 나는 누군가를 기다리고 있었어요. 그 사람이 올 수 없다는 걸 알면서도. 그래요. 그는 올 수가 없어요. 이미 죽었으니까요." 여자가 말했다.

그는 여자를 쳐다보았다.

"얼마 전 일이에요. 아니, 내 생각 속에서만 얼마 전의 일일 뿐 오래전 일이에요. 내가 사귀던 그 남자가 자살을 한 거예요. 그가 자살을 했다는 사실도 이해하기 어려웠지만 더욱 이해할 수 없었던 건 그가 독약이 든 병을 들고 오래전 죽은 그의 아버지의 무덤에 가 그것을 마시고 죽었다는 거예요. 그가 죽은 날은 무척 더웠고, 그의 아버지의 무덤은 산속 깊은 곳에 있어 그는 한참을 걸어가야 했어요. 지금도 나는 그가 자신의 죽음의 장소로 택한 그 무덤까지 걸어가는 모습을 상상해 보곤 해요."

여자가 갑자기 헛구역질을 하기 시작했다. 하지만 그것은 술을 마신 때문은 아닌 다른 어떤 이유 때문인 것처럼, 또는 약간은 꾸며 낸 것처럼 여겨졌다.

"프리 다이빙에 대한 얘기를 해주고, 그 비디오를 보여 준 것도 그 남자였죠. 실제로 그는 직접 그것을 하기도 했어요. 비록 그가 말하는 그의 기록은 좋지 않았지만요. 한데 내게는 그가 프리 다이빙을 했다는 사실이 놀라웠을 뿐만 아니라 그것을 열정을 갖고 했다는 사실이 더욱 놀라웠어요. 그는 전혀 활동적인 사람이 아니었고, 그 무엇에도 의욕이나 열정을 보이지 않았거든요. 프리 다이빙은 그의 의욕과 열정을 자극한 거의 유일한 것이었죠. 아니, 지금 생각해 보니 그 의욕과 열정 역시 약간 이상한 거였어요."

그는 자신이 그곳에서 무엇을 하고 있는지 알 수 없었다. 그는 만난 지 몇 시간도 되지 않은 여자로부터 그녀의 죽은 남자에 대한 이야기를 듣고 있는 것이 자연스러운 일인지를 자문해 보았고, 거기에 부자연스런 것은 없다는 결론을 내려 보았다. 그리고 그대로 그 방에 있는 것과 그 방을 나서는 것이 아무런 차이도 없는 것처럼 느껴졌다. 문득 그는 자신이 이런 하루를 보내고 싶어했다는, 아니, 그날 하루는 그가 어디에 있든 그렇게 막연하게밖에는 보낼 수 없다는 것을 알고 있었다는 생각을 했다.

"만약 내가 살아 있는 그 사람과 다른 어떤 이유로 헤어지게 되었다면 처음에는 그 사실을 받아들이는 게 쉽지 않더라도 시간이 지나면서 점차 아무렇지 않게 되었을 게 틀림없어요. 그가 나와는 아무 상관없이 죽었다는 사실과 그가 그렇게 죽게 된 데 나의 역할은 없었다는 사실을 나는 쉽게 받아들일 수가 없었어요. 무엇보다도 괘씸하게 느껴졌죠. 그래서 처음 한동안은 그를 추모하는 한 방법으로 그를 저주하기도 했어요. 하지만 곧 그 일은 그만두었죠. 그 저주는 훨씬 가혹한 형태로 내게 다시 돌아올 뿐이었으니까요."

그는 그녀를 보았고, 그가 상상했던 것과는 달리 그녀의 표정이 너무도 태연한 것에 조금 놀랐다.

"그런데 자신의 아버지의 무덤을 향해 쉽게 떼어지지 않는 발걸음을 옮기고 있는 그 사람의 모습이 내게서 떠나지를 않아요. 마치 내가 그를 영원히 그 무덤을 향해 나 있는 그 길을 걷고 있게끔 만들어 버린 것처럼요."

그는 다시 술을 한 잔 따라 마셨다. 빠르게 취기가 오르는 것 같았다.

"그에게는 다른 가족이 없었고, 그의 수첩에 이름이 적혀 있던 나는 결국 경찰과 함께 그곳에 가 죽은 지 며칠이 지나 심하게 부패된 그의 시신을 보고 그의 신원을 확인해야 했죠. 하지만 내가 확인할 수 있었던 건 그의 객관적인 신원이었을 뿐 내가 알고 있던 그 사람의 존재는 아니었어요."

그녀는 잠시 말을 멈추고 바깥을 내다보았다. 빗줄기는 조금도 약해지지 않고 있었다. 빗소리 외에는 주위는 조용했다. 마치 그 집은 그녀의 방 외에는 모두 비어 있는 것 같았다. 그는 어쩌면 그것이 사람들이 모두 휴가를 가 버린 탓인지도 모른다는 생각을 했다. 하지만 휴가를 떠나는 일은 남의 일처럼 느껴질 뿐이었고, 그래서 그는 자신 또한 휴가 계획을 세워야겠다는 생각을 했다.

"그전에 한 번 그가 나를 그 무덤에 데려간 적이 있었어요. 그는 가끔 완전하게 혼자가 되고 싶을 때면 그곳을 찾아오곤 한다고 했어요. 하지만 그가 어려서 죽은 아버지에 대한 특별한 기억을 갖고 있었던 것도 아니에요. 그가 어려서부터 부재했던 그의 아버지라는 존재는 그 부재를 통해 오히려 그림자처럼 그의 곁에 있었던 것 같기도 해요. 그럼에도 그 무덤은 그에게는 각별한 장소였던 것 같아요. 언젠가 우연히 그곳에 간 그는 그후로 그곳의 정적과, 그곳에서 그가 느꼈던 어떤 알 수 없는 기운에 이끌린 것처럼 종종 그곳을 찾았던 거예요. 그런데 그가 죽은 후 나 혼자서 그 무덤을 다시 찾아 그곳에 이르는 그 험한 산길을 걷게 된 게 나로서는 잘못이었던 것 같아요. 그때 나는 그가 스스로 목숨을 끊기 위해 그 길을 걷던 순간의 그 힘겨웠을 발걸음을 내 발걸음에 새겨 버린 거예요. 그 후로 그와 함께, 또는 나 자신이 그가 되어 그 길을 걷고 있는 나 자신의 모습을 지울 수가 없게 되었으니까요. 하지만 정작 그 무덤에서는 그의 알 수 없는 고통을 내 것으로 취하지는 못했어요. 빗물에 씻겨 나가 무덤으로서의 모습을 거의 잃은, 그가 죽어 간, 그리고 그의 아버지가 묻혀 있는 그 무덤에서 내가 주로 느꼈던 건 짜증이었어요. 고통이나 슬픔보다는 짜증스러움이 더 컸어요.”

빗소리에 실린 그녀의 목소리가 그를 혼란스럽게 만들었고, 그는 그 혼란 속으로 좀더 깊이 빠져 들었다.

“사실 우리는 아무런 사이도 아니었던 것 같아요. 나는 그가 원하는 바가 무엇인지 알 수 없었어요. 그건 그 사람 또한 마찬가지였을 거예요, 아니, 그보다도 그는 내가 원하는 바에 대해서는 아무런 관심도 없었어요. 우리는 서로 무관한 사이였죠. 우리가 어떤 관계, 그것이 좋은 것이든 나쁜 것이든, 관계가 있는 사이였다면 노력을 통해 어려움을 극복할 수도, 아니면 그 관계를 무효로 만들 수도 있었겠죠. 하지만 우리는 그럴 수가 없었던 거예요. 처음부터 아무것도 아닌 관계였으니까요. 그런데 역설적이게도 그의 죽음으로 인해 우리 사이는 뗄 수 없는 것이 되어 버린 거예요.”

그는 자꾸만 빗소리에 파묻히는 그녀의 말을 놓치지 않기 위해 그녀 쪽으로 몸을 기울여야 했다.

“그런데 그날 그 무덤에서 돌아오던 길에 인상적인 일이 있었죠. 밤이 되었고 운전을 하는데 비가 억수같이 퍼부었어요. 한 치 앞을 내다보기가 힘들었죠. 나는 국도를 달리고 있었어요. 그런데 빗줄기로 흐려진 도로 위로 뭔가 움직이는 것들이 희미하게 보였는데 그건 다름 아닌 개구리였어요. 숫자를 헤아릴 수 없을 정도로 많은 개구리들이 비가 내리는 도로 위를 뛰어다니고 있는 거였어요. 그 가운데는 이미 다른 차에 짓밟혀 죽은 것들도 많이 있었어요. 도로 전체가 이미 죽었거나 아직 살아 있는 개구리들로 뒤덮인 것처럼 보였어요. 도로 위에서 참변이 벌어지고 있었던 거예요. 그런데 참변을 당한 건 그 개구리들도 죽은 그도 아닌 나 자신처럼 여겨졌어요. 나는 더 이상 운전을 할 수 없었고, 결국 개구리들이 뛰어다니는, 비가 내리는 도로 위에 차를 멈춘 채로 꼼짝도 하지 못하고, 운전대 위에 팔을 올려놓은 채로 눈을 감고 있었죠. 그런데 갑자기 걷잡을 수 없는 울음이 터져 나왔어요. 그것이 그 괴상한 개구리 떼가 불러일으킨 무서움 때문인지 혹은 무덤까지 찾아갔지만 그를 느낄 수 없었던 나의 무감각 때문인지 또는 그 사람과의 관계가 내가 생각했던 것 이상의 것이 아니었다는 갑작스런 자각 때문이었는지는 모르겠어요. 어쨌든 나는 말할 수 없는 두려움과 분노로 몸을 떨며 차 안에서 밤을 샐 수밖에 없었어요."

그는 이제 간절하게 그 방을 나서고 싶었지만 그 자신을 포함해 그 방 안에 있는 모든 것들이 어떤 화가의 손에 의해 화폭 위에 옮겨져 고정되어 버린 것처럼, 그래서 그가 몸을 움직이거나 자리에서 일어나는 것은 완성된 구도에 훼손을 가하는 것처럼 느껴졌다.

"그런데 그의 죽음으로 그와 헤어지게 되면서 나의 모든 게 달라져 버렸어요. 어떻게 된 일인지 나는 그가 죽은 후로 아무것도 할 수가 없게 되었어요. 내가 하던 일은커녕 가장 단순한 일과조차도. 그런데도, 내가 아무것도 하지 못한 그 사이에 내 안에서 엄청난, 내가 감당할 수 없는 어떤 일이 일어났어요. 그냥, 어느 순간 내게 무슨 일인가가 일어난 것 같아요. 무슨 일인지 알 수 없는 어떤 일이. 내가 알아차릴 수 없는 어떤 일이 내가 모르게 일어난 거예요. 눈앞에서 흔들거리는 뭔가를, 이를테면 추를 숨을 죽이고 바라보는 사이 그것이 이미 멈춰 있는 것을 보게 된 거예요. 나로서는 그것이 여전히 흔들리고 있다고 생각하는데도. 만약 내가 오래전 과거에 있었던 그의 죽음을 어떤 식으로든 나의 현재의 상태 속으로 끌어들이고 있다면 그것은 분명 잘못된 일이고 부당한 처사겠죠. 하지만 그 때문은 아니에요. 내가 이렇게 된 건 그의 죽음과 직접적인 관련이 있는 것처럼 여겨지지는 않아요. 내가 그를 그토록 사랑했던 것 같지도 않고, 그를 잊지 못해서도 아니에요. 그가 죽었다는 사실에 대해 크게 상심했던 것 같지도 않아요. 실제로 나는 그를 만나면서도 그와 헤어지는 것을 수도 없이 상상했고, 그 상상에는 그가 죽어 없어지는 것 또한 포함되어 있었으니까요. 모르겠어요. 어쩌면 그를 죽음에 이르게 한 것과 똑같은, 내 안에서 잠복된 형태로 존재하던 어떤 요소가 그의 죽음을 계기로 내 안에 그 독을 퍼트려 나를 마비시켜 버린 것 같아요. 그리고 그 마비 상태는 나의 일상이 되어 버린 거예요. 이 모든 게 마치 나의 의지로는 어떻게 할 수 없는, 어떤 이상한 사건에 연루되어 곤란한 입장에 빠지게 된 것처럼 이루어져 버렸어요."

그는 그녀가 하는 말을 충분히 이해할 수 있었음에도 그에 대해 할 수 있는 마땅한 말이 떠오르지 않았다. 다만 그는 정색을 하고 그건 자신 또한 마찬가지라는 말을 해야 할 것 같았지만 그렇게 하는 대신 그 비 오는 밤의 도로 위의 개구리들의 끔찍한 모습들을 떠올렸고, 동시에 그 남자를 죽음에 이르게 한 것이 어느 순간 그녀를, 또는 심지어는 그 자신을 죽음에 이르게 할 수도 있을 거라는 생각을 했고, 그런 생각을 하자 자신을 포함한 세 사람이 서로 연결되어 있는 것처럼 느껴졌다.

"너무도 많은 일들이 오랫동안 아무렇지 않게, 또는 너무도 아무렇지 않은 일들이 그 오랫동안 일어났던 것 같아요. 그리고 나 자신을 가다듬기 위해 노력해 온 그 세월 동안 나는 천천히 부서져 내렸던 것 같아요. 어떻게 하다 여기까지 오게 되었는지 모르겠지만 아무튼 여기까지 오게 되었어요. 한데 그렇게 해서 오게 된 여기가 어딘지를 모르겠어요. 쓰러지지 않기 위해 완강하게 버티고 있는 게 아니라 이미 쓰러진 채로 그 상태를 다만 완강하게 유지하고 있는 것 같아요. 나의 그러한 생각이 지금 나의 상태를 유지하고 있고, 나의 그 상태가 지금의 나를 지켜 주고 있는 것 같아요."

그는 여자를 보고 있지 않았고, 그녀의 말이 벽에 걸린 스피커에서 흘러나오는 소리처럼 그곳에 있지 않은 사람의 음성처럼 들렸다. 그는 조금 전의 혼란스런 느낌과는 별개로 짜증스런 기분이 들었고, 그녀를 향해, 혹시라도 당신이 나를 짜증스럽게 만들고 있다는 생각은 들지 않나요, 하고 중얼거렸다. 그는, 당신에게서 이런 말을 듣게 되다니 이제는 우리가 정말로 헤어져야 할 때가 된 것 같군요, 라는 너무도 쉬운 말을 여전히 입 밖에 내지 못했다.

"그런데 나는 지금도 혼자 이 방에 있을 때면 불안한 심정으로 문을 바라보곤 해요. 죽은 그가 올 수도, 또는 오지 않을 수도 있다는 생각에, 그리고 막상 그가 오게 되면 어떻게 해야 할까 하는 생각으로. 그리고 그 불안에는 후자 쪽의 생각이 더 큰 비중을 차지하고 있죠."

그는 그녀가 문 쪽을 뚫어지게 바라보는 것을 보았다. 순간 그는 그가 문 쪽으로 고개를 돌릴 경우 그 앞에 그녀의 죽은 남자가 서 있을 것만 같았고, 되도록 그로 인한 충격을 줄일 것처럼 천천히 문 쪽으로 고개를 돌렸다. 하지만 그곳에는 아무도 없었다. 조금 후 그녀가 그에게로 시선을 돌렸고, 그는 그 시선에서 마치 유령을 본 사람의 표정과도 같은 표정을 보았다. 그리고 그는 그 표정을 통해 자신이 그녀가 기다리면서도 기다리지 않는, 그녀의 죽은 남자처럼 느껴졌고, 그 섬뜩한 느낌을 떨쳐 버리기 위해 약간 과장되게 고개를 흔들었다.

"그런데 한 가지 이해할 수 없었던 건 그 무덤을 찾아간 그가 계절에 어울리지 않는 두꺼운 옷을 입고 있었다는 거예요."

그는 자신도 모르게 땀을 흘리고 있는 것을 깨달았지만 그것을 닦지는 않았다.

"어느 시장에 가면 죽은 사람의 옷만을 파는 곳이 있어요." 그는 자신이 가까스로 얘기를 하고 있다는 느낌이 들었다.

"그 가게는 그 시장의 제일 안쪽 구석에 있어 사람들의 걸음이 뜸한 곳이죠. 그 집의 상호는 잊어버렸어요. 몇 번 그곳에 간 적이 있지만 그건 오래전 일이니까요. 그곳에서는 정말로 죽은 사람들이 죽을 당시에 입고 있던, 그들의 유가족들이 태우거나 버리지 않고 처분한 옷들만을 팔았어요. 다양하게 죽어 간 사람들만큼이나 다양한 옷들을 팔았죠. 자연적인 수명이 다해 죽은 사람들에서부터 사고로 비참하게 죽어 간, 그래서 그 흔적이 옷에 남아 있기도 한 사람들의 옷까지요."

그는 얘기를 할수록, 다만 자신이 어떻게 하다가 꺼낸 이야기를 중간에 그만둘 수 없어 계속하고 있다는 느낌을 지울 수가 없었다.

"물론 그 옷들은 수선을 하고 세탁을 해 그 옷을 입은 채로 죽은 사람을 고스란히 느낄 수는 없어요. 그럼에도 불구하고 그 옷들에서는 그 옷들의 본래의 주인들이 남긴 어떤 느낌 또는 인상이 남아 있고, 그래서 그 옷을 입게 되면 그 옷의 임자를 어렴풋이나마 느낄 수가 있는 거예요."

"그곳에 꼭 한번 가 보고 싶군요. 그 얘기를 들으니 기분이 나아진 것 같기도 해요."

그 순간 그녀의 몸이 그에게로 기울어지는 것을 그는 느꼈다. 하지만 그들 사이에 누군가가 끼여 있는 듯한 느낌이 들었고, 그래서 몸을 옆으로 옮겨 그녀에게서 떨어져 앉았다.

"그런데 그 가게와 관련해 또 한 가지 인상적인 것은 그곳의 주인 여자였어요. 나이가 무척 든 여자였죠. 그런데 그 여자는 항상 그 구석진 가게의, 옷들이 어지럽게 걸려 있는 한구석에서 꼼짝도 않고 앉아 있는 거였어요. 손님이 와도 전혀 거들떠보지도 않는 거였어요. 손님이 옷을 고른 후 옷에 붙어 있는 가격대로 돈을 놓고 갈 때도 마찬가지였어요. 다만 거스름돈을 내줘야 할 때만 잠시 몸을 움직였지만 거의 무표정한 태도로 계산을 한 후면 다시 조금 전과 똑같은 자세로 돌아갔어요. 그녀가 그랬던 건 거동이 불편하기 때문만은 아닌 것 같아요. 마치 혼이 나간 사람 같았어요. 의자 위에 잠자코 앉아 있는 그녀는 이미 죽은 사람처럼 여겨질 정도였죠. 그녀의 표정뿐만 아니라 그녀의 자세 또한 더 이상 아무것도 담지 못하는 공백으로 여겨졌죠."

그 말을 들은 그녀는 아무 말도 하지 않고 있었다. 그는 그녀의 얼굴을 보았고, 그녀의 얼굴이 조금 전 그가 말한 대로 텅 빈 표정을 짓고 있는 것을 보았다.

"한번은 그곳에서 옷을 사와 입은 적이 있는데, 그 옷 역시 죽은 사람의 옷이었지만 그가 어떻게 죽었는지는 알 수 없었죠. 그럼에도 그 옷을 입게 되면서 그 죽은 사람의 고통이 느껴지는 것만 같았고, 그것이 그 옷을 입을수록 너무도 심해져 결국에는 그것을 내다 버릴 수밖에 없었죠."

여자는 어떤 심한 충격을 받은 사람처럼 멍한 모습으로 앉아 있었다. 그는 여자가 그 위에 앉아 있으면 무척 편한, 기능적인 소파라고 말한 그 소파 위에서 말할 수 없는 불편함을 느꼈다. 그는 더 늦기 전에 자리에서 일어나야겠다는 생각을 했고, 몸을 일으키기 위해 두 손을 소파 위에 짚었지만 손은 탄력을 잃은 소파 속에 묻혀 버렸다.

오히려 자리에서 일어난 것은 그가 아닌 여자였다.

"내가 취한 모양이에요." 여자가 말했다.

그녀의 걸음이 비틀거렸다. 그는 하마터면 자리에서 일어나 그녀를 부축할 뻔했다.

"아무래도 안 되겠어요. 오늘 계약은 없었던 걸로 해줬으면 좋겠어요." 여자가 말했다.

"나는 계속해서 이 집에서 살아야만 할 것 같아요."

"그건 왜죠?" 그는 자신의 목소리가 자신의 것처럼 여겨지지 않았다.

"나는 이 집을 떠날 수가 없을 것 같아요. 이 집의 뭔가가 나를 놓아주지 않고 있는 것 같아요."

"이 집의 뭐가 그렇다는 거죠?"

"그게 뭔지는 모르겠어요. 내가 알 수 있는 건 내가 알지 못하는 이 집의 뭔가가 나를 놓아주지 않고 있다는 거예요."

"그렇다면 오히려 이 집에서 벗어나야 하지 않을까요?"

"하지만 그건 불가능한 일처럼 여겨져요."

그녀는 잠시 아무 말이 없었다.

"그를 처음 만난 것도 이 집에서였어요. 우리가 알게 된 건 내가 이 집을 내놓은 광고를 보고 그 사람이 찾아오면서였죠. 우리의 비극이 시작되었지만 아직 끝나지 않은 곳이 바로 이 집이에요."

그는 순간적으로 온몸에 소름이 돋는 것을 느꼈다.

"당신이 죽은 그 사람을 상기시키는 건 아닌데도, 당신을 보고 있으면 그 사람이 내 앞에 와 있는 것만 같아요." 여자가 말했다.

그녀는 그의 얼굴을 빤히 쳐다보았다. 그때 방 밖에서, 그 집 안 어딘가에서 고양이 울음소리가 들렸고, 그는 그 울음소리가 단순히 고양이의 울음소리로는 들리지 않았다.

"그 이유는 알 수 없지만 나는 지금도 죽은 그 사람을 마치 의복을 벗듯 편안하게 벗어 내던져 버릴 수가 없어요. 오늘 하루 역시 나는 그가 오래전 내게 선물한 이 소파 위에서 그를 기다렸던 거예요."

그는 그 방에서 나갈 수 있는 기회를 영원히 놓쳐 버렸다는 생각이 들었다.

"당신을 만난 적이 없다는 생각을 하려 하고 있어요." 자신에게서 그런 다짐을 받아 내려는 듯 여자가 천천히 그 말을 했다.

그는 아무 말도 할 수가 없었다.

"우리가 만난 적이 없다고, 우리가 모르는 사이라고 얘기해 줘요." 여자가 말했다.

"우리는 만난 적이 없으며, 모르는 사이예요." 그는 그 말을 반복하는 그의 목소리의 갑작스런 높이에 스스로도 놀랐다.

하지만 그는 그 말을 끝낸 순간 그녀가 소파에 머리를 파묻고 있는 것을 발견했다. 그녀가 그를 보고 있지 않은 사이 그는 자리에서 일어났다. 그는 걸음을 떼야 한다는 생각을 했지만 그것이 불가능하다는 것을 진작에 알고 있었던 사람처럼 가만히 서 있었다.

"아니, 그렇게 가지 말아요. 그냥 좀더 있어 줘요." 갑자기 고개를 들며 그녀가 소리쳤다.

"괜찮아요?" 그가 물었다.

하지만 이미 그녀는 괜찮지 않은 것처럼 보였다. 취기 때문인지, 흥분으로 인해서인지 그녀는 정신이 나간 것처럼 보였다.

"이렇게 당신이 올 줄 알았어요. 내가 당신을 기다렸으니까요." 여자가 소리쳤다.

여자가 그를 바라보았지만 그 시선은 그에게 머무는 것이 아니었다.

"당신의 모습이 보이지는 않지만 이 방 어딘가에 당신이 있다는 걸 알 수 있어요. 당신의 숨소리를 들을 수가 있어요. 당신이 내 근처 어딘가에 있다는 생각만으로도 나는 괜찮아질 수 있어요."

그는 여자를 쳐다보았다. 그녀는 그를 자신의 죽은 남자로 착각하고 있는 것이 분명했다. "하지만 지금 나는 너무 피곤해요. 당신을 기다리느라 너무 긴 하루를 보낸 것 같아요. 하지만 당신이 이렇게 내 곁에 있으니 됐어요."

여자는 마치 오래도록 함께 시간을 보내 온 사람을 대하듯 아무렇지 않게 자리에서 일어나 잠옷으로 갈아입은 후 화장실로 들어가 버렸다. 그는 여자의 옷걸이에 걸려 있는 옷들을 바라보았다. 옷걸이에 제대로 걸려 있는 옷들이 별로 없었다. 그녀의 옷들 대부분은 옷걸이에 반쯤 걸려 있거나 그 아래에 떨어져 있었다.

조금 후 여자는 화장실에서 나와 그 방에 누구도 없다는 듯 태연하게 방을 가로질러 가 침대에 들어 몸을 엎드렸다. 여자는 곧 잠이 들었다. 아니면, 잠이 든 척을 하는 건지 그로서는 알 수가 없었다. 그는 자리에서 일어나 그녀의 뒤로 가 숨을 들이쉬고 내쉼에 따라 조금씩 움직이고 있는 그녀의 목덜미를 바라보았다. 그런 다음 그는 방 안을 서성였으며, 어느새 자신의 손에 나이프가 들려져 있는 것을 발견했다. 그는 그 나이프로 그녀의 옷의 파인 등의 선을 따라 살며시 그었다. 하지만 여자는 의식이 없었다. 그는 자신이 지금 개막을 앞둔 어떤 공연의 리허설을 하고 있는 것처럼 느껴졌다. 그는 이번에는 좀더 대담하게 포크를 들고 그것의 무딘 날을 세워 그녀의 맨살을 찔렀다. 그녀의 등에서 네 방울의 피가 흘렀다. 그는 피가 흐르는 포크를 치켜들었고, 그 순간 연극의 막이 내리는 것을 상상했다. 하지만 관객의 환호는 그의 귓가에 들려오지 않았다. 그는 귀를 기울였고 침묵을 들었다. 그는 다시 아래를 내려다보았다. 여자는 죽어 있었다. 그녀가 입고 있는 잠옷은 이미 죽은 사람의 의복처럼 보였다. 하지만 이것은 그의 상상일 뿐 그는 그녀에게 전혀 손을 대거나 하지 않았다. 다만 잠이 들었거나 든 척을 하고 있는 그녀의 목덜미를 바라보앉을 뿐이었다. 그럼에도 그의 시선 속에서 그녀는 죽어 있는 것처럼 느껴졌고, 그의 시선의 어떤 욕망이 그의 앞에 하나의 죽음을 빚어내고 있는 것처럼 여겨졌다. 하지만 실제로는 그녀가 죽은 모습을 그가 아무리 상상하려 해도 그녀는 그 상상을 뿌리치며 잠이 들어 있을 뿐이었다. 그는 잠시 그녀의 옆에 누웠지만 어떤 성욕도 생겨나지 않았다. 마치 그 사실을 확인하고자 했을 뿐이라는 듯 그는 다시 일어나 소파로 돌아가 앉았고, 그것이 무척이나 기능적이라는 생각을 하며 편하게 몸을 기울였다. 그는 잠이 든 그녀를 물끄러미 바라보았다. 걷잡을 수 없이 하품이 나기 시작했고, 졸음이 몰려왔다. 그리고 그는 마치 그 졸음을 쫓으려는 것처럼 불쑥 자리에서 일어나 방을 나와 계단을 뛰어 내려갔고, 그와 동시에 문득 자신이 주방 기구를 판매하는 외판원 일을 한 적이 없다는 사실을 기억했다.

그가 아까 보았던 고양이가 비를 피해 현관 복도 앞에 쪼그리고 앉아 있었다. 그는 괜히 고양이를 향해 두 손을 들어 구부려 맹수의 발톱처럼 만들며 입을 벌려 이빨을 드러내 보였다. 고양이가 몸을 일으키며 방어 자세를 취하며 털을 곤두세웠다. 이건 그냥 고양이일 뿐이야, 무시해 버려, 하는 생각을 하며 집을 나선 그는 골목길에 잠시 서서 그녀의 방을 올려다보았다. 열어 놓은 창문 사이로 부는 바람에 의해 커튼이 펄럭이고 있었고, 그 너머로 누군가가 어른거리고 있는 것처럼 여겨졌다. 그는 걸음을 옮겼고, 곧 그 골목에서 벗어났지만 그의 뒤에서 계속해서 들리는 고양이 울음소리는 조금도 작아지지 않았다.

마리의 집

조경란

1969년 서울 출생.

서울예대 문예창작과 졸업.

1996년 《동아일보》 신춘문예에

〈불란서 안경원〉이 당선되어 등단했다.

소설집 《불란서 안경원》·《나의 자줏빛 소파》,

중편소설 《움직임》, 장편소설 《식빵 굽는 시간》·

《가족의 기원》·《우리는 만난 적이 있다》 등이 있다.

문학동네신인작가상을 수상했다.

마리의 집

　휴가가 끝난 후 첫 출근이다. 혜화역에 내렸을 때는 이미 출근 시
간이 십 분이나 지나 있었다. 오전에는 한산한 편이기는 하지만 아직
방학이 끝나지 않았다. 요즘 관람객들은 방학숙제를 하기 위해 부모
손에 끌려오는 초등학교 아이들이 대부분이다. 아홉 시 반이면 관장
의 비서에게서 전화가 올 것이다. 별일 없습니까? 네, 별일 없습니
다. 여기서 무슨 별다른 일이 일어나겠어요, 하는 말은 한 번도 해보
지 못했다. 휴가 기간은 일주일이었다. 그녀는 이번 여름휴가를 반납
하고 싶었지만 그 말도 하지 못했다. 휴가 기간 동안 어디를 갈까 고
민하는 데 사흘이 지나갔다. 다시 집에, 그 갯벌에 가 봐야겠다고 작
정하고 나니 휴가가 딱 하루 남아 있었다. 그 하루 동안 그녀는 킴스
클럽에 가서 쇼핑을 했다. 열무 두 단과 4킬로그램짜리 쌀 한 봉지,
바나나 우유와 아오리를 샀다. 잔고가 떨어진 것보다 냉장고가 비어
있는 게 훨씬 더 불안하다. 휴가 기간 내내 벽시계 건전지를 빼 두었

다. 그러나 저녁을 먹기 위해 된장찌개와 달걀찜을 식탁에 차려 두고 텔레비전을 켜면 어김없이 아홉 시 뉴스가 시작되고 있었고 앞집 여자의 자동차가 들어왔나, 창문을 열고 내다볼 적이면 새벽 세 시가 되어 있었다. 새벽 세 시가 넘어도 여자의 자동차가 보이지 않는 날이 더 많다. 앞집 여자, 정미림이 술을 마시는 날이다. 정미림은 휴가 기간 동안 파리에 다녀오겠다고, 지난 봄부터 입버릇처럼 말했었다. 어쩌면 그의 소식을 들을 수 있을지도 몰랐다.

가방에서 비닐봉지 안에 든 아오리 하나를 꺼내 와삭, 한입 크게 베어 문다. 샘터사와 KFC 사이 골목으로 들어간다. 집에 가지 못한 이유는 휴가 기간이 딱 하루밖에 남지 않아서였을 따름이다. 그곳까지 가는 데만 해도 반나절이 걸린다. 광활한 갯벌에서 펼쳐질 낙조를 보기 위해서 이번 여름철에도 관광객들이 퍽 몰려들었을 게 분명하다. 갯벌은 얼핏 보면 그저 물 빠진 맨숭맨숭한 땅 같아 보이지만 가까이 다가가면 여기저기 살아 움직이는 생물들을 발견할 수 있다. 갯지렁이가 펄 사이로 숨어들고 불가사리가 바지락을 잡아먹느라 지금도 안간힘을 쓰고 있을 것이다. 그 모든 것들이 어제 보고 온 듯 눈에 환하다. 바닷물이 빠진 갯가를 보고 있노라면 그녀도 마을의 여느 아낙들처럼 나무로 만들어진 뻘썰매를 타고 갯벌 끄트머리까지 나가 깊은 펄에 무릎까지 다리를 빠트리고 양동이 하나 가득 패류들을 채우고 싶었다. 그녀는 가지 않았다. 아오리를 한입 베어 물 때마다 갯지렁이, 불가사리, 바지락, 참꼬막, 하고 패류들의 이름을 불러 본다. 관광객들이 빠져나가면 마을 사람들은 하나둘씩 갯벌로 몰려나가 갯벌 임자라는 걸 표시하기 위해 여기 저기 세워 둔 막대들을 점검하느라 분주할 것이다. 누군가는 틈틈이 파도에 휩쓸려 온 페트병이나 폐선 조각들을 건져 내기도 할 것이다. 그래야 조개들이나 다른 패류들이 더 잘 자랄 테니까.

골목으로 들어와 바탕골 소극장 앞까지 왔을 때쯤 그녀는 길바닥 한가운데 곧게 그려져 있는 자주색 선 하나를 발견한다.

……?

자세히 들여다보니 선이 아니라 철물점에서나 파는 물건을 묶을 때 사용하는 두툼한 노끈이다. 뒤를 돌아다본다. 골목 안쪽에서부터 그 끈은 계속 이어져 있다. 골목을 되돌아 나가 큰길까지 도로 나가 본다. 끈은 지하철 입구에서부터 이어져 있다. 길바닥에 그려진 듯 붙어 있는 끈 중간 중간에는 일정한 간격으로 초록색 테이프로 고정되어 있다. 고개를 들고 위에서 부감하듯 내려다보면 마치 노끈을 커다란 호치키스로 딱딱 찍어 놓은 듯 보인다. 테이프로 고정된 끈 위에 화살표 모양의 안내문도 함께 붙여져 있다. 매직으로 써 넣은 작은 안내문에는 '심재혁과 이지현의 결혼 피로연 장소'라고 씌어져 있다. 끈을 따라 좀더 위로 올라가니 '비어할레 가는 길'이라 씌어진 안내문이 발에 밟힌다. 길을 걷다가 종종 이런 식으로 장소를 표시해 둔 끈을 본 적이 있긴 했다. 주로 대학가 근처. 학생들이나 무슨 동호회에서 하는 행사 장소를 알리는 게 대부분이었다. 결혼식장을 알리는 안내문도 보았고 간혹은 무슨 나이트클럽 같은 것도 있긴 했다. 그 끈을 따라갈 일은 한 번도 생기지 않았다. 출근 시간은 이십여 분쯤 지나고 있다. 그녀는 속대만 남은 아오리를 한 손에 들고서 끈을 따라 느릿느릿 걷는다. 끈은 '민들레영토' 앞과 주차장을 지나 비어할레라는 맥주집 앞까지 길게 이어져 있다. 아직 비어할레가 문을 열 시간은 아니다. 퇴근 후에 비어할레에 와서 위층 미술관에서 근무하는 미스 박과 맥주를 마신 적이 있다. 문이 닫힌 것을 알면서도 그녀는 피로연에 온 손님처럼 비어할레 문 손잡이를 사뭇 흔들어 본다. 유리문 앞에 심재혁과 이지현의 결혼 피로연 장소라는 안내문이 또 붙어 있다. 어제 날짜다. 오후 여섯 시 반. 어제는 일요일이었다. 어제 이 비어할레에서 심재혁이라는 남자와 이지현이라는 여자의 결혼 피로연이 있었다. 누구도 아직까지 장소를 표시한 저 끈을 땅바닥에서 떼어 낼 생각은 하지 못한 모양이다. 다 베어 먹은 아오리 속대를 아무렇게나 비어할레 앞에 툭 던져 버린다. 관장의 비서에게서는 벌써 여러 번 전화가 왔을 텐데. 뒤돌아 한 블록 도로 밑으로 내려간다. 아프리카 미술관은 한성빌딩 5층에 있다. 엘리베이터는 4층에서 멈춰 선 채 꼼짝도 않는다. 이 시간에 대체 누가 온 걸까.

　남자는 자신의 이름부터 밝혔다. 그녀는 남자의 이름을 듣지 못했지만 되묻진 않았다. 카메라 가방을 든 남자는 안내 데스크 앞으로 바투 다가온다. 그녀는 한 걸음 뒤로 물러난다. 뒤로 물러나 봐야 막다른 벽이다. 벽에는 미술관을 홍보하는 커다란 패널이 걸려 있고 그 패널 속에는 흑단목으로 만들어진 우자마라는 인간 피라미드가 담겨 있다. 무슨, 일이신데요? 그녀는 더듬거리며 묻는다. 남자가 뒤를 한번 흘긋 돌아다보더니 미간 사이에 진 주름을 활짝 펴고 웃는다. 아, 난 말입니다, 영화를 만들고 있습니다. 영화요? 그럼 영화감독이신가요? 뭐, 그렇게 생각하셔도 좋구요. 그런데 제게 무슨…… 난 지금 이미지를 찾아다니는 중입니다. ……이미지라뇨? 뭐, 지금 여기서 자세한 건 말하기 힘들구요, 거두절미하고 부탁 하나 합시다. 남자는 이미지 컷을 만들고 있는 중이라고 했다. 이미지 컷이 뭐예요? 그녀는 묻지 않았다. 스토리 보드라는 말이 나왔을 때도 그게 뭐냐고 물어보지 않았다. 남자는 미술관 안에 있는 작품들을 몇 점 사진을 찍었으면 한다고 말한다. 그건 좀 곤란. 아, 압니다, 곤란하다는 거 알죠. 얼른 몇 컷만 찍게 해주십쇼. 이게 사실 다 남들 보라고 전시해 놓은 거 아닙니까. 그건 제 소관이 아녜요, 관장님이나 아니면 기획실에 미리 연락을…… 변명 같겠지만 그럴 시간이 없었습니다. 한 번 봐주십시오, 이렇게 부탁드립니다. 남자는 웃는다. 웃으면서 한쪽 손으로 이마로 쏟아진 머리칼을 넘긴다. 그녀는 입술을 꼭 다물었다 천천히 뗀다. 그럼, 이게 영화로 만들어지는 건가요? 글쎄요, 여기 있는 게 영화로 나오는 건 아니구요, 뭐랄까, 제가 새로 만들 영화 내용에 맞는 이미지를 찾아내기 위한 작업인 셈이죠. ……영화 만드는 일, 참 어려운 거 아닌가요? 그으럼요, 그게 얼마나 어려운 일인데요. 뭘 좀 아시긴 아시네. 하지만 세상에 어렵지 않은 일이 있습니까, 산다는 게 다 그렇죠. 남자는 또 큰 소리로 하하 웃는다. 곤란한 일이기는 하지만, 누가 보기 전에 얼른 찍으셔야 돼요. 이거 정말 고맙습니다. 고마워요. 근데 아가씨 이름이 뭐요? ……제 이름은 왜요? 이런 데서 일하면 꿈자리가 사납지 않습니까? 저 귀신 같은 가면들이라니. 남자는 그녀의 이름을 다시 묻지 않고 카메라 가방을 투둑 연다.

남자는 진열대 안에 있는 탄자니아의 인간 피라미드와 피그미족의 표범 가죽과 구슬, 조개로 만들어진 화려한 의상과 가면, 그리고 세누푸 옆북 같은 것들을 촬영하기 시작한다. 남자가 쇼케이스에 들어 있지 않은 모로코 왕의 칼에 손을 댔을 때 그녀는 버릇처럼 단지지 마세요! 낮게 소리친다. 남자가 머쓱한 얼굴로 그녀를 돌아본다. 손, 손대지는 마시라구요. 아, 알겠습니다. 잠깐 찍겠다던 남자는 삼십 분이 지나도록 돌아갈 생각을 하지 않고 실내를 돌아다니고 있다. 관람객들은 아직 한 명도 없다. 점심시간이 지난 후부턴 몇몇이 모여들 것이다. 미스 박은 아직 출근을 하지 않은 것일까. 위층에서는 아무런 기척이 없다. 남자가 사진을 찍는 동안 그녀는 마치 제자리에서만 맴돌 뿐인 장식용 프로펠러처럼 비좁은 안내 데스크 안쪽에서 제자리걸음을 하고 있다. 고맙다는 인사를 하고 남자가 나간 것은 열한 시가 넘어서다. 남자가 나간 후 그녀는 출입구 앞에 있는 니얌 위지 추장의 의자에 놓여진 비디오테이프 하나를 발견한다. 남자가 한 손에 들고 있던 테이프다. 그가 머리카락을 쓸어넘길 때 왼손에서 오른손으로 바꿔 쥐던. 그녀는 얼른 비디오테이프를 집어 들곤 문을 밀치고 나간다. 엘리베이터는 벌써 3층으로 내려가고 있다. 그녀는 타다닥 계단을 뛰어 내려간다. 주차장 쪽으로 걸어가고 있는 남자의 뒷모습이 보인다. 저기요! 그녀는 한 손에 든 비디오테이프를 깃발처럼 휘두르며 큰 소리로 남자를 부른다. 걸음을 멈춘 남자가 뒤돌아본다. 여기, 이거요, 이거 댁거죠? 남자가 앗차차! 손바닥으로 제 이마를 세게 친다. 이거 정말 큰일 날 뻔했네, 정말 고맙습니다. 이게 얼마나 중요한 테이프인데, 아 내가 요즘 정신이 하나도 없다니깐요, 그놈의 이미지 컷인지 뭔지 때문에. 아무튼 정말 고맙습니다. 그런데 아까 아가씨 이름이 뭐라고 그랬습니까? ⋯⋯장, 말희요. 아, 장마리 씨요? 그녀는 망설이다가 고개를 끄덕거린다. 장마리, 마리, 정말 이쁜 이름이군요.

정미림의 자동차는 골목 바깥쪽에 주차돼 있다. 그 안쪽에 그녀의 자동차가 있다. 그녀는 가방에서 정미림의 자동차 열쇠를 꺼낸다. 정미림이 앞집 2층으로 이사를 온 것은 1년 전쯤이다. 좁은 골목을 마주 보고 있는 그녀의 집과 정미림의 주인집엔 주차장이 있었고 정미림이 사는 집 옆 골목에 주차하는 사람은 그녀밖에 없었다. 정미림이 이사 온 후부터는 골목에 차 두 대를 세워야 했다. 그녀가 퇴근한 후 저녁 여덟 시가 넘어서 초인종이 울렸다. 어깨까지 내려오는 긴 퍼머 머리를 한 여자가 대문 밖에 서 있었다. 미안하지만, 차를 좀 빼 주셔야겠어요. 그녀는 앞집 여자를 내려다봤다. 들릴 듯 말 듯한 작은 목소리 때문이기도 했지만 우선 가로등 불빛을 받고 서 있는 그녀의 키가 너무도 작아 보였다. 그늘 속에서 자란 보랏빛 붓꽃 같은 느낌이 드는 여자였다. 그녀는 저녁에 퇴근했고 정미림은 밤에 출근했다.

자동차 키를 한 벌씩 복사해서 나눠 갖자는 말은 정미림이 먼저 했다. 그녀의 자동차는 녹색 마티즈였고 정미림의 자동차는 같은 차종의 금색이었다. 정미림은 자신의 열쇠 한 벌을 먼저 그녀에게 건넸다. 그날 저녁 그녀는 정미림과 함께 저녁을 먹었다. 채 150센티미터가 넘을까. 굽 높은 신발을 벗고 실내로 들어온 앞집 여자의 키는 더욱 작아 보였다. 앞집 여자는 맥주를 마셨다. 난 말예요, 아직도 새해 첫날이면 키를 재 봐요. 그녀는 웃었다. 믿기지 않겠지만 간혹 내 키가 자라 있기도 해요. 눈에 띌 정도는 아니지만. 그래요? 그녀는 고개를 끄덕거렸다. 하루에 2센티미터씩 자라는 인도네시아 나무들처럼. 정미림은 뒤엣말은 하지 않았다.

바깥쪽에 세워진 정미림의 자동차를 골목 한가운데로 빼고 자신의 녹색 자동차를 골목 아래쪽으로 뺀다. 정미림의 차를 다시 골목 안쪽으로 주차시킨다. 정미림의 차 안에서 민트 향이 난다. 소형 자동차가 썩 잘 어울리는 여자다. 정미림을 답싹 안아 올린다면 웨하스처럼 가벼울 것 같다. 약속 시간은 여섯 시 반이다. 그의 이름은 이성현이라고 했다. 전화 속에서 그의 목소리가 우렁우렁 컸다.

정미림의 자동차에 타 보는 것도 꽤 오랜 만이다. 그녀는 지하철을 타고 출근하고 혜화에서 종로까지 버스를 타고 나가 거기서 다시 버스를 갈아타고 퇴근한다. 그가 파리로 떠난 다음부터는 자동차를 몰고 나갈 일이 거의 없다. 적금을 해약하면서까지 자동차를 산 것도 그 때문이었다. 퇴근 후 집에 들렀다가 그가 퇴근하던 밤 열 시 반쯤 그녀는 자동차를 몰고 장충동의 레스토랑으로 그를 데리러 가곤 했다. 사장의 추천으로 함께 일하는 레스토랑 스태프 중 한 명과 그가 파리로 떠난 것은 육 개월 전이다. 거기서 그는 식당들을 순례하면서 시식을 하고 그걸 기록하고 새로운 레시피를 만들고 있을 것이다. 그와 함께 떠났던 주방장은 삼 개월 전에 돌아왔다. 그는 아직 돌아오지 않는다. 잠이 오지 않는 밤이면 그녀는 이따금씩 자동차를 몰고 장충동으로 나간다. 비상등을 켠 채 인도에 자동차를 세워 두고 광고 회사 건물 2층에 있는 그 식당을 물끄러미 올려다본다. 촛불과 이파리가 작은 꽃들로 장식해 놓은 식당 창가에는 언제나 성장한 사람들로 꽉 차 있다. 그는 거기서 랍스터로 맛을 낸 파스타와 어린 송아지 다리로 만든 스테이크를 구웠었다. 퇴근 후면 그는 늘 의자를 바짝 뒤로 젖힌 채 자동차 안에서 잠을 잤다. 새로운 레시피를 만들 때까지 그는 돌아오지 않겠다고 했다. 그는 그런 말을 한 적이 없다. 함께 떠났던 주방장은 삼 개월 전에 돌아왔다. 정미림의 차를 골목 안쪽으로 깊숙이 주차해 둔다. 어쩌면 이건 민트 냄새가 아닐지도 모른다. 쇠의 냄새를 가장한 향기일지도 모른다고 그녀는 생각한다. 정미림의 칼 때문이다. 정미림은 아직도 그 칼을 기억하고 있을까. 정미림은 그 뒤로 한 번도 그 이야기를 꺼낸 적이 없다. 오산당병원 앞을 지나 예술의 전당 쪽으로 차를 몬다. 이성현, 그 남자보다 오 분 늦게 도착하려면 시간을 잘 맞춰야 한다.

마리 씬 왜 집을 떠나왔어요? 정미림이 물었다. 그건. 난 말예요. 그녀의 말이 채 시작되기도 전에 정미림이 말을 이었다. 고등학교 2학년 때였어요. 그 수업 시간에 내가 뭘 잘못했는지, 지금은 잊어버렸어요. 내가 아마 약간 떠들어서 수업을 방해했거나 아니면 선생이 낸 문제를 풀지 못했을 거예요. 아무튼 그건 생각 안 나고 내가 선생한테 받았던 그 벌만 생생하게 기억나요. 여선생이 물었죠. 너 뺨을 열 대 맞을래 아니면 이 사탕을 다 먹을래? 교탁 위에는 지난 시간에 숙제를 안 해온 애들이 벌로 사 갖고 온 사탕 다섯 봉지가 있었어요. 난 선생의 눈을 똑바로 쳐다보면서 말했죠. 차라리 뺨을 맞겠어요. 그래? 그럼 이 사탕을 지금 다 먹어라. 난 기억해요. 사탕 한 봉지에는 50개의 사탕이 들어 있었어요. 난 사탕 봉지를 깠어요. 하나 둘씩 그걸 깨물어 먹기 시작했죠. 내가 그걸 다 먹는 동안 선생은 교탁 위에 턱을 괴고 앉아선 내가 그 사탕을 다 먹을 때까지 곁눈질 한 번 하지 않고 날 똑바로 쏘아봤어요. 부리를 바싹 세운 독수리가 코앞의 까마귀 한 마리를 쳐다보는 듯한 눈빛이었죠. 교실에는 침묵이 흘렀어요. 내 짝이었는지 그 뒤에 앉았던 누구였는지 흐느끼는 소리가 들리기도 했죠. 난 입속으로 사탕을 마구 우겨넣었어요. 오드득 오드득 깨물고 또 깨물어 먹었죠. 사탕은 250개였어요. ……수업이 끝났고, 출석부를 든 선생이 천천히 교실 밖으로 나갔어요. 아무 일도 없었다는 듯이. 누구도 움직이는 아이들이 없었죠. 난 뒷문을 열고 밖으로 나갔어요. 그리고 생각했죠. 그 앞에서 울지 않은 건 정말 잘한 일이라고. 대장장이 아저씨한테 칼 하나를 샀어요. 다른 이유가 더 있었지만 그 뒤로 난 더 이상 학교를 다닐 수 없게 되었어요. 칼을 들고 교문 밖에서 여선생을 기다리곤 했어요. 죽일 수도 있었어요. 그런 기회가 아주 없었던 건 아녜요. 집을 떠나오면서 나는 그 칼을 장독대 밑에다 묻고 왔어요. 그 칼, 아직도 거기 있을 거예요. 지금 내가 그 여선생 나이가 됐어요. 그게 우스워요. 사탕이 달다는 말을 난 믿지 않아요. 그리고 정미림은 큰 소리로 웃었다. 거무스름한 기미가 긴 눈 밑으로 주름이 골처럼 패여 있었다. 웃던 정미림이 갑자기 입을 딱 다물어 버렸다. 그녀는 칼에 찔린 것처럼 마음이 아팠다.

갈빗집 주차장엔 차들이 빼곡히 들어차 있다. 약속 장소를 정한 건 이성현이다. 주차 관리인에게 자동차 키를 맡기고 실내로 들어간다. 차가 많이 막혔어요. 늦어서 미안합니다. 남자는 겨우 오 분인걸요 뭐, 하지만 바람맞는다는 생각은 하지 않았습니다, 라고 말하며 씩 웃는다. 잘 웃는 남자구나. 그녀는 생각한다. 미술관에 와서 무턱대고 사진을 찍겠다고 부탁하면서도 이쪽에서 뭐라 할 틈도 안 주고 자주 웃었던 남자다. 남자는 갈비 2인분과 소주를 시킨다. 난 술 안 마셔요. 그녀가 불쑥 말한다. 차를, 차를 가져왔거든요. 이성현은 고개를 끄덕거린다. 갈비는 좋아하십니까? 그녀는 글쎄요, 말을 흐린다. 뭐 특별히 좋아하는 거라도 있습니까? 제가 오늘 밥을 사기로 한 건데. 아, 그 비디오테이프 잃어버렸으면 전 정말 큰일 날 뻔했거든요. 우리 감독이…… 이성현 씨가 감독이라고 하지 않았어요? 네? 아, 예에, 근데 아직 제 작품이 없어서요. 그는 요즘 새로운 시나리오를 쓰고 있다고 덧붙인다. 그녀는 무슨 이야긴지 물어봐도 되느냐고 묻는다. 아, 마리 씨. 난 이십사 시간 내내 내가 만들 영화를 생각하고 어떡하면 기찬 시나리오를 쓸까 고민하고 있어요. 정말이지 머리가 터질 지경이죠. 지금은 그냥 마리 씨랑 즐겁게 밥만 먹고 싶어요. 네……, 난 사실 고긴 별로 좋아하지 않아요. 하지만, 하지만 가끔은 먹어요. 가끔은 고기도 먹는 게 좋다고 하더군요. 마리 씬 뭘 좋아하시는데요? 다음엔 제가 그걸 대접하겠습니다. 이성현이 고기를 뒤적거리면서 묻는다. 그녀는 잠시 입을 다물고 있다가 조그만 목소리로 루콜라요,라고 대꾸한다. 루, 뭐라구요? 루콜라요. 그게 뭡니까? 전 생전 처음 들어보는 음식인데요. 야채 이름이에요. 아, 야채요. 네. 어린 건 꼭 쑥갓처럼 생겼고 좀더 자란 건 상추같이 생겼어요. 그런데 그건 우리 나라에선 재배가 안 되는 거라네요. 그럼 마리 씬 그걸 어떻게 먹어 봤습니까. 그녀는 이성현이 내민 고기 한 점을 젓가락으로 집어 든다. 지난 휴가 때 파리에 다녀왔어요. 아, 파리요. 참 좋은 델 다녀오셨네요. 그쪽으로 한 번 로케 나갈 기회가 있었는데 하필이면 맹장이 터져서 못 갔어요. 정말 재수가 없었던 거죠. 무슨 영화였는데요? 마리 씬 얘기해도 모를 거예요. 중간에 엎어졌거든요. 난, 거기 내 친구가 있어요. 그 사람은 요리사죠. 우린 하루에 두 군데씩 식당을 돌아다녔어요. 그게 거기서 그 사람이 하는 일이거든요. 난 일주일만에 돌아왔는데, 거기서 먹었던 음식 중에서 그게 제일로 맛있었어요.

그럼 어떡하나, 난 그걸 마리 씨한테 사 줄 수가 없겠군요. 저기, 여기 몇 군데 식당들 중에선 그 야채를 수입해 와서 요리하는 데도 있어요. 휴가가 끝난 후에 제일 먼저 그 식당에 가서 루콜라가 든 샐러드를 먹기도 했는걸요. 그에게 마지막 전화가 온 건 삼 개월 전이다. 그녀는 언제 돌아올 거냐고 물었다. 그는 여기서 먹는 루콜라 맛은 서울에서 먹는 것과는 비교도 안 될 정도로 맛있고 신선하다고 말했다. 루콜라. 그녀는 그게 여자 이름이라고 생각했다. 이성현은 엎어둔 그녀의 잔을 세워 술 한 잔을 따른다. 그럼 마리 씨 친군 언제 돌아옵니까? 이성현이 그녀 잔에 제 잔을 부딪쳐 온다. 그녀는 마지못한 듯 잔을 들어 올린다. 아마 늦어도 가을이 지나기 전까진 돌아올 거예요. 아주 친한 친군가 봐요? ……네. 남자죠? ……네. 이런, 고기가 다 타겠어요. 루콜라는 없지만 좀 드세요 마리 씨.

남녀 공용 화장실 안에 한 남자가 뒷모습을 보인 채 서 있다. 그녀는 도로 밖으로 나온다. 자리로 돌아가려다 말고 발을 멈춘다. 고개를 푹 수그린 이성현이 일수꾼처럼 능숙한 손놀림으로 반으로 꽉 접힌 지폐를 빠르게 한 장 한 장 세고 있다. 한 번 센 돈을 다시 한 번 거푸 세 본다. 그녀는 밖으로 나와 찬 공기를 들이마신다. 두 잔을 마신 소주 때문에 얼굴이 홧홧 달아오르고 있다. 밥을 다 먹고 난 후에 이성현은 영화를 보러 가자고 했었다. 그리고는 소주 한 병을 다 비웠다. 그녀는 이제 그만 집으로 가야겠다고 생각한다. 영화까지 보고 들어간다면 자정이 넘을 것이다. 다음 약속엔 십 분 이상 늦어야겠다고 작정한다. 그녀는 안으로 들어간다. 숯불에 탄 고깃점들이 꾸덕꾸덕 말라 있다. 계산대 앞에서 주머니를 뒤적거리던 이성현이 갑자기 난처한 얼굴로 그녀를 돌아다본다. ……왜요? 이것 참. ……? 이성현은 지갑을 집에 두고 왔다고 말한다. 그리곤 빈 두 손을 허공으로 치켜 올리며 이걸 어쩌죠, 마리 씨? 그녀를 내려다본다. ……저

돈 있어요. 그녀는 가방을 열고 계산을 치른다. 정말 미안합니다. 마리 씨. 괜찮아요. 어쩔 수 없이 다음에 제가 한 번 더 마리 씨한테 밥을 사야겠는걸요. 전, 정말 괜찮아요. 아닙니다. 이렇게 두 번씩이나 신세를 질 순 없죠. 안 그래요? 이성현이 그녀를 쳐다보면서 치아를 다 드러낸 채 활짝 웃고 있다.

그녀는 미스 박을 도와 위층에 있는 전시물들을 아래층으로 옮긴다. 촬영을 하러 온 남자 두 명이 일을 도와주고 있긴 하지만 역부족이다. 사진 촬영이 끝난 전시물들은 위층에 있던 것은 도로 위층으로, 아래층에 있던 것은 제자리로 옮겨 놓는 작업을 반복하고 있다. 그러나 대부분 무거운 나무로 만들어진 작품들이라 혼자서 들기에는 벅차다. 계단 모퉁이에 작품을 놔두어도 훔쳐가는 사람이 없는 건 그 이유 때문인지도 모른다. 새 팸플릿을 만들기 위한 사진 촬영은 오전부터 시작되었다. 출근하고 난 후 십 분쯤 지났을 때 관장의 비서에게 전화가 걸려 왔다. 별일 없습니까?로 시작된 전화는 지방 전시를 하기 위해서 새 팸플릿을 만들어야 하기 때문에 촬영 팀이 곧 도착할 거다, 라는 말로 끝났다. 먼저 전화를 받았는지 위층의 미스 박이 내려왔다. 미스 박이 그녀가 근무하는 아래층 전시물들의 목록을 그녀에게 건네주었다. 거기에는 사진을 찍어야 할 작품들에 따로 표시가 돼 있었다. 촬영 팀이 도착했을 때 그녀가 가장 먼저 한 일은 CCTV와 경보 장치를 끄는 것이었다. 스위치를 내리지 않는다면 미술품들을 옮길 적마다 경보음이 울릴 것이다. 4층에서 5층으로 올라오는 계단 벽에는 아프리카 곳곳의 풍광과 부족들을 담은 사진 패널이 걸려 있다. 문 입구 가장 안쪽에 붙어 있는 패널을 잡아당겼다. 마치 명화 뒤에 은밀히 숨겨진 비밀 금고처럼 거기에 전기단자가 있다. 그걸 아는 사람은 미술관에서 근무하는 직원밖엔 없다. 스위치를 올린다. 출근해서 맨 처음 하는 일도 퇴근할 때 가장 마지막에 하는 일도 스위치를 내리고 올리는 것이다. CCTV는 아래층의 그녀와 위층의 미스 박 모습까지 환히 비춘다. 그녀가 거길 들여다보는 시간은 거의 없다. 그러나 그녀는 미스 박이 위층 안내 데스크에 앉아 스낵을 씹으며 하루 종일 CCTV를 들여다보고 있다는 걸 안다. CCTV가 안내 데스크까지 비춰지는 이유를 종내 이해할 수 없다.

수요일이다. 관람객들이 가장 없는 날이다. 게다가 아직 점심시간 전이다. 바닥에는 사진 촬영을 기다리는 요루바 머리 탈과 이코이 부족의 이비비오 가면이 차례를 기다리고 있다. 아프리카 가면은 중앙 아프리카와 서아프리카를 중심으로 각종 의식에서 중요한 소품으로 사용되어 왔다. 이름을 지어 주는 명명식이나 할례의식, 부족의 세례식, 성인식이나 결혼식 등에서 널리 사용되었고 재앙으로부터 가족이나 부족을 보호해 주는 자비로운 존재라고 그들은 믿었다. 한 번도 머리에 써 본 적은 없지만 가면들은 대개 한 손으로 들기에도 벅찰 정도로 무게가 나간다. 그녀는 이비비오 가면을 슬쩍 두 손으로 움켜쥐어 본다. 이비비오 가면은 야자나무 줄기와 동물가죽으로 만들어진 머리 양쪽에 양이나 무소의 뿔처럼 둥글게 휘어진 뿔들이 각각 두 개씩 달려 있다. 뿔은 바깥쪽이 아니라 가면을 쓴 사람의 관자놀이께를 향하도록 안쪽으로 휘어져 있다. 뿔이 안쪽으로 휘어진 이유가 뭘까. 그녀는 무릎을 구부리고 앉아 생각한다. 아무래도 뿔은 밖으로 뻗어 있어야 하는 게 마땅한 것 같다. 뿔이라는 건 애초부터 자신을 보호하기 위해 존재하는 것일 테니까.

사진 촬영을 하는 남자 두 명과 함께 미스 박이 점심식사를 하기 위해 밖으로 나간다. 그녀는 미스 박이 돌아오면 교대하기로 한다. 전시관이 텅 비어 있다. 증명사진을 찍을 때 쓸 법한 커다란 카메라 한 대와 여기저기 바닥에 아무렇게나 놓여져 있는 전시물들, 빈 유리

쇼케이스들로 실내는 어지럽다. 그녀는 흑단목으로 만들어진 인간 피라미드 앞으로 간다. 수백여 명의 사람들이 세상에서 가장 높이 쌓은 파이처럼 켜켜이 쌓여 있는 전시물이다. 한 사람이 다른 사람의 발목을 잡고 있고 그 사람은 옆엣사람의 귀를 잡고 있고 그 사람의 머리를 발로 밟고 선 사람은 옆엣사람의 어깻죽지를 잡고 손가락을 물고 머리카락을 잡아당기고 발가락을 물고 허리를 껴안고 축 늘어진 성기를 잡고 혓바닥을 움켜쥐고, 그 틈에도 사람들은 악기를 연주하고 절구를 찧고 음식을 먹고 노래를 부르고 싸움을 하…… 그렇게 수백여 명의 인간들이 서로 산란기의 개미처럼 얽혀 있다. 이 우자마가 들어 있던 쇼케이스가 이 층에선 가장 크다. 우자마의 크기는 그녀의 목 아래까지 찬다. 먼 오지의 나라 사람들, 그들의 귀와 어깨와 발목과 성기와 장딴지를 매만지던 그녀가 문득 뒤를 돌아다본다. 아무도 없다. 엘리베이터가 올라오는 소리도 들리지 않는다. 점심시간은 한 시간이다.

빈 쇼케이스 유리 상자를 나무 받침대로부터 두 팔로 끌어안아 신중하게 들어올린다. 양손으로 유리 상자를 어깨 높이로 꽉 붙들고 나무 받침대로 올라선다. 사각형 유리로 만들어진 쇼케이스 안으로 그녀는 엉거주춤 들어간다. 유리 상자 양쪽 면을 들어올리고 있던 두 손을 나무 받침대 홈에 맞춰 내려놓으면서 몸을 더 웅크린다. 직사각형의 유리 상자 안에 갇힌 꼴이 된다. 그녀는 투명한 쇼케이스 안에 쭈그려 앉는다. 그리곤 짐짓 단단한 상아로 만들어진 어느 부족의 추장 여인 조각처럼 한쪽 무릎을 세우고 그 위에 손을 올려놓는다. 쇼케이스 안에 가쁜 입김이 뿌옇게 서린다. ……째깍거리는 벽시계 소리도 실로폰을 치듯 이따금씩 가볍게 땡, 울리던 엘리베이터 소리도 위층의 미스 박이 늘상 켜 두는 시끄러운 라디오 소리도 들리지 않는다. 숨이 더 가빠진다. 눈을 크게 부릅뜬다. 쇼케이스 안에 침묵이 흐른다. 그녀는 그 침묵에 귀를 연다. 침묵은 완벽하게 조용하지는 않지만 마치 무성영화의 정적처럼 필름이 약간 긁히는 듯한 작고 불규칙한 소음이 은밀히 섞여 있다. 지루한 걸 참을 수 없을 때는 컴퍼스로 제 손등을 콱 내리친다는 정미림의 말이 생각난다. 그녀는 인상을 팍 썼었다. 컴퍼스로 제 손등을 내리치는 것보단 이렇게 쇼케이스 안에 들어가 있는 게 한결 낫다고 생각한다. 그런데, 이상하다. 고개를 둘러 주위를 살핀다. 아무도 없다. 관람객들은 한 명도 눈에 띄지 않는다. 그녀는 자신이 들어 있는 투명한 쇼케이스 유리를 손바닥으로 탕, 탕, 친다.

남자가 약속 장소를 '디마떼오'로 정한 것은 미술관과 가까운 거리 때문일 거라고 짐작했다. 디마떼오는 미술관 위로 한 블록 더 떨어져 방송통신대 쪽으로 좀더 걸어 올라가는 곳에 위치해 있다. 가까운 거리에 있긴 했지만 그 식당에 가 본 적은 한 번도 없다. 예일디자인학원 앞에는 수업을 끝낸 학생들과 저녁 거리를 지나다니는 행인들로 붐빈다. 그 인파들 속에서 한 손에 확성기를 든 늙은 남자가 예수를 믿읍시다! 우리 모두 함께 천당엘 갑시다! 큰 소리로 외치고 있다. 고함에 가까운 소리다. 그녀는 인상을 찌푸리며 걸음을 재촉한다. 십분 늦게 약속 장소에 도착한다. 얼핏 둘러봐도 빈자리가 없는 것 같다. 테이블마다 커다란 이태리 식 피자가 놓여 있고 사람들이 빽빽이 둘러앉아 있다. 구석 자리에 앉았던 이성현이 한 손을 번쩍 들어올린다. 미안합니다. 일이 좀 늦게 끝났어요. 남자가 웃는다. 희고 길고 반듯한 치아를 가진 남자다. 그녀는 가방을 옆 의자에 올려놓고 남자가 건네준 메뉴판을 들여다본다. 남자는 여기선 스페셜 피자를 먹어야 하지 않겠느냐고 묻는다. 그래요. 스페셜 피자. 메뉴판을 몇 장 뒤로 넘겨 보는 시늉을 하다가 그녀는 고개를 끄덕거린다. 시나리온 잘 되고 있나요? 남자가 인상을 찡그린다. 아무래도 웃는 게 더 잘 어울리는 사람이라고 그녀는 생각한다. 얘기가 잘 안 풀려요. 차라리 다른 걸 써 봐야겠어요. 우리 감독이…… 저기, 이성현 씨가 감독이라고 하지 않았어요? 물 한 모금을 마신 이성현이 냅킨으로 입 언저리를 닦아 내더니 내가 언제 그런 말을 했습니까? 되묻는다. 마리 씨가 잘못 들은 거겠죠. 난 그냥 조감독입니다. 아, 네 조감독이요. 그녀는 또 고개를 끄덕인다. 감독이나 조감독이나. 그녀는 자꾸만 고개를 끄덕거리고 있다. 새로 쓰고 싶은 이야기가 무엇인지 그녀는 묻고 싶다. 이성현이 말을 잇는다. 있잖아요, 마리 씨. 이런 얘긴 어떨까요? 뭔데요? 어떤 남자가 있어요, 나이는 한 오십 중반쯤으로 하구요. 그런데 그 남잔 하루 종일 화만 내는 거예요. 시장에 가서도 상인들한테 막 화를 내고 교회에 가서도 목사한테 화를 내고. 가족들한테 화를 내는 건 말할 것도 없구요. 마치 화를 내는 게 자신의 본분인 양 하루 종일 만나는 사람들한테 화를 내는 거예요. 그 남자 눈엔 못마땅하고 부당한 것들만 보이는 거죠. 그러면 제목이 '화내는 남자'쯤 되겠군요. 아뇨, 제목을 그런 식으로 가면 안 되죠, 도대체 그 제목을 보고 누가 영화를 보러 오겠어요. 아무튼, 그렇게 화만 내던 늙은이가 마지막 장면에선 딱! 한 번! 씩, 하고 웃는 거예요. 이성현은 말을 마치고 그녀를 향해 싱긋 웃는다. ……왜요? 그녀는 피자 한 조각을 접시에 덜어 내며 이성현에게 묻는다. 왜냐구요? 아, 마리 씨, 그건 지금 얘기하면 재미가 없죠. 나중에 직접 제 영활 보러 오셔야지. ……화만 내던 그 남자가 마지막 장면에선 왜 웃었을까요. 다른 얘깃거리도 있는데 한번 들어 볼래요? 쓰고 싶은 얘기는 정말 무궁무진하게 많은데. 난 정말 좋은 영활 만들 자신이 있다구요. 이성현은 피자 위에 올려진 초록색 야채를 그녀 접시에 담뿍 덜어준다. 여기가 피자 맛있기로 소문난 디마떼오예요. 그런데 디마떼오가 무슨 뜻이에요? 그녀는 씀바귀처럼 쓴 맛이 나는 야채를 접시 한쪽으로 밀어 내며 이성현에게 묻는다. 마떼오네 집. 마떼오의 집.이란 뜻일 거예요. 아, 마떼오의 집이요? 네. 이를테면 마리의 집, 같은 의미죠. ……아, 말희의 집이요? 그렇죠, 마리의 집. 여긴 정말이지 너무나 따뜻하고 향기로운 냄새로 가득하군요. 성탄절이나 축제일도 아닌데 말예요. 그녀는 주위를 둘러본다. 돌화로에서 갓 구워 낸 피자에서는 연신 뜨거운 김이 피어 오르고 사람들은 맥주나 와인 잔을 부딪치며 음식을 먹고 이야기를 나누고 있다. 실내에 있는 사람들은 이성현처럼 큰 소리로 자주 웃는다.

맛있어요? 맛있죠? 이성현이 연거푸 묻는다. 그녀는 가볍게 고개를 까닥거리다 조그만 목소리로 말한다. 피자 맛이란 게 다 비슷비슷하죠 뭐. 아니 그거 말고 이거요, 이거. 이성현이 스페셜 피자 위에 듬뿍 올려진 초록색 야채를 포크로 콕콕 찍어 가리킨다. 그녀는 뚱한 눈으로 이게 뭔데요? 이성현을 쳐다본다. 하, 그러고 보니 우리 마리 씨 유머도 할 줄 아시네. 내가 오늘 여기 마리 씨 데리고 오려고 별렀단 말예요, 이것 때문에. 근데 이상하네, 왜 이렇게 잘 안 먹어요? 이성현이 그녀가 접시 한쪽으로 치워 둔 야채를 가리키며 묻는다. 너무 쓰고 향이 강한걸요. ……? 이성현이 의아하다는 듯 그녀를 본다. 정말 농담 잘하시네, 우리 마리 씨. 이게 마리 씨가 좋아한다는 루콜란가 뭔가 하는 서양 야채잖아요. ……! 그녀는 피자 조각을 자르기 위해 들고 있던 나이프를 테이블 위로 툭 내려놓는다. 이성현이 그녀를 뚫어지게 쳐다본다. 그녀는 눈을 내려뜨리며 테이블 밑으로 두 손을 꽉 얽어 쥔다. ……그러고 보니. 이성현이 한 음절씩 한 음절씩 굳은 목소리로 입을 연다. 당신도. 그는 이제 웃지 않는다. 그녀는 옆 의자에 놓았던 가방을 집어 든다. 나랑. 그녀는 한쪽 손으로 테이블을 민다. 비슷한 족속이잖아, 이거. 그녀는 화닥닥 의자를 밀치곤 밖으로 뛰쳐나간다. 화급하게 뛰어나가는 통에 그녀와 부딪힌 사람들의 포크와 물컵과 접시가 바닥으로 떨어지는 소리가 들린다. 그녀는 정신없이 디마떼오를 뛰어나온다. 갓 구운 뜨거운 피자와 향기롭고 달콤한 포도주 냄새 대신 시큼한 땀 냄새가 확 맡아진다. 디마떼오 입구에 있는 환하게 켜진 전기 해충기 불빛을 보고 맹렬하고도 급격하게 달려든 모기와 날벌레들이 탁탁 죽어 떨어지는 소리가 들린다. 그녀는 가방으로 귀를 틀어막은 채 예일디자인 쪽으로 성큼 뛴다.

주차장 한켠에서 숨을 고른다. 허겁지겁 뒤따라 나온 이성현의 모습이 저쪽에 보인다. 그는 사방을 휘 둘러본다. 그녀는 어두운 주차장 안쪽으로 숨어든다. 자동차와 자동차 사이에 낮게 몸을 수그린다. ……그는 갔을까. 무릎걸음으로 주차장 입구까지 나와 본다. 그때 커다랗게 웅웅 울리는 이름이 귀에 들어온다. 이성현이, 그때까지 서서 전도를 하던 늙은 남자의 확성기를 뺏어 든 채 거기에 입술을 꼭 붙이곤 그녀의 이름을 부르고 있다. 장마리 씨, 마리 씨, 어딨어요! 마리 씨, 마리 씨. 마치 가까운 곳에 그녀가 이렇듯 숨어 있기라도 한 걸 안다는 듯이. 사람들이 흘긋흘긋 쳐다보며 수군대는 것도 아랑곳하지 않고 이성현은 확성기에 대고 큰 소리로 그녀의 이름을 연신 부른다. 마리 씨, 마리 씨, 대체 어딨는 거예요, 마리 씨, 마리야! 마리야!

……저 소린 마치 한 마리 개의 이름을 부르는 것 같아. 그녀는 푹, 고개를 떨군다.

여권을 찾아온 날이다. 정미림의 방에 불이 환하게 켜 있다. 골목 안쪽에 녹색과 금색 소형 자동차 두 대가 주차돼 있는 것이 보인다. 카페에 있던 정미림이 전화를 한 건 밤 열두 시가 넘어서다. 정미림의 목소리엔 취기가 올라 있었다. 새로 발급된 여권을 만지작거리고 있던 그녀는 내가 그쪽으로 갈까요? 물었다. 단골손님이 아니면 여긴 찾기 힘들어요, 길을 모를 테니까. 여긴 정말 찾기 힘든 곳이라니까요. 정미림은 깔깔거리며 웃었다. 웃음소리가 오래 참았다 내뱉는 깊은 한숨 소리처럼 들렸다. 그녀는 창문을 반쯤 열어 둔 채 주방으로 간다. 냉동실에 들어 있던 한치 한 마리를 굽고 마요네즈와 간장을 친 소스에 간 마늘을 약간 넣어 섞는다. 소스에 간 마늘을 넣는 것은 카페 여주인인 정미림에게서 배웠다. 구운 한치와 소스 접시를 쟁반에 받쳐 들고 계단을 내려간다. 정미림의 현관문은 반쯤 열려 있다. 그새 취기가 가셨는지 정미림의 얼굴은 칸나처럼 희다. 나 오늘. 여권 만들어 왔어요. 맥주캔을 받아 들며 그녀가 말한다. 휴가도 다 지났잖아요. 정미림의 말에 그녀가 고개를 끄덕거린다. 어디로 가고 싶은 거냐고 정미림이 묻는다. 그녀는 한치를 집어 들어 다리를 찢는다. 아프리카로 갈 거예요? 아니면 파리로? ……그것도 아니면 어디로? 미림 씨. 이번 여름 휴가에 어쩌면 파리로 갈지도 모른다고 했잖아요. 웬걸요. 그렇게 먼 데를 어떻게 가. 그리고 나한테 무슨 여름 휴가가 있겠어요. ……그땐 갈 수 있을 거라고 했잖아요. 난 아무 데도 못 가요. 그녀와 정미림은 서로 아무 말도 하지 않는다. 어쩌면 난. 정미림이 그녀를 본다. 어쩌면 난 일본으로 갈지도 몰라요. 거긴 또 뜬금없이 왜? 거기가. 거기가? 여기서 제일로 가까운 데잖아요. 그녀가 소리 없이 웃는다. 멀거니 그녀를 바라보고 있던 정미림이 뒤늦게 따라 웃는다. 그런데도 인파가 빠져나간 밤의 경기장처럼 아무런 소리도 들리지 않는 것 같다. 갑자기 음악이 꺼져서 그런 건지도 몰라. 그녀는 정미림의 등 뒤로 음반이 다 돌아간 미니 컴포넌트를 바라보고 있다. 난 말예요. 마리 씨. 정미림이 입을 연다.

술을 마시다가도 사람들은 밤 두 시나 아니면 새벽 세네 시쯤엔 모두들 집으로 돌아가요. 새벽 세 시. 집에 들어가기에는 너무 늦은 시간이다. 불청객이 찾아오기에도 늦은 시간이다. 그때쯤이면 갯벌의 조개나 바지락도 입을 꽉 다물고 잠을 자는 시간이다. 우리 가게에 오는 사람들은 아주 오랫동안 봐 온 사람들이죠. 그런데, 그때쯤이면 우우 몰려왔던 사람들이 또 한꺼번에 우르르 빠져나가는 거예요. 화장실을 못 찾아 냉장고 문을 열고 오줌을 눌 만큼 취했던 사람들도 그땐 자리에서 벌떡 일어나요, 테이블 위에 아무렇게나 머리를 떨구고 자던 사람들도 그때는 모두 가겠다고 비틀비틀 일어나는 거죠. 그녀는 턱을 괴고 앉아 있는 정미림의 얼굴을 물끄러미 바라본다. 그들이 모두 가고 나면 정미림 혼자 카페에 남을 것이다. 정미림 혼자 빈 맥주병과 안주 접시들을 치우고 테이블을 정리하고 바닥에 뒹구는 휴지 따위를 치우고 담배꽁초가 수북이 쌓인 재떨이를 비울 것이다. 잘 있어. 사람들은 말해요. 또 이렇게 말하죠. 그 다음 말은 그녀가 한다. 또 올게. 정미림이 손바닥으로 제 무릎을 치며 깔깔 웃는다. 그래 맞았어요, 또 올게. 자기들은 다 그렇게 일어나 집으로 돌아가면서 난 마치 언제까지나 어두운 그 카페에 남아 있는 걸로 생각해요. 같이 나가자는 말은 누구도 안 해요. 그때는 나도 취했고 나도 빨리 집으로 돌아가서 양말을 벗고 싶은 시간인데. 바로 큰길 앞까지만이라도 함께 나갔으면 좋겠는데. 사람들은 언제나 내가 가장 마지막까지 혼자 남아 있는 걸 당연하게 생각하는 것 같아요. ……문이 닫히는 소리가 들려요. 갑자기 사람들의 발걸음이 빨라지는 걸 느끼죠. 서서히 지진이 시작되는 것처럼, 난 거기 혼자 앉아서 그런 미미한 기척을 느낄 수가 있어요. 납작하게 엎드려 한쪽 귀를 땅에 대고 있었던 것처럼요. 정미림이 파리에 가지 않겠다면 그의 소식을 들을 수 있는 길은 없다. 여권을 찾아오던 길에 공중전화 부스로 들어갔다. 레스토랑 사장을 바꿔 달라고 했다. 사장은 자리에 없었다. 그녀는 전화를 받은 사람에게 그의 이름을 대곤 바꿔 달라고 말했다. 지금 여기 없는데요. 그럼 그 사람은 지금 어디 있는데요? 그녀는 반박하듯 되물었다. ……누구세요? 그녀는 전화를 끊어 버렸다. 이젠 혼자 있는 것도 겁나고 둘이 있는 것도 겁나요. 정미림의 말이 이어지고 있다.

퍼뜩 잠에서 깨어난다. 새벽 세 시다. 모두들 집으로 돌아가는 늦은 시간이다. 골목 맞은편, 정미림의 방엔 불이 꺼져 있다. 어떤 동물을 잡기 위해선 바로 그 동물이 돼서 생각해 보는 거야. 그녀는 짐짓 아랫입술을 꽉 깨문다.

귀뚜라미 소리가 들린다. 처서가 지난 후부터는 밤에 귀뚜라미 울음소리가 들리기 시작했다. 도둑고양이들은 해가 지자마자 동네 옥상이나 분리용 쓰레기통 주변으로 몰려들어 분홍빛 혓바닥을 파르르 떨며 하품을 해댔고 등나무 이파리는 파삭파삭 말라 갔다. 여름은 갑자기 꺼진 촛불처럼 순식간에 지나가고 있다. 그녀는 계단을 내려간다. 골목은 오래 비워 둔 창고처럼 조용하다. 어느 술집 문을 닫고 나왔을 사람들의 늦은 발짝 소리도 여긴 들리지 않는다. 민둥산을 밀어 내고 새로 지어진 높다란 아파트 몇 채에서만 간신히 불빛이 새 나오고 있다. 먼 불빛이다. 사람들은 모두 잠이 든 모양이다. 골목을 빠져나와 큰길 쪽으로 내려간다. 하루 종일 햇볕이 드는 창가에서 빵을 굽던 베이커리도 아이스크림을 파는 상점과 꽃이나 분식을 팔던 상점의 문들은 모두 닫혀 있다. 굳게 닫힌 문들을 손바닥으로 탁탁 쳐 가면서 지하철 역 쪽으로 방향을 잡는다. 자동차들이 붉은 신호를 무시한 채 빠른 속도로 고개를 넘어가고 있다. 자동차 창문은 활짝 열려 있다. 그러나 안에 앉아 있는 운전자의 얼굴은 보이지 않는다. 새벽 세 시의 거리엔 사람이 없는 빈 자동차들이 휙휙 차도를 지나다니고 누군가의 전화를 기다리는 듯 유리가 깨진 공중전화 부스 안에서 서서 잠을 자는 키 큰 타조들이 여럿 들어 있고 꿀벌들이 잉잉거리며 밤별을 찾아가고 있다. 벌의 다리에 실을 묶어 두면 물이 있는 장소를 찾을 수도 있다고 했었지. 걸음을 재촉한다. 갑자기 한 손으로 눈을 가린다. 눈을 쏘아 대는 것 같은 환한 불빛에 눈알이 쓰라리다. 24시간 편의점 앞이다. 그녀는 내처 걸음을 옮긴다. 지하철 역 입구에서 비닐봉지에 든 노끈과 초록색 두꺼운 테이프를 꺼낸다. 그녀는 길바닥에 쪼그려 앉는다. 노끈을 풀어 그 한쪽을 지하도 입구 한가운데 테이프로 고정시킨다. 왔던 길을 2미터쯤 앞으로 되돌아가 거기다 끈이 움직이지 않도록 테이프를 단단하게 붙인다. 비닐봉지에 든 색지 한 장을 꺼내 끈 위에 덧붙인다. 색지는 밝은 노란색이다.

한 손엔 노끈 뭉치를 들고 한 손엔 가위와 색지가 든 비닐봉지를 든 채 왔던 길을 고스란히 걸어간다. 문득 문득 걸음을 멈추고 쪼그려 앉아선 테이프로 끈을 고정시킨다. 테이프를 붙여 놓고도 마음이 놓이지 않아 보리싹을 밟듯 발로 꾹꾹 밟는다. 골목 안쪽으로 들어온다. 어느 집의 채 걷지 않은 옥상 위의 빨래가 희다. 검은 아청빛 허공 위엔 까만 전깃줄들이 소문처럼 얽혀 있다. 정미림의 방 불은 아직 꺼져 있다. 그녀는 맞은편, 자신의 2층 방을 올려다본다. 커튼 사이로 희미한 불빛이 새 나온다. 바람이 분다. 커튼이 슬쩍 휘날린다. 누군가 숨어서 그녀가 하는 양을 보고 있기라도 한 듯 검은 그림자 하나가 휙 커튼 사이를 빠져나간다. 타조 한 마리가 들어왔을까? 아니면 웬 밤에 새 한 마리가? 그녀는 목이 뻣뻣해지도록 오래 서서 자신의 빈 집을 올려다본다.

색지는 이제 한 장 남았다. 담벼락에 색지를 밀착시키고 서선 다시 천천히 글자를 쓴다. 한 뭉치가 다 풀려 나온 노끈 맨 끝자락을 잡고 서 있다가 정미림의 대문 앞에 고정시킨다. 그 위에 색지를 덧붙인다. '정미림의 집으로 가는 길'. …… 그녀는 후딱 고개를 든다. 그녀 창의 커튼이 커다란 브라키오사우루스의 날숨처럼 창밖으로 한 자락 후룩 빨려 나오고 있다.

촘촘한 개막이 그물에 걸린 물고기들은 눈을 부릅뜬 채 이쪽을 향해 노려보고 있었다. 어째서 그 밤에 갯벌에 나갔는지 기억에 없다. 그녀는 무릎까지 올라오는 긴 장화를 신고 한밤의 갯벌. 그것도 하필이면 개막이 그물 앞에 가 있다. 달빛을 받은 물고기들의 은빛 비늘이 투명하게 반짝거린다. 그물에 걸린 물고기들은 수백여 마리도 넘어 보인다. 마을 사람들은 간만의 차가 심한 갯벌에 나무 기둥을 대 그물을 쳐 놓은 뒤 밀물 때 바닷물을 따라 들어왔던 물고기 떼가 썰물 때 밀려 나가다가 그물에 갇히는 원리를 이용해서 물고기들을 잡곤 한다. 그 마을에 오래 살았을 적에도 그녀는 개막이 그물이 쳐진 곳까지는 잘 나가지 않았다. 무심코 밀물 때 밀려 들어왔다 그물에 갇힌 물고기의 눈을 들여다보는 것이 무엇보다 두려웠다. 꼬리 지느러미를 축 내려뜨린 채 죽어 있었지만 까만 눈동자는 구슬을 박아 넣은 듯 투명하게 빛났다. 모자 위에 수건을 길게 둘러쓴 아낙들이 긴 나무 막대를 중심으로 둘러쳐진 그물 안으로 들어가 채망에 물고기들을 따는 것을 이따금씩 먼 발치서 바라보기만 했다. 그물을 빠져나온 물고기들 몸통엔 붉고 선명한 생채기가 나 있기도 했다. 아가미와 창자가 나달나달 해진 것도 있었다. 밀물이 밀려올 때면 그녀는 물 밑으로 솨솨솨 몰려들 물고기 떼를 떠올리며 진저리를 쳐 댔다. 개막이 그물 앞에서 도망치듯 후딱 돌아선다. 밤의 갯벌에 잘못 발이 빠졌다 간 돌아갈 길을 잃기 십상이다. 돌아서는 그녀의 팔을 누군가 사납게 낚아챈다. 흠칫 뒤를 돌아다본다. 물고기 한 마리가 그녀의 팔을 덥석 물고 있다. 그 촘촘한 개막이 그물에 걸린 물고기가. 밀물 때 잘못 들어와 거기에 갇혀 죽은 물고기가. 그녀는 소리친다.

그녀를 깨운 사람은 새로 입장한 낯선 관람객이다. 여자의 허리에 팔을 두르고 서 있던 예닐곱 살쯤 돼 보이는 여자애가 그녀를 빤히 쳐다보고 있다. 여기, 입장권 주세요. 데스크 책상에 놓인 입장권을 여자에게 건넨다. 여자가 아이를 데리고 제사를 지내는 제단인 바마나 볼리 쪽으로 걸어간다. 그녀는 벽거울을 들여다본다. 한쪽 팔을 이마에 대고 잠든 탓인지 이마에 손목 자국이 가로로 선명하다. 거울 속에 콕콕콕 점을 찍은 듯 물고기들의 까만 눈동자들이 가득한 것 같다. 그녀는 얼른 뒤돌아선다. 한쪽 팔목을 잡힐까 봐 팔을 옆구리에 꼭 결붙인 채. 그에게 뻘을 기어 다니는 방게에 관해 이야기해야겠다. 아니 죽합과 낙지와 참꼬막과 바지락에 관해 이야기해야겠다. 어쩌면 갯굴에 관한 이야기를 할지도 모른다.

디마떼오에서 헤어진 후 이성현에게서는 연락이 없다. 미술관으로 걸려 오는, 그러다가 이쪽에서 받으면 간간이 끊어지곤 하는 전화를 그의 것이라고 짐작하기는 힘들다. 전화를 내려놓을 때마다 그녀는 주위를 흘깃거리며 지폐를 세고 있던 그를 떠올린다. 희고 고른 치아를 드러내 놓고 활짝 웃던 그를 떠올린다. 그녀 접시 위로 초록색 야채를 담뿍 놔 주던 남자를 떠올린다. 니암 위지 추장 의자에 놓여 있던, 그가 잊고 간 비디오테이프를 떠올리곤 한다. 그는 그 의자에 얽힌 전설을 아직 모를 것이다. 타다닥. 계단을 뛰어 내려가던 그녀의 발짝 소리도 그는 듣지 못했을 것이다. 수화기를 든다. 벨이 채 두 번도 울리기 전에 한 남자가 전화를 받는다. 그녀는 이성현 감독을 바꿔 달라고 말한다. 이성현 감독이 누굽니까? 상대편 남자가 묻는다. 이성현 감독을 모르세요? 그녀는 되묻는다. 남자가 수화기에 입을 댄 채 그쪽 누군가에게 묻는다. 야, 우리 사무실에 이성현 감독이라는 사람이 있냐? 누구요? 이성현 감독. ……아아, 연출부 이성현요? 야, 이성현이 아니구 이성현 감독 좀 바꿔 달란다. 이게 벌써 몇 번째 전화냐. 에이, 거기 다 들리겠어요. 없다구 그러세요, 걔 요즘 안 나온 지 꽤 됐잖아요. 그녀는 수화기를 내려놓지 않는다. 여보세요? 네. 그녀는 기다렸다는 듯 얼른 대꾸한다. 이성현 감독님 얼마 전부터 여기 안 나오시는데요. 네, 잘 알겠습니다. 더 물어볼 거 없습니까? 뭐, 집 전화번호라든가. 아녜요, 이성현 감독님 나중에 다시 나오시거든 장말희한테 전화왔었다고 전해 주세요. 그녀는 또박또박 말한다. 남자가 먼저 전화를 끊는다. 골 때리는군. 남자는 전화를 끊는 순간까지 부주의하다. 에어컨을 끄고 빌딩 외벽으로 난 창문을 연다. 여름 내내 뒷골이 당겼다. 잠을 잘 이루지 못했다. 이제 9월이다. 10월이 올 것이다. 도요새가 올 때다. 천지간 물새 떼가 장관을 이룰 때다. 갯벌의 가을은 그렇게 시작된다.

아이와 함께 들어와 잠을 깨웠던 여자가 나간 후로 몇 명 더 관람객들이 입장한다. CCTV 안에선 위층 미스 박이 콘칩 봉지를 든 채 이쪽을 빤히 쳐다보고 있다. 그녀가 깜빡 잠든 것도 수화기를 든 채 우두커니 서 있던 것도 모두 보았을 것이다. 그녀는 관람객들 사이를 돌아다니기 시작한다. 만지지 마세요! 미술품을 슬쩍 만지던 사람들이 어깨를 움찔거린다. 그녀는 따박따박 구둣소리를 내며 쇼케이스 사이를 걸어다닌다. 이제 빈 쇼케이스는 없다. 사진 촬영이 다 끝난 후 늦은 시간까지 미술품들을 모두 제자리로 옮겨 놓았다. 앉을 자리를 잃은 사람처럼 그녀는 아무 데도 자리를 잡지 못한 채 손대지 마시라구요! 낮게 소리치면서 좁은 실내를 연신 왔다갔다 한다. 오래된 나무 냄새가 코를 찌르는 듯하다. 사방이 온통 죽은 자들의 유물들뿐이다. 관람객들은 쇼케이스 사이로 무연히 고개를 들이밀거나 그녀가 보지 않는 틈을 타 벽에 걸린 미술품들을 손으로 만져 보곤 한다. 사람들은 참 이상해. 그녀는 혼자 중얼거린다. 왜 아무도 저 칼을 훔쳐 가지 않을까. 모로코 왕의 칼은 모두 세 개다. 한 개는 1미터가 넘게 크지만 그 옆에 나란히 붙어 있는 칼 두 개는 20센티미터도 안 되게 작은 크기다. 칼들은 벽에 걸린 고정못에 쇠줄로 손잡이가 둘둘 묶여 있기는 하다. 훔치기로 작정한다면 못 풀 것도 없다. 눈여겨 지켜보는 사람이 없다면. 그녀는 자꾸만 고개를 갸웃거린다. 왜 칼을 훔쳐 가는 사람이 아무도 없을까. 구리와 쇠와 동과 가죽으로 만들어진 모로코 왕의 칼이 까맣게 번쩍 빛나고 있다.

마지막까지 남아 있던 관람객들이 나간 후 그녀는 문밖으로 나가 계단에 있는 전기단자 스위치를 내린다. CCTV 화면이 꺼진다. 책상 서랍에서 열쇠 꾸러미를 찾아 든다. 잠긴 쇼케이스들의 문을 연다. 그녀는 피그미 부족의 주술사가 의식을 행할 때 입는 표범 가죽과 조개로 만들어진 두꺼운 옷을 걸쳐 입는다. 죽은 자의 영혼을 기릴 때 사용하는 길고 검은 모시 가면을 얼굴에 푹 눌러쓴다. 실내 맨 왼쪽 끝에 세워진 세누푸 북을 손바닥으로 둥둥 두드린다. 그녀는 야윈 두 팔을 날개처럼 퍼덕거리며 야생의 짐승처럼 비좁은 실내 여기저기를 경중경중 뛰어다닌다. 그녀가 뛰어다닐 때마다 바닥에 세워진 의자와 미술품들이 아무렇게나 쓰러져 뒹군다. 물에도 가라앉을 정도로 단단한 흑단으로 만들어진 조각들이 쇼케이스를 덮치며 쓰러진다. 쇼케이스 유리 하나가 박살난다. 우리에서 갑자기 풀려난 성난 원숭이 떼들이 실내를 급습한 것처럼 금세 아수라장이 된다. 벽에 걸린 눈을 감은 가면들, 눈을 부릅뜬 수십여 개의 가면들이 제멋대로 머리를 움직이며 서서히 꿈틀거리고 있다. 생명을 상징하는 카나가 가면이 떨어지고 미래를 상징하는 전갈 가면이 비처럼 떨어져 내린다. 가면을 쓰고 춤을 추는 사람 자신은 없어지고 그의 육체 안으로 죽은 자의 조상이나 혼이 들어온다.

그녀는 실내를 쿵쿵 뛰어다니며 손바닥으로 입술을 북처럼 두드린 채 오오오, 오오오 소리를 친다. 손대지 마세요, 만지지 마세요! 그녀는 자꾸만 소리친다. 죽은 영혼들이 속삭인다. 모시 가면이 툭, 얼굴에서 떨어진다.

그녀는 정확히 여섯 시에 퇴근한다.

창밖을 내다보는 버릇이 생긴 건 정미림이 이쪽으로 이사를 온 후부터이다. 정미림이 이사 오기 전, 맞은편 2층 집은 오래 비어 있었다. 한밤에 잠에서 깨어나 밖을 내다볼 적이면 그 방엔 언제나 불이 꺼져 있었다. 옥상 위 빨랫줄엔 사철 이불을 내다 걸어도 여유가 있을 정도로 넉넉했다. 정미림이 이사 온 후부터 맞은편 집 옥상 위엔 반짝거리는 스팽글과 구슬이 달린 블라우스와 스커트가 널려 있곤 했다. 빨랫줄이 모자랄 지경이었다. 새벽에 일어나 밖을 내다보면 그 방 안이 옥상에 널린 빨래처럼 환하게 불 켜져 있었다. 이따금씩 창가를 서성거리던 정미림과 눈이 마주치기도 했다. 양쪽 2층 방 사이 골목은 좁았다. 그런데도 정미림의 집으로 건너가거나 정미림이 그녀 방으로 올라치면 뻣뻣하게 디귿자로 휘어진 계단을 내려와야 했고 골목을 가로질러야 했고 다시 계단을 올라야 했다. 그래도 그건 잠깐이었다. 지금은 다시 저 맞은편 방으로 갈 수 없다. 정미림의 자동차가 보이지 않기 시작한 건 열흘 전부터다. 커튼을 친 방 안은 늘 어두웠다. 그녀는 정미림이 드디어 여름 휴가를 떠난 거라고 짐작했다. 나흘이 더 지났다. 귀뚜라미 울음소리가 더욱 선명하고 사나워졌다. 여름 휴가치고는 꽤 긴 편이라고 생각했다. 하루 종일 비가 내렸다. 그녀는 창밖을 내다보며 물속에서 죽은 나무 한 그루를 떠올렸다. 비가 그쳤다. 정미림은 돌아오지 않는다.

그녀는 맞은편 집 대문을 밀고 들어간다. 좁은 마당에 돗자리를 펴둔 채 주인집 여자가 여섯 접도 넘어 보이는 마늘을 혼자 까고 있다. 이웃집 주인 여자 앞에 가 돗자리 한끝에 털썩 주저앉는다. 주인 여자는 그녀 앞으로 작은 과도 하나를 툭 던져 준다. 주인 여자가 하는 양을 지켜보고 있다가 과도로 마늘 꼭지를 따고 껍질을 벗긴다. 다 벗긴 마늘을 커다란 소쿠리로 던져 넣는다. 대체 이 많은 마늘을 어따 쓰시려구요? 김장 준비해야지, 곧 겨울이 닥칠 텐데. 주인 여자는 희미하게 웃는다. 무슨 소리예요, 아직, 가을도 오지 않았는데. 그녀는 공박한다. 웬걸, 요즘 해 짧아지는 거 못 봤어? 금방 겨울이 올 거라니깐. 주인 여자는 아랑곳하지 않는다. 미림 씨, 어디 먼 데 갔나 봐요? 무심한 목소리다. 주인 여자의 시선이 이마에 와 닿는다. 몰랐어? 뭘요? 친한 줄 알았더니. 물에 채 불려지지 않은 마늘은 껍질이 잘 벗겨지지 않는다. 정미림이 이사를 간 건 벌써 여러 날 전이라고 한다. 그녀는 새 마늘 한 통을 집어 들곤 쥐어짜듯 양손으로 힘껏 비튼다. 왜 그렇게 갑자기. 도둑이 들었던 모양이다. 하긴 유난히 좀도둑이 잦은 동네이긴 하다. 그럼 카페로 찾아가서 만나면 되겠구나, 생각한다. 그런데 정미림은 왜 아무 말도 없이 떠난 것일까. 저 그 카페에 가 봤어요. 카페? 무슨 카페? 주인 여자가 의아한 얼굴로 그녀를 본다. 미림 씨가 하는 카페요. 무슨 소리야, 그 여자 노래방에 나갔었잖아, 몰랐어? ……아뇨. 근데 이 마늘 언제 다 까실라구요. 카페면 차라리 낫지, 그 여자 노래방에서 왜 손님들이 찾으면 들어가서 노래도 불러 주고 거 뭐야, 춤도 추고 기분 맞으면. 아줌만 암것두 몰라요. 뭘 몰라? 빨래 좀 일찍 일찍 걸으세요. 왜 그렇게 자주 빨래 걷는 걸 잊어버리세요. 웬 타박이야. 제가 언제 타박을 했다고 그러세요, 아줌마 오늘 이상하시네. 이사 간다고 말 안 하고 갔나 부지? 그럼, 새로 누가 들어오나요? 아니, 갑자기 방을 빼 놔서, 좀 기다려 봐야지, 요즘 방 잘 안 나가잖아. 그래도 월세니까 빠지긴 빠질 거야. 전세 아녔어요? 월세였어. 아줌만 미림 씨가 노래하는 거 들어 봤어요? 무슨. 노래 진짜 잘해요. 그러게, 그렇게 노래도 잘하고 춤도 잘 추고 또 뭐냐. 아줌마, 근데 이 마늘 되게 맵네. 그녀는 공깃돌을 휙 뿌리듯 까던 마늘을 돗자리 위로 던져 버린다. 카페나 노래방이나. ……이런 제길, 카페나 노래방이나. 그녀는 혼잣말을 한다. 자리에서 일어나 앞섶을 툭툭 턴다. 주인 여자가 중얼거린다. 카페는 무슨 카페. 그녀는 대문을 밀고 나온다. 그런데 도둑이 들었다고? ……누가 오긴 온 모양이다. 그녀는 114에 전화를 건다. 신호음이 길게 울린다. 안내원이 전화를 받는다. 저기, 용산에 있는. 네. 용산에 있는? 카펜데요. 네, 상호가 어떻게 됩니까? 용산에 있는. ……그녀는 전화를 끊는다. 자동차 열쇠를 돌려줘야 할 텐데. 그녀는 골목 안쪽에 주차돼 있는 소형 자동차 한 대를 오래 바라보고 서 있다.

남자는 용의주도하지 못했다. 그가 미술관 문을 밀고 들어올 때부터 그녀는 단박에 남자를 알아보았다. 실내엔 그 남자 외에 네 명의 관람객들이 있었다. 그 중 초등학교 아이들 두 명은 지친 듯 바닥에 주저앉아 메모를 하고 있었다. 운동화를 신은 남자는 아주 느린 걸음으로 실내를 돌아다녔다. 모로코 왕의 칼 앞에서 그의 눈이 돌연 빛나는 것을 그녀는 놓치지 않았다. 가슴이 후들거렸다. 그녀는 지구 내부로부터 서서히 밀려나오기 시작하는 간헐천처럼 가슴이 급하게 뜨거워지는 것을 느꼈다.

관람객들을 실내에 남겨 둔 채 밖으로 나온다. 계단 옆에 있는 그림의 패널을 잡아당긴다. 경보 장치 스위치를 내린다. 그녀가 실내로 들어왔을 때도 남자는 모로코 왕의 칼 앞에서 걸음을 멈추고 서선 연신 들여다보고 있다. 손끝으로 칼 손잡이와 칼날을 만지는 것을 그녀는 본다. 만지지는 마세요. 손바닥으로 입술을 틀어막는다. 안내 데스크 의자에 앉아 고개를 숙이고 책을 펼쳐 드는 척한다. 칼 앞에 서 있던 남자가 가면들이 걸린 벽 쪽으로 걸음을 옮긴다. 남자가 걸음을 옮길 적마다 빠닥빠닥 운동화 밑창이 바닥에 스치는 소리가 들린다. 소리 나게 책장을 넘긴다. 메모를 끝낸 아이들 둘을 데리고 여자 둘이 미술관을 나간다. 남자는 점점 칼이 있는 위치에서 멀어지고 있다. 남아 있던 두 명의 관람객들이 위층으로 올라간다. 실내엔 남자와 그녀뿐이다. 경보기가 꺼진 것을 알면 위층 미스 박이 계단을 뛰어 내려올 것이다. 빈 쇼케이스에 숨든 숨어서 유물이 되든 칼을 훔쳐가든 그건 이제 아무 상관없는 일이다. 그녀는 조급해진다. 남자가 모로코 왕의 칼 쪽으로 다시 돌아온 건 책장을 열 쪽이나 넘긴 후다. ……잠자리 날개를 양쪽으로 맞잡고 비비대는 듯한 미세한 소리가 들린다. 칼 손잡이 윗부분에 고정된 끈을 벽에서 푸는 소리다. 그녀는 빠르게 페이지를 넘긴다. 남자가 이쪽으로 걸어온다. 그녀 쪽을 한 번 일별한다. 문을 밀고 나간다. 경보 신호음은 울리지 않는다. 엘리베이터 버튼을 누르는 소리가 들린다. 그녀는 화다닥 밖으로 뛰쳐나간다. 엘리베이터 앞에 서 있던 남자가 흠칫 돌아본다. 아저씨. 다급하게 남자를 부른다. 누굴 죽일 작정이라면 그 칼로 단번에 콱 찔러 버리세요, 이렇게, 여기, 심장 한가운데를 콱 찔러 버리시라구요. 엘리베이터 문이 열린다. 그녀는 열린 엘리베이터 문을 한 손으로 잡고 버티고 서선 또 아저씨, 남자를 부른다. 저기요, 그걸 갖고 가는 대신 내 부탁 하나만 들어 주실래요, 저기 밖에 나가면 아마 확성기를 든 전도사가 있을 거예요, 그걸 뺏어서 제 이름 한 번만 불러 주세요, 제 이름은요, 장말희예요.

여자는 횡단보도 앞에 서 있었다. 건조하고 마른 9월의 햇살이 여자의 이마와 어깨로 쏟아져 내렸다. 그녀는 약국 문을 밀고 나오려다 말고 멈췄다. 햇빛을 피해 보려는 요량인지 여자는 손바닥을 이마에 갖다 붙였다. 양쪽 어깻죽지를 붙들고 살짝 뒤틀기라도 하면 종이 인형처럼 맥없이 쭉 찢어져 버릴 것처럼 야윈 몸이다. 사람들 틈에 섞여 있어서인지 여자의 키는 그 어느 때보다 작아 보였다. 그녀는 약국 유리문 안쪽에 서서 횡단보도 맞은편에 서 있는 여자를 똑바로 쳐다보고 있었다. 여자는 그녀를 보지 못했다. 여자는 아무것도 쳐다보지 않는 것 같았다. 녹색불이 들어왔다. 사람들이 한꺼번에 길을 건너가기 시작했다. 여자는 꼼짝도 하지 않았다. 신호가 바뀐 사실도 알아채지 못하는 것 같았다. 이봐요. 녹색불이 들어왔잖아요. 그녀는 이쪽에서 여자에게 말을 건넸다. 여자는 고개를 푹 수그린 채 굽 높은 슬리퍼로 가로수 둥치를 툭툭 치고 있었다. 어서 길을 건너요. 여자는 숫제 나무 둥치에 제 등허리를 바싹 기대고 섰다. 어쩌면 집 주인이 뭘 잘못 알았던 것은 아니었을까. 여자는 혼자 남겨진 밤의 카페 여주인처럼 정말이지 고독해 보였다. 간곡한 데가 있던 여자의 낮은 목소리가 아직도 귀에 선하다. 장독대 밑에 묻어 두고 왔다는 그 칼은 아직도 거기 남아 있을까. 지금 여자에게 필요한 건 어쩌면 한 자루의 새 칼이 아닐까. 아니. 그녀는 여자에 관해서는 아는 것이 아무것도 없었다. 그러나 확실한 건 이제 여자의 키는 더 이상 자라지 않을 거라는 사실이다.

신호가 바뀐다. 여자가 천천히 길을 건너기 시작한다. 그녀는 유리문을 밀고 밖으로 나온다. 햇살이 물처럼 쏟아진다. 사위를 둘러본다. ……그 여자, 정미림. 여자는 아무 데도 없다.

그녀는 수화기를 든다. 관장의 비서가 전화를 받는다. 무슨 일입니까? 비서는 오늘 아침에도 전화를 했었다. 그녀는 여느 때와 같이 아무 일도 없다고 말했었다. 별일이 있습니다. 그녀는 깍듯하게 경어를 쓴다. 비서는 잠자코 듣고만 있다. 모로코 왕의 칼 한 자루가 없어졌습니다. 맹세코 난 모르는 일입니다. 이것 봐요, 당신! 그녀는 전화를 끊는다. 전화 벨이 울린다. 그녀는 니얌 위지 추장의 의자 쪽으로 걸어간다. 그 의자 위에 이성현이 두고 간 비디오테이프가 놓여 있었다. 어쩌면 의자 위에는 아무것도 없었을지 모른다. 그녀가 계단을 타다닥 뛰어 내려갔던 일조차 없던 일이었는지도 모른다. 빈 의자를 손바닥으로 쓸어 본다. 의자 등받이 위엔 사람 머리 형상이 조각돼 있다. 넓은 등받이는 그 사람의 등이나 가슴처럼 보인다. 마치 심장

올 들어낸 것처럼 등받이 왼쪽 부분이 움푹 패여 있기도 하다. 마을의 추장이나 지위가 높은 사람이 앉았던 의자다. 올바른 결정을 내리도록 하는 마력을 지녔다는 의자다. 전화 벨이 연신 울리고 있다. 그녀는 의자에 걸터앉는다. 의자가 기우뚱, 흔들린다.

그는 십 분 늦게 도착한다. 그녀는 이성현에게 메뉴판을 내민다. 마리 씨가 전화를 할 줄 몰랐습니다. 우선 뭔갈 좀 먹어야 하지 않겠어요? 그가 종업원을 부른다. 난 스페셜 피자는 먹지 않겠어요. 늦어서 미안합니다. 괜찮아요. 저도 겨우 오 분 먼저 와 있었는 걸요. 요즘 정말 길이 많이 막혀요. 어디 먼 데를 다녀왔을까. 그의 얼굴이 검게 타 있다. 그녀는 물 한 모금을 마신다. 뭘 좀 물어보고 싶은 게 있어서요. ……! 이제 방학도 다 끝났나 봐요. 정말이지 오늘은 입장객 수가 채 열 명도 넘지 않았어요. 방학이 끝난 게 아니라 새 학기가 시작된 거라고 그는 정정한다. 그녀는 고개를 끄덕거린다. 여름이 벌써 다 지나갔나 봐요. 가을이 시작되는 거죠. 그녀는 잠자코 이성현을 바라본다. 그는 웃지 않는다. 참, 그 루콜라 말입니다. 이성현이 넌지시 그녀를 건너다보며 말한다. 그거, 얼마 전까지만 해도 그쪽에서 공수해 왔었는데 이젠 여기서도 얼마든지 구할 수 있답니다. ……가락동 농수산물시장에 가면 특수야채를 파는 데가 있대요. 거기서도 구할 수 있고 또 큰 백화점에 가면 따로 코너가 있다는군요. 그녀는 비뚤어진 포크와 나이프를 똑바로 놓으며 묻는다. 그런데 그걸 어떻게 알았어요? 여기 디마떼오 사장한테 물어봤죠. 그는 옆테이블 쪽으로 고개를 돌린다. 혹시 갯굴에 관한 얘기 알아요? 갯굴요? 그게 뭡니까? 굴의 일종이에요. 아, 먹는 굴 말입니까? 여긴 그게 안 들었네요. 그녀는 포크로 스파게티를 휘저으며 말한다. 굴은 돌에만 잘 붙어서 자라는 건 아녜요. 갯벌이고 나무고 바위고, 그저 정붙여 살 곳만 있으면 그대로 눌러 붙어 자라요. 그게 갯굴의 특성이죠. 심지어 어떤 놈은 타이어에 붙어서 자라는 것들도 있어요. 마리 씬 별 걸 다 아는군요. 그런데 갑자기 웬 굴 얘기를. 그녀는 먼저 포크를 집어 든다. 국수가 식겠어요, 어서 먹죠. 이성현과 그녀는 국수를 둘둘 말아 올린다. 실내엔 빈자리가 없어 보인다. 이성현은 좀체 말이 없다. 그녀는 음식을 말끔하게 비운다. 그는 채 반도 먹지 않는다. 그가 그녀에게 냅킨을 건넨다. 거기 입술 옆에 뭐 묻었어요. 그녀는 냅킨을 받아 들곤 입가를 훔친다. 난 그 동안 좀 바빴습니다. 아마 연락하기가 쉽지 않았을 겁니다. 마리 씨한테 전화 한번 하려고 했었는데, 통 정신이 없었어요. 그날 그렇게 헤어져서. 있잖아요. 네? 그 남자. ……누구요? 이성현이 묻는다. 왜 그때 말했었잖아요. 영화 마지막 장면에서 딱 한 번 웃는다는 그 남자 말예요. ……아, 네에. 화만 내던 그 남자가 마지막 장면에선 왜 웃는 거죠, 그 이유가 정말 궁금했어요. 꼭 다시 물어보고 싶었어요. ……! 그 시나리온 완성했나요? ……미안합니다. 이성현이 접시를 한쪽으로 밀어 낸다. 그녀가 이성현을 쳐다본다. 실은 그건 내 게 아니라 우리 감독이 지금 쓰고 있는 시나리오예요. ……! 그래서 저도 모릅니다. 그 남자가 마지막에 왜 웃는지. ……그렇군요. 영화를. 그녀는 말을 하다 멈춘다. 그러니까, 이성현 씬 정말 영화를 만들긴 만들 건가요? 마리 씨, 나도 사냅니다. 그럼요, 꼭 해야죠. ……그럼 이제부터 당신이 해야 할 일은 당신만의 새로운 이야기를 만드는 거겠군요. 그렇죠, 마리 씨. 이성현이 그제야 치아를 활짝 드러내며 웃는다. 음, 이런 얘긴 어떨까요, 마리 씨. 그가 테이블 앞으로 상체를 바싹 당긴다. 어떤 얘긴데요? 그녀는 자못 궁금해 못 견디겠다는 듯 이비비오 가면처럼 눈을 크게 뜬다.

눈보라콘

천운영

1971년 서울 출생.

한양대 신문방송학과 및 서울예대 문예창작과 졸업.

2000년 《동아일보》 신춘문예에 〈바늘〉로 등단했다.

등단 1년 만에 우수작상을 받은 보기 드문 작가로

단편소설 〈숨〉 · 〈월경〉 · 〈당신의 바다〉 · 〈등뼈〉 · 〈행복고물상〉 ·

〈유령의 집〉 · 〈포옹〉, 소설집 《바늘》이 있다.

대산문화재단 문학인 창작지원금을 수혜했다.

눈보라콘

어머니가 온다.

잔교(棧橋)를 건너 남항동 철공단지를 나와 신선국민학교 높은 담을 따라 지금 집으로 오고 있다. 낡은 차들이 검은 연기를 쿨럭이며 겨우 올라오는 가파른 길을 어머니는 힘 하나 들이지 않고 사뿐사뿐 올라온다. 고무 작업복과 머릿수건이 담긴 보자기를 들고, 신선동으로.

부산시 영도구 신선동. 신선이 살았다고 믿기에는 너무 낡고 더러운 곳이다. 옹색한 집들로 향하는 좁은 골목마다 집요한 악다구니가 아침부터 저녁까지 이어지고, 악다구니가 끝나면 사내아이들이 모여 담배를 피우거나 벌거벗은 여자들의 사진을 돌려 보고, 아이들이 사라지면 쥐들의 차지가 되는 동네.

나는 악다구니와 벌거벗은 여자들과 쥐들의 골목을 나와 담 위에 앉아 시시각각 다른 빛이 되는 항구를 바라보며 시간을 보낸다. 때로 선박 아래에 이는 흰 포말과 잠루(岑樓)에서 반짝이는 싱싱한 금속성

눈부심을 보기도 하고, 해안을 따라 자리잡은 상점과 술집들이 그려
내는 주홍빛 소묘를 보기도 한다. 그리고 항구가 완전히 어둠에 잠기
면 어김없이 담 위에 올라앉아 집으로 돌아오는 어머니를 기다리는
것이다.

내가 앉아 있는 콘크리트 담은 산의 목 언저리까지 바락바락 기어오
르는 판잣집들과 고갈산을 가르는 경계선이다. 담이 최후 방어선이라
도 되듯 산은 더 이상 집들을 받아들이지 않고 저 혼자 숲을 이룬다.

손을 뻗어 보안등 스위치를 올린다. 보안등을 켜기 위해 이곳까지
올라오는 사람은 없다. 흐린 불빛을 찾는 것은 고개를 쳐들고 몰려드
는 날벌레들뿐이다. 벌레들의 날갯짓에 불빛이 흔들린다. 불빛이 흔
들릴 때마다 나도 흔들린다. 내 마음은 이미 어머니의 부드럽고 깨끗
한 손을 향해 달려가고 있다.

어머니는 망치를 들고 선박의 녹 떼어 내는 일을 하지만 아직까지
싱싱하고 부드러운 손을 갖고 있다. 그건 어머니가 녹을 이해하고 있
기 때문이다. 녹을 이해하는 것은 얼음을 이해하는 것과 같다고 어머
니는 말하곤 한다.

곡괭이를 꽂으면 쩡, 얼음 갈라지는 소리가 나. 갈라진 틈에 곡괭
이를 몇 번 더 질러넣고 망치질을 하면 조각조각 떨어지는 녹덩이를
볼 수 있단다. 무턱대고 망치를 휘두르면 표면만 바스러져. 얼음도
그렇지 않니? 막 내린 눈과 사람이 밟아 단단해진 눈을 치우는 건 다
르거든. 녹꽃은 살짝 긁어내야 하는 거야, 성긴 눈처럼. 끌로 긁어내
면 사박사박 눈 밟는 소리가 나. 파도가 만든 녹덩이는 얼음을 가르
듯 일격에 금을 내야 해. 무조건 두들겨 팬다고 되는 게 아니거든.
차가운 것일수록 더 세심한 배려가 필요한 법이란다.

나는 녹을 설명하는 어머니의 나긋나긋한 목소리를 좋아한다. 영도
로 시집와 십여 년을 살았는데도 어머니는 부산 말을 쓰지 않는다.

특히 녹과 얼음을 말할 때 어머니 목소리는 저절로 흘러나오는 꽃향기나 음악처럼 그윽하게 퍼진다. 그것은 공기 속으로 사라져 버리는 소리가 아니라 한입 베어 문 아이스크림처럼 목젖을 간질이며 내 속 깊은 곳으로 흘러 들어온다. 그 웅숭깊고 달콤한 목소리가 좋아 몇 번이고 얼음 이야기를 해달라고 어머니를 조르게 된다. 그렇다고 내가 어머니의 말을 모두 이해하는 것은 아니다. 나는 두껍게 앉은 얼음덩이를 깨어 본 적이 없다. 처마 끝에 매달린 고드름이나 소복이 쌓인 눈을 만져 보지도 못했다. 그것은 내가 신선동에서 태어나 신선동에서 자랐기 때문이다.

신선동에 함박눈이 내리는 것은 십몇 년에 한 번쯤이나 있을까. 눈이 내려도 바닥에 닿자마자 녹아 버리거나 다음날 아침이면 시침을 뚝 떼고 흔적도 없이 사라지기 일쑤여서 눈 덮인 신선동을 보기란 그리 쉬운 일이 아니다. 중학생이 되도록 나는 눈사람을 만들어 보지 못했다. 신발이 젖을 만큼 눈을 밟아 본 적도 없다. 어머니가 끌로 긁어내는 녹꽃의 사박거림은 언제 들을 수 있을까.

어머니는 산복도로 횡단보도 앞에 서서 저녁 찬거리를 꼽아 보고 있을 것이다. 지금 내려가면 중복도로 즈음에서 어머니를 만나 손을 마주잡고 집에까지 걸어 올라올 수 있다. 이제 담에서 내려 어머니를 맞을 시간이다. 바지에 묻은 흙을 털어 내고 어머니가 오는 곳으로 향한다.

신선미용원 앞에 소녀가 서 있다. 소녀의 손에는 아이스크림이 들려 있다. 점집 가시나, 사람들은 소녀를 그렇게 부른다. 국민학교 때 같은 반인 적도 있지만 말은 해보지 못했다. 어깨 위에 동자보살을 얹고 영도다리 밑에서 점집을 하는 어머니 때문에 아이들은 소녀와 친구가 되려고 하지 않았다. 소녀 또한 까불거리는 아이들 따위에는 별 관심이 없다는 듯 고개를 빳빳이 세우고 혼자 다니곤 했다. 소녀는 어머니와 함께 매일 밤 고갈산을 올라 기도를 드린다. 내가 담에서 내려오면 소녀가 담을 차지하고 다 녹은 아이스크림을 핥거나 붉은 사탕 따위를 오물거리며 점쟁이 어머니를 기다리기 시작한다.

소녀가 아이스크림을 베어 문다. 움푹 패는 것을 보아 오래 들고 있었던 모양이다. 소녀는 일부러 내가 오기를 기다렸다가 아이스크림 포장지를 벗기는지도 모른다. 소녀의 입가에 묻은 하얀 아이스크림을 슬쩍 올려다본다. 손등 위로 아이스크림이 녹아내린다. 녹은 아이스크림이 팔뚝을 타고 흘러내리는데 소녀는 혀끝을 살짝살짝 대기만 할 뿐 서두르지 않는다. 오히려 그걸 보는 내가 안타까이 아이스크림을 훔쳐보며 침을 삼키게 되는 것이다. 밭게 침을 삼켜도 혀 아래에서 자꾸 침이 솟아오른다.

소녀의 손에 들린 것은 부라보콘이다. 언제부턴가 나는 부라보콘을 운명적으로 받아들이기 시작했다. 부라보콘은 내가 태어난 1970년 4월에 출시되었다. 우리 나라 최초의 현대적인 아이스크림과 나이가 같다는 사실만으로도 부라보콘을 운명적으로 여기는 것이 당연하게 느껴졌다. "부" 하고 입술을 부딪쳐 입 안의 공기를 밀어내다가 입천장에 혀끝을 딱 붙이며 "콘" 하고 마무리 짓는 부라보콘의 발랄하고 향긋한 이름을 처음 들었을 때, 나는 그 운명적인 이름을 몇 번이고 발음해 보았다. 그 순간 강력한 승리감에 몸의 가닥가닥을 휘어잡힌 채 부라보콘에 빠져 버리고 말았다.

내 이름은 용수다. 표용수. 발음하기도 어렵거니와 부라보콘처럼 명쾌하지도 매혹적이지도 않은 시시한 이름이다. 내 이름을 지은 아버지는 이발소에서 바닥을 쓸거나 머리를 감겨 주는 보조이발사였다. 3, 4분이면 꼬마녀석들의 머리를 깎아 내는 이발사 밑에서 잔일이나 하던 아버지의 꿈이 이발사인 것은 당연한 일이었다. 그런 아버지가 옥편까지 빌려와 바리깡을 손에 든 채 만들어 낸 이름이 바로 "용수"

였다. 얼굴 용(容), 지킬 수(守). 얼굴을 지킨다. 아버지에게 그보다 더 좋은 이름이 있었을까?

아버지는 내가 태어난 지 이태 만에 교통사고로 세상을 떠났다. 용수라는 이름에 아버지의 꿈이 주술처럼 남아 내 삶을 강요하지는 않을까 두려워지곤 한다. 그러나 나는 이발사가 되거나 얼굴을 지키는 그 어떤 일도 하지 않을 것이다. 죽은 아버지나 이름이 나를 구속할 수는 없는 일이다. 오직 부라보콘만이 내 운명에 관여할 수 있는 존재였다.

내가 부라보콘에 빠져든 것은 이름 때문만은 아니다. 부라보콘은 결단코 최고의 아이스크림이라 부를 수 있다. 훌훌 벗겨 내는 비닐포장지의 삼강하드나 사카린과 색소를 적당히 섞어 만든 아이스께끼의 싼 맛과는 질적으로 다른 최고의 아이스크림.

소녀는 왜 최고의 아이스크림을 몰라보고 저렇게 들고만 서 있는 걸까. 소녀를 밀쳐 내고 부라보콘을 빼앗고 싶다. 진정 부라브콘을 사랑하는 자만이 그걸 먹을 자격이 있는 것이다. 나는 자리에 우뚝 서 부라보콘을 훔쳐 먹는 상상을 한다. 눈을 감는다. 부라보콘이 내 손에 있다.

전체를 휘어잡게 만든 원뿔형의 부라보콘은 냉정한 육체를 가졌다. 그러나 내가 손에 쥐는 순간 그 차가운 몸뚱이는 뜨거운 잔상을 남기며 맹렬히 안겨 온다. 표면에 생긴 물방울이 손금 사이사이로 스며들면 다른 손바닥에도 슬그머니 땀이 찬다. 비밀의 문을 열듯 조심스럽게 옷을 벗겨 낸다. 돋을새김이 되어 있는 콘의 표면은 소름이 살짝 돋은 발가벗은 여자의 몸처럼 안쓰럽기까지 하다. 아이스크림의 질감을 훼손하지 않을 정도로 바삭바삭하면서 촉촉한, 그 어떤 콘도 따라올 수 없는 아슬아슬한 균형감각. 나는 부라보콘 맨살을 아주 세심히 쓰다듬는다.

뚜껑에 붙은 아이스크림에 혀끝을 살짝 대어 본다. 혀의 돌기마다 전해 오는 감칠맛에 나는 안달이 난다. 빨리 나를 먹어 봐. 부라보콘은 달콤하게 속삭인다. 유혹의 손길을 뻗는 부라보콘을 보아란 듯이 한입 크게 베어 물고, 빨리 그 몸 구석구석을 파고들고 싶다. 하지만 성급하게 굴지 않는다. 목구멍을 뜨겁게 달구며 내 혀를 부추기는 욕망이 자라나도록 그냥 둔다. 그것이 점점 더 살이 올라 목구멍과 가슴 한복판을 지나 복사뼈를 짓누를 때까지 참고 견디며 포장지에 붙은 미세한 아이스크림을 샅샅이 빤다. 그러면 부라보콘은 제 몸을 촉촉이 풀어 내며 봉긋 솟아오르게 된다. 이제 가장 탐스러운 부분에 이빨을 들이댈 때다. 살 속 깊숙이 이를 박으면 나를 짓누르던 욕구가 순식간에 방출되며 화사한 황홀경이 찾아온다. 입천장을 뜨겁게 후려쳤다가 부드럽게 목젖을 통과하고 종내는 말간 침에 의해 단 기억이 지워지는 일련의 과정. 천천히 그러나 격정적으로 부라보콘의 몸을 탐한다. 초콜릿이 살짝 묻은 꼬랑지가 남을 때까지. 손가락 한 마디쯤 되는 부라보콘 뿔을 입에 넣는 순간 정신의 한 부분이 내 몸을 이탈해 무한한 공간 속으로 빨려가는 것 같다. 그러면서도 한편으로는 어머니의 젖꼭지를 입에 물고 있는 듯 편안해지기도 하는 것이다. 아쉬우면서도 만족스러운 마지막 한입. 그 허망하면서 풍만한 달콤함.

별안간 사타구니가 뜨뜻해져 온다. 팬티가 축축하다. 녹은 아이스크림처럼 미끈미끈한 액체가 허벅지를 스친다. 동년배에게 기습을 당해 흘리는 당혹스럽고 부끄러운 코피처럼 끈끈하고 불쾌한 감촉. 순간 서늘한 기운이 아랫도리를 스치고 지나간다. 부르르 몸이 떨리고, 얼굴이 홧홧해져 온다. 눈을 뜬다.

소녀는 아이스크림을 반쯤 남겨 두고 있다. 거의 매일 소녀와 마주치게 되는 것이 영 불편하다. 반바지 아래 드러난 가느다란 허벅지와 동그랗게 솟은 무릎과 손에 들린 부라보콘도 편하지가 않다. 소녀는 왜 꼭 부라보콘만 먹는지. 아이스크림이 녹도록 놔두다가 왜 내가 나타나야 포장지를 뜯는지. 부라보콘을 들고 내게 시선을 떼지 않는 소녀의 당돌한 눈에 주눅이 들고 만다. 빨리 소녀에게서 벗어나고 싶은데 꿈쩍도 할 수 없다. 무언가 거대한 힘이 내 발목을 움켜쥐고 있는 듯하다.

될 수 있는 한 자연스럽게 보이려 애를 쓰며 심상한 표정으로 소녀 곁을 지나간다. 아주 서투르지는 않다. 골목을 돌아 안전한 곳에 이르러 소녀를 본다. 소녀는 엉덩이를 빼고 언덕길을 올라가고 있다. 그 씰룩거리는 엉덩이가 나를 조롱하고 있는 것 같다.

어머니가 집에 도착했는지도 모른다. 물매 싼 내리막길을 달리기 시작한다. 빨리 어머니의 손을 잡고 집으로 돌아가 부라보콘처럼 달콤한 어머니의 목소리를 듣고 싶다. 보송보송한 눈과 사박사박 눈 밟는 소리에 대해. 그러나 속력을 낼수록 어머니 목소리는 들리지 않고 날벌레들의 날갯짓 소리만 귓가를 때린다.

어머니가 온다. 어머니가 온다. 좁은 골목을 내달리며 줄곧 그 생각만 했다.

항구는 쇠 두드리는 소리와 벌건 쇠똥으로 가득 차 있다. 까마득하게 높은 곳에서 어머니는 나무 비계를 타고 망치질을 한다. 하루 아홉 시간 배 옆구리에 매달려 망치질하는 품삯으로 3,800원을 받는다. 제일 오른쪽에 매달린 사람이 어머니라는 것을 나는 단박에 알아본다. 고무 작업복 속에 숨겨진 가느다란 허리와 유연한 팔놀림은 어머니만이 가질 수 있다.

녹이 떨어져 나간 배는 심한 피부병을 앓고 있는 괴물 같다. 깡깡이 아지매들이 녹을 다 떼어 내면 흰옷으로 갈아입고 오호츠크해나 남태평양으로 항해를 떠나게 된다. 어머니는 녹을 다 제거할 때까지 배 옆구리에 포박당한 채 쉬지 않고 망치질을 해야 한다.

어머니 옆에 있는 사람은 하봉의 어머니다. 하봉은 고개를 바짝 쳐든 채 손나발을 하고 엄마를 부르고 있다. 하봉의 목소리는 망치질 소리에 묻히고 만다. 어머니들은 해가 질 때까지 배에서 내려오지 않는다. 점심을 먹거나 오줌을 눌 때조차 줄을 타고 선박 위로 올라가 허겁지겁 일을 본다. 그걸 알면서도 하봉과 나는 학교가 파하자마자 어머니가 일하는 남항동으로 달려간다. 그래야만 하루를 시작할 수 있는 것처럼 책가방을 둘러멘 채 타박타박 그곳으로 가 어머니를 올려다본다. 그리고 난폭하고 수선스러운 괴물의 정강이를 걷어찬 후 어머니를 구해 내는 상상에 빠지곤 하는 것이다.

하봉이 주머니에 손을 찔러 넣고 영도다리로 발걸음을 돌린다. 언제 어머니를 불렀냐는 듯 노래를 하기 시작한다. 영도다리 난간 위에 초생달만 외로이, 초생달만 외로이. 남항동을 지날 때마다 영도다리를 건널 때마다 자갈치시장을 구경할 때마다 하봉은 제목도 모르는 그 노래를 불렀다. 하봉이 아는 부분은 그 구절뿐이다. 영도다리 난간 위에 초생달만 외로이.

"용수야, 니 영도다리를 받치고 있는 기 뭔지 아나?"

하봉이 갑자기 노래를 멈추고 물어 왔다. 나는 어머니의 잔허리가 아른거려 심드렁하게 대답한다.

"다리지 뭐꼬?"

"바로 담치다."

하봉의 허풍이 시작되었구나. 나는 이똥이 덕지덕지 앉은 하봉의 앞니를 흘끗 쳐다보고는 고개를 돌려 버린다.

하봉은 축농증이 심해 입을 헤벌리고 다니는 데다 하는 짓도 되통스러워 친구들에게 면박을 당하곤 한다. 그런 친구들의 시선을 끌기 위해 하봉은 종종 허풍을 친다. 허풍쟁이 하봉이라지만 영도다리에 대해서만은 거짓말을 하지 않는다. 아버지가 영도다리 부양장치 기사로 일했다는 사실을 자랑스럽게 여기는 그에게 영도다리는 일종의 우상이었다. 영도다리에 대해서라면 누구도 그를 대적할 수 없다. 하지만 아무리 영도다리 박사라 해도 담치가 다리를 받치고 있다는 것은 도저히 믿을 수 없는 일이다.

"니는 그 조깬한 담치가 다리를 받칠 수 있다고 생각하나!"

"내사 잠수부한테 직접 들은 얘기다! 잠수부가 안전검사 한다꼬 호스 끼고 안 들어갔다. 근데 다리기둥 가운데 틈이 보인다 아이가. 눈구녕 대고 자세히 들여다보니까 시커머이 뭐가 박혀 있더라 이 말이다. 그게 바로 팔뚝만한 담치라 안카나."

"니 팔뚝만한 담치 봤나, 니는 와 맨날 이상한 소리만 주와듯고 다니노? 니가 원캉 이상한 소리만 하니까 아덜이 싫어하는 거 아이가!"

"거짓말 아이라카이! 내도 첨엔 안 믿었다. 근데 아는 사람은 다 아는 얘기라카드라. 첨에는 어떻게 빼 볼까도 했는데, 그랬다가는 다리가 무너지게 안 생겼나. 그래서 새끼치고 살라고 내버려뒀다 아이가. 진짜다. 대교다리 지은 거 보믄 모르겠나? 담치가 죽아뿌믄 다리 무너질까봐. 그래서 대교다리 지은 거라 이 말이다. 영도다리도 곧 없어진다 안카드나."

하봉의 목소리는 단호하다. 더 이상 하봉과 얘기하고 싶지 않다. 다리 한가운데 잠시 걸음을 멈추고 교각을 내려다본다. 정말 커다란 담치가 살고 있을까? 내가 밟고 있는 것이 콘크리트가 아니라 검은 담치일까. 어선 한 척이 영도다리를 빠져나와 자갈치시장 선착장으로 향하고 있다. 매캐한 연기가 바람을 타고 코끝을 스쳐 지나간다. 나는 침을 가득 모아 바다를 향해 뱉는다.

하봉이 다시 흥얼거리며 걸음을 재촉한다. 대형화물차가 지날 때마다 다리는 움찔움찔 놀라며 몸을 비튼다. 서로 티는 내지 않고 있지만 우리는 조금씩 긴장하고 있다. 오늘은 하봉과 할 일이 있다. 배를 타고 자갈치시장으로 건너가지 않은 것도 그 때문이다. 다른 때 같으면 왕복선을 타고 자갈치시장으로 가 곰장어 껍질을 벗기는 능숙한 손놀림의 일꾼들과 배배 꼬인 곰장어 맨살을 보거나, 낚싯줄을 드리우고 깡소주를 먹는 아저씨들을 기웃거리다가 돌아왔을 것이다. 하지만 오늘은 며칠 전부터 계획한 것을 실행해야 했다.

주위를 두리번거리며 하봉과 함께 광복동 거리를 걷는다. 광복동에는 남항동의 소란스러움과는 전혀 다른 분주함이 있다. 무언가 붕 뜬 것 같기도 하고 유쾌한 웃음소리가 까르르 튀어오를 것 같은 거리. 하봉과 나는 차와 사람이 뒤섞인 광복동 도로를 훑으며 느리게 걷는다.

가능한 한 나이 든 운전사여야 한다. 너무 늙어서도 안 된다. 젊은 여자 손님이 타고 있으면 더욱 좋다. 차가 밀리기 시작한다. 좋지 않은 징조다. 아무래도 차들이 빠질 때까지 기다려야 할 모양이다. 발 빠른 하봉은 벌써 작업할 택시를 점찍었는지 내게 턱짓으로 신호를 보낸다.

막 횡단보도를 지나 속도를 올리려는 택시 쪽으로 하봉을 슬쩍 밀치면서 우리의 계획은 시작된다. 하봉이 절묘하게 택시 앞으로 넘어진다. 하봉의 왼발이 택시 앞바퀴에 끼여 있다. 누군가의 비명소리가 들린다. 운전사가 차에서 내리는 순간 하봉이 울음을 터뜨리고 택시를 중심으로 사람들이 모여든다. 앞머리가 벗겨진 늙은 운전사의 얼굴은 파랗게 질려 있다. 모든 것이 순식간에 일어난 일이다. 선박 밑에서 엄마를 부르듯 엄마를 외치며 우는 하봉의 연기는 정말 대단하다. 발을 움켜쥔 채 눈물 콧물을 짜내는 모습이 정말 발을 다친 게 아닐까 싶을 정도다. 그러나 나는 하봉의 발이 괜찮다는 것을 안다. 하봉은 일부러 앞창이 긴 형 신발을 신고 왔다. 차바퀴가 발등을 올라탄 것이 아니라 단지 신발부리만 밟았다는 사실을 운전사나 구경꾼들은 모르고 있다.

병원에서 사진을 찍는 동안 나는 택시 앞자리에 앉아 기다린다. 팬티만 입고 오토바이를 탄 가슴 큰 여자가 내 쪽을 향해 혓바닥을 내밀고 있다. 여자의 맨발 밑 달력에는 사흘마다 한 번씩 빨간 동그라미가 쳐져 있다. 달력대로라면 이 늙은 운전사는 휴일 다음날 어린아이의 발을 깔아뭉개는 일진 사나운 날을 맞은 셈이다.

거스름돈 주머니에서 동전 몇 개를 꺼내 주머니에 집어넣는다. 택시로 돌아온 운전사는 전화번호를 적은 쪽지와 천 원짜리 지폐 몇 장을 하봉에게 건네주며 몇 번이고 괜찮으냐 물어 왔다. 택시가 시야에서 완전히 사라진 것을 확인한 후에 우리는 전화번호 쪽지는 버리고 돈만 집어넣는다.

모든 것이 계획대로 되었지만 언제까지 이 짓을 할 수 있을지는 미지수다. 왜소한 하봉의 몸집을 감안하더라도 우리가 중학생인 걸 알면 어떤 운전사도 쉽게 넘어가 주지는 않을 것이다. 번잡한 분식점에 가서 내지도 않은 지폐의 거스름돈을 달라고 우기거나 백화점 창고에서 훔쳐 낸 스케치북을 아이들에게 몇푼 받고 파는 것도 국민학교 때나 가능한 일이다. 중학생이 되는 것은 의심받기 쉬운 나이가 된다는 것이다. 세 명만 모여도 가게 주인들은 의심의 눈초리로 우리의 주머니를 살피곤 한다.

또또문방구로 달려가 하봉은 판박이 나이키 스티커를, 나는 점찍어 놓은 샤프펜슬을 산다. 흔들기만 하면 심이 나오는 신형 모델이다. 아이스크림 냉동고 앞에 선다. 하봉은 폴라포를 집는다. 올 여름 출시된 폴라포는 얼음 알갱이가 들어 있어 선풍적인 인기를 끌었다. 냉동고에는 폴라포를 비롯해 포포포 파사삭 등 비슷비슷한 빙과류가 대부분이다. 색소가 지나치게 많이 들어간 정체불명의 얼음과자에는 관심이 없다. 나는 눈보라콘을 집는다. 아직 부라보콘 살 돈은 남아 있다. 부라보콘 가격이면 눈보라콘 두 개를 먹을 수 있다. 가격 때문이 아니더라도 물론 눈보라콘을 택했을 것이다.

눈보라콘은 부라보콘에 가장 근접한 콘이다. 나는 부라보콘을 먹는 것과 똑같은 방법으로 눈보라콘을 먹는다. 원뿔 모양의 콘을 두 손으로 꼭 쥐었다가 껍질을 벗기고 맨 위 땅콩 한 알을 이빨로 조심스럽게 들어낸 다음 아이스크림을 먹는다. 눈보라콘은 내게 부라보콘의 달콤함과 하얗게 휘몰아치는 눈보라를 동시에 맛보게 해준다. 그리고 어머니의 녹꽃 긁는 소리도 듣는다. 사박사박.

하봉은 벌써 폴라포를 다 먹어 간다. 하봉에게 아이스크림은 중요하지 않다. 하봉을 붙들고 있는 것은 오직 나이키 스티커뿐이다. 다리미로 꾹꾹 눌러붙인 나이키 상표는 두 번만 빨아도 떨어지게 마련이지만, 하봉은 나이키와 가장 비슷한 스티커를 구하기 위해 영도다리 건너 문방구까지 샅샅이 훑고 다닌다. 하봉은 필통이나 도시락, 가방, 공책에까지도 나이키를 그려 넣는다. 아무리 가짜라고 놀려도 개의치 않고 꾸준히 그려 대는 하봉의 모습은 신념에 찬 선지자로 보일 정도다. 하봉은 조금 남은 폴라포를 입에 털어넣고 스티커를 들여다보기 시작한다.

"진짜랑 똑같제?"

"우예 이게 똑같노? 니는 눈도 없나?"

"그래도 나이키 아이가, 아무것도 없는 거보다 안 낫나? 역시 또또 문방구에서 파는 게 진짜랑 제일 똑같다. 그렇제?"

"진짜 나이키는 이렇게 안 얇다. 끄트머리는 또 너무 올라간 거 아이가. 파이다."

"니 진짜 나이키 있나? 있지도 않으면서 니가 우예 그리 잘 아노?"

"암튼 이렇게는 안 생겼다. 어차피 짜가 갖고 뭘 그라노!"

"그라믄 니는 와 눈보라콘을 묵노? 묵을라믄 부라보콘을 묵어야제."

"눈보라콘은 부라보콘하고 똑같다. 니도 묵어 보믄 알 거 아이가, 폴라포하고는 질적으로 다르다 이 말이다. 니가 뭘 안다고 자꾸 까부노?"

눈을 부릅뜨고 윽박질러서 하봉의 입은 막았지만 찜찜한 기분은 어쩔 수 없다. 하봉의 말도 틀리지는 않다. 아무리 눈보라콘이 부라보콘과 비슷하게 생겼어도 부라보콘을 따라갈 수는 없다. 서걱거리는 아이스크림의 질감 하며 허여멀건 콘 과자 색깔부터가 다르다. 조악하게 흉내 낸 해태상표나 빨간색 파란색 하트 모양도 부라보콘보다 어둡게 인쇄되어 있다. 초콜릿도 들어 있지 않은 아이스크림이 어찌 부라보콘이라 할 수 있겠는가.

하지만 나는 눈보라콘을 좋아한다. 눈보라콘 속에는 부라보콘을 향한 욕망과 열망이 들어 있다. 눈보라콘도 나처럼 부라보콘을 숭배하고 있는 것이다. 눈보라콘이 부라보콘의 대용물밖에 될 수 없겠지만 그래도 눈보라콘에는 다른 가짜들과는 구분되는 무언가가 분명히 존재한다. 나는 눈보라콘에게 동지애까지 느낀다.

하봉과 나는 동시에 발걸음을 멈추었다. 눈보라콘을 먹느라 나이키 스티커를 들여다보느라 복천사까지 와 버린 것이다.

"우리 한번 들어가 볼래?"

하봉이 나이키 상표를 주머니에 넣으며 말한다.

"여긴 미친 중이 안 사나? 안 갈란다."

절이면 산 깊은 곳에 있어야지 산속도 아닌 중복도로변에 자리잡은 것부터도 그렇지만, 담을 넘어 나온 빽빽한 나무들 하며 복천사를 둘러싼 이상한 소문들은 왠지 두렵기도 하고 거부감까지 생긴다. 이 절에는 자기 성기를 꺼내 놓고 내 자지만한 것 보았냐고 자랑을 하는 늙은 중이 산다고 한다. 그 늙은 중의 자지는 송도 앞바다에서 방금 잡아올린 개불처럼 큰 데다가 살구빛이 돌 정도로 탱탱하더라는 얘기도 들었다. 제일 기분 나쁜 소문은 늙은 중의 작은 골방에서 나오는 소문이다. 그곳은 몸 보시를 받는 곳인데 신기하게도 그 땡추에게 보시한 여자들 중 과부는 시집을 가고 역마살 낀 남편이 돌아오고 집 돌아간 서방은 뛰어다니더라는 얘기가 아줌마들 사이에서는 이미 널리 알려져 있었다. 보시라는 말을 들었을 때 나는 보지나 자지라는 말과 겹쳐져 몸이 비비 꼬이면서 헛웃음이 나왔다.

"어무이도 보시하믄 아부지가 돌아올까?"

하봉이 절 안을 기웃거리며 중얼거린다. 아무리 땡추가 요술을 부린다 해도 사람을 찌르고 일본으로 도망간 하봉의 아버지가 돌아올 리는 없다. 하봉의 아버지에게 찔린 남항카바레 주인이 아직까지 눈에 불을 켜고 찾고 있는 터에 영도로 되돌아오는 것은 곧 죽음을 의미함을 그도 잘 알고 있을 것이다. 하봉이 어떻게 도망친 아버지 생각 따위를 하는지 도무지 납득할 수 없다.

나는 어머니만 있으면 된다. 어머니의 손을 잡고 어머니의 목소리를 듣고 어머니의 품에서 잘 수만 있으면. 내게 필요한 것이 더 있다면 아버지가 아니라 어머니를 닮은 부라보콘뿐이다. 어머니의 부드러운 손이 미친 땡추의 커다란 자지를 거머쥔다는 것은 상상할 수도 없는 일이다.

어느결엔가 나는 눈보라콘 꼬랑지를 후닥닥 먹어 치우고 복천사의 반쯤 열린 문을 열고 안으로 들어가고 있었다. 절 안은 생각보다 훨씬 넓다. 빽빽이 찬 나무들이 빛을 가로막고 서 있어 아직 해가 지지 않았는데도 어스레하다. 바람소리와 새소리만 들릴 뿐 정적이 흐른다. 선연한 주홍빛의 능소화 한 떨기가 담 그늘에 서 있는 돌부처의 어깨 위에 내려앉아 있다. 몸통을 기괴하게 꼰 향나무들과 담벼락에 치렁치렁 매달린 능소화가 묘한 분위기를 자아내고 있다. 하봉과 나는 밀치거니 주춤하니 하면서 점점 더 깊숙이 들어가기 시작한다.

소풍 때 통도사나 범어사에서 보았던 탑이나 법고 따위는 찾아볼 수 없다. 울창한 나무와 작은 법당이 하나 있을 뿐이다. 법당의 문은 잠긴 채이고 움직임을 느낄 수 있는 그 무엇도 없다. 법당에 매달린 풍경만 간간이 흔들리며 정적을 몰아낸다. 법당 뒤로 돌아 눈을 부라린 괴물들의 그림을 훑어보고 다시 돌부처를 마주할 때까지 산 것의 흔적은 보이지 않았다. 잘 가꾸어진 정원수가 아니라면 이미 오래전에 버려진 곳이라 여겨질 정도였다.

"별것도 아인 것 같구 괜히 쫄았다 아이가!"

하봉이 내 어깨에 팔을 두르며 말한다. 누가 먼저랄 것도 없이 하봉과 나는 풀어헤쳐진 능소화 줄기에서 꽃을 따기 시작한다. 이유도 없이 키득키득 웃음이 나온다. 주홍 꽃송이가 축축한 바닥으로 떨어진다. 꽃이 떨어질 때마다 한 번도 못 본 중에게 알 수 없는 악의가 솟구쳤다. 땡추새끼, 자지새끼, 보지새끼, 속으로 욕설을 퍼부으며 꽃대를 부러뜨린다. 시간이 얼마나 흘렀을까, 손이 닿는 데는 거의 다 따 내었을 무렵 갑자기 하봉이 행동을 멈추고 내 옷자락을 잡아 늘어뜨린다. 나는 이제 막 꺾어 낸 탐스러운 꽃송이를 들고 뒤를 돌아본다.

"와 그라노? 미친 중이라도 봤나?"

내가 본 것은 흰 고무신이었다. 흰 고무신 위에 드러난 두툼한 발등과 그 위를 가로지르는 힘줄. 서서히 고개를 들자 품이 넓은 승복 바지에 메리야스만 입은 남자가 눈에 들어왔다. 기다란 귓불과 툭 튀어나온 광대뼈, 벌어진 어깨 때문에 큰 키가 더욱 우람해 보인다. 짧은 은회색 머리카락이 아니라면 근육질의 항구노동자라 생각될 정도로 나이를 분간할 수 없는 노인이다. 그리고 가느다란 눈매 가운데 자리잡은 흔들리지 않는 눈동자를 보았다. 그 속에서 가까스로 억제하고 있는 불길을 보았을 때, 내가 능소화 꽃송이를 마구 꺾어 대고 있다는 사실을 깨달았다. 눈앞이 하얘진다. 바람소리만 들린다. 나는 사력을 다해 뛰기 시작한다. 하봉이 내 옷자락을 놓치고 휘청거리며 쫓아오는 것이 어렴풋이 느껴진다.

남항시장에 이를 때까지 정신없이 내달린다. 돼지국밥집을 지나 어묵 튀기는 후끈한 기름솥을 스쳐 지나 남항카바레 앞까지 뒤도 안 돌아보고 무작정 뛰기만 한다. 저녁 장을 보는 사람들 속에 숨어서야 가까스로 거친 숨을 내쉴 수 있었다. 도둑질을 하다가 들켰을 때보다 훨씬 숨막히고 긴 도주였다. 언제 떨어졌는지 하봉도 보이지 않는다.

집에 도착해서야 그때까지 내가 손을 꽉 쥐고 있었음을 알았다. 손을 편다. 손바닥에는 능소화 한 송이가 처참히 짓뭉개져 있다. 비릿한 냄새가 난다.

겨울방학이 시작되었다. 기말고사를 볼 때쯤 국제시장에 큰 불이 났고 우리 나라에서 올림픽이 열리기로 확정되었다. 나는 가으내 키가 부쩍 컸고 겨드랑이털도 생겼다.

그 동안 나는 복천사 근처도 가지 않았다. 그쪽으로 지나가야 할 때면 일부러 먼 길을 돌아갔다. 그러나 가끔 흰 메리야스를 입고 붉은 능소화 덩굴로 아랫도리를 가린 늙은 중이 꿈속에 나타나곤 했다. 얼굴은 없고 붉은 능소화만 선연한 중을 볼 때면 매번 내 고추가 움찔거리며 커지기 시작했다. 고추가 움직이지 않도록 의식하면 할수록 애초부터 내 몸에는 그것밖에 없었던 것처럼 아주 엄청나게 커지며 온몸을 장악해 갔다. 나는 숨을 쉴 수가 없어 소리도 못 지르고 캑캑거리다가 결국 불쾌하고 축축한 기분으로 잠에서 깨어나곤 했다.

그후로는 모든 게 뒤죽박죽이었다. 더 이상 눈보라콘도 사 먹을 수 없게 되었다. 심벌즈 때문이었다.

하봉과 나는 국군에게 보낼 위문품이 음악실에 있다는 정보를 입수

했다. 야간 자율학습이 끝나고 화장실에 숨었다가 숙직실을 제외한 학교의 모든 불이 꺼지기를 기다려 어렵지 않게 음악실에 들어갈 수 있었다. 캄캄한 음악실 구석에 앉아 자루에 담긴 세탁비누나 치약 양말 내복 등에서 아이들에게 얼마간 돈을 받고 팔 수 있는 것들을 골라 가방과 주머니에 쑤셔넣었다. 더 넣을 수 없을 만큼 주머니가 가득해질 때쯤 어둠에도 익숙해졌다. 여유를 부리며 음악실 내부를 둘러보기 시작했다. 그때 심벌즈가 눈에 들어온 것이다.

나는 심벌즈를 처음 보았다. 그것은 먼 외계에서 특별한 전갈을 갖고 온 비행선 같았다. 그것을 본 순간 내가 선택된 인간이라는 강렬한 메시지가 전해져 왔다. 심벌즈는 나를 강하게 끌어당기고 있었다. 홀린 듯 걸어가 심벌즈에 손을 대 보았다. 차가운 쇠의 기운이 섬뜩하고 낯설었지만 매혹적인 힘을 느낄 수 있었다. 심벌즈를 들고 가볍게 마주쳐 보았다. 빙그르르 돌면서 귓가를 간질이는 차가운 쇠의 유혹. 손끝에 전해져 오는 떨림. 어둠의 결을 풀어 내는 맑고 경쾌한 진동. 바르르 떨리는 공기의 호흡.

숨이 멎는 것 같았다. 그리고 조금 세게, 점점 더 세게 심벌즈를 마주치기 시작했다. 외계에서 보내온 전갈은 점점 더 강렬하게 손끝을 잡아당기며 온몸으로 퍼져 나갔다. 귓가에는 온통 파르라니 떨리는 심벌즈 소리뿐이었다. 몸이 조금씩 떠오르기 시작했다. 그리고 푸른 불빛이 내 눈을 찢고 들어왔다.

나는 당직선생에게 뒷덜미를 세게 움켜잡힌 채 당직실로 끌려갔다. 음악실을 나오면서 혼자 나뒹굴고 있는 심벌즈를 보았다. 풍금 뒤에 숨은 하봉의 옷자락도 보였다. 무릎을 꿇고 어머니를 기다리는 내내 내 귓가에는 심벌즈 소리만 울렸다.

파랗게 질린 어머니의 얼굴을 맞닥뜨리고 나서야 심벌즈 소리가 멎었다. 그때까지 나는 현실 세계가 아닌 먼 우주 공간을 날고 있었던 것 같다. 교문을 나서서 집에 도착할 때까지 어머니는 아무 말도 하지 않았다. 어머니의 침묵이 슬픔 때문인지 화가 났기 때문인지 분간할 수 없었다. 다만 내 어깨를 짚은 어머니의 손이 심하게 떨리고 있다는 것만 느껴졌을 뿐. 어머니는 목도리를 벗어 벽에 걸고 나서야 어정쩡하게 서 있는 내게 시선을 주었다. 그러고는 오랫동안 생각해 왔고 지금이 아니면 안 된다는 듯 확실하고도 분명한 어조로 말했다. 아버지가 계셨으면…… 말끝을 흐리긴 했지만 그 말은 내 심장 깊숙이 와 박혔다. 그것은 내겐 너무 가혹하게 들렸다. 아버지가 계셨으면 내가 그런 일을 하지 못했을 거라는 건지 아니면 몹시 혼이 났을 거라는 건지는 분명하지 않았다. 막연하게 어머니한테 영원히 버림을 받게 될지도 모른다는 생각이 들었다. 다시는 눈보라콘이나 부라보콘을 먹지 않겠다고 결심했다. 모든 것은 눈보라콘을 먹기 위한 노력이었을 뿐이니까.

어머니는 요즘 깡깡이 일을 하지 않는다. 새벽에 자갈치시장에 나가 생선 선별 작업을 하고 낮에는 신발공장에서 본드칠을 하다가 자정이 되어야 돌아온다. 내가 담 위에 앉아 보내는 시간도 그만큼 길어졌다.

바람이 분다. 바다에서부터 온 찬바람이 고갈산 나무마다에 휘감겨 바삭바삭 마른 이파리를 베어 문다. 벽에 부딪쳐 돌풍을 일으키며 나자빠진 바람이 다시 힘을 회복해 내 얼굴을 후려치기도 한다. 바람이 세어질수록 밤 항구의 불빛은 더욱 선명해진다. 수많은 방들이 따뜻한 불빛을 올리는 신선동도 아름다워질 것이다. 광복교회에 매달린 크리스마스 트리처럼 반짝이며 하늘로 솟아오르는 불빛들.

어머니가 일하고 있을 남항동 어디쯤을 바라본다. 어머니의 손은 깡깡이질을 할 때보다 훨씬 더 거칠어지고 있다. 어머니는 이제 산복도로 횡단보도 앞에 서서 저녁 찬거리를 꼽는 대신 다음날 피울 연탄

수를 헤아린다.

눈이라도 왔으면 좋겠다. 흰 눈이 신선동을 덮으면 어머니 마음도 풀어질까? 어머니 손을 잡고 얼음 이야기를 들으며 길을 걸어 본 적이 언제였는지. 괜히 검은 하늘에 대고 눈을 흘겨본다. 눈은 오지 않을 것이다. 별들이 수만 개의 눈빛을 반짝이며 그렇게 말하고 있었다.

어디선가 딱딱한 돌멩이 같은 것이 날아와 머리를 때리고 바닥으로 떨어진다. 동그랗고 붉은 사탕이다. 제수용 사탕. 소녀가 왔다. 소녀는 두 팔을 뒤로 꼬고 보안등에서 두어 발짝 떨어져 나를 쳐다보고 있다. 너무 놀라 하마터면 담에서 굴러떨어져 소녀의 발부리에 코를 박을 뻔했다.

한동안 소녀를 보지 못했다. 수업시간에도 학교 운동장에서 볼을 차다가도 문득문득 소녀가 떠올랐다. 담 위에 앉아서도 영도다리 쪽 불빛만 보면 그 밑에 있을 점집과 소녀가 생각났다. 소녀가 생각날 때면 어김없이 부라보콘의 달콤한 향도 따라 풍겨왔다. 나는 부라보콘을 지워 버리려고 더 열심히 볼을 찼다.

담에서 내려가 소녀를 반갑게 맞아야 할지 아니면 소녀의 얼굴을 한 대 갈겨 주기라도 해야 할지 머리를 굴려 본다. 어떻게든 다 이상해 보이는 일이다. 나는 고개를 떨구고 아무 생각도 하지 않으려고 애를 쓴다.

"자. 무라. 니 이거 좋아하제."

불쑥 내민 소녀의 손에 아이스크림이 들려 있다. 부라보콘이다. 눈보라콘인가? 어둠속이라 잘 구분되지는 않지만 원뿔형의 아이스크림 콘이다. 나도 모르게 손이 나가려는 걸 가까스로 참아 낸다.

"한겨울에 무신 아이스크림이고, 치아뿌라."

너무 무뚝뚝하게 말해 버리고 말았다. 입을 꼭 다물고 있다가 엉겁결에 내뱉은 말이라 목소리 끝이 갈라지기까지 한다.

"그라믄 그냥 버리뿐다."

소녀가 앞으로 바싹 다가와서는 아이스크림을 던지는 시늉을 한다. 그렇다고 콘을 덥석 받아 든다면 나를 비웃을 것이 틀림없다. 바로 내 앞에 있는 부라보콘을 외면하는 것도 결코 쉬운 일은 아니다. 나는 고개를 꼿꼿이 세워 항구를 바라본다. 불빛이 반짝일 때마다 입 안에 침이 고인다.

"내도 거기 올리도."

"가시나가 어디 올라온다고 그라노!"

한참 딴전을 피운 다음 콘부터 받아 조심스레 담 위에 올려놓고 소녀에게 손을 내민다. 소녀는 내 손을 잡고 담벼락에 한 발짝 도움닫기를 한 후 어렵지 않게 담 위에 올라앉는다. 소녀의 머리카락이 얼굴을 스쳐 지나간다. 어지럼증이 인다. 무슨 말이든 해야 하는데 아무 생각도 떠오르지 않는다. 약한 모습을 보이면 안 된다. 나는 앞만 보며 겨우 말을 꺼낸다.

"와 요즘엔 산에 안 가노?"

"이젠 안 간다. 아무리 기도를 해도 안 된다 아이가."

"뭐가 안 되는데?"

"울엄마, 동자보살 좀 보내 달라꼬."

"느이 어무이, 동자보살 읎나?"

"원래부터 동자보살 같은 건 있도 않았다."

"그라믄 이제 점집 몬하나?"

"어데! 아부지도 없는데 점집 안 하믄 우예 사노?"

"니도 아부지 읎나?"

"지금 감옥 가 있다 아이가."

"와?"

"가짜 휘발유 만들다 안 잡혀갔나."

소녀가 아이스크림을 먹기 시작한다. 나도 따라 아이스크림을 먹는다. 너무 성급하게 포장지를 벗겨 냈다. 아무 맛도 느낄 수 없다. 소녀는 입술로 아이스크림을 빨아먹는다. 소녀에게 부라보콘 먹는 법을 알려주어도 될까. 입술이 아니라 입 전체로 아이스크림을 먹는 법. 포장지를 벗기는 방법부터 꼬랑지에 입을 대고 어머니 젖을 빨듯 마지막 달콤함을 맛보는 법.

"니 가짜 휘발유에 젤 많이 들어간 게 뭔지 아나?"

소녀가 느닷없이 물어 왔다. 나는 머쓱해져 부라보콘을 한 입 베어 물고 대답한다.

"물 아이가?"

후후훗, 짧고 경쾌한 웃음소리가 귓가를 스쳐 지나간다.

"그라믄 어떻게 차가 가겠노? 그랬다가는 당장 들통나뿌는데. 그 속에 젤로 많이 들어 있는 거는 진짜 휘발유다. 무슨 얘긴 줄 알겠나?"

머리를 끄덕이긴 했지만 그게 무얼 의미하는지는 잘 모르겠다. 가짜에도 진짜가 들어 있다는 말인가? 진짜로 가짜를 만든다는 얘긴가? 내가 벗겨 낸 아이스크림 포장지를 들여다보았다. 부라보콘이 아니라 눈보라콘이다. 여태까지 소녀가 먹고 있던 것이 부라보콘이라는 생각은 잘못이었다. 부라보콘 먹는 법을 소녀에게 알려주려던 생각을 접었다.

"아빠는 가짜 휘발유를 만들고 엄마는 가짜 점쟁이고, 내도 가짜가 아닌가 모르겠다."

소녀가 이번엔 손으로 입을 가리고 후후훗, 웃는다. 소녀의 손을 잡는다. 그래야만 할 것 같았다.

소녀와 나는 아주 오래된 친구처럼 조용조용 얘기를 나누었다. 어머니와 심벌즈와 눈보라콘과 영도다리를 받치고 있는 커다란 닻에 대해. 말을 하지 않을 때에는 손을 잡은 채 항구에 내려앉은 별빛 수를 헤아리기도 했다. 꼭 어머니 손을 잡고 있는 것만 같았다.

신선동에서 마지막 밤이다.

저녁 나절에 꾸린 짐이 머리맡에 놓여 있다. 어머니는 짐을 싸면서 많은 것을 버렸다. 내가 쓰던 앉은뱅이책상과 벽돌로 키를 맞춘 낡은 찬장도 치웠다. 내일 아침이면 우리가 덮고 있는 이 이불마저 버려질 것이다. 꾸리는 것보다 훨씬 많은 양의 살림을 버리면서 어머니는 조금도 아까워하는 것 같지 않았다. 오히려 약간 흥분한 듯 보이기까지 했다.

어머니는 신발공장에서 만났다는 웬 낯선 남자를 데리고 와서는 내 아버지가 될 거라고 말했다. 손바닥이 유난히 두툼한 그 남자의 꿈은 나이키보다 멋진 신발을 만드는 것이라고 했다. 그 남자를 보았을 때 위문품을 훔치다 걸린 날 어머니가 내뱉은 말이 떠올랐다. 아버지가 계셨다면…… 내가 만약 그날 음악실에 들어가지 않았다면 어머니가 아버지라는 사람을 데리고 오는 일은 일어나지 않았을까?

나는 복천사를 의심했다. 복천사의 불결한 중이 아버지를 끌고 온 것이 틀림없다. 혹시 어머니도 복천사에 갔던 것은 아닐까. 어머니는 두 손을 가지런히 모으고 깊은 잠에 빠져 있다. 어머니 손 위에 내 손을 얹어 본다. 이제 어머니 손을 잡고 길을 걷는 일은 없을 것 같다. 소녀와 담 위에 앉아 눈보라콘을 먹으며 항구를 바라보는 일도 없을 것이다. 애써 잠을 청해 보지만 쉽게 잠이 들 것 같지 않다.

어디선가 고양이 울음소리가 담을 넘어온다. 어머니에게서 몸을 빼고 방을 나온다. 골목 구석에서 쓰레기를 뒤지던 쥐새끼들이 빠르게 흩어진다. 차가운 바람이 볼 살을 잡아당긴다.

나는 복천사로 향하고 있다. 딱히 무슨 계획이 있는 것은 아니었다. 어머니와 짐을 쌀 때까지만 해도 당장 복천사로 달려가 불결한 중에게 비극적인 죽음을 선사하리라는 생각이 들기는 했다. 하지만 복천사 문앞에 이르자 이상하리만치 마음이 편안해지는 것이었다.

문은 안쪽에서 빗장이 질러 있다. 나는 고양이처럼 몸을 구부리고 복천사 담을 넘는다. 바람이 불 때마다 빽빽한 나무들이 파도소리를 낸다. 털고무신 한 켤레가 놓인 방문 앞에 서서 잠시 숨을 고른다. 방문을 열고 안으로 들어간다. 옅은 향냄새가 맡아진다. 이불을 턱까지 올리고 자는 중의 모습이 어렴풋이 보인다. 어둠은 두렵지 않다. 늙은 중도 두렵지 않다. 나는 중의 얼굴이 선명히 들어올 때까지 머리맡에 서서 좀처럼 사라지지 않는 어둠을 노려보았다.

복천사에서 빠져나오기 전에 담벼락에 붙어 서 있는 돌부처 머리에 오줌을 누었다. 모락모락 김이 올라왔다. 그리고 나는 돌부처 머리를 딛고 조용히 담을 넘었다. 담을 넘으면서 문득 지난 여름 돌부처 어깨 위에 앉은 주홍색 능소화가 떠올랐다. 내 손에 뭉개졌던 능소화 비린 냄새가 코끝을 찔렀다.

담 위에 앉아 작별인사를 한다. 신선동의 골목들과 항구의 불빛들에. 항구는 출어를 준비하는 배들의 불빛으로 환하다. 그들은 곧 찬 바다를 따라 올라온 명태와 오징어를 잡으러 바다로 향할 것이다. 손바닥으로 담을 쓸어 본다. 소녀의 체온이 느껴지는 듯하다.

볼따구니에 무언가 차고 축축한 것이 와 닿는다. 눈이다. 즈금씩 흩날리는가 싶더니 어느새 커다란 눈송이가 되어 떨어지기 시작한다. 고개를 들고 눈이 오는 환한 하늘을 올려다본다.

눈 오는 밤 가로등 아래 서서 하늘을 올려다보아라. 한 알 한 알 불빛을 머금은 눈발이 알전구 주변을 서성이다가 돌연 하늘로 솟구치며 그려 내는 파사한 춤사위를 보아라. 그것은 오징어 떼를 모으는 집어등의 화사한 불빛이며, 다닥다닥 붙은 산동네 판잣집의 따스한 속삭임이며, 짝을 부르기 위해 점멸하는 반딧불이의 처연한 눈부심이다.

그것을 보았으면 눈의 속살을 맛보아야 한다. 차갑게 부딪쳐서는 화끈 녹아내리며 양볼에 홍조를 띠는 눈의 속살. 이내 복숭아향을 품은 바람이 코끝을 간질이고 따스한 복숭아꽃 이파리가 이마 위에 사뿐 내려앉을 것이다. 귀를 기울이면 계곡을 굽이도는 정아(靜雅)한 물소리 새소리 들리고, 검은 망막 위로 생생한 도원(桃園)의 풍경이 펼쳐진다.

혀를 내밀어 눈을 받는다. 향긋한 냄새와 함께 눈보라콘의 단맛이 느껴진다. 혀끝이 따스하다. 눈보라콘 속에서 나는 늘 행복했다.

여 인

한 창 훈

1963년 전남 여수 출생.

한남대 지역개발학과 졸업.

1992년 《대전일보》 신춘문예에 〈닻〉이 당선되어 등단했다.

소설집 《바다가 아름다운 이유》·《가던 새 본다》,

장편소설 《홍합》 등이 있다.

한겨레문학상을 수상했다.

여인

"어제 전화가 왔어요."

동풍에 눈물을 말리고 있던 여인은 입을 열었다. 바람 중에서도 거세기로 이름난 게 동쪽에서 오는 거라 눈물은 세상에 나오자마자 수증기로 변해 버렸다. 대신 부풀어 오른 머리카락이 여인을 서쪽으로 데려가려고 몸을 떨어 댔다.

"처음 들어보는, 아주 젊은 아가씨 목소리였어요. 내 이름을 묻더군요. 누가 내 이름을 그렇게 또박또박 물어오는 게 얼마 만이었는지 몰라요."

여인은 담배 연기를 바람에 흘리듯 말을 천천히 이어 갔다. 항구의 등불이 가녀리게 반사되고 있는 몇 뼘의 검붉은 수면을 제외하고는 세상은 온통 바람으로만 가득 찬 곳 같았다.

"전화가 울렸을 때 난 글자 박힌 유리창을 통해 바깥을 바라보고 있었지요. 우편배달부가 가게 앞에 오토바이를 세우고 있었거든요. 그

배달부가 우리 가게로 들어오겠구나 생각을 했어요. 먼 곳에서 어떤 소식이 올 것 같은 그런 기분 있지요? 자신도 모르게 마음이 설레고 일이 손에 잘 안 잡히고. 하지만 배달부는 옆집 부동산컨설팅으로 갔어요. 거기에는 늘 승용차들이 빽빽하게 들어차 있기에 오토바이 하나라도 세워둘 공간이 없게 마련이거든요. 왜 그렇게 마음이 허전하던지. 나도 이제 늙어 가는구나 싶었어요."

여인이 입을 다물 때마다 마치 바람이 너무 거세어 가던 길을 잠시 멈추고 몸을 웅크리는 나그네 모습 같았다.

"이럴 줄 알았으면 차라리 허전하고 만 게 좋을 뻔했지요. 내 이름이 맞다고 하자 이번에는 다른 이름 하나를 대면서 기억하느냐고 묻더군요. 순간 가슴이 철렁하며, 뭐라 말 못할 기분이 되었어요."

여인은 눈을 돌려 바람 따라 물살이 만들어지는 곳을 지나 희붐하게 자태를 내보이는 맞은편 섬을 바라보았다. 말은 조금 있다가 이어졌다.

"이곳은 보다시피 바다이지만 이곳과 저쪽 섬이 너무 가까워 마치 강을 끼고 있는 협곡 같죠. 그래서 늘 이렇게 바람이 불어요."

그의 말처럼 바다이긴 하지만 너무 좁아 그것은 강에 가까웠고 그래서 아주 먼 길의 시작 같기도 했고 세찬 물살로 인해 어떤 거대한 동물의 뼈와 뼈 사이를 흐르고 있는 굵은 핏줄 같기도 했다. 그는 떠나려는 자의 손목을 잡듯 손가방을 들어 엉덩이 쪽으로 옮겨 놓았다. 엉덩이는 노란색과 초록색이 서로 엇갈린 체크무늬의 가방에 가려졌고 그러자 여인과 가방은 몹시 친숙한 관계가 되어 한 덩어리로 합쳐졌다. 가방을 든 여인이란, 이곳을 떠나는 중이거나 먼 곳에서 찾아왔거나 또는 길을 가는 중이라는 소리였다.

"사람들은 늘 이 협곡의 바다를 통해 어디론가 가곤 했죠. 예전에는 저 도시로 나가는 길이 산 때문에 좋지 않았어요. 아직 기차도 없었고. 그래서 육지에 볼일이 있는 사람은 작은 배를 타고 저 협곡을 따라 위로 올라가고 넓은 바다가 목적지인 뱃사람들은 저 아래쪽으로 타고 내려갔지요."

육지와 섬을 양쪽에서 보듬고 있기에 밤이 지나도 열기가 식지 않아 바람 드문 날에는 협곡의 바다에서 안개가 피어 올랐다. 그 안개는 무풍(無風)의 시간대 탓에 태양이 태워 버릴 때까지 오래도록 머물렀는데, 그래서 안개에 의해 매장되어 버린 마을 같았는데 그 속으로 배 한 척이 떠난 날이 있었다.

여자애는 선착장에 서서 울고 있었다.

"얼른 못 가니?"

사내는 인상을 잔뜩 그었다. 여자애는 그대로 서 있었다. 선착장의 폭은 아주 좁아 서너 걸음만 앞으로 가도, 뒤로 가도 바다였다. 살짝 누르기라도 한다면 곧바로 뽀그르 가라앉아 버릴 것 같은 작고 낡은 배의 갑판에는 여자애보다 더 마른 여자가 이불을 뒤집어쓰고 충격방지용 타이어에 머리를 베고 누워 있었다. 머리카락이 빠져 반나마 남아 있는 데다 피부는 탄력을 잃어 오그라 붙었고 눈은 푹 꺼져 있었다. 추운 날씨가 아닌데도 부들부들 떨고 있었는데 떨림 때문에 살아 있다는 표시를 내고 있었다.

"어엄마."

여자애는 선착장 끝에 서서 계속 울었다.

"얼른 저리 못 가?"

사내가 노인이 쥔 잔에 소주를 따르다 말고 악을 썼다. 여자애는 움찔 했고 노인은 연거푸 석 잔을 받아 마셨다. 꼴깍, 꼴깍, 소리가 배 가라앉는 소리 같았다. 노인은 진저리를 한 번 친 다음 기관실로 들어갔다. 통통통통 기계가 일어났다. 컬럭, 컬럭. 갑판의 여자는 고무공처럼 몸을 튕기며 기침을 토해 냈다.

"엄마, 죽지 마."

"재수 없게 이놈의 자식이."

사내는 돌을 집어던졌다. 돌은 여자애의 발등을 맞췄다. 아얏. 여자애는 발을 붙들고 주저앉았으나 물러서지 않았다.

"아빠 말 들어. 엄마 병 나아서 올 테니까 얼른 집에 가 있어."

여자가 가느다란 목소리로 말했다. 노인은 앞으로 다가와 이쪽을 힐끗 한 번 쳐다보고는 줄을 풀었다. 통통통. 배는 서서히 뒤로 물러났다. 배기구에서 동그란 연기 덩어리가 퉁퉁 튀어 올라 하늘로 올라갔다. 여자애는 그게 만화에서 보았던, 천사나 죽은 사람의 머리 위에 떠 있는 동그라미 같다고 생각했다.

배는 안개 속으로 사라졌다. 여자애는 태양이 안개를 다 태워 버릴 때까지 선착장에 있었다. 안개가 낀 날은 어선들이 바다로 나가지 않아 주변은 조용했다. 그러자 모든 게 꿈 같기도 했다. 지금 집으로 걸어가면 어머니는 군용모포로 몸을 친친 감고 기침약으로 쓰는, 콩나물 넣어 곤 갱엿 덩어리를 숟가락으로 갉아먹고 있을 것 같았다. 그게 아니면 답답해, 가슴이 답답해, 하며 종재기에 소주를 따르고 있을지도 몰랐다. 아버지는 여전히 산 너머 먼 곳에서 살고 있을 것이고.

그러나 돌에 맞은 발등은 파랗게 멍이 들어 있었다. 친구가 다가왔다.

"엄마 갔어?"

여자애는 고개를 끄덕였다. 친구는 마당을 한가운데 두고 맞은편 집에서 살았다. 여자애는 어머니 술 심부름을 할 때 외에는 늘 그 친구와 함께 지냈다. 학교도 같이 갔고 바닷가도 같이 쏘다녔고 술에 취한 어머니가 발작을 할 때면 그 애 집에서 같이 자기도 했다.

"다 울었어?"

"응."

"이것 볼래?"

친구는 아주 큰 소라껍질을 보여 주었다.

"너 울고 있을 때 요 밑에서 주웠어. 이거 우리 사는 집 하자. 이것은 장롱이고 이것은 배고 이것은 강아지고 이것은 밥상이고."

여자애는 친구 옆에 앉았다.

"나 장에 갔다 올게."

"싫어. 나도 갈 거야."

"너는 집 보고 있어. 말 잘 들어야지."

"그러면 맛있는 것 사가지고 빨리 와야 해. 예쁜 옷하고."

"그럼. 붕어빵하고 저고리랑 운동화랑 사올 테니까 잘 놀고 있어."

햇볕이 쏟아졌고 뒤늦게 바다에 나가느라 삐걱삐걱 노 젓는 소리와 통통통 기계 소리로 어지러웠다.

"아가, 내 딸아."

"엄마, 이제 왔어?"

"응, 아이고 허리야. 우리 이쁜이 뭐하고 놀았어? 자 이것은 붕어빵이고 이것은 갱엿이고 이것은 저고리고 이것은 운동화고."

친구는 고동껍질을 하나씩 늘어놓았다.

"야, 이쁘다. 하지만 갱엿은 싫어."

"그럼 이것은 인절미라고 하자. 얼른 먹어."

"엄마, 배고프지? 내가 밥 해놨어. 이것은 밥이고 이것은 국하고 반찬이고."

여자애는 사내가 던졌던 돌로 말라비틀어진 파래를 콩콩 찧어 내놓았다.

여러 날 뒤 사내가 왔다. 배 타고 저쪽 도시에 간 어머니는 그곳에서 기차를 타고 큰 병원이 있는 곳으로 갔는데 그곳에서 죽었다고 말했다. 여자애는 안개 속으로 멀어져 가던, 통통배에서 올라오던 동그라미를 떠올렸다.

사내는 방을 뺀다고 했다. 그게 살던 방이 없어진다는 소리라는 것을 몰랐다. 여자애는 얼마간의 돈과 더불어 친구의 집에 얹혀졌다. 언젠가는 데리러 온다는 말을 하고서 짐을 싸서 어디론가로 갔다. 저기 서울이라는 제일 큰 도시에서는 우리나라 군인들끼리 총싸움이 벌어져서 사람이 여럿 죽었으며 혹시 전쟁이 날지 모르니 꼼짝 말고 이 집에서 살고 있어라 하고는 화물트럭을 빌려 타고 갔다. 그는 그 말이 무슨 뜻인지, 어머니가 쓰던 장롱과 찬장 따위를 싣고 어디로 가는지 알 수 없었다. 울지 않았기에 사내는 선착장에서처럼 돌을 던지지 않았다. 어차피 한 번도 같이 살지 않았던 아버지였다. 여자애는 친구 집에서 친구와 함께 살았다.

"어머니가 돌아가시기 전에 자주 했던 말이 있어요. 이 세상에는 밤과 낮처럼 딱 두 가지 종류의 인간이 있다고."

여인의 머리 뒤로 새벽 기운이 완연했다. 밤사이 흔적을 지웠던 나무들의 윤곽이 생겨나고 어둠 속에서 흐르던 바닷물도 새로운 기운을 받아 여인이 눈 한 번 끔벅일 때마다 새로운 색깔로 변해 갔다.

"하나는 가해자이고 또 하나는 피해자랬지요."

새벽은 여인의 머리카락과 옷가지와 가방에도 속속 스며들었다. 사물이 분간되는 빛이 퍼지면서 바람의 위세는 줄어든 듯도 보였지만 그것은 보이는 것이 많아 생겨난 현상이었다. 눈이 어둠에서 벗어나면 사람을 밀어 대는 바람 또한 섬이나 파도나 짐 싣고 지나가는 밤배나 방파제 끝의 자그마한 등대나 다닥다닥 붙어 길게 늘어서 있는 횟집 건물들처럼 세상을 만들고 있는 여러 가지 것들 중의 하나일 뿐이었다.

"세상의 사람들이 늘 죽은 자와 산 자로 나뉘듯이 말이에요."

여인은 짤막하게 말하고 길게 침묵했다.

"어머니에게는 아버지가 가해자였어요. 결혼도 하지 않고 날 낳았고 내가 태어나자 어머니를 방치해 버렸으니까요. 항구 저편 어떤 마을에 아버지의 본부인과 아들들이 살았는데 한 번씩 찾아올 때도 그쪽으로 는 절대 오지 말라는 소리를 몇 번씩 했죠. 그렇다고 그쪽 눈치 보느 라 그런 것은 아니었어요. 늘 외지를 떠돌았고 무슨 일인가를 끊임없 이 벌였지요. 어머니가 병이 들고는 더했어요. 간혹 나타나 약값을 던 져 주고는 또 나갔죠.

사람들은 아버지를 두고 노름꾼이라고 했고 주색잡기로 세상을 사는 한량이라고도 불렀어요. 사이가 나쁜 이는 사기꾼에 도둑놈이라고 했 고 친한 이는 시대만 잘 만나면 정치할 사람이라고도 했어요. 그러나 어머니는 나쁜 놈이라고 했죠.

너만 안 태어났어도.

어머니가 술에 취했을 때 나에게 했던 소리예요. 너만 안 태어났어 도 내가 이렇게 되지는 않았을 텐데. 훗. 어머니는 술에 취해 늘 누군 가를 원망하고 저주하고 그 다음에는 우는 것을 되풀이했었지요. 머리 카락을 쥐어뜯고 저고리를 북북 찢어 대며 이를 바드득 갈면 친어머니 였지만 차마 눈뜨고 못 볼 지경이었어요. 아, 얼마나 많은 울혼가 쌓 이면 사람이 그렇게 변할까요. 그러다 지치면 하염없이 울었어요. 그 걸 다해야 온건히 잠이 들 수 있었던 거예요. 어머니에게 나는 가해자 일까요, 피해자일까요."

여인은 그러고 나서 엷은 한숨을 조금 길게 내쉬었다. 분간과 간격 이 생겨나는 새벽에 무거운 한숨이란 어울리지 않았지만 그러나 사람 과 정황에 따라서는 밤에 길을 떠나듯, 추수철에 아사(餓死)하듯, 혼 동은 으레 있게 마련이었다.

"그 집에서 여러 해를 살았어요. 생활비는 더 이상 오지 않았기에 난 친구 어머니에게 수시로 머리채를 잡히는 신세가 되었어요. 그 시 절에는 밥을 먹는다는 이유 하나만으로 사람 취급 안 하는 게 통용됐 지요. 아무리 일을 열심히 하고 눈치를 보고 살아도 남의 집 자식이란 결국 그런 거지요."

여인은 마치 오래된 흑백의 필름이 돌아가는 컴컴한 극장 속에 앉아 있는 얼굴을 했다. 새벽의 맑은 기운이 그것을 없애 주지 못했다.

"죽고 싶었죠. 갈 곳도 없었고. 어머니는 죽어 버렸고 아버지는, 어디 있다는 것을 알았다 하더라도 찾아갈 마음은 손톱 끝만큼도 없었거든요. 그럴 때마다 친구 오빠가 말려 주었어요. 친구가 혹 내 변명이라도 하면 같이 죽일 것처럼 난리를 치다가도 그 오빠에게는 꼼짝 못했죠. 그 덕에 살았어요. 그리고 열여덟이 되던 초봄. 선원이 되어 처음으로 바다로 나간 그 사람이 석 달 만에 돌아오던 날. 그는 내 최초의 사내가 되었죠. 햇볕은 따스하지만 바람은 차갑고 배는 늘 고프고 머리에는 버짐이 피던 그때."

새벽이 빠른 대신 항구에서의 밤은 더디게 찾아왔다. 해는 마지막 한 모금 숨까지 알뜰하게 항구를 향해 토해 놓고서야 수평선 너머로 사라졌는데 종일 빛을 머금은 바다 탓에 그러고도 한동안 완전한 어둠이 찾아오지 못했다. 이윽고 바다도 자신이 쉬어야 할 때라는 것을 알아차리고 어둠 속으로 거대한 몸을 숨기기에 이르렀고 그러자 사람들의 마을에는 하나둘 가로등이 들어왔다.

바다로 나 있는, 하늘색 페인트 테두리의 쪽창은 점차 컴컴해졌다가 오래 전부터 고장이 나서 죽었다 살았다 하는 가로등 불빛이 들어오면서 주황색으로 바뀌기 시작했다. 불이 들어왔기에 누워 있는 처녀와 밥상에 고개를 박고 있는 친구의 그림자가 좁은 방 안에서 흐릿하게 만들어졌다. 처녀가 물었다.

"이번 배가 언제 들어온다고 했지?"

"왜 자꾸 물어. 내일이랬잖아."

처녀는 모포 속으로 몸을 더욱 깊숙이 들이밀었다가 발이 삐쳐 나오자 이불을 밑으로 잡아당겼다. 다시 코가 시렸다. 가로등이 꺼져 침묵은 어둠 속에 몸을 불렸다. 둘은 잠시 서로의 모습을 잃었다.

사공의 뱃노래 가물거리면

옆방의 영자 언니는 삼 일 만에 사내를 데리고 들어왔다.

삼학도 파도 깊이 스며드는데

"언니는 오늘도 취했네."

공책에 뭔가를 적고 있던 친구는 배시시 웃었다. 영자 언니는 친구의 먼 이모였다.

피 묻은 속곳을 빨던 날 친구는 그를 껴안고 울었다. 사내가 강제로 덮쳤을 때 처녀는 몇 번 거부를 하다가 그냥 있었다. 좋아서가 아니었다. 먹고 잔 값을 무엇으로라도 해야 했고 그것은 아무리 청소와 빨래를 열심히 한다한들 그걸로 해소되는 셈이 아니었다.

"우리 오빠 너무 미워하지 마."

"미워 안 해."

"어디 가 버릴 거야? 그냥 우리랑 살자 응? 서로 의지하면서."

"갈 곳 없어."

"미안해, 난 뻔히 눈치 채고 있었는데 모른 척했어. 내가 말렸어야 했어."

"네 탓 아니야."

한 계절쯤 지나서 친구에게도 남자가 생겼다. 그 사람도 선원이었다. 나가 살자며 친구가 보따리를 쌌고 처녀도 뒤를 따랐다. 친구는 영자 이모를 찾았다. 이모는 두 사람에게 옆방을 하나 얻어 주며 자신을 언니라 부르라고 했다.

언니는 창녀였다. 그러나 성질이 괴팍해 남자들에게 별 인기가 없었다. 사나흘에 한 명꼴로 사내를 끌어들였는데 취해 있기 일쑤였고 그러면 노래를 불렀다.

"너무 추워."

"지금은 괜찮아. 겨울 되면 더 추워."

"난 추위를 잘 타잖아."

"그럼 얼른 이불 속으로 들어와."

친구는 쓰던 공책을 집어던지고 이불 속으로 들어왔다. 일본식 건물 이층 방은 유난히 외풍이 세었다. 친구 몸이 차가워서 처녀는 추워졌고 처녀가 따뜻해서 친구는 포근해졌다. 그리고 얼마 있지 않아 둘은 같은 체온이 되었고 밤이란 살아 있는 것의 온기를 앗아가는 존재라 같이 추워졌다. 그 사이에 가로등이 몇 번이고 새로이 살아나 나란히 붙어 있는 젊은 머리카락을 노인네의 그것처럼 만들곤 했다.

"날씨도 추워졌는데 너 내일 어떡하니?"

"저번에는 네가 나갔잖아."

"그렇지만 그때는 이렇게 추워지기 전이잖아."

"난 괜찮으니까, 그 사람하고 맛있는 것 먹고 잘 지내."

영자 언니 노래가 끝났다. 언니는 노래를 더 하겠다고 떼를 쓰고 사내들은 그만 하라며 짜증을 부렸다. 싸움까지는 안 가야 할 텐데, 생각을 하며 처녀는 친구를 더욱 힘주어 껴안았다. 옆방에서 싸움이 나면 깊은 잠이 들지 못했다. 특히 이렇게 추운 날엔 자다가 깨면 더 괴로웠다. 팔에 힘을 주는 것은 친구도 마찬가지였다. 연인처럼 둘의 몸은 한치 틈도 없이 합쳐졌다. 오랜 시절 둘은 그게 익숙했다. 추웠고, 항구였고, 외로웠으며, 무엇보다도 그들은 아직 열아홉이었다.

다음날 처녀는 그물 공장을 나와 항구의 밤거리를 걸었다. 앞으로 오 일. 그는 그 기간 동안을 집 바깥에서 보내야 했다.

갈 곳이 있을 때와 그렇지 않을 때의 거리는, 그것도 밤이 되면 하늘과 땅보다 더 차이가 컸다. 바다에서 만나는 안개는 달랐다. 바다에 안개가 잔뜩 끼면 배는 갈피를 못 잡게 마련이지만 그러나 갈 곳이 없는 것은 아니었다. 괴롭더라도, 지루하더라도 갈 곳이 있다는 것은 행복한 것이라는 것을 처녀는 이런 밤마다 뼈저리게 깨닫곤 했다.

어둠은 사람들의 등을 떠미는 능력을 가지고 항구의 좁은 골목마다 슬그머니 내려앉았다. 갈 곳이 없어도 서 있을 수는 없는 일이었다. 갈 곳이 없는데도 어딘가로 걸어가야 한다는 것은 무거운 형벌이었다. 항구의 술집이 몰려 있는 곳은 환했지만 취한 사람들이 너무 많았다. 너무 어두운 곳은 무서웠다. 가로등이 켜져 있되 사람들이 뜸한 곳은 항구를 다 뒤져도 얼마 되지 않았다. 있다 하더라도 백 미터도 넘지 않았다.

결국 그는 예전에 했던 것처럼 역 대합실로 걸어갔다.

이렇게 밤길을 걷던 첫날이 있었다. 방을 얻고 공장에 다닌 지 보름 만에 친구의 남자가 돌아왔다.

처녀는 샛별 여인숙이라는 곳에 들어갔다. 그러나 그는 그곳에서 두 번씩이나 절망을 했다. 하나는 하룻밤 숙비가 이틀치 일당에 해당된다는 것을 알았을 때이고 또 하나는 사람들 때문이었다. 입구 옆에 화장실이 있고 그 옆에 세면대가 있었다. 세수할 때 화장실에서 나오던 젊은 사내가 따라와서 방문을 두드렸다.

"아가씨, 잠도 안 오는데 우리 술 한잔 하지."

처녀는 드러누워 대답을 하지 않았다. 불을 끄고 싶었으나 형광등은 옆방과 천정 아래 통로로 이어져 같이 쓰는 거였다.

"응? 안 자는 거 알아. 내 소주 받아다 놓았다니까. 한잔 하자구."

처녀는 밝은 형광등만 노려보았다.

"아 씨팔, 좋으면 좋다, 싫으면 싫다, 말을 해야 할 거 아니야? 혼자서 여인숙 들어오면 뻔한데 말이야."

"이봐. 젊은 아가씨가 피곤한 모양인데 그만 귀찮게 하고 가서 자네나 마셔."

옆방에 든 사람은 늙은 사내였다. 젊은 사내는 슬슬 물러났다.

"여, 아가씨. 이것도 인연인데 심심하면 화투나 칠까? 저 청년은 내가 쫓았으니까 걱정하지 말고. 아버지 같은 사람이니까 안심하고 말이야."

이번에는 늙은 사내가 형광등이 가로 매달려 있는 천장 아래 네모 통로에 입을 대고 말을 걸어왔다.

둘쨋날은 길거리를 왔다 갔다 하다가 순경에게 잡혔다. 죄목은 통행 금지 위반이었다. 그곳에는 뜻밖에도 사람들이 많았다. 비슷한 또래도 한둘 있었다. 그렇다고 반가워할 그 무엇이 있는 것은 아니었다. 여자들도 여럿 있다는 것, 그 중에 또래도 있다는 것, 그것 하나로 차가운 시멘트 바닥에서 잠이 들 수 있었다.

셋쨋날은 걸어다니다가 열두 시에 파출소 앞으로 걸어갔다. 문제는 열 두 시까지 어디에서 시간을 보내느냐였다.

처녀는 몇 년 전에 생겼다는 기차역을 찾아냈다. 열한 시 오 분에 저 멀리 큰 도시로 나가는 보급열차가 있었다. 그 시간까지는 사람들이 대합실에 있었다. 술취한 사내들과 공안들이 자주 왔다 갔다 했지만 밤차라 하더라도 늘 길 떠나는 노인네들이 있게 마련이라 그 옆에 쪼그려 앉는 것으로 시간은 보낼 수 있었다. 처녀는 그곳에서 어디 먼 곳으로 떠난다는 것을 처음으로 생각했다. 어머니처럼, 그전의 아버지처럼, 자신도 어딘 가로 떠날 수 있다는 것을.

열한 시 십 분이 지나면 역은 문을 닫았다. 처녀는 아들네 가는 시아버지 전송을 마친 며느리처럼 서둘러 역 광장을 빠져나왔다. 그리고 집이 아주 먼 것처럼 파출소를 향해 걸음을 서둘렀다.

"여자가 남자를 안다는 게 늘 그런 과정을 겪더군요. 세상을 알기도 전에 여자는 남자를, 남자는 여자를 알게 되고 사랑을 하고 그러다가 이별을 하고. 특히 항구란 만나고 헤어지는 게 늘 되풀이되는 곳이죠. 사내는 바다로 가고 여자는 도시로 가서 또다시 외로워지고.”

움직임 없는 이는 풍랑과 파탄을 겪은 자만의 특징이었다. 여인은 예전에 방파제 만들 때 아직 조각가의 꿈을 접지 못한 석공 하나가 화강암 바위 하나 남겨 두었다가 또각또각 정 찍어 만들어 놓은 상(像)처럼 보였다. 새벽 청동빛이 얼굴에 반사가 되어 더욱 그랬는데 어쨌거나 흘러간 세월이 한순간에 모여들면 아무래도 사람이란 이것의 무게에 짓눌리게 되는 법이었다.

“난들 왜 아름다운 꿈이 없었겠어요. 하지만 세상일이라는 게 늘 꿈과는 반대로 나가잖아요.”

“아니 이 아가씨 또 왔네. 도대체 어디서 무엇을 하길래 이렇게 통금 위반을 자주 해?”

밤 깊어 처녀는 다시 파출소를 찾아갔다. 키 작은 순경은 아는 체를 했다. 그는 구석진 자리로 가서 몸을 구부렸다.

“미안해, 벌써 이렇게 추운데.”

아침에 집 앞에서 헤어지며 친구가 말했다.

“걱정하지 마. 다음달에 너네 오빠 오면 너도 또 나가야 하잖아.”

“오 일이래. 딱 오 일만 어디서 잘 지내다 와. 오늘부터 연탄 사다 넣을 거니까 너 오면 방이 아주 따뜻할 거야.”

“그래, 잘 지내.”

처녀는 힘주어 돌아섰다. 그러나 이미 한기는 몸을 파고들고 있었다. 아직 따스한 방에서 잠들어 있을 영자 언니가 부러웠다. 어젯밤부터 몸 속에 부슬부슬 부슬비가 내렸다. 딱히 감기 같지도 않고 그렇다고 몸살이 난 것도 아니었다. 그냥 몸의 한 축이 허전하고 어지럽고 이상했다. 모처럼 경도(經度)가 있을 것 같았다. 공장에서도 하루종일 그랬다.

시멘트에서 한기가 올라왔다. 몸이 부르르 떨렸다. 찬 기운을 피할 수 있는 방과 친구가. 파출소 유치장이 이제 익숙해질 때도 되었지만 해마다 어김없이 돌아오는 겨울에 모든 사람들이 모두 추워하듯, 그리워졌다. 따뜻한 봄날이나 더운 여름이 생각났고 어머니와 지냈던 단칸 방도 떠올랐다. 동생들과 뒤엉켜 잤던 친구네 집도 아른거렸다.

친구는 여러 달 만에 돌아온 남자의 품에서 잠들어 있을 것이다. 친구는 눈 동그란 그 남자를 진심으로 사랑했다. 식당에서 고기를 얻어와서 먹였고 월급 받은 몇 푼 돈을 쪼개 바다에서 입을 작업복과 속옷을 사 주었다. 행복한 미래를 공책에다 또박또박 적는 걸 좋아했다. 남자가 오면 키 작고 늘 겁먹은 얼굴의 친구 몸에서는 생기가 돋아났다. 처녀는 한 남자를 깊이 사랑할 수 있는 마음이 부럽기도 했다.

그러니 설사 파출소 유치장보다 더한 곳으로 갈지라도 그는 방으로 돌아갈 수 없었다. 그것은 반대 입장에서도 마찬가지였다. 일전에 처녀의 사내가 왔던 며칠 동안 친구는, 오빠인데도, 들어오지 않았다. 그게 그들의 약속이었다. 둘은 각자 방을 얻을 능력도 안 될 뿐더러 외롭기도 해서 한 방에서 살고 있는 것이고 각자의 애인이 바다에서 돌아오면 나머지 하나는 무조건 밖에서 자야 했다.

친구는 식당 일을 했다. 다행히 식당 방에서 얻어 잘 수 있었다. 처녀가 다니는 공장에서는 잘 곳이 없었다. 그래서 찾아낸 방법이 통금 위반자가 되어 파출소 유치장에서 밤을 새우는 거였다. 덕분에 전과가 잔뜩 올라갔다.

젊은 사내들이란, 더군다나 그들처럼 여러 달 바다에서 파도와 일과 수면 부족에 시달리다 돌아온 원양어업 선원들이란 포근한 이불과 성욕에 굶주려 있게 마련이었다. 종일 잤고 밤에는 끊임없이 섹스를 했다. 처녀의 사내도 그랬다. 공장에 다녀오면 사내는 그때까지 잠에 빠져 있었다. 밥을 지으면 부스스 일어나 먹고는 설거지를 마치기 무섭게 끌어당겨 속곳을 벗겼다. 한밤중에 자다가도 일어나 위로 올라왔고 일 나가려고 할 때도 잡아당겼다. 섹스는 싫었으나 누군가의 품속에 안겨 있는 것이 순간 좋을 때도 있었다.

다음날 처녀는 몸이 정상이 아니라는 것을 알게 되었다. 점심 시간에 밥을 먹으려는데 비릿한 기운이 치솟아 오르면서 멀미하는 것처럼 몸에서 힘이 주욱 빠져나갔다. 비위가 뒤틀려 급히 공장 담 뒤 바닷가로 갔다. 시원한 바람을 맞는데도 한번 울렁거린 속은 좀체 진정이 되지 않았다.

쫓아나온 반장 아주머니가 손을 잡아채 너 혹시, 소리를 굳이 하지 않았어도 그는 본능적으로 임신임을 알 수 있었다. 몇 달째 경도가 비치지 않았었다. 그런 경우가 종종 있었기에 설마 했었다. 갑자기 추워진 날씨 탓에 감기가 오려나 했을 뿐이었다. 하늘이 무너져 내리고 눈앞이 캄캄했다. 반장 아주머니를 밀어넣고 혼자서 걸었다.

"엄마."

어머니를 불렀다. 눈물이 났다.

딸 하나 낳고 평생 쓸쓸하게 살았던 어머니. 사내를 남편이라고 부르지도 못했던, 짧은 사랑과 긴 세월의 소주와 한숨과 욕설과 저주와 눈물과 기침으로 살았던 어머니.

사내가 오지 않으면 어머니는 아주 신경질적이 됐다. 딸을 때리고 욕을 퍼붓고 머리카락을 움켜쥐고 방을 굴러다녔다. 여자애는 어른들이란 늘 그렇게 무언가에 화가 나 있는 사람이라고 생각했다. 어머니는 결국 병이 들었다. 말라서 눈이 움푹 패였다. 밤마다 가슴이 아프다는 소리만 했다. 가슴 속에 불덩어리가 하나 들어 있다고. 이것 때문에 죽고 말 거라고 가슴을 쥐어뜯었다. 정작 불덩어리는 어머니의 눈이나 입에 들어 있는 것 같았다. 나 죽는다, 얼른 가서 소주 사와. 그러면 여자애는 가게로 달음박질을 쳐야 했다.

"또 외상이냐?"

"아버지가 오시면 갚아 드린댔어요."

"그 팔도 노름꾼이 언제 오는 줄 알고. 지난번 것도 안 갚았잖아."

"제발 한 병만 주세요. 못 가지고 가면 나 혼나요."

"쯧쯧. 그래, 어린 네가 무슨 죄냐. 주마. 술도 좋지만은 너희 엄마 병원부터 가 봐야 한다. 아버지 오면 꼭 그렇게 일러라."

어머니는 소주를 밥그릇에 부어 마셨다. 아이고, 이제 살겠다. 그러나 그걸 몇 사발 마시면 취했다. 벌겋게 취해서 무당이 주문을 외우듯 무슨 뜻인지 알 수도 없는 소리를 중얼거리며 아랫도리를 벗었다. 웃기도 했고 울기도 했고 누가 있는 것처럼 허공을 보며 말을 하기도 했다. 그렇게 난리를 치다가 축 늘어졌다. 벌어지고 늘어진 어머니의 음부를 여자애는 운동장의 태극기만큼이나 자주 보았다. 밤마다 그곳의 한줌 터럭은 빈곤한 형광등 불빛을 받아 하얗게 변색되었다.

끝내 소주도 마시지 못할 지경이 되었을 때 풍문처럼 사내가 왔다. 다음날은 안개가 항구를 감쌌다. 배를 타고 영영 가 버린 어머니. 빈 방에 홀로 남은 어머니의 딸.

처녀는 버림받은 여자의 자식이라는 게 어떤 존재인가를 잘 알고 있었다. 아무도 축복하지 않은 탄생. 태어나서 처음 외치는 울음이 외로움과 고난의 상징이 되어 버리는 것.

그날 밤 처녀는 다시 파출소 안에 있었다. 그 시간, 그곳의 사내들이란 뻔한 구석이 있게 마련이라 술 취한 어떤 사내가 처녀의 몸을 건드렸다.

"어이, 아가씨. 저번에도 본 것 같은데 또 왔어? 젊은 사람이 말이야 이런 곳에 자주 오면 쓰나. 어디 술집 다녀?"

여느 때 같았으면 못 들은 척하거나 째려보는 것으로 넘어갔을 거였다. 하지만 그는 그러지 않았다.

"당신이나 잘해."

"뭐? 어허, 어른이 다 잘 되라고 하는 소릴 그렇게 받아들이면 쓰나."

사내 손이 어깨를 턱턱 두드리다가 허리께로 스르르 미끄러지더니 엉덩이에 닿았다.

"손 치워, 이 새끼야."

"뭐, 새끼? 이년이 어디서."

사내가 눈을 부라렸고 처녀는 뺨을 갈겼다.

"이 쌍년이 죽을려고 환장을 했나."

주먹이 날아왔다. 처녀는 독이 올라 손을 물어뜯었다. 손을 굴린 사내가 남은 손으로 머리채를 휘어잡았다. 처녀는 멱살을 잡고 으르렁거리며 달려들었다.

"이년이. 이것 못 놔."

사내가 있는 힘껏 밀쳐 냈다. 순간 처녀는 백팔십 도 돌아 바닥으로 떨어졌다. 시멘트 바닥에는 네모 반듯한 목침이 놓여 있었다. 목침이 아랫배를 사정없이 파고들었다. 바다로 흘러가는 개울 옆 공터에서 친구 아버지가 개를 잡고 있었다. 장작불로 그슬리자 아랫배가 동그랗게 부풀어 올라왔다. 친구 아버지는 날 세운 식칼로 배를 죽 갈랐다. 꼭 그것 같은 통증이 저 속에서 칼날처럼 솟아올랐다.

"뭐야, 왜 이리 시끄러워?"

"김 경사님, 여기 내 손에 피난 것 좀 봐. 자꾸 통금에 걸려들어 오길래 그렇게 살지 말라고 타이르는데 그냥 나를 물어뜯어 버리네, 개쌍년이."

처녀는 배의 통증으로 몸을 활처럼 휘며 식은땀을 흘렸고 신음을 하다가 병원으로 실려갔다. 유산이었다.

"그 아이가 보고 싶을 때가 종종 있어요. 어떻게 생겼을까. 남자아이였을까 여자아이였을까. 키가 컸을까 작았을까. 얼굴이 나를 닮았을까. 그 사람을 닮았을까. 노래를 잘 했을까. 혹시 그림을 잘 그리지 않았을까. 나 때문에 생겨났고 나 때문에 도중에 죽어 버린 아이……. 그때 태어났더라면 저 아이들처럼 멋진 청년이나 아름다운 아가씨가 되었을 텐데."

여인은 고개를 돌려 항구의 안쪽, 차양이 아침 햇살에 환하게 빛나고 있는 집을 바라보았다.

"그 일 때문에 더 이상 아이를 갖지 못했어요. 살면서 아이를 낳고 싶다는 생각이 들 때가 있거든요. 하지만 그때는 달랐죠. 아직 세상을 모르고 살 때였으니까요. 나와 같은 운명을 가진 아이가 태어난다는 게 너무도 끔찍한 일이었죠. 내가, 엄마로서 그 아이에게 해줄 수 있는 건, 세상에 태어나지 못하게 해주는 것, 딱 그것뿐이었어요. 하지만 이곳에 오니 생각이 더 간절해지는군요."

병원에서 하룻밤을 보낸 다음날 소식을 들은 친구가 부랴부랴 찾아왔다.

"미안해. 네 조카이기도 했는데."

"허어엉. 나 때문이야. 네가 임신한 줄 알았으면 내가 나가는 건데."

"나도 몰랐어."

"얼굴이 이게 뭐야, 세상에. 모두 나 때문이야, 나 때문."

그날 오후 처녀는 친구의 부축을 받고 방으로 갔다. 친구의 남자는 쩝쩝 입맛을 다시며 엉거주춤 앉아 있었다.

속은 계속 메스껍고 주위는 어지러웠다. 사람이 하나 살아보다가 떠나간 아랫도리는 허전하고 아리고 쓰렸으며 몸속의 피는 모두 제멋대로 흘러다녔다. 다시 밤이 찾아왔다. 하늘색 페인트 테두리의 쪽창은 점차 컴컴해졌다. 가로등 불빛이 들어오면서 방 안의 모든 것이 엷은 주황색으로 변했다가 깜박 하며 어둠 속으로 숨어들었다.

"그러지 마. 친구 있잖아."

"주사 맞고 왔다며. 그러면 잠에 떨어졌을 거야."

처녀는 눈을 꼬옥 감았다. 피잉. 별 하나가 머리 속에서 유성처럼 불타며 떨어져내렸다.

"오늘은 참아. 제발."

"잠깐만. 잠깐이면 돼."

울컥. 어떤 덩어리 하나가 식도를 타고 올랐고 예전에 어머니가 마시다가 남긴 소주를 한 모금 마셨을 때처럼 비위 상하는, 어떤 독한 기운이 뼈마디마다 대롱대롱 매달렸다. 처녀는 토한 것을 소리 안 나게 걸레에 문질렀다.

"빨리 끝내. 깨겠어."

"알았어. 다리 조금만 이렇게 해봐."

소리를 죽인다고 하면서도 어쩔 수 없이 신음 소리는 생겨나고 있었고 더욱 격해졌다가 천천히 잦아들었다. 머릿속에서 자꾸 별이 떨어졌다.

들어오는 게 아니었어. 어딘가로 가야 했어. 하지만 어디로 간단 말인가.

그러다가 별 하나가 유난히 길게 떨어지는 곳을 보았는데 거기는 역(驛)이었다.

다음날 처녀는 점심 때 일어났다. 식은땀으로 온몸이 젖어 있었다. 머리맡에는 친구가 어디에서 구해 끓였는지 미역국 한 사발과 밥이 쟁반에 놓여 있었다. 순간 눈물이 났다.

남자는 어중간하게 누워서 천장을 향해 눈을 끔벅이고 있었다. 가방을 챙겼다. 여전히 아랫도리에 칼날이 지나가고 있었다. 착한 애니 버리지 말고 오래도록 이뻐해 주라고 하자 남자는 배시시 웃으며 고개를 끄덕였다.

공장에 들러 병이 깊어 요양을 가겠다고 거짓말을 했다. 사장은 한참이나 고민스러운 얼굴을 하더니 근무한 날짜를 쳐서 계산을 해주었다. 여자들은 뻔히 짐작하겠다는 얼굴로 벌써부터 수군거리기 시작했다.

"마음 독하게 먹어야 쓴다."

반장 아줌마가 따라나왔다. 처녀는 역으로 갔다. 저 먼 도시로 나가는 기차표를 끊고는 잠시 지금까지 한 번도 떠나 본 적이 없는 항구를 천천히 바라보았다. 오래지 않아 기적이 울렸다.

"벌써 삼십 년이 다 되어 가는군요. 삼십 년. 한 아이가 완전한 어른이 되고도 남는 시간이고 죽어 버린 사람을 잊어버리기에도 충분한 시간이지요. 너무 긴 세월이지요."

여인의 눈은 급한 곡선으로 솟구쳤다가 완만하게 바다를 향해 미끄러지는 항구의 뒷산등성이를 마치 죽은 이의 새로운 집터를 찾는 사람처럼 천천히 둘러보았다. 간혹 한 군데씩 유난히 눈길을 오래 주었는데 그건 오래된 기억과 만나는 지점이라는 것을 누가 보아도 알 수 있었다.

"사람들은 마지막으로 돌아갈 수 있는 곳으로 고향을 꼽죠. 하지만 난 반대였죠. 끊임없이 이곳과 멀어지려고 애를 썼어요. 기억에서 아예 지워 버리고 싶었죠. 저 친구는 나를 몹시 찾았대요. 그랬을 거예요. 자기 때문에 내가 유산을 했을 거라고 생각했겠죠. 사실 억지로 싸움을 했고 일부러 목침에 배를 부딪혔는데……."

그리고 여인은 다시 바다를 바라보았는데 산등성이와 마을을 바라볼 때의 흔들림과는 또 다른 흔들림이 눈에, 바람 만난 이파리처럼, 나타났다.

"글쎄 뭐랄까, 한 번은 오게 되겠구나 싶기도 했는데, 그게 저 친구 장례 때문일 거라고는 짐작도 못했어요."

여인의 눈은 다시 울음소리가 나는 곳으로 갔다. 그 사이 버스가 도착해 있었다.

"이제 가려나 봐요. 얼굴을 못 봐서 섭섭하군요. 나처럼 많이 변했을 텐데. 하지만 이렇게 먼발치에서 보는 것도 괜찮군요."

한번 시작된 울음소리는 점차 커져 갔다. 양복과 흰 장갑을 낀 사내들이 관(棺)을 들고 나왔다. 관은 버스 뒤꽁무니로 들어갔다. 울고 있던 소복의 아가씨가 주변을 두리번거리기 시작했다.

"나를 찾고 있군요."

여인은 몸을 일으켰다.

"아주 잘 컸어요. 제 엄마를 닮아 착하고 순한 얼굴이에요. 나에게 전화했던 아이에요. 둘째라고 하더군요."

사람들이 버스를 들락거리고 자가용들이 순서를 잡고 하느라 더욱 분주해졌다.

"저 친구를 그후로 본 적은 없어요. 내가 연락을 안 했으니까. 저 친구는 그때 그 남자와 해로를 한 모양이에요. 자식 낳고 잘 산 거죠. 그런데 불쌍하게도 몇 년 전부터 깊은 병이 들었다고 하더군요."

아가씨는 계속 두리번거리고 있었다. 여인이 손을 들었으나 집과 방파제 사이에는 적잖은 거리가 있어서 얼른 알아보지 못했다.

"친구의 소원이 나를 보는 거였대요. 저 아이가 어제 전화로 그러더군요. 이야기를 너무 자주 들어 남 같지가 않다고. 이모라고 불러도 되느냐고 묻더군요."

여인의 눈가에 새로이 눈물 방울이 맺혔다.

"녀석, 그러면 좀 빨리나 찾아낼 것이지. 갑자기 상태가 나빠져서 부랴부랴 내 연락처를 찾아냈대요. 하지만 한발 늦었지요. 내 전화번호를 알아내기도 전에 저 친구가 죽었다니까."

아가씨는 드디어 여인을 발견하고는 움직임을 멈추었다.

"나보고 용서하라는데 내가 뭘 용서할 게 있나요. 내가 용서를 빌어야지요."

아가씨는 여인을 멀리서 뚫어져라 바라보았다. 여인이 손을 들어 주었다. 아가씨의 손이 어중간하게 올라갔다. 여인은 표시 나게 고갯짓을 했다.

"굳이 내가 갈 필요가 있겠니. 햇빛 드는 곳으로 잘 모셔 드려라. 난 따로 다른 곳에서 네 엄마 명복을 빌어 주마."

여인은 바로 앞에 있는 것처럼 아가씨에게 말을 했다. 한동안 이쪽만 바라보고 있던 아가씨는 알아들었다는 듯 가볍게 목례를 하고는 버스에 올랐다. 영정 모신 자가용이 앞에 서고 버스는 천천히 집을 빠져나오기 시작했다. 방파제 시작되는 곳까지 온 버스는 구십 도 각도로 틀어 협곡의 바다를 따라 북쪽으로 방향을 잡았다. 아가씨가 유리창에 손바닥을 댔다. 여인은 고개를 끄덕였다. 그리고 아가씨에게 말을 걸던 늙수그레한 사내가 고개를 돌려 여인을 바라보았다.

"그 사람이군요. 아이의 삼촌. 나만 늙은 줄 알았는데 저 사람도 벌써 저렇게 변했군요."

버스는 서서히 멀어졌고 햇살과 바람이 그 사이를 메워 갔다. 여인은 버스가 눈에 보이지 않을 때까지 서 있다가 몸을 돌려 선착장을 떠났다.

유령의 집

최인호

1945년 서울 출생.

연세대학교 영문과 졸업.

1967년 《조선일보》 신춘문예에 〈견습환자〉르 등단했다.

소설집 《타인의 방》·《잠자는 신화》·《첫사랑》·《가면무도회》,

장편소설 《별들의 고향》·《내 마음의 풍차》·《지구인》·

《바보들의 행진》·《도시의 사냥꾼》·《사랑의 조건》·《불새》·

《겨울나그네》·《길 없는 길》·《사랑의 기쁨》·《상도》 등이 있다.

현대문학상, 이상문학상, 불교출판문화상, 가톨릭문학상을

수상했다.

유령의 집

1

그의 기억이 정확하다면 그는 몇 개월 전까지 어떤 회사의 차장이었다. 그는 그 회사에서 20년 간 일을 했다. 그는 아침 6시에 일어나 세수하고, 밥을 먹고, 회사에 출근해서 저녁 7시까지 일을 했다. 어떨 때는 야근을 해서 밤을 새운 적도 있었다. 아내는 그런 남편을 위해 밥을 짓고, 빨래를 하고, 저금을 하고, 이따금 섹스를 했다. 그의 기억이 정확하다면 두 달에 한 번 정도 섹스를 했다. 그는 이처럼 재미없는 일을 왜 하는지 몰랐지만 어쨌든 두 사람은 부부였으므로 닭장에 들어있는 수탉이 순식간에 올라타서 암탉을 교미하듯 그렇게 섹스를 했다. 그래서 수정이 된 암탉이 유정란을 낳듯 아내는 달걀을 낳았고, 그 속에서 병아리 아니 아이가 생겼다.

그 아이가 올해로 고등학교 2학년이다. 아니다. 그 아이가 대학교

1학년인지도 모르고, 학년이 더 어려 초등학교 학생인지도 모르겠다.

어쨌든 그 아이가 아들이 아니라 딸이라는 것만은 분명하다. 왜냐하면 그는 딸보다 아들을 원했으므로, 아내가 아들을 낳기 위해서 달걀을 하나 더 낳으려 했었기 때문이었다. 그러나 그것은 불가능하였다. 아내는 자궁에 혹이 생겨 자궁을 들어내어 임신을 할 수 없는 석녀가 되었다.

그 이후 아내는 남자처럼 온몸에 털이 났고, 얼굴에 수염까지 났다. 아내는 자신이 남자가 될지도 모른다는 공포심에 사로잡혀 있는 듯 보였는데, 그가 그것을 눈치 챈 것은 거울 앞에 수염을 깎는 면도기가 놓여 있는 것을 발견한 뒤부터였다. 아내는 종아리와 얼굴에 난 털을 꼼꼼히 밀고, 여성호르몬제를 정기적으로 먹고 있었다.

그렇다고 없어진 아내의 자궁이 다시 생겨날 리는 만무일 것이다.

그런데 수개월 전부터 이 모든 것이 뒤죽박죽 되어 버렸다. 회사에서 그에게 해고를 통보한 것이었다.

사장이 그에게 말하였다.

"그 동안 수고했소. 이제는 편히 쉬면서 남은 인생을 즐기시오."

그는 사장이 무슨 말을 하는지 몰랐다. 그래서 그는 사장에게 말하였다.

"저는 지금도 제 인생을 충분히 즐기고 있습니다."

그는 그 다음날도 어김없이 회사에 출근하였다. 그의 자리에는 다른 사람이 앉아 있었는데, 그는 어제까지만 해도 그의 부하직원이었다.

"웬일이세요, 차장님."

부하직원이 그를 보면서 놀란 얼굴로 물었다.

"웬일이라니. 오늘은 5분 정도 늦었어. 지하철이 고장이 났지. 출근하느라고 혼났어."

그러자 난처한 얼굴로 부하직원이 말하였다.

"차장님은 더 이상 회사에 안 나오셔도 됩니다."

"자네가 왜 내 자리에 앉아 있는가."

부하직원은 웃으며 말하였다.

"오늘부터 이 자리는 내 자리입니다."

그의 기억이 정확하다면 그 의자는 어제까지만 해도 그의 자리였다. 그런데 그 자리가 이제는 부하직원의 자리라니. 그는 이해할 수 없었다. 그래서 이렇게 말을 했다.

"비켜 주게. 내 자리에서 비켜 주게."

난감해진 부하직원이 어디론가 전화를 했다. 그러자 잠시 후 회사의 수위 두 사람이 와서 그의 옆구리를 양쪽에서 부축해서 일으켰다. 그는 그들에 의해서 공중에 뜬 자세로 엘리베이터를 탔고, 1층 로비를 거쳐 밖으로 던져졌다.

"좋은 말할 때 잠자코 나가시지. 한 번 더 나타났다간 그땐 다리몽둥이를 부러트리겠어."

그제서야 그는 자신이 회사에서 쫓겨났음을 깨달았다.

그는 본능적으로 6시에 눈을 떴다. 그리고 세수를 하고 수염을 깎았다. 그렇게 해봐도 뚜렷이 할 일이 없음을 곧 깨달았는데, 그리고 나서부터가 문제였다. 그는 갑자기 사는 방법을 잃어버린 식물인간이 되어 버린 느낌이었다.

처음의 며칠 간은 아내와 함께 집에 있었다. 그러나 아내와 함께 집에 있으면서도 두 사람은 아무런 대화를 나누지 않았다. 두 사람은 완전한 벙어리였다. 그 동안 두 사람은 각자 자신의 역할만 충실히 해왔으므로 갑자기 자신들의 인생이 두 사람의 공동작업으로 돌변하자 역할 분담에 혼동이 생겼다. 그것은 마치 모노드라마에 익숙해져 있던 배우들이 어느 날 갑자기 공동으로 무대 위에 올라가 연기를 할 때 느끼는 혼돈과 같은 느낌이었다. 그래서 가능하면 두 사람은 서로 시선이 마주치거나 함께 있는 시간을 피하기로 묵계를 했다. 입을 열어 서로 약속한 것은 아니지만 아내가 부엌에서 요리를 하면, 그는 거실에서 TV를 보았다. 아내가 거실에서 TV를 보면, 그는 목욕탕에서 샤워를 했다. 아내가 목욕탕에서 샤워를 하면, 그는 마당에서 줄넘기를 했다. 그가 마당에서 줄넘기를 하면, 아내는 부엌에서 요리를 했다. 아내가 부엌에서 요리를 하면, 기다렸다는 듯 그는 다시 거실로 숨어 들어가 TV를 보았다. 두 사람은 서로 숨바꼭질을 하는 셈이었다. 그러나 그것으로 모든 문제가 해결되는 것은 아니었다. 집은 너무 좁았으므로 두 사람이 하루 종일 숨바꼭질하기에는 숨을 장소가 너무 뻔해서 며칠이 지나고부터는 그 숨바꼭질 놀이도 시시해져서 더이상 견딜 수 없는 고통이 되어 버렸다. 어느 날 딸아이가 그에게 말하였다.

"아빠 왜 밤낮 집에만 있어요."

그래서 그가 말했다.

"나가도 갈 데가 없단다."

딸아이가 말하였다.

"그래도 나가세요. 아빠, 하루에 한 번 나갔다가 들어오세요. 그래야만 서로 정신 건강에 좋을 거예요. 아빠에게도 좋을 거고, 특히 엄마에게는 더욱 좋을 거예요."

딸아이의 말은 틀림이 없었다. 그래서 그는 그 다음날부터 아침이면 무작정 집을 나섰다. 그러나 그에게는 따로 할 일이 없었다. 그는 할 수 없이 자신이 출근하던 회사에 가 보았다가 실제로 수위에게 다리가 부러질 정도로 얻어맞을 뻔하였다. 그는 자신이 도대체 그들에게서 왜 그렇게 부당한 대우를 받아야 하는지 그 이유를 알 수 없었으나 그는 심한 모욕을 당한 후 도망쳤다.

영화관에서 영화를 보기도 했다.

그러나 그 어떤 영화도 그의 눈에는 들어오지 않았다. 코미디 영화를 봐도 그는 웃지 못했다. 사람들은 하하하 웃거나, 허허허 웃거나, 호호호 웃었지만 그는 그들이 왜 웃는지 그 이유조차 몰랐다. 슬픈 영화를 봐도 그는 울지 못했다. 사람들은 훌쩍훌쩍 울거나, 흑흑흑 하고는 흐느껴 울었지만, 그는 사람들이 왜 우는지 그 이유조차 몰랐다.

어떨 때는 박물관에도 가 보고, 도서관에도 가 보았다. 그러나 그 어떤 것도 그의 마음에 와 닿는 즐거움은 없었다.

박물관에는 수많은 석기, 수많은 금관, 수많은 돌칼들이 있었지만 그것은 다만 낡은 고물에 지나지 않았다. 그는 수만 년 전 사람들이 돌을 갈아서 화살을 만들고, 돌을 갈아서 칼을 만들고, 망치를 만들었다는 것을 이해할 수 없었다. 그는 누군가가 일부러 돌을 쪼개어 그와 같은 모조품을 만들어 전시해 둔 것과 같은 느낌을 받았다. 그는 어떤 무덤에서 나온 천 년이나 된 사람의 미라도 보았다. 그는 그것이 한때 살아 있던 사람의 시체라는 사실도 믿을 수가 없었다. 그것 역시 사람들을 속이기 위해서 만들어 놓은 정교한 공예작품인 것 같은 의심이 들었을 뿐이었다.

그는 도대체 역사를 믿을 수가 없었다. 백 년 전에도, 천 년 전에도 사람들이 살았는데, 그들이 모여서 만든 왕국이 존재하고, 그들을 지배하는 왕들이 있었다는 사실을 믿을 수가 없었다.

도서관에서도 마찬가지였다.

그는 많은 책을 빌려 보았지만 그 책 속에 실린 그 수많은 내용들을 이해할 수 없었다.

그가 읽을 수 있는 내용은 책의 처음과 끝부분뿐이었다. 그는 모든 책의 처음과 끝부분을 읽고 책을 덮었다. 그것은 이런 식이었다.

"오늘 엄마가 죽었다. 아니 어쩌면 어제였는지도 모르지만 나는 잘 모르겠다. 나는 양로원으로부터 전보를 받았다. ……나는 내가 행복했으며, 또 지금도 행복하다는 것을 깨달았다. 모든 것이 성취되고 내가 보다 덜 고독하다는 것을 느끼기 위해서 나에게 남아 있는 희망이라고는 내가 사형당하는 날 수많은 구경꾼들이 모여들어서 증오의 소리를 외치면서 나를 맞이해 주는 것뿐이었다."

그는 성경책도 읽어 보았다. 그 방대한 책의 처음은 이렇게 시작되었다.

"한 처음에 하느님께서 하늘과 땅을 지어내셨다. 땅은 아직 모양을 갖추지 않고, 아무것도 생기지 않았는데, 어둠이 깊은 물 위에 뒤덮여 있었고, 그 물 위에 하느님의 기운이 휘돌고 있었다. 하느님께서 '빛이 생겨라' 하시자 빛이 생겨났었다."

그 방대한 책은 이렇게 끝맺고 있었다.

"이 모든 계시를 보증하시는 분이 '그렇다, 내가 곧 가겠다'고 말씀하셨습니다. 아멘. 오셔서 주 예수여, 주 예수의 은총이 모든 사람에게 내리기를 빕니다."

그는 1분도 못 되어 그 방대한 성경을 처음부터 끝까지 읽었다. 그는 이런 방법으로 도서관에서 수많은 책을 읽었다. 그러나 그는 그 책들이 어째서 사람들에게 필요한 마음의 양식인가를 이해할 수 없었다. 그가 만약 종이를 먹는 양이라면 그 책들은 일용할 양식이 되었을 것이다. 그러나 그는 양은 아니었다. 그는 그처럼 무익한 책들을 만들기 위해서 수많은 나무들이 베어지고, 울창한 숲들이 벌초되고, 사라지고 있다는 사실만을 깨달을 뿐이었다. 숲은 베어지고 그 자리에 황량한 사막이 암의 세포처럼 자라고 있다. 그래서 그는 책을 펼칠 때마다 그 페이지 속에 깃들여진 나무들의 비명소리와 나무들이 흘린 핏방울을 보았다.

그는 도시의 많은 곳을 돌아다녔다. 그는 전람회도 보았고, 공원도 맴돌았다. 그 동안 그가 돌아다녔던 장소를 기록하면 다음과 같다.

—새로 생긴 신공항의 라운지, 오래전부터 있어 왔던 시장거리, 외국에서 온 유명한 목사가 주최한 부흥회, 도시의 한가운데를 흐르는 강 위를 떠가는 유람선, 도시의 중심에 있는 산 위를 올라가는 케이블카, 바겐세일의 백화점, 그 백화점에서 공짜로 주최하는 교양강좌, 오랜 시간 기다렸다가 방청권을 받고 들어간 TV프로그램의 공개방송, 새로 나온 신상품을 선전하는 음료수의 무료 시음회, 옛 로마시대 때 검투시합을 연상케 하는 축구시합을 보기 위해서 들어간 스타디움, 가장 인간의 지능에 가까워 목소리에 반응하여 움직이는 로봇박람회, 신품종의 꽃전시회(그 꽃들은 종류가 다른 꽃들을 교접시켜 한 번도 본 적이 없는 이상한 품종들을 개발해 낸 것이었다. 이를테면 장미와 국화를 접붙여 장미도 아니고 국화도 아닌 기괴한 꽃들의 전시회였던 것이다), 실내에서 폭포가 흘러내리는 목욕탕, 브래지어와 팬티를 입지 않은 여자들이 온몸의 털을 깎고, 이발을 하는 이발소, 과학의 기술로 복제한 염소와 양들이 전시된 동물원 등…… 그는 도시의 모든 곳을 떠돌고 돌아다녔다.

그런 후 그는 한 가지 의문을 떠올렸다. 그는 아무도 아는 사람을 만날 수 없었고, 그 누구와도 얘기를 나눈 적이 없었다.

그의 기억이 정확하다면 그가 돌아다닌 거리의 풍경은 어렸을 때 읽었던 동화의 내용과 같은 것이 아닐까 하고는 생각하였다. 한 아이가 잠들면 그 순간부터 온갖 무생물의 장난감들이 살아나 움직이고, 춤추는 환상 같은 것이 아닐까 하고 생각했던 것이다.

그가 지금 보고 있는 것은 태엽을 감아 주면 움직이는 인형들과 기계로 조작되는 장난감 같은 것들이 오직 그 한 사람만의 환상을 위해 거대한 쇼를 벌이고 있는 것이 아닐까 하는 의심이 들었던 것이었다. 그는 자신이 인생의 좁은 구멍을 통해 펼쳐지는 만화경(萬華鏡)을 보고 있는 것이라는 생각이 들었다. 세 개의 거울을 댄 원통에 잘게 오린 색종이와 색유리조각을 넣어 그것을 돌려가며 들여다보면 신비하게 변화하는 환상의 무늬를 보는 느낌이었다.

그러다 그는 자신의 친구를 떠올렸다. 그는 어째서 지금까지 자신의 친구를 잊고 있었던가를 새삼스럽게 생각하였다.

그의 기억이 정확하다면 그도 한때 친한 친구를 갖고 있었던 것이다. 그 친구를 만날 수 있다면 그의 부재 증명은 성립될 수 있을 것이다. 그 친구는 그의 불확실한 기억이 환상이 아닌 사실이라는 진리를 증명해 줄 수 있을 것이 아니겠는가.

그러나 그의 이름이 떠오르지 않았으므로 그는 까마득히 잊고 있었던 낡은 수첩을 떠올렸다. 다행스럽게도 친구의 이름을 보자 그는 잊었던 옛날의 기억을 떠올릴 수 있었다. 그래서 그는 그 친구를 찾아가 보기로 하였다.

그는 지하철을 타고 몇 개의 정류장을 지나서 어느 역에 내려 또 한참을 걸었다.

이윽고 어느 마을에 들어서자 낯익은 거리가 나타났다. 그의 기억이 정확하다면 그가 언젠가 가 보았던 거리였으므로 그는 곧바로 친구의 아파트를 찾아갔다. 엘리베이터가 없었으므로 그는 7층까지 걸어갔다. 친구의 집 앞에는 다음과 같은 팻말이 붙어 있었다.

"우리는 그 어떤 신문도 받지 않을 것이며, 그 어떤 물건도 사지 않을 것이며, 그 어떤 영업사원도 만나지 않을 것입니다."

초인종을 누르자 한참 만에 안에서 사람이 나타났는데, 그것은 분명 친구의 얼굴이었다. 그가 반가워서 소리쳤다.

"이 사람 참 오랜만일세."

친구는 공포에 질린 얼굴로 손을 내저으며 말하였다.

"나는 당신이 누군지 모릅니다. 그러니 그냥 돌아가시오. 또한 나는 아무런 죄도 짓지 않았습니다."

그는 당황했다. 그는 자신이 친구를 체포하기 위해서 온 기관원도, 괴롭히러 온 외판사원이 아니라는 것을 증명하기 위해 소리쳐 말하였다.

"이 사람아. 날세. 나를 벌써 잊었단 말인가."

그러자 친구는 역시 공포에 질린 얼굴로 이렇게 말하였다.

"나는 어떤 신문도 보지 않을 것이며 그 어떤 물건도 사지 않을 것이며, 그 어떤 영업사원도 만나지 않을 것입니다."

그리고 나서 덜컹 문이 닫혔다. 그는 초인종을 계속 눌렀으나 안에서 아무런 대답소리가 들려오지 않았다. 그는 할 수 없이 포기하고 7층의 계단을 걸어 내려갔다. 그러다가 그는 아무래도 억울하다는 느낌이 들어서 다시 계단을 올라갔다. 그리고는 쾅쾅 소리가 나도록 문을 두드렸다. 그가 두드리는 소리는 온 아파트에 울려 퍼졌다. 맞은편 아파트의 문이 열리더니 건장한 사내가 나타나서 물었다.

"누굴 찾으시오."

그는 대답했다.

"이 아파트에 살고 있는 친구를 찾고 있습니다."

"누구라고."

건장한 사내는 한낮인데도 술에 취해 있었다.

"친구 말입니다."

그러자 건장한 사내는 이렇게 말하였다.

"이봐요. 그 아파트에는 사람이 살고 있지 않소이다. 벌써 오래 전에 이사를 가고, 수년 전부터 아무도 살고 있지 않은 빈방이란 말입니다."

그는 건장한 사내가 낮술에 취해서 헛소리를 하고 있는 것이라고 생각했다. 그래서 그는 분명하게 말하였다.

"나는 방금 이 아파트에 살고 있는 친·구·와·이·야·기·를·나·눴·단·말·이·오."

그의 기억이 정확하다면 그 친구는 그와 함께 어린시절을 함께 보냈으며, 한때는 둘이서 배를 타고 먼 바다를 나아가 지금은 바다 속에 침몰해 버린 아틀란티스의 대륙을 발견하자고 약속했던 절친한 사이였던 것이다.

두 사람이 소란스럽게 떠들었으므로 아파트 복도에는 많은 사람들이 모여들고 있었고 누군가 신고를 했는지 제복을 입은 관리인이 나타났다.

"무슨 일인가요."

관리인이 묻자 마침 잘됐다는 표정으로 건장한 사내가 고래고래 소리를 질렀다.

"이 사람이 방금 이 아파트에 살고 있는 어떤 사람과 이야기를 나눴다는 겁니다."

그러자 많은 사람들이 웃었다. 관리인이 나서서 대답했다.

"그럴 리가 없습니다. 이 아파트는 제 기억이 정확하다면 2년 전부터 비어 있었습니다."

"비어 있다니요."

그는 강력하게 항의를 했다.

"나는 믿을 수가 없습니다. 나는 분명히 친구를 만나 이야기를 나눴었는데요."

"좋습니다."

관리인이 주머니에서 쩔렁이는 열쇠뭉치를 꺼내들고서 말하였다.

"못 믿으시겠다면 아파트의 문을 열어 드리겠습니다."

관리인이 열쇠뭉치 속에서 한 개의 열쇠를 찾아내어 구멍에 밀어넣어 비틀자 찰칵 하는 금속성소리가 났다. 관리인은 아파트의 문을 열고, 자신이 먼저 방 안으로 들어서면서 말하였다.

"한번 들어와 보십시오."

그는 관리인을 따라 방 안으로 들어가 보았다. 아파트의 내부는 관리인의 말대로 비어 있었다. 한때 사람이 살고 있었다는 아파트라고는 믿을 수 없을 만큼 깨끗하게 텅 비어 있었다. 가구는 물론 조그만 물건 따위도 남아 있지 않았다. 문 밖에서 술 취해 떠드는 건장한 사내의 목소리가 들려왔다.

"저 사람은 아무래도 유령을 본 게로군."

그는 참담한 표정으로 관리인을 따라 7층 계단을 내려왔다. 떠나기 전 그는 관리인에게 물어보았다.

"그런데 한 가지 묻겠습니다. 어째서 수년 전부터 저 아파트는 빈방으로 남겨져 있는 겁니까. 어째서 사람들이 이사를 오지 않습니까."

그러자 관리인이 대수롭지 않게 대답하였다.

"내 기억이 정확하다면 그 아파트에 살던 사람이 떨어져 죽었기 때문이오. 정부에서는 그 사람이 베란다에 올라가 제 스스로 떨어져 죽었다고 발표하였소. 많은 사람들은 그가 제 스스로 떨어져 죽은 게 아니라 누군가에 의해서 떠밀려 떨어졌다고 하지만 어쨌든 저 사람은 아파트에서 떨어져 화단 위에 엎드려 죽어 있었지. 내가 발견했소이다. 그 이후부터 저 아파트로 사람들이 이사를 오지 않소. 재수 없는 집에 누가 이사를 오겠소이까."

2

아내는 언젠가부터 외출을 나가는 그에게 심부름을 시키곤 했다. 어떨 때는 전화를 걸어 그에게 노골적으로 잔심부름을 시키곤 했다. 사실 그는 아내로부터 심부름을 할 수 있는 나이는 아니었다. 그의 기억이 정확하다면 그는 올해로 마흔다섯 살이었을 것이다. 아니 그것은 정확치 않다. 그는 그보다 두 살쯤 나이가 많을지도 모르고 그보다 세 살쯤 더 적을지도 모른다. 그러나 그것이 무슨 상관이란 말인가. 그는 어쨌든 엄마로부터 심부름 시중을 하는 어린아이가 아니지 않는가.

그러나 그는 아내의 심부름을 귀찮게 여길 수는 없었다. 그것은 오히려 그의 무의미한 외출에 어떤 목적 의식을 불러일으켜 신선한 자극까지 주었기 때문이었다. 마치 주인이 던진 공을 찾아서 그것이 떨어진 자리가 숲이든 개울이든 입에 공을 물고 돌아오는 훈련된 개처럼 그는 아내가 시키는 심부름을 꼬박꼬박 충실하게 이행했다.

처음에는 아내가 사오라는 찬거리를 슈퍼마켓에서 사왔다. 그러나 어떨 때는 거리에 나서면 아내가 무엇을 사오라고 주문했던가를 까마득히 잊어버리곤 했으므로 아내는 그가 잊어버리지 않게 하기 위해서 종이 위에 그가 사올 물건들을 메모해 주기도 했었다. 그는 아내가 시키는 대로 과일을, 양배추를, 정육을, 대가리와 지느러미는 잘라버리고 그냥 끓이기만 해도 될 정도의 생선을, 야쿠르트를, 설탕을 사오기도 했다. 또 동네 편의점에서 딸의 생리대를 사오기도 했다.

어떨 때는 아내가 날마다 먹는 호르몬제를 사기 위해서 처방전과 의료보험증을 들고 약국으로 가서 약을 사오기도 했다. 얼굴에 나는 수염뿐 아니라 온몸에도 털이 돋기 시작하는 아내는 자신이 남성의 경지를 지나 털 많은 짐승이 될지도 모른다는 공포심에 사로잡혀 있었는데, 그 호르몬제는 그녀의 불안을 억제해 줄 수 있는 유일한 희망이자 상비약이었던 것이었다.

그가 그 여인을 만난 것은 바로 그 무렵이었다.

어느 무더운 여름날이었는데, 그가 아내로부터 건네받은 청구서를 들고 은행에 가서 공과금을 낼 때였다. 은행 창구의 앞자리에 어떤 여인이 앉아 있었다.

그녀는 전기세, 수도세, 토지세, 전화요금, 백화점의 명세서 등 한 묶음의 청구서를 들고 창구에 앉아 수납하고 있었다.

그는 유심히 그 여인의 행동을 관찰하고 있었다. 왜냐하면 그는 은행에서 그런 일을 하는 것이 처음이었기 때문에 여인이 하는 행동을 유심히 살펴보았다가 그대로 따라하려고 마음을 먹었기 때문이었다.

생각보다 그 절차는 까다롭지 않아서 은행원은 다만 그녀가 내민 청구서의 요금을 합산하고 그에 대한 돈을 받은 후 잔액을 돌려주고, 은행원의 고무도장과 수납인의 도장이 찍힌 영수증을 내주면 그만이었다. 여인이 일을 끝내고 일어서서 나가자 그는 그 빈자리에 앉아서 아내가 준 고지서 묶음을 내밀고는 기다렸다. 마치 메뉴에 적힌 음식을 주문하고, 주문한 음식이 나오길 기다리는 손님처럼. 그러자 은행원은 계산기로 합산한 금액의 총액을 알려주고, 그는 그에 합당한 돈을 지불한 후 영수증과 잔돈을 돌려받았다. 그때였다.

창구 앞에 무슨 쪽지 같은 것이 한 장 떨어져 있었다. 그는 그것을 주워 보았는데, 그것은 전화요금 영수증이었다. 지로번호와 그 달치 쓴 금액이 적혀 있었고, 전화번호와 고객명, 고객번호와 작성일, 납입 기간이 명기된 전화요금 영수증이었다. 아마도 그보다 먼저 공과금을 내었던 여인이 실수로 해서 떨어트리고 간 영수증이었던 모양이었다.

그는 그것을 무심코 집어들어 주머니에 넣었다. 그리고 빠른 걸음으로 걸었다. 그녀가 어디로 사라졌는지 주위를 살펴보았으나 여인의 모습은 보이지 않았다. 그는 거의 뛰듯이 이쪽과 저쪽을 달려가 확인했지만 여인의 모습은 그 어디에서도 발견되지 않았다. 하기야 전화 요금 영수증 한 장쯤은 그렇게 중요치 않았으므로 돌려준다 히도 막상 그 영수증을 잃어버린 여인은 별로 고맙게 생각지 않을 것이라는 느낌이 들자 그는 그것을 그냥 쓰레기통에 버릴까 하는 생각을 하다가 무심코 그 영수증을 지갑 속에 넣어 두었던 것이다.

그가 그 여인을 또다시 만난 것은 결혼식장에서였다. 그는 아내로부터 축의금을 내달라고 봉투를 건네받고는 책임을 완수하기 위해서 결혼식장에 들렀던 것이다. 그러나 막상 결혼식장에 도착하자 그는 자기가 신부 측의 손님인지, 신랑 측의 손님인지 그것을 분간할 수 없었다. 그는 할 수 없이 신랑 측의 부모를 만나 인사부터 하였다. 그러나 기억이 나지 않는 신랑 측의 아버지가 그에게 악수를 청하면서 이렇게 말하였다.

"이 사람 오랜만일세. 이렇게 찾아 주다니, 바쁜 중에도 찾아와 주어서 고맙네."

그는 아무래도 자신이 신랑 측의 손님인가 보다 생각해, 그래서 신랑 측의 접수대로 가려 했는데 누군가 그의 등을 찰싹 때리는 사람이 있었다. 돌아보니 흰 장갑을 낀 신부 측의 아버지였다. 그는 한껏 웃으면서 그의 손을 함부로 잡아서 흔들며 말하였다.

"어떤가, 요즘 얼굴이 많이 좋아졌는걸. 아내는 잘 있는가, 함께 못 왔다고. 저런, 아내에게 안부 좀 전해 주게."

그는 신부의 아버지가 아내 이야기를 하는 것으로 보아 그쪽이 분명히 아내와 무슨 상관이 있을 것이라 생각했다. 그래서 그는 결혼식장에 들어가 신부 측 자리에 앉았다.

기억나지 않는 신랑과 기억나지 않은 신부가 기억나지 않은 부모들 앞에서 혼례식을 올리고 있었는데, 결혼식이 끝나자 그는 기억나지 않은 가족들 사이에 끼여서 가족사진을 찍었다. 그가 자리에 앉아 있자 미리 나가서 사진을 찍으려던 가족들이 손짓을 해 그를 불러내었기 때문이었다. 그는 도무지 기억이 나지 않았으므로 자신이 왜 이처럼 가족사진을 찍어야 하는지 영문을 알 수 없어서 당황했지만 사진사가 웃으라는 말에 그는 이빨을 닦다가 치약거품을 흘리듯 크게 웃었다. 그러다가 그는 사진을 찍고 있는 가족 중에서 바로 며칠 전에 만났던 그 여인을 발견한 것이다. 그 여인도 그와 함께 가족사진을 찍고 있었다. 그래서 그는 어쩌면 그 여인이 자신의 먼 가족이나 일가친척일지도 모른다는 생각이 들었다. 아주 가까운 사촌간일지도 모른다는 생각이 들기도 했다. 그래서 그는 그 여인에게 전화요금 영수증을 돌려주어야 한다고 결심을 했다.

사진촬영이 끝나자마자 그 여인을 찾아서 그는 황급히 식당으로 달려가 보았다. 결혼식에 참석했던 사람들이 대부분 식사를 하고 있었으므로 그 손님 중에 분명히 그 여인이 있을 것이라는 생각이 들었기 때문이었다.

그러나 여인은 없었다. 그래서 그는 점심도 먹지 못한 채 결혼식장을 뛰어나왔다. 행길 건너편에 걸어가는 여인의 뒷모습이 보였다. 그는 신호가 바뀌는 것을 기다릴 시간이 없었으므로 그냥 돌진하는 차를 헤치면서 길을 건넜는데, 황급히 브레이크를 밟은 차에서 창문이 열리더니 술 취한 청년이 그에게 소리쳐 욕을 했다. 그의 기억이 정확하다면 그 청년은 그에게 "이 미친 더러운 쥐새끼야" 하고 욕을 했을 것이다. 그러나 막상 행길을 건너자 여인에게 다가갈 용기가 나지 않았다. 저 여인이 결혼식장에서 만난 바로 그 여자인지, 아니 그보다도 며칠 전 은행에서 전화요금을 떨어트린 그 여자임이 틀림이 없는지 명확한 판단이 서지 않았기 때문이었다. 그러나 그는 딱히 할 일이 없었으므로 그 여인을 따라가기로 정하였다.

여인의 모습이 시야에서 사라지면 안 되었으므로 그리 멀리 떨어진 간격도 아니고, 그렇다고 바짝 다가서서 숨결을 느낄 만큼의 근접거리는 사양하면서 그는 여인의 보조에 맞춰 일정한 거리를 유지하면서 따라 걸었다.

건너편에는 주로 젊은이들을 상대로 하는 지하광장이 마련되어 있었다. 그것은 거대한 지하의 도시였다. 그래서 휴일이 아니었음에도 불구하고 그 지하의 광장은 사람들로 대만원을 이루고 있었다.

여인은 수많은 인파들을 뚫고 걸어가고 있었다. 어느 상점에서는 새로 신장개업을 했는지 오색의 풍선으로 장식되어 있었고, 상점을 선전하는 도우미들이 만화의 주인공 같은 복장을 하고 음악에 맞춰서 춤을 추고 있었다. 도우미들은 지나가는 사람들에게 풍선을 나눠주고 있었는데, 여인은 풍선을 하나 받아들고 걸어가고 있었다. 붉은 풍선을 들고 있었으므로 여인의 모습은 쉽게 눈에 띄어 시야에서 좀체로 사라지지 않고 있었다. 그 점은 다행이었다.

그러나 여인은 그 풍선을 제 부모와 함께 나들이를 나온 어린아이에게 주었고, 광장은 젊은이들로 더욱 들끓고 있었으므로 그는 좀더 걸음을 빨리하여 여인에게 바짝 다가갔다. 여인은 걷다가는 상점의 쇼윈도 안을 보기도 했는데, 쇼윈도 안에 서 있는 마네킹이 입고 있는 옷을 구경하고 있는 것인지, 아니면 유리창에 비친 자신의 실루엣을 감상하고 있는 것인지는 분간이 되지는 않았지만 어쨌든 걸음걸이로 봐서는 여인에게도 뚜렷이 할 일이 있어 보이지 않았다.

어느 순간 여인은 갑자기 방향을 바꿔서 제자리에서 뒤로 돌아 그가 있는 방향으로 똑바로 걸어오기 시작하였다. 그는 어떻게 할까 하고 망설였지만 그냥 앞으로 걸어갔다. 두 사람은 서로 어깨를 부딪치면서 스쳐갔다. 그는 가던 방향 그대로 걸어갔다. 그는 이대로 여인과 헤어져 자신이 가고 있는 방향대로 그냥 계속 갈까 하고 순간 생각했다. 그래서 가던 길을 열 발자국 정도 더 걸어갔는데, 가다 말고 그냥 앞으로나마 간다 하더라도 뚜렷이 가야할 방향이 없었으므로 무턱대고 가기보다 차라리 여인의 뒤를 다시 좇아가는 것이 낫다는 생각이 들었다. 그래서 그는 돌아서 빠르게 걸어갔는데, 순식간에 여인의 모습이 보이지 않았다. 그는 사방을 두리번거려서 살펴보았다. 문득 패스트푸드를 팔고 있는 간이음식점 안에서 이제는 눈에 익어진 여인의 앉아 있는 모습을 발견할 수 있었다. 여인은 무엇인가를 먹고 있었다. 그래서 그는 그 음식점에 들어가 음식을 시켰다.

"무엇을 드릴까요."

종이 캡을 쓴 여자애가 묻자 그는 대답했다.

"아무것이나 주시오."

그는 여인의 모습을 놓치지 않기 위해서 그녀가 잘 보이는 좌석에 앉아서 점원이 아무것이나 골라준 음식을 먹기 시작하였다. 음식은 짜고, 싱겁고, 맵고, 달았다.

치마를 입은 여인은 두 다리를 포개어 앉았는데, 그 포개어진 다리 사이로 흰 넓적다리의 속살이 엿보였다. 그러자 그는 갑자기 가슴이 뜀과 동시에 구역질을 느꼈다. 어쩔 수 없이 그는 음식을 먹다 말고 화장실에 들어가 먹은 음식을 토했다. 한참을 토한 끝에 시간이 흘렀으니 그 여인이 어디론가 사라져 버렸을 것이라고 생각하며 밖으로 나와 여인이 앉아 있던 자리를 살펴보았는데, 여전히 여인은 그 자리에 앉아 있었다.

마치 그가 화장실에서 나와 주기를 기다리는 다정한 연인처럼. 뿐만 아니라 여인은 음식을 먹느라고 지워진 입술에 다시 립스틱을 바르고, 화장을 고치고 있었다. 그 모습은 충분히 매혹적이어서 그는 다시 가슴이 뛰는 것을 느꼈다. 그는 또다시 구역질을 느꼈으나 여인이 일어서서 다시 걷기 시작하였으므로 간신히 참았다.

여인은 지하의 상가를 지나 극장으로 다가갔는데, 그곳은 대여섯 개의 극장들이 함께 몰려 있는 문화센터였었다. 울긋불긋한 형광네온들이 어두운 지하의 공간을 밝히고 있어서 강렬한 색채를 내뿜고 있었다.

여인은 매표구에서 표를 사들고, 그 중 한 극장 안으로 들어가고 있었다. 그는 어떻게 할까 망설였으나 다른 방법은 없었다. 이제는 오직 여인의 뒤를 좇는 것이 그가 취할 수 있는 유일한 행동인 것 같은 생각이 들었으므로 표를 사들고 여인이 들어간 극장 안으로 들어갔다. 극장 안은 어두워서 어디가 어딘지 알 수 없었다. 화면에서는 물에 빠져 퉁퉁 부풀어 오른 익사체와 같은 남자와 여자가 침대 위에서 벌거벗고 뒹굴고 있었는데, 어느 정도 눈에 익자 좌석 앞자리에 앉아 있는 여인의 모습이 눈에 들어왔다. 그는 여인이 잘 보이는 뒷좌석에 앉았다. 그는 애초부터 영화를 보기 위해 극장 안에 들어간 관객이 아니었으므로 줄곧 여인의 뒷모습만 눈여겨볼 뿐이었다. 그러자 그는 갑자기 행복감을 느꼈다. 비록 두 사람이 함께 앉아서 영화를 감상하는 연인들처럼 데이트를 하고 있는 것은 아니지만 그래도 나란히 앉아서 똑같이 영사막에 투영되는 영화의 장면을 함께 쳐다보고 있다는 사실에 그는 여인이 자신의 일부분이 된 것 같은 동질감을 느꼈다.

그러나 그런 행복감도 잠시뿐이었다. 갑자기 여인은 자리에서 일어섰다. 극장 로비에서 여인은 휴대전화를 받고 있었다. 누군가에게서 전화가 온 모양이었다. 짧은 통화를 끝낸 여인은 다시 극장 안으로 들어가지 않고 그대로 극장을 빠져나갔는데, 그래서 그는 여인의 뒤를 좇아 극장 밖으로 따라 나갈 수밖에 없었다.

여인은 다시 상가를 따라 걷기 시작하였다.

어느 상가 앞에 서서 여인은 한참 동안 진열장 안을 들여다보았다. 그곳은 여자들의 옷을 파는 의상점이었다. 오랜 시간을 끌던 여인은 상점의 문을 열고 안으로 들어갔다. 그는 여인의 뒤를 따라 함께 상점 안으로 들어갈 수 없었으므로 진열장에 바짝 몸을 기댄 채 상점 안을 엿보았다. 마네킹 사이로 상점 안의 내부가 보였다. 여인은 옷을 고르고 있었다. 점원이 여인에게 다가가 뭐라고 말을 붙이자 두 사람은 한참을 웃었다.

그는 아내가 볼일을 보고 나올 때까지 기다리는 자상한 남편처럼 참을성 있게 기다렸다. 여인은 점원이 골라 주는 옷을 들고 탈의실 안으로 사라졌다. 그러나 탈의실은 반쯤 열려 있어 여인이 옷을 갈아입기 위해서 접은 나이프처럼 몸을 굽히고 치마를 벗는 모습이 그대로 눈에 들어왔다. 벗은 여인의 엉덩이가 채집한 곤충을 날카로운 핀으로 찔러 표본 위에 고정시켜 놓듯 그의 골수를 찔렀다. 그는 비명을 질렀다. 또다시 그는 구토감을 느꼈다. 그러나 사람들이 오가는 번화한 상가 거리에서 토할 수는 없는 일이었다. 그래서 그는 여인이 새로운 옷으로 갈아입고 조금 전까지 자신이 입던 옷은 종이 백에 넣어 의상점을 나설 때까지 간신히 구역질을 참으면서 숨을 헐떡거리면서 서 있었다. 그는 다시 여인의 뒤를 좇기 시작하였다.

여인은 지하의 광장을 나서서 빠르게 걷고 있었다.

무더운 여름날은 오후가 되자 더 더워져서 마치 한증막처럼 달아오르고 있었다. 한낮의 열기로 충분히 달구어진 거리는 해질 무렵이 되자 강렬한 지열을 내뿜고 있어 질식할 정도로 무더웠다.

여인은 그가 알고 있던 눈에 익은 옷을 던져 버리고, 다른 옷을 입고 있었으므로 그가 지금까지 좇던 여인이 아니라 전혀 다른 여인처럼 보였다. 아니 실제로 다른 여인과 혼동해서 다른 여인의 뒤를 밟고 있을지도 모른다는 생각이 들었다. 그러나 그는 상관이 없었다. 다른 여인이라고 해도 그는 무방하였다. 이제는 왜 자기가 왜 그 여인의 뒤를 좇아가야 하는가의 그 이유마저 상실한 채 그는 여인의 뒤를 좇고 있을 뿐이었다.

여인은 지하철을 타기 위해서 지하도로 내려갔다. 마침 열차가 도착했는지 수많은 사람들이 계단으로 뛰어오르고 있었다. 여인은 자유롭게 탈 수 있는 통행권을 가지고 있었는지 그대로 매표소를 통과하여 개찰구로 걸어갔다. 그러나 그는 통행권이 없었으므로 지하철의 입장권을 사야 했다.

그는 많은 시간을 지체하였다. 한꺼번에 많은 승객들이 자동판매기 앞에서 표를 사기 위해 줄을 서 있었기 때문이었다. 간신히 표를 사고 개찰구를 지나 다시 지하계단을 걸어가면서 그는 어쩔 수 없이 여인과 헤어질 수밖에 없다고 생각하였다. 두 개의 반대 방향으로 가는 지하철의 노선으로 그는 어느 방향으로 가야 할지 마지막 선택을 해야 했는데, 그는 될 대로 하는 심정으로 그 중 하나의 방향을 골라 천천히 내려갔다.

과연 여인의 모습은 보이지 않았다. 그는 지쳤으므로 벤치에 앉아서 잠시 쉬기로 했다. 그러다 문득 반대편 플랫폼에 뭔가 낯익은 물체가 움직이고 있는 것을 본능적으로 느꼈다. 그는 그곳을 바라보았다. 두 개의 지하철 레인 건너편 역구내에 그 여인이 서 있었다. 두 사람의 시선은 순간으로 마주쳤는데, 그의 기억이 정확하다면 여인은 살짝 미소까지 떠올린 것이었다.

그는 용수철에 튕긴 듯 반사적으로 자리에서 일어났다. 그러나 이미 여인이 서 있는 방향으로는 열차가 곧 도착한다는 안내 방송이 있었고, 실제로 뚜뚜뚜 — 터널을 뚫고 달려오는 열차의 불빛까지 보였으므로 그는 계단을 뛰어올라 반대편까지 달려가 다시 계단을 뛰어내려 여인의 뒤를 좇는다는 것은 무리라는 생각이 들었다. 그러나 그는 어쩔 수 없었다. 이렇게 된 이상 끝까지 가보는 수밖에 없다고 생각하였다. 그래서 그는 계단을 뛰었다. 그는 헐떡이며 반대편 출구까지 달려가 다시 계단을 내려갔는데, 이때 이미 열차가 승객을 싣고 달려가는 소리를 들었다. 그는 절망해서 천천히 계단을 걸어 내려가 역구내로 다가갔다.

그는 여인이 여전히 그 자리에 서 있는 것을 보았다. 그는 순간 혼란에 빠졌다. 지하철을 타는 것이 목적이었다면 여인은 마땅히 방금 사라진 열차를 타고 갔어야 옳았을 것이다. 그러나 여인은 여전히 그 자리에 서 있는 것이 아닌가. 그것은 그가 자신을 좇아오기를 기다린 것이 아니었을까. 그가 좇아오는 충분한 시간을 주기 위해서 여인은 일부러 첫 번째 열차를 타지 않고 다음 열차를 기다린 것은 아니었을까. 그렇다면 여인은 처음부터 자신을 좇아오는 그의 존재를 의식하고 있었던 것은 아니었을까. 그래서 일부러 자신의 존재를 놓쳐 버린 그가 잘 볼 수 있도록 플랫폼 한가운데 서 있었고, 마침내 시선이 마주친 그를 향해 미소까지 보였던 것이 아니었을까.

그러나 그의 추리는 그것에서 그칠 수밖에 없었다. 다음 열차가 쏟아져 들어오고 있었기 때문이었다. 퇴근시간이었으므로 차 안은 발 디딜 틈없이 혼잡하였다. 그러나 그는 필사적으로 손잡이를 잡은 채 어떻게 해서든 여인과의 간격이 멀어지지 않도록 안간힘을 쓰면서 중심을 잡고 있었다.

그때였다.

여인이 핸드백을 열고 무엇인가를 꺼내었다. 그것은 휴대전화였다. 어디선가 다시 전화가 걸려온 듯 여인은 전화를 받았다. 몇 마디를 하고 끊었다. 그제서야 그는 여인이 떨어트리고 간 전화요금의 영수증을 떠올렸다. 그의 기억이 정확하다면 그 영수증은 아직도 지갑 속에 보관되어 있을 것이다. 그것을 다시 꺼내볼 수 있다면 그는 여인이 가지고 있는 휴대전화의 번호를 알 수 있을 것이고, 그것을 통해 여인에게 전화까지 걸 수 있을 것이라는 생각이 떠올랐다. 그도 언제부터인가 휴대전화를 갖고 다니고 있었다. 그것은 아내가 쓰던 전화였는데, 아내는 그에게 자기가 쓰던 전화를 내주면서 이렇게 말하였다.

"당신이 갖고 다니세요. 항상 연락이 되게요."

그는 한 번도 그 전화를 써 본 적이 없었다. 그는 전화를 걸 사람도 없었으며, 알고 있는 전화번호도 없었다. 그는 항상 주머니 속에 전화를 넣고 다니고 있었지만 걸려오는 전화는 오직 아내로부터였다. 아내가 그에게 전화를 걸 때면 깜박 잊었던 심부름의 새로운 내용을 전달할 때가 대부분이었다. 그런 의미에서 그는 아내가 주문한 물건을 배달하는 서비스맨에 지나지 않았다.

짧게 통화를 끝낸 여인은 열차 천장에 붙은 노선표를 확인하더니 다음 정거장에서 갑자기 내리려고 하였다. 황급히 사람을 뚫고 입구 쪽으로 빠져나갔다. 열차가 멎자 여인은 곧바로 내렸지만 그는 채 내리기도 전에 조금이라도 빨리 열차 안으로 들어오려는 승객들이 쏟아져 들어왔으므로 그는 사람을 헤치고 빠져나갈 수가 없었다. 그는 더 안으로, 안으로 떠밀려갔다. 그는 소리를 질렀지만 사람들은 그의 비명을 무시하였다. 그대로 문은 닫히고, 열차는 다시 출발하였다.

다음 정거장에서 그는 지하철에서 내렸다. 밖으로 나오자 어둠이 내려져 있었는데, 그 거리는 그가 한 번도 가 본 적이 없었던 낯선 거리였다. 그는 기억할 수 없는 어두운 거리를 걸으면서 오래전의 기억을 떠올렸다. 그의 기억이 정확하다면 어린시절 학교에서 집으로 돌아올 때면 그는 조그마한 돌멩이 하나를 일부러 골라서 그것을 발로 차면서 집으로 돌아오곤 했었다. 별다른 뜻은 없었다. 그렇게 하면 학교에서 집으로 오는 먼 길을 따분하지 않게 걸어올 수 있었기 때문이었다. 행길을 건널 때도 그는 돌멩이를 차면서 걸었다. 어쩌다가 하수구의 구멍 속으로 돌멩이가 빠질 때가 있었는데 그러면 그만이었다.

마찬가지가 아닌가 하고 그는 생각했다. 여인이야말로 권태로운 오후에 그가 선택했던 무의미한 돌멩이 같은 것이 아닌가. 그 돌멩이가 하수구에 빠진 것처럼 여인이 시야에서 사라져 버린 이상 계속해서 여인의 행방을 추적하는 것은 무의미한 일이 아닐 것인가.

그래서 그는 포기하고 집으로 돌아가기로 했다. 그는 너무나 지치고 피로해서 쓰러질 것만 같았다.

그러나 그때 갑자기 지하철에서 떠올랐던 생각이 다시 한 번 떠올랐다. 그렇지 하고 그는 생각했다. 지갑을 뒤져서 영수증을 꺼내어 여인에게 전화를 걸 수 있다면 여인이 있는 현재의 위치를 추적할 수 있을 것이 아니겠는가. 그는 망설일 필요가 없었다. 그는 곧바로 지갑을 꺼내 며칠 전 주웠던 그 지로용지를 찾아서 영수증에 적힌 전화번호를 확인하였다. 그는 휴대전화를 꺼내 전화번호를 누른 다음 통화 스위치를 눌렀다. 따르릉 따르릉 신호가 가기 시작하였다. 그로서는 생전 처음 타인에게 걸어보는 전화였던 것이다. 몇 번의 벨소리가 이어지더니 이윽고 신호음이 그치고, 혼탁한 거리의 소음과 함께 여인의 목소리가 흘러 나왔다.

"여보세요, 여보세요."

그는 잠시 할 말을 떠올렸으나 아무런 내용도 떠오르지 않았다. 그래서 전화를 끊어 버렸다. 거리에 서 있던 여인 중의 하나가 갑자기 다가와서 그의 어깨에 손을 얹어 팔짱을 하면서 이렇게 말하였다.

"여보, 어디 가."

그는 여인의 얼굴을 쳐다보았지만 여인의 얼굴이 통 기억이 나지 않았다.

"내 기억이 정확하다면 난 당신이 누구인지 모릅니다."

그는 여인이 기분 나쁘지 않게 정중하게 말했다.

그러자 여인이 노려보면서 말하였다.

"함께 잠자리에 들어서 별짓을 다해 놓고는 모른다고 그래. 개자식."

여인이 후려칠 기세로 덤벼 들었으므로 그는 빠르게 뒷걸음질쳐서 골목 안으로 숨어 들어갔다. 그때였다. 그의 주머니 속에서 날카로운 벨소리가 들려왔다. 그는 본능적으로 전화를 들어 뚜껑을 열어 코았다. 아내임에 틀림이 없다고 생각하였다. 세 번의 신호음이 지날 때까지 전화를 받지 않으면 아내는 그가 일부러 전화를 받지 않는다고 의심하는 습성이 있었으므로 황급히 전화를 받고 보니, 그러나 아내의 목소리는 아니었다.

"저한테 전화를 걸었던 분이신가요."

낯선 여인의 목소리였으나, 직감적으로는 그 목소리가 조금 전 그가 전화를 걸었던 여인의 목소리임을 알 수 있었다.

"그렇습니다."

그는 대답했다.

"전화를 걸어놓고 왜 말씀을 안 하신 거예요."

이 여인은 어떻게 해서 그의 전화번호를 알 수 있었던 것일까. 아마도 전화를 걸면 자동적으로 상대방의 전화번호가 입력이 되어 액정에 찍혀 나오기 때문이 아니었을까.

"그것은, 그것은."

그는 헐떡였다.

"전화를 받는 분의 행방을 잃어버렸기 때문입니다."

"제가 있는 곳을 알려 드리면 이곳으로 오시겠어요."

"물론입니다."

그는 대답하였다.

여인은 자신이 있는 위치를 알려 주었는데, 전화를 끊은 후 그는 어두운 골목길에서 목을 꺾고 조금 토했다. 그리고 여인이 가르쳐 준 장소를 찾아 떠났다. 그것은 어렵지 않았다. 한 정거장쯤 걸어가자 새해 첫날 같은 때 시장이 나와서 기념행사를 하며 타종을 하는 누각이 나타났다. 그곳이 약속 장소였지만 그 여인은 그곳에 없었다. 한참을 기다렸으나 여인은 나타나지 않았다. 그는 아무래도 그 여인이 자신을 속인 것이라 생각해서 떠나기 위해 돌아서는데 다시 따르릉, 전화벨이 울렸다. 여인은 갑자기 약속 장소가 변했다고 미안한 목소리로 말했다. 그리고 다음 약속 장소를 알려 주었다. 그는 지방으로 가는 기차들이 출발하는 중앙역으로 달렸다. 시계탑 밑에서 한참을 기다렸으나 역시 여인은 나오지 않았다. 그는 다시 여인이 자신을 속이고 있다고 생각했으므로 미련없이 역 광장을 떠나려고 하는데 다시 전화가 걸려왔다. 이번에는 틀림없다고 여인은 목소리에 힘을 주며 말하였다.

그는 여인이 시키는 대로 몇 개의 횡단보도를 건너고 지하도를 건넜다. 네온의 불빛이 찬란하게 빛나고 있는 마천루의 빌딩 숲 뒤쪽으로 걸어가자 어둡고 좁은 골목이 나타났다. 골목 끝에 낡은 건물이 하나 있었다. 건물 안으로 들어가자 입구를 지키고 있던 노파가 그에게 말을 하였다.

"어딜 가시유."

"403호실입니다."

그러자 노파는 막대한 돈을 요구하였다. 그는 주머니를 뒤져 보았다. 호주머니 속에는 아내로부터 받았던 결혼식의 축의금 봉투가 그대로 들어 있었다. 그는 노파에게 봉투째 내어밀었다. 그러자 노파는 그에게 열쇠를 내주었다. 그는 낡아서 곧 무너질 것 같은 계단을 올라가 4층까지 올라갔다. 복도에는 불조차 켜져 있지 않아서 그는 주머니에서 라이터를 꺼내 불을 켜고 어둠을 밝히며 403호까지 걸어갔다. 어디선가 깔깔거리는 웃음소리도 들려오고, 곧 숨이 넘어갈 것 같은 비명소리도 들려왔다. 마침내 복도 끝에서 403호실을 발견하자 그는 문을 두드렸다. 몇 번의 두드림에도 낡은 방문은 부서질 듯 삐걱거렸다. 안에서 반응이 없었으므로 그는 노파로부터 받은 열쇠를 구멍에 넣어 비틀어 문을 열었다.

방 안은 캄캄하였다. 벽면을 더듬어 불을 켜려고 하는 순간 어둠 속에서 목소리 하나가 들려왔다.

"어서 오게나."

그는 그 목소리를 듣는 순간 소스라쳐 놀랐다. 그의 기억이 정확하다면 그 목소리는 그가 찾아갔었던 친구의 목소리였기 때문이었다. 믿을 수 없어 그는 스위치를 올렸다. 그러자 껌뻑 껌뻑이며 불이 켜졌다. 흐린 촉광이었으므로 불은 켰으나 여전히 앞을 분간할 수 없는 어두운 방 안에 생각했던 대로 그의 친구가 서 있었다.

"전번에는 미안하게 되었네."

친구는 말하였다.

"차마 자네를 아는 척할 수가 없었기 때문에 모른 체하였던 거야. 그 점 정말 미안하네. 그런데 누구 자네를 미행한 사람은 없었겠지."

의심쩍은 듯 친구는 창가로 다가가 커튼의 틈을 벌리고 창밖을 살펴본 후 그에게 물었다. 그는 단호하게 대답하였다.

"아무도 따라오는 사람은 없었네."

"그럼 됐네. 혹시 누가 따라올지 몰라서 세 번이나 약속 장소를 바꿨었지. 그점 역시 미안하게 됐네. 그건 그렇고, 우리가 친구라서 말하는 거지만 자넨 뭣 때문에 여기에 왔는가. 미리 말해 두지만 부끄러워할 것은 없네. 나는 자네가 여기에 왜 왔는지 알고 있으니까."

친구는 옆방의 문을 열었다. 침대 위에는 여인이 실오라기 하나 걸치지 않은 모습으로 누워 있었다.

"내가 자네를 이곳까지 오게 하기 위해서 얼마만큼 노력을 했는지 아는가. 자 쑥스러워할 필요는 없네. 저 계집애는 내 아내니까. 솔직히 말해서 난 질투심 같은 것은 없으니까 마음대로 하게. 저 계집애는 타고난 색광이어서 아마도 자네를 무척이나 괴롭힐 것이네. 그러니까 마음껏 즐기시게나."

"자네는."

그는 어리둥절한 목소리로 물었다. 그의 기억이 정확하다면 친구는 이미 수년 전에 아파트에서 떨어져서 죽지 않았던가. 그가 살던 아파트의 관리인은 그가 7층의 아파트에서 떨어져 화단 위에 엎드려 죽어 있었다고 말하지 않았던가.

"죽지 않았던가. 벌써 수년 전에 말일세."

그러자 친구는 단호하게 말하였다.

"내가 죽었다고? 나는 죽지 않았네. 자 보게나. 보다시피 난 이렇게 손과 발이 있지 않은가. 유령이라면 손과 발이 없지 않겠는가."

친구는 자신의 손과 발을 보여 주었다. 그리고 나서 이렇게 말하였다.

"내가 자네를 이곳까지 오도록 한 것은 한 가지 부탁이 있어서일 세. 그 부탁만 들어줄 수 있다면 나는 자네가 내 아내와 무슨 짓을 한다 해도 이를 허락해 줄 수 있을 걸세."

친구는 다정하게 그의 손을 잡으며 말하였다.

"제발 내 부탁을 들어주게나. 자네가 내 친구라면. 기억하고 있나. 언젠가 우린 함께 둘이서 배를 타고 바다 속으로 침몰해 버린 아틀란티스의 대륙을 발견하기 위해서 떠나기로 약속했던 그런 다정한 친구가 아니었던가."

3

다음날 아침.

아내는 그에게 시킨 심부름을 제대로 했는가를 물었다. 그는 틀림 없이 임무를 완수했다고 분명하게 말하였다. 시키는 대로 결혼식장에 가서 정해진 시간에 틀림없이 축의금을 전달했다고 말하였다. 그러자 아내는 기가 막히다는 듯 비웃으며 말을 하였다.

"결혼식장이라고요."

"그렇소."

그는 당당하게 대답했다. 깜박 잊고 그 축의금을 전달하지 않고 봉투째 노파에게 내주었던 것이 마음에 걸렸지만 그는 시치미를 떼기로 하였다.

"당신 어디 미친 거 아니에요."

"미치다니."

"내가 가라고 했던 곳은 결혼식장이 아닌 장례식장이란 말이에요."

그래서 그는 이번에는 조위금을 들고 아내가 가르쳐준 종합병원의 영안실을 찾아갔다. 영안실에는 검은 상복을 입은 남자들과 흰옷을 입은 여인들이 슬픔에 겨워 통곡을 하고 있었다. 그는 접수인에게 틀림없이 조위금을 전달하고, 분향을 하기 위해 꽃 한 송이를 들고 관 위에 놓인 영정 앞으로 다가갔다. 영정 속에는 한 여인이 활짝 웃고 있었는데, 어디서 많이 본 듯한 여인의 초상이었다. 그는 그 여인의 모습을 어디서 보았는가 하고 순간 생각하였다. 그러나 그는 아무것도 기억해 낼 수 없었다.

그의 기억이 정확하다면 그가 기억할 수 있는 유일한 기억은 이제 그가 가졌던 모든 기억이 송두리째 잊혀지고, 깨끗하게 지워져 버렸다는 기억뿐이었다. 왜냐하면 그는 어젯밤 친구에게 그가 가졌던 모든 기억을 고스란히 전해 주었기 때문이었다. 그것이 친구가 그에게 요구했던 단 하나의 부탁이자 조건이었던 것이다. 그는 인간적인, 너무나 인간적인 사람이었으므로 절친한 친구였던 그 친구의 마지막 부탁을 들어주지 않을 수 없었기 때문이었다.

대상을 받은
권지예의 수상 소감과
문학적 자서전

● 수상 소감

삶의 진실을 각인하는 녹슬지 않는 펜촉

이상문학상의 권위에 기대어 감히 소망해 본다. 왜냐하면 위대한 작가는 녹슬지 않는 예리한 펜촉으로 사람들의 가슴에 각인될 질문을 던지는 사람들이라고 생각하기 때문이다.

● 나의 문학적 자서전

운명적 짝사랑, 소설을 향한 집념

25년 전 17세의 여고생 문학소녀였던 나는 모교인 숙명여고 강당에서 문인들이 성시를 이루는 가운데 제1회 이상문학상 시상식의 안내를 맡아 참관하면서, 내 생애에 저런 상을 받는 날이 오면, 죽어도 소원이 없을 것 같은 생각을 하며, 잠시 내가 수상자가 되는 그림을 머릿속에 그려 보았다.

삶의 진실을 각인하는 녹슬지 않는 펜촉
— 인생의 본질을 향한 집요한 질문을 위하여

이상문학상의 권위에 기대어 감히 소망해 본다.
왜냐하면 위대한 작가는 녹슬지 않는 예리한 펜촉으로
사람들의 가슴에 각인될 질문을 던지는 사람들이라고 생각하기 때문이다.

권 지 예

마흔한 살에 문운이 들었다는 점괘

오래전에 딱 한 번 점을 본 적이 있었다. 점괘에 마흔한 살에 문운(文運)이 있다고 나왔다. 그때부터 나는 마흔한 살이 되어 문운을 떨칠 날을 꿈꾸며 살아왔다. 드디어 마흔한 살. 한데 팔자에도 없는 큰 교통사고가 찾아왔다. 덕분에 죽다 살아서 수개월을 병원 신세를 져야 했다.

내가 왜 이 이야기를 하는 것일까.

소식을 들은 어제 하루는 마치 복권 당첨이 된 듯 처음엔 무조건 기뻤다. 그런데 만 하루가 지난 지금, 수상 소감을 쓰려니 머릿속이 하얗게 바랜 듯 멍하다. 바로 이 느낌이 마흔한 살의 교통사고를 떠올리게 하는 것이다.

고속도로에서 자동차가 반파되어 의식을 잃었다가 잠깐 눈을 뜨니 깨진 차창 밖으로 5월 하오의 햇빛이 천상의 빛처럼 하얗게 쏟아지고 있었다. 멍하면서도 참 평안함을 느꼈다. 아마도 삶과 죽음의 경계가 그쯤이 아니었을까. 살아 있는 걸 깨달았지만 삶에 대해 초연한 겸손, 무욕의 경지를 한순간 느꼈다. 가끔 마음이 흔들릴 때나 고통스러울 때, 또는 넘치도록 기쁠 때는 그 순간을 떠올리며 마음을 다독여 보곤 한다.

내 인생에 이렇게 징한 짝사랑이 있을까

1977년. 제1회 이상문학상 시상식이 내가 다니던 숙명여고 강당에서 있었다. 그때 나는 교내 신문 《숙란》지의 기자로 취재 겸 안내를 맡았다. 그 당시 우리 문학소녀들의 우상이었던 김승옥 선생이 수상하는 걸 보면서 내 생애에 저런 상을 한 번 받아 보면 죽어도 소원이 없을 것 같다고 생각했다.

문학에 뜻을 둔 지 긴 세월이 지났다. 중간에 문학을 포기하고 산 세월도 십수년은 되지만 그 동안 나는 끝내 마음을 주지 않는 야속한 연인을 끈질기게 사랑하는 마음으로 살아왔다. 간혹 내 인생에 이렇게 모질고 징한 짝사랑이 있을까 싶어 절망에 빠지기도 했다. 그러나 그저 몰입해서 쓰는 순간의 고통과 행복이 내가 살아 있는 느낌을 생생하게 전해 주는 것에 깊은 만족감을 느껴야 했다.

1997년. 프랑스. 남들보다 늦은 서른여덟의 나이. 우연히 투고한 단편소설로 《라쁠륌》을 통해 나는 작가가 되었다. 한국 소설책도 귀하고, 문단의 동향은커녕, 문학을 이야기할 만한 사람도 없는 모국어의 오지에서 나는 그저 내 방식대로 썼다. 참 외로웠지만 자유로웠다.

내 상상력의 뇌관을 건드리는 그림들

수상작 〈뱀장어 스튜〉는 몇 년 전 어느 날, 그다지 알려지지 않은 피카소의 그림을 보다가 어떤 강렬한 이끌림 때문에 서두 몇 문장을 시작했다. 그러나 당시 나는 박사 논문을 한창 쓰고 있는 중이라 손을 댈 틈이 없었다. 논문을 쓰는 중에 미치도록 글을 쓰고 싶을 때만 조금씩 써 보다가 재작년 가을, 비로소 병상에서 완성하였다. 오랜 병원생활의 고통과 절망이 〈뱀장어 스튜〉를 끓인 화력이 되었다고나 할까.

이 작품은 종전의 내 작품들과 비교해 볼 때 개인적으로 의미를 부여하고 싶은 작품이다. 내 딴에는 이 소설에서 존 파울즈의 〈프랑스 중위의 여자〉에서처럼 작가인 화자의 개입, 시점의 변화 등, 포스트모더니즘 소설의 일부 기법을 조심스레 시도해 보았다.

'나'와 '그녀', '여자'의 시점을 액자소설이되 액자와 액자 속으로 드나들게 하면서 리얼리즘 소설로는 제한적인 한 인간의 외면과 내면의 다양한 모습을 그려 보고 싶었다. 또한 8년 간의 프랑스 체류중에 자연스레 체감한 예술적 분위기 속에서, 특히 미술을 통해 문학에 접근하는 방식을 내 나름대로 시도를 해보게 되었다.

가끔 소설은 그림을 통해서 내게로 오곤 했다. 강렬하고 즉각적인 그림의 이미지는 곧이어 내 상상력의 뇌관을 자극시키고 폭발시켰다. 나는 이렇게 그림이 문학을 여는 코드가 되는 소설을 써 보고 싶은 욕심을 오랫동안 가지고 있었다.

어디서나 삶의 진실은 똑같다

귀국한 지 2년 남짓, 등단 5년차, 마흔 넘은 신인. 모국에서의 글쓰기는 여간 만만치 않았다. 이제 한국 문단의 기라성 같은 수상작가들의 이름 밑에 내 이름을 올리는 것이 부끄럽지 않았으면 좋겠다.

그러나 내게 어떤 새로움이나 가능성을 기대할 만해서 상을 주는 것이라면 이상문학상의 권위에 기대어 감히 소망해 본다. 겸손하되 비굴하지 않은 작가정신으로 죽을 때까지 인생의 본질에 대해 집요하게 질문을 던지겠다고. 왜냐하면 위대한 작가는 녹슬지 않는 예리한 펜촉으로 사람들의 가슴에 각인될 질문을 던지는 사람들이라고 생각하기 때문이다.

이 세상에 단 한 번 태어난 절대적이고 유일한 내 존재의 의미가 인류 전체의 삶의 흐름과 연결되어 있다는 우주적인 생각을 프랑스에 살면서 참 많이 했다. 그리고 어디나 어쩌면 삶의 진실은 이렇게 똑같을까 하고 놀라곤 했다. 그런 보편성의 문제를 궁극적으로 내 문학이 담아 낼 수 있기를 간절히 희망한다.

덜 여문 작품을 뽑아 주신, 한 번도 뵙지 못한 심사위원님들과 문학사상사에 뜨거운 감사의 마음을 드린다. 나의 수상이 외롭게 언어의 날을 벼리면서 글을 쓰는 신인들에게 큰 힘이 되었으면 좋겠다.

운명적 짝사랑, 소설을 향한 집념
— 죽을 때까지 앓을 지병 '문학'

25년 전 17세의 여고생 문학소녀였던 나는
모교인 숙명여고 강당에서 문인들이 성시를 이루는 가운데
제1회 이상문학상 시상식의 안내를 맡아 참관하면서, 내 생애에
저런 상을 받는 날이 오면, 죽어도 소원이 없을 것 같은 생각을 하며,
잠시 내가 수상자가 되는 그림을 머릿속에 그려 보았다.

권 지 예

불면증에 시달리던 아이

왜 그리 어린것이 밤마다 불면증에 시달렸을까. 아홉 살이나 옅 살쯤? 나는 한번 불면증에 걸리면 며칠을 시달리곤 했다. 원래부터 선병질적인 약한 체질을 타고나 할머니는 틈만 나면 내 원기를 돋워 주려고 지네닭을 해 먹이셨다. 어디서 구하셨는지 한지로 말아 놓은 쌈지엔 어른 중지보다 더 큰 말린 지네들이 들어 있었다. 밤에 잠을 제대로 못 자서 그런지 낮에는 두통에 시달렸다. 그러자 소골을 먹어야 낫는다며 소골을 구해다 먹이시기도 했다.

골골하기 짝이 없던 집안의 맏딸이었던 나는 이렇게 어린 시절부터 엽기적인 음식에 시달려야 했다. 그러나 영악한 나는 그 점을 잘 이용할 줄 알았다. 문을 걸어 잠그고 두 끼만 굶어 버리면 집 안에서 뭐든지 내 뜻대로 모든 것을 관철시킬 수 있었다.

나는 직업 군인인 아버지를 따라 두 돌이 지나서는 태생지인 경주

를 떠나 강원도와 경기도 지방을 전전하며 살았다. 초등학교 1학년 말, 서울에 정착하게 되기까지 무려 열네 번이나 이사를 했다고 한다. 그래서였을까. 집 안엔 장식품류나 책이 없었다. 서울로 이사해서 어느 날 아버지에게 책이 갖고 싶다고 말했더니 책을 선물로 사오셨는데 만화책이었던 걸로 기억된다.

낙천적이고 호방한 성격의 아버지는 전축에 음반을 걸고 음악을 크게 듣는 걸 좋아하셨다. 그래서 집 안엔 음반은 제법 많았는데, 남진이나 이미자, 배호, 문주란, 은방울 자매서부터 장소팔과 고춘자의 만담판까지 당시의 유행하는 음반이 넘쳐났다. 하도 듣다 보니 그들의 창법을 나름대로 익히게 되어 성대모사를 꽤 잘하는 수준에 이르러 만만한 사람들 앞에서 '끼'를 발휘해 보기도 했다.

어머니는 내가 아주 어릴 때부터 광적으로 라디오 연속극을 좋아하셔서 어린 나도 저녁만 먹으면 배를 깔고 엎드려 라디오에 귀를 모으곤 했었다. 서울로 이사와서는 나를 데리고 극장에 자주 가곤 하셨다.

밤마다 영화를 찍던 아이

이런 분위기 때문인지 나는 책읽기보다는 영화나 연속극의 스토리, 트로트 가요의 가사에 내 상상력의 뿌리를 박았는지도 모르겠다. 그러니 요즘 같은 인터넷도 없는 그 시대에 잠이 안 오는 긴 밤을 나는 이것저것 공상을 하면서 지새웠다. 그러다 점점 머릿속에 영화 장면처럼 이미지와 스토리를 만들어 가며 일관된 긴 이야기를 만들어 가는 재미에 푹 빠져 버렸다. 사춘기로 접어들면서 내용도 점점 에로틱해졌다. 내 상상력의 행보를 쫓아가는 게 너무 신기하고 즐거워 스르르 잠이 오려 하면 오히려 눈꺼풀에 침을 묻혀 잠을 깨어서라도 스토리를 이어 갔다.

텔레비전의 드라마나 영화에서 본 어떤 잊혀지지 않는 이미지 하나를 가지고 나는 새벽녘까지 이야기를 다듬어 가며 머릿속에 스크린을 치고 영화를 돌리는 것이었다. 어떤 한 이미지에서 출발한 몽상이 육화된 스토리를 얻는 데는 꼬박 일주일 밤이 걸리기도 했다.

예를 들면, 당시 한모라는 가수의 '눈물의 웨딩 드레스'란 노래를 들었다고 치자. "당신의 웨딩 드레스는 정말 아름다웠소. 우리가 지난날 만난 것도 이제와 생각하니 사랑이었소……." 가수의 감미로운 목소리와 가사를 들으며 내 머릿속에는 이루지 못한 사랑의 주인공들이 벌써 주연 배우로 자리를 잡게 된다. 첫 장면은 결혼식장에서 웨딩 드레스를 입은 옛사랑을 쓸쓸히 쳐다보는 남자의 눈빛에서 시작된다.

만약 그날 신문에서 최인호 씨의 《별들의 고향》 연재분에서 경아와 문오가 목욕탕에서 성교하는 장면을 읽었다면 나는 일찍 잠자리에 들어 오직 그 장면에 탐닉하기 위해 젊고 아름다운 청춘남녀를 만들고 그들의 사연을 유치하지 않게 나름대로 치밀하게 구성하는 것이다. 지금 생각하면 성욕의 대리 충족이라 할 수 있겠지만 나는 단 하나의 키스 신도 함부로 낭비하진 않았다. 키스를 하고 사랑을 하기까지의 가슴 떨리는 과정을 오히려 즐겼는지도 모른다. 내 주인공들이 질탕하게 성교를 하거나 사랑을 나누고 나면 그만 이야기가 시들해지고 엉성하게 결말을 내고 그만 잠이 들곤 했으니까 말이다.

이런 몰입 상태는 가끔 일상생활에 지장을 주기도 했다. 초등학교 3학년 때던가. 등굣길에서 가게의 나무 덧문 위에 주루룩 붙여 놓은 영화 포스터들에 정신이 팔려 버렸다. 선 자리에서 김지미와 허장강과 신영균을 한데 묶어 머릿속에서 또 영화를 찍다 학교로 가 보니 벌써 첫째 시간이 끝난 뒤여서 선생님에게 호된 꾸지람을 들었던 기억이 있다. 중학생이 되어서도 특히 시험공부에 지친 늦은 밤, 나는 휴식 삼아 잠깐 눈을 감고 머릿속에 스크린을 만들어 영화를 돌리다가 새벽까지 헤어나오지 못해 시험을 망친 적이 부지기수였다. 못된 수음의 버릇 같은 그 유혹은 끊기 힘든 내 유일한 오락이었기 때문이었다.

그러나 나는 대체로 남들 눈에 '범생이'의 전형으로 비쳤다. 이렇게 머릿속으로는 온갖 발랑 까진 발칙한 상상에 시달리면서도 공부를 꽤 잘했다. 발표와 진지한 질문을 자주 해서인지 중학교 시절 선생님들은 나를 '권 교수님'이라 부르곤 했다.

여고시절, 저 상 받으면 죽어도 원이 없을 것 같았던 이상문학상

여고시절은 각별했다. 내가 평생 글을 쓰며 살고 싶다는 생각을 처음으로 하게 된 계기가 생겼기 때문이다. 나는 전통이 있고 수준 높은 교내 신문 《숙란》지의 기자 모집에 응시했다. 마침 문화적 열등함에 부끄러움을 느끼던 차에 공부 이외에 뭔가 나를 계발하고 싶다는 생각을 절실하게 하던 때였다. 경쟁률도 치열했는데 그 이유는 《숙란》기자는 특별 대우를 받았기 때문이었다. 배지는 많았지만 오직 펜촉이 디자인 된 《숙란》배지만 흰 칼라 위에 달 수 있고, 금단의 성(城)인 남학교를 마음대로 드나들 수 있다는 매력이 대단했다.

또 다른 계기는 교내 백일장에 참가하여, 수필 부문에서 3등을, 꽁트 부문에선 장원을 한 것이었다. 난생 처음으로, 글짓기를 하여 상다운 상을 타 본 것이었다. 신문에 내 사진과 작품이 실리자 나는 금방 글 잘 쓰는 아이로 전교에 소문이 났다.

그러나 나는 집에 와서 자랑을 하지 않았다. 오히려 서랍 속의 묵은 노트 갈피에 신문을 꼭꼭 숨겨 놓기까지 했다. 지금에 와서야 고백인데 그것은 엄밀하게 말하면 표절이었기 때문이다. 백일장의 제목은 '창', '눈', '손'이었는데 나는 감전을 일으키듯 '손'이란 제목을 선택해 일필휘지로 써내려 갔던 것이다.

백일장이 있기 얼마 전 바로 밑의 여동생의 서랍을 우연히 뒤지다 만화 묶음 노트 밑에서 그 애의 문집을 발견했다. '하얀 날개'라는 제목이 붙여져 있었다. 동생은 아이큐가 140이 훨씬 넘고 나오는 달리 놀기만 해도 척척 1등을 하는 아이이긴 하지만 그 애가 몰래 꿍트니 소설이니 시니 하고 원고지에 써 묶어 놓은 것을 보자니 두렵기까지 했다. 이상하게 깊은 울림이 느껴지는 글들이었다. 남자처럼 덩치 크고 착해 빠진 그 애를 놀려 먹고 부려 먹고 했지만 그 애가 나보다 더 지적으로 우월하다는 건 나도 잘 알고 있는 사실이었다. 나보다 세 살 어린 동생이지만 내심 존경의 염(念)도 가지고 있던 나였다. 동생의 문집 속에서 '육손이 엄마'라는 동화를 읽게 되었다. 손가락이 하나 더 붙어 아이들의 놀림을 받는 엄마를 둔 아이가 어떻게 엄마를 사랑하게 되는지를 재미있게 전개시킨 작품이었다. 나는 그걸 베껴 내었던 것이다.

동생의 작품을 표절해 상을 탄 것에서 출발한 나의 글쓰기는 실력이 들통나면 어쩌나 하는 자격지심과 전전긍긍으로 오히려 책과 가까워지는 계기가 되었다. 틈만 나면 도서실에서 책을 대출해서 읽었다. 한국 문학과 세계 명작들을 읽기 시작했는데, 그 당시 특히 나를 사로잡았던 작가는 헤르만 헤세였다. 《데미안》이나 《지와 사랑》, 《유리알 유희》 같은 책에 빠졌다.

백일장 이후, 남들의 기대 때문이었는지 나는 곧 유능한 기자가 되어 갔다. 《숙란》의 기자들 중에 각별히 문학 이야길 많이 한 친구로 후에 《문화일보》를 통해 소설가가 된 이경혜가 있다. 그 친구는 당시 우리 또래들과는 달리 독서량도 많고 감성도 풍부하고 글도 잘 썼다. 부모님들이 모두 인텔리이신 경혜네 집에 간 적이 있는데, 그의 공부방 벽면 가득 책이 꽂혀 있는 것이 아주 부러웠다.

우연일까, 이상문학상 수상 소식을 들었을 때 퍼뜩 떠오르는 기억은. 인연의 씨앗인가. 77년도엔가 모교인 숙명여고 강당에서 제1회 이상문학상 시상식이 있었다. 학교에 문인들이 성시를 이루고, 덩달아 안내를 맡았던 나까지도 가슴이 벅찼던 기억이 난다. 17세의 문학소녀였던 나는 내 생애에 저런 상을 받는 날이 오면 죽어도 소원이 없을 것 같다는 생각을 하며 잠시 내가 수상자가 되는 그림을 머릿속에 그려본 적이 있었다. 그때 김승옥 선생님이 〈서울의 달빛 0장〉이란 작품으로 수상을 했는데, 이후 우리 문학소녀들 사이에선 그것이 화제가 되었었다. 당시 김승옥 선생님과 이청준, 박완서 선생님 등은 내 문학의 우상이 된 분들이다. 특히 박완서 선생님은 우리 선배이시고 《숙란》지에서 댁으로 가 탐방기사를 쓴 적도 있어 작품뿐 아니라 소박한 인간미까지 감동을 주었던 분이다.

폭설 내리던 날의 눈물 젖은 맹세

대학생이 된 스무 살 초겨울, 문학이 내 운명이라고 받아들이게 되는 큰 사건을 맞게 되었다. 천재라 불렸던 동생이 죽은 것이다. 죽는 날까지 드러내지 않고 말없이 고통을 삼키다 고요히 눈을 감은 동생. 의연한 투병 생활 때문인지 나는 죽기 얼마 전까지 그의 병이 그렇게 치명적인 것인 줄을 몰랐다. 어머니는 나와 동생에게 그걸 끝내 말해주지 않으셨던 것이다.

동생이 죽은 후 남겨진 유고들을 보았다. 동생은 죽음을 예감하고 홀로 처절하게 몸부림치고 있었던 것이다. 어느 날 어머니와 동생이 쓰던 흰 베갯잇을 빨려고 뜯어 보니 그 속의 등겨를 싼 자주색 나일론 천이 눈물로 더께가 앉았는지 검게 굳어져 있었다. 두 사람의 것이 다 그랬다. 그러나 나는 두 사람이 우는 걸 한 번도 본 적이 없었다. 어머니는 강인한 분이셨다. 밤마다 서로 들키지 않게 몰래 그렇게 하염없이 눈물을 흘려 댔다니…… 나는 두 사람에 대한 연민으로 가슴이 터져 버릴 것 같았다.

동생은 재로 흩어졌지만 나는 동생의 흔적을 도무지 지우고 싶지 않았다. 그의 재능이 너무 아까웠고 하늘이 원망스러웠다. 동생의 유고 보따리를 들고 복사집을 헤매었다. 복사본이라도 몇 부 만들어 기리고 싶었던 것이다.

폭설이 내리는 날, 보따리를 들고 나는 경혜와 만났다. "이걸 어쩌면 좋니……." 그리고 서로 부둥켜안고 한참을 울었다. 경혜는 내게 말했다. "우리 소설가가 되자. 글에서 네 동생이 항상 살아 있도록 하자."

나는 작가가 되기로 결심했다. 그래서 대학 내 서클인 '이화문학회'에 들어가 열심히 책도 읽고 토론도 했고 소설도 쓰기 시작했다. 그 시절 기억 속엔 '연세문학회'와 '이화문학회'에서 열었던 시화전과 연세문학의 밤이 떠오른다. 작고 시인 기형도나 지금 활동하고 있는 성석제, 원재길, 공지영, 김태연 등 무수한 예비 문학인들이 연세문학회에 있었다. 그 행사를 계기로 역시 후에 소설가가 된 도씨가 강력하게 계약 우정(?)을 제의했다. 그는 지금은 폐간된 《소설문학》 장편모집에 응모할 장편을 쓰고 있었다. 상금의 반을 주겠다고 했다. 두 달 간 연대 도서관에서 그의 작업을 도왔다. 원고지를 산처럼 쌓아 놓고 하루에도 수십 장을 써 대는 것이 신기하고 놀라웠다. 지금 생각하니 나는 그 무렵 신춘문예나 장편공모 같은 데 한 번도 응모를 해보지 않았다. 아직은 때가 아니라고 생각했던 걸까.

4학년이 되어 단편 〈뜨거운 포말〉이 이화문학상에, 단편 〈피꽃〉이 이대학보 현상문예에 당선되었다. 대학 3학년 때부터 나는 '다락방'이라는 동인 그룹에서 외부의 문청들과 문학 공부를 병행했는데, 당시 미학을 전공하며 시를 쓰던, 지금은 미술 평론가로 활동하는 남편을 거기서 만났다.

그는 내 소설 〈피꽃〉을 보고 접근을 했는데, 그 이후 살면서 문학으로부터 멀어지는 나를 상당히 안타까워했다. "베스트셀러 작가가 될 거 같아 데리고 살았더니 말짱 꽝이잖아." 이렇게 염장을 지르곤 했는데, 그래도 나의 재능을 끝까지 믿어 준 유일한 동지이기도 하다.

뒤늦게 알게 된 등단 소식

결혼 후 생활인으로서 서울 공항중학교, 백석중학교에서 교사 생활을 거쳐 프랑스로 건너와 사는 한동안 나는 글을 쓰지 못했다. 다시 소설에 손을 댄 것은 프랑스 생활이 5년쯤 무르익을 때였다. 긴장 일변도이던 외국 생활에 어느 정도 익숙해지자 삶이 다시 무기력해졌다. 습한 기후에 오래 살다 보니 몸도 약해지는 것 같았다. 여기저기 아픈 데도 많아지고 우울해졌다. 나는 마음먹고 다시 소설에 손을 대 보았다. 그렇게 다시 습작을 한 지 1년 반, 나는 서울에 있는 대학 선배로부터 한 통의 전화를 받았다.

"신문에 문예지 광고가 났는데 잡지 목차에서 네 이름과 소설이 추천 소설로 나온 거 같아서 내가 확인해 봤더니, 몇 달 전 네가 서울 왔을 때 내게 보여 주었던 그 소설이더구나. 왜 서울과 파리에 떨어져 살다 재회하는 부부 얘기."

그것이 내가 〈이중주〉란 제목을 붙여서 응모를 했던 작품이었다. 〈두 개의 꼭두각시 인형〉이란 이름으로 제목이 바뀌어 《라쁠륨》지에 1회 추천을 받고 나왔다는 것이다. 《라쁠륨》지는 그때 내가 주소를 알고 있는 유일한 문학지였다. 우연히 주불 한국문화원에 가서 신문을 보았는데 거기 창간호 광고가 났었다. 그때 내가 수첩에 주소를 적어 둔 적이 있었던 것이다. 그 동안 나는 신춘문예나 신인응모에 작품을 내지 않았는데, 이제는 응모를 해도 되겠다는 생각이 들어 조심스레 보내 보았던 것이다.

출판사에 전화를 해보니 내가 급하게 부치느라 원고에 연락처를 잘못 썼던 모양이었다. 겉봉의 주소로 편지를 보내도 답이 없더라며 연락이 안 되어 자기네도 고민중이었는데 다행이라며 반가워했다. 그러면서 그 잡지에서는 신인이 두 번 추천의 관문을 통과해야 등용되는데, 두 번째는 한 1년 간 습작을 더 해서 역작을 내놓아야 한다는 것이다. 혹 써 둔 작품이 있으면 며칠 내로 좀 보내보라고 하였다. 나는 마땅한 작품이 생각나지 않았지만 보내겠다고 약속을 해버렸다. 다만 그 무렵에 무언가의 이끌림으로 몇 문장을 쓰기 시작한 게 있는데 이상하게 그게 '작품'이 될 것 같은 예감이 들었던 것이다.

상자 속에서 푸른 '칼'이 나오기까지

대박을 터트리는 정도는 아니더라도 뭔가 '작품'은 돼야 하는게 생각하니 초조하기만 할 뿐 글이 도무지 써지지 않는 며칠이 지났다. 그 와중에 나는 남편과 지독한 부부싸움을 하게 되었다. 부활절을 하루 앞둔 날이었다. 우리는 얼마 전부터 성당에 함께 나가던 터라 이번 부활절만큼은 뜻 깊게 보내자고 무언의 약속을 했었다.

부활절 아침까지도 화가 풀리지 않아 나는 무작정 혼자 집을 나왔다. 힘든 외국 생활을 신앙에 의지해 보자고 서로 약속을 한 터에 판공성사까지 하고도 부활절 미사에 참례하지 못해 마음 한 구석이 찜찜했다.

그런 생각 때문인지 갈 데도 마땅치 않아 나는 지하철을 타고 어슬렁어슬렁 노트르담 사원까지 가게 되었다. 세느 강변을 따라 걷다가 다리 건너 노트르담 사원의 광장에 이르니 사람들이 많이 몰려 있었다.

한 남자가 음악을 틀어 놓고 묘기를 보여 주고 있었다. 콧구멍으로 포크가 들락거리고 체인을 몸에 친친 감고 온몸을 비틀어 빠져나오고 목구멍 속으로 장도(長刀)를 집어넣는 묘기를 보여 주고 있었는데 신기하기보다는 엽기적이고 충격적이었다. 그의 애인인 듯한 여자가 돌아다니며 모자를 들고 동전을 모으고 있었다.

그런데 갑자기 알지 못할 전류 같은 것이 몸에 흐르기 시작하며 소설의 플롯이 한순간에 온 머리에 해일이 덮치듯 밀려 들어왔다. 꼭 벼락을 맞은 기분이 그럴까. 나는 얼떨결에 지갑에 손을 넣어 100프랑짜리 지폐를 모자 속에 넣었다. 수북한 동전 속에서 지폐를 보더니 여자가 내게 말했다.

"너무 많지 않아요? 자 원하는 만큼 거슬러 가세요."

나는 고개를 흔들었다. 아깝지 않았다.

그때 미사를 알리는 종소리가 울려 퍼지고 나는 많은 관광객들과 섞여 성당으로 들어가 부활절 미사를 보았다. 그리고 기도했다.

내 펜이 당신의 뜻대로 움직이게 해달라고……

그리고 집으로 돌아와 사흘 밤낮을 제대로 먹지도 자지도 않고 정신없이 써 내려갔다. 마지막 마침표를 찍자마자 나는 탈진 상태가 되어 버렸다.

원고를 손볼 시간도 없이 서울로 부쳤다. 한 달 후에 그 소설로 2차 추천을 완료, 정식으로 등단이 되었다고 연락이 왔다. 그것이 중편 〈상자 속의 푸른 칼〉이다. 나는 드디어 오랜 세월 몰래 벼리고 있던 '칼'을 상자 속에서 빼든 것이다. 그렇게 나는 작가가 되었다. 만 서른일곱이었으니 작가가 되기로 결심한 세월로부터 17년이나 흘러와 있었다.

내 인생에 많은 걸 준비하게 해준 프랑스 유학 시절

나는 이렇게 갑자기 어떤 충격이나 이끌림에 촉발되어 글을 쓰는 경우가 많은 것 같다. 그럴 땐 그 짝사랑만 하던 소설이 나를 향해 걸어오는 것 같아 온몸이 자릿자릿한 느낌이 들 정도다. 나는 이럴 때 "접신(接神)!" 선언을 하며 방에 틀어박혀 버린다.

작가라는 의식을 가지게 되니 삶이 새롭게 느껴졌다. 내게 다가오는 세상의 모든 이미지와 사람 사는 풍경들이 초점을 잘 맞춘 렌즈로 보듯 선명해졌다. 작가라는 타이틀은 내 눈에 잘 맞는 안경 같은 선물이 되었다. 햇빛 한 점, 바람 한 줄기조차도 예사롭지 않았다. 거리의 프랑스인, 흑인들조차도 혈육처럼 따뜻하게 느껴졌다.

등단한 해인 1997년은 정말로 열심히 썼던 한 해였다. 단편 한 편과 네 편의 중편이 그때 쓰여졌다. 홀로 고투를 하면서 내 식대로 쓴 글들을 써 놓고 보노라면, "이게 소설 맞나?" 하는 생각도 들었다. 누군가의 평가가 절실해졌다. 그러나 애시당초 그런 것에 연연하지 않기로 결심했고 쓰고 싶은 욕망이 불끈 솟으면 그저 빠져들어 써 댔다. 어떤 의미에서 외국에서의 글쓰기는 순수하고 또 자유로울 수 있다고 생각한다.

작가에게 있어 글쓰기는 누구나 각고의 고통이지만, 프랑스에 있는 동안 나는 늘 두 가지 갈등에 시달렸다. 학업과 글쓰기의 갈등이 그것이다. 두 가지는 늘 궁합 나쁜 부부처럼 내 속에서 아웅다웅 다투었다. 게다가 아무도 도와주지 않는 육아나 가정살림. 아이들이 학교나 유치원에 가 있는 동안이나 잠든 밤 시간엔 전화도 받지 않았다 (다행히 프랑스는 유치원이나 학교가 4시 30분에 끝난다). 밤 시간은 야근, 낮 시간은 정상 근무. 이렇게 직장인처럼 공부하고 글쓰는 시간을 엄격히 구별해서 생활했다.

어느 땐 한창 모국어를 다듬으며 소설의 세계에 빠져 있다가 얼결에 전화를 받은 적도 있는데, 갑자기 전화선 너머에서 프랑스어가 들리면 묘한 기분에 빠지게 된다. 순간, '어? 여기가 어디지? 내가 지금 어디 있는 거야?' 그런 와중에 평소에 쓰던 불어가 빨리 나와 주질 않아 애를 먹곤 했다.

프랑스에서의 유학 생활은 내 인생에서 많은 것을 준비하게 해준 시기였다. 충분히 자유롭게 문화 생활을 즐기지는 못했지만 분위기에 젖을 수는 있었다. 그 사람들의 뿌리 깊은 예술에 대한 이해나 애정,

다양한 문화에 대한 포용심은 정말 부러웠다.

죽을 때까지 '문학'이란 지병을 앓고 싶어

글을 쓰느라 전념하지 못한 논문을 본격적으로 쓰느라 2년 동안은 글을 쓰지 못했다. 2000년도 1월에 박사 학위를 받고 완전히 한국으로 돌아왔다. 잔뜩 기대에 부풀어 돌아온 모국은 너무도 낯설었다. 많은 것들이 변했고, 또 프랑스에서 살았던 세월이 나를 변하게 했기 때문이다. 그래도 조금씩 정을 붙여 가던 중에 큰 교통사고를 당했다. 객관적으로는 목숨을 잃을 수 있는 대형사고였는데 다행히 그 정도는 아니었다. 사고 현장에서 의식을 잃었다 잠깐 깨어나니 다리를 움직일 수 없었고 얼굴에 상처를 입었다. 그때 잠깐 우습게도 이런 생각이 들었다. '아아, 이젠 꼼짝없이 어디 처박혀서 글만 쓸 수밖엔 없겠구나…….'

몇 달 간의 병원 생활은 몸의 고통뿐 아니라 정신적 불행감까지도 실컷 느끼게 해주었다. 절망 속에서 그래도 몸이 견딜만 하면 노트북을 숨겨 놓고 조금씩 쳐 보았다. 2년 전, 피카소의 그림을 보고 처음 씨를 뿌렸다가 논문 때문에 손을 못 댔던 〈뱀장어 스튜〉를 꺼내어 고심하며 쓰기 시작했다. 〈뱀장어 스튜〉는 나로서는 역작이다. 그 이전에 내가 썼던 소설과 다른 류의 소설을 쓰고 싶다는 욕심이 그 전부터 있어서 나는 몇 편의 실험적인 소설을 시도해 본 적이 있었는데 완성되지 않았다. 긴 시간 고민을 했었는데, 〈뱀장어 스튜〉도 그 중의 하나였다.

줄거리는 피카소의 알려지지 않은 그림 〈뱀장어 스튜〉를 보자 잡혔는데, 표현의 문제에 대한 고민을 오래 했었다. 그러다 모든 사물은 입체로 이루어져 있다는 세잔의 지론을 작품으로 보여 준 피카소의 그림들에서 힌트를 얻었다. 그림에서는 보이지 않는 반대쪽 눈과 가슴을 그릴 수 있는데, 소설에서도 세계와 사물의 여러 면을 보여 줄 수는 없을까. 그 오랜 고민이 병상에서 나름대로의 답을 얻어 완성된 것이다. 2년 간 아주아주 오래 곧 〈뱀장어 스튜〉가 나온 것이다. 이 소설 말고도 병원에서 병실 체험을 배경으로 〈고요한 나날〉이란 단편을 썼고, 중편 〈행복한 재앙〉을 구상했다.

인간에게도 운명이 있듯이 작품도 다 타고난 팔자가 있는 것 같다. 〈뱀장어 스튜〉의 인생 유전에 대해서는 나중에 말할 또 다른 기회가 있을 것이다. 〈뱀장어 스튜〉는 《현대문학》 2001년 7월호에 실렸다. 그런데 뜻밖에도 명성만 익히 들어오던 김윤식 선생님이 《문학사상》 8월호에 많은 지면을 할애하여 호평을 해주셔서 흥분과 함께 큰 용기를 얻었다.

작년 한 해는 교통사고의 악몽에서 벗어나 활기차게 보낸 한 해였다. 대학에 강의도 나가고 소설도 열심히 써서 중편 한 편과 단편 네 편을 발표하게 되었다. 소설을 쓰면서 자주 생각하게 되는 일인데, 내가 살아온 인생의 곳곳에 이미 소설이 될 만한 씨들은 뿌려져 있다고 생각된다. 다만 인생의 꽃밭에 열심히 물을 주고 거름을 주고 가꾸길 게을리하지 않는다면 풍성한 꽃을 피울 수 있는 게 아닐까라고. 자신의 생을 사랑하고 열심히 살 일이다.

프랑스에서 8년을 살았던 세월이 아직 내 소설의 원천이 되고 있음을 본다. 모든 글과 작가적 의식에는 적당한 거리가 있어야 한다고 보는데, 프랑스에서는 그렇게 과거 한국에서의 삶이 떠오르더니 지금은 프랑스에서의 기억들이 더 선명하게 느껴진다.

아직까지도 나는 명확하게 잘 모르겠다. 소설이 무엇인지, 특히 어떻게 해야 좋은 소설을 쓰는 건지. 그러나 분명한 것은 나는 문학에 대한 상사병을 죽을 때까지도 지병처럼 앓을 것이란 점이다. 문학은 내 운명적 사랑이니까.

아아 어쩌랴, 이 가혹한 사랑을……

〈뱀장어 스튜〉의
작품 세계와 작가 권지예

● 권지예의 〈뱀장어 스튜〉와 그 작품 세계

갇힌 영혼의 해방을 위하여
── **임헌영**(문학평론가)

해맑은 여인들이 영혼과 육체 깊숙이 상처를 지니게 된 경위와 그로부터 탈출하려는 해방에의 꿈꾸기가 바로 권지예 문학의 지향점이다. 그녀들은 상처 때문에 자신의 영혼이 항상 갇혀 있다고 여기며, 그 갇힌 상태로부터의 자유 찾기에 인류 문학사가 언제나 추구해 왔던 궁극적인 인간 해방의 이념이자 권지예 소설의 핵을 이룬다.

● 작가 권지예를 말한다

정갈하고 차분하게 갈무리된 삶의 표정
── **이현식**(문학평론가)

그녀는 삶에 대한 열정과 문학에 대한 관심이 잘 정돈되어 내면으로 감춰진 사람이다. 그녀는 함부로 자신의 열정과 문학에 대한 고민을 내비치지 않았다. 그녀의 소설이, 그 여성들을 오늘의 세상과 삶의 당당한 주인공으로 섬세하게 불러 세울 것을 기대해 본다. 정갈하고 차분하게 갈무리된 그녀의 삶의 표정이 그것을 가능하게 만들 것이다.

갇힌 영혼의 해방을 위하여
─권지예의 문학적 지향과 그의 작품 세계

해맑은 여인들이 영혼과 육체 깊숙이 상처를 지니게 된 경위와
그로부터 탈출하려는 해방에의 꿈꾸기가 바로 권지예 문학의 지향점이다.
그녀들은 상처 때문에 자신의 영혼이 항상 갇혀 있다고 여기며,
그 갇힌 상태로부터의 자유 찾기는 인류 문학사가 언제나 추구해 왔던
궁극적인 인간 해방의 이념이자 권지예 소설의 핵을 이룬다.

임 헌 영(任軒永 · 문학평론가)

영혼의 상처를 지닌 창백한 여인들

1997년 등단부터 2001년까지 만 5년 간 권지예가 발표한 작품 12
편에 등장하는 여인들 대부분은 "밀랍 인형처럼 창백하고 연약"(〈두
개의 꼭두각시 인형〉)하거나, "화장기 없는 창백한 얼굴에 줄곧 피워
대는 줄담배. 그 담배 연기가 이지적으로 뻗은 코의 강낭콩 같은 두
콧구멍 속에서 굴뚝 연기처럼 마구 뿜어져" 나오는 전력을 가진,
"볼우물이 깊게" 패인 모습(〈사라진 마녀〉), 혹은 아래와 같은 묘사
로 전형화되어 있다.

여자는 나이를 짐작할 수 없는 표정을 지니고 있었다. 나른하면서도 우
아한 듯하고 지친 듯하면서도 도발적인 데가 있는 종잡을 수 없는 분위기
를 풍기고 있었다. 그녀는 흰색의 수영모와 새하얀 수영복을 입고 나타났
다. 대부분 검정이나 회색 감청색 수영복 일색인 주부들 속에서 마치 까

마귀떼들 속에 있는 백조처럼 눈에 띄었다. 그건 그녀의 살빛이 유난히 희기 때문에 그런지도 모른다.

—〈나무 물고기〉

창백하리만큼 흰 살결은 순수, 결백, 청렴, 정결, 고귀함 따위를 여인상들에게 풍기려는 속내가 없지 않을 것 같다. 그녀들은 고결한 자태로 마치 이 혼탁한 "세상에 잘못 태어난 생물", "사람들과 잘 어울리지도 못했고, 생활을 즐기지도 못했고, 늘 혼자만의 세계에서 안간힘을 쓰고" 살아가는 "가여운 여자", "나름대로 피를 흘리며 산" "참 힘겨워"(〈나무 물고기〉) 보이는 여인상으로 부각된다. 속된 표현으로 바꾸면 난쟁이들(현실)에게 둘러싸인 백설공주(이상)의 이미지를 읽을 수 있게끔 권지예의 여인상들은 부조되어 있다.

이 여인들이 투명하리만큼 흰 육신이나 영혼을 고이 간직하기에는 아수라의 현실은 너무 각박하다. 그녀들은 여러 이유로 말미암아, 마귀 할멈 같은 현실적인 온갖 장애물에 의하여 겉보기와는 달리 육신에다 깊은 상처를 입게 되었고, 그 아픔에 못지 않게 영혼까지 다쳐 삶을 망가뜨려 버렸다.

이 해맑은 여인들이 영혼과 육체 깊숙이 상처를 지니게 된 경위와 그로부터 탈출하려는 해방에의 꿈꾸기가 바로 권지예 문학의 지향점이다. 그녀들은 상처 때문에 자신의 영혼이 항상 갇혀 있다고 여기며, 그 갇힌 상태로부터의 자유 찾기는 인류 문학사가 언제나 추구해왔던 궁극적인 인간 해방의 이념이자 권지예 소설의 핵을 이룬다.

어디 해방을 꿈꾸지 않는 영혼이 있으랴만 권지예는 그 숱한 인간상 가운데 유독 '창백한 여인'들의 처지에서 그 아픔과 고뇌를 증언하는 데 작가의식을 소진한다.

바로 이런 상처를 드러낸 전형적 여인상으로는 〈나무 물고기〉의 한미아를 들 수 있다. 40세이면서도 전혀 나이를 짐작 못하게 만드는 이 '백조' 여인은 "오랜 세월 프랑스에서 살았"으며, "남편은 고고미술사학을 공부해 (……) 교수가 되었고, 자신은 가끔 번역이나 하고" 지내는, 겉보기에는 행복한 이 여자. 수영 강습 기초반에 다닌 지 "보름이 넘었건만 물에 뜨지를 못"하는 한미아를, "10년 전 고향에서 올라와 전문대를 겨우 다니다 만 남자" 수영 코치의 시선으로 기록한 게 이 작품이다.

이쯤 하면 눈치 빠른 독자들은 대뜸 아, 유부녀와 수영 코치의 불륜을 상기할 테고 사실 그 예측은 빗나가지 않는다. 감기로 일주일간 결석하자 남자는 여자에게 연락해서 만나게 되고, 그녀의 초청으로 집에까지 가서 "남편이 아프리카 조각에 관심이 많아 파리 있을 때 모두 사"모은 탈과 가면, 목조 전신상 중 유독 "어느 부족들이 모시는" 목어(木魚) 곧 작품 제목인 '나무 물고기'에 시선이 머문다. 달마의 오묘한 전설이 스며 있는 이 나무 물고기를 여주인공은 "생물을 깨우치기 위해서"와 "영혼을 좋은 곳으로 천도하기 위해"서라고 남자에게 풀이해 주는데, 바로 여기에 그녀의 원죄의식이 숨겨져 있다.

그녀는 일곱 살 때 낮잠에서 깨어나 홀린 듯이 물로 걸어들어 가버려 오빠가 구출하러 따라 들었고, 놀란 어머니가 그 뒤를 이었으며, 나중엔 아버지가 뛰어들어 '나(한미아)'를 구해 놓곤 다시 물로 들어갔으나 셋이 다 익사한 죄의식에 젖어 있다. 그녀의 별명은 '물귀신'이나 정작 물에만 들어가면 허우적대기만 해서 "두려워하는 것에 도전해 보자고" 수영을 배우려 했다는 내력이 밝혀진다.

웬만한 수준의 작가라면 이 정도의 여인상을 부조시킨 것만으로 만족하고 적당히 불륜의 장면이나 펼치면서 끝내 버릴 수도 있는데, 권지예는 오히려 여기까지를 서론으로 삼아 버린다. 이런 여인의 운명이 어떻게 전개될 것인가를 끝까지 추적해 보자는 게 이 작가의 속셈이다. 곧 갇힌 영혼의 정체성과 그 운명까지를 추적하려는 것이다.

여인은 남자가 요구하는 돈 삼천만 원을 선뜻 주선해 줄 뿐만 아니라 남편이 해외로 나간 틈을 타 여행을 주선한다. 그러나 정작 바닷가 호텔에서 "밤을 기다려 왔던 달떠 있던 여자의 모습은 어디에도 없"고, 꼼짝 않고 잠에 빠져 들었는데, 아침에 눈을 뜨니 행방불명이었다.

작가는 여기서 또 반전을 시도한다. 그녀의 남편이 찾아와 전한 말로는 이런 행불이 "이번이 세 번째"로, "없어지긴 물가에서 모두 없어졌는데, 엉뚱한 데서 찾지요. 첫 번째는 결혼 전이었는데, 강원도의 절에서 찾았구요. 두 번째는 대구에서 찾았어요. 찾으면 술래에게 들킨 어린애처럼 얌전하게 돌아오지요. 난 이제 찾지 않을 거요. 지쳤어요……. 이번엔 어쩐지 내게 돌아올 것 같지도 않구요"라는 것이다.

이 여인, "천형의 긴 그림자"(작가의 〈창작 노트〉)에 끌려 다니는 창백한 여인, "지상에 잘못 올라온 인어" 같은 여인이 곧 권지예의 소설을 관통하는 한 전형성을 이루고 있으며, 그런 여인을 위해 남자들이 아무리 나무 물고기(목어)를 두드려 줘도 그녀의 영혼은 구원받지 못한 채 중음신으로 헤맬 뿐이다. 그게 바로 권지예의 여인상들이다.

육체적인 상흔과 윤리의식

아픈 건 마음만이 아니다. 그녀들은 매끈한 외모와는 달리 "오른 손목에 자벌레처럼 오톨도톨하게 남은(동맥절단 자살 기도의 흔적인—인용자) 흉터"가 돋아 있는 데다 "아랫배에 나 있는 또 하나의 흉터" "오래전 자궁에서 아이를 꺼내느라 생긴 흔적이 가시 돋친 철삿줄처럼 그어져 있다"(〈뱀장어 스튜〉).

"그 상처를 지닌 스무 살부터 많은 남자들을" 섭렵한 그녀 ― "남자의 감옥이라면 갇히고 싶다는 생각"으로 "남자 몰래 죄를 잉태"했으나 "남자는 바람을 막을 집을 지어 줄 수 있는 사람"이 아니어서 "부모의 강권으로 하늘이 다른 어느 먼 나라로 입양 보내" 버렸던 과거가 있는 여인, 그게 바로 〈뱀장어 스튜〉의 여자다.

그녀는 "모욕감을 느끼게 하지 않고도 그 상처들을 따뜻하게 핥아주는 남자", 곧 파리의 가난한 한국인 화가를 남편으로 선택했지만, 입양시킨 아이의 아버지인 한국에 살고 있는 화가, "오고 싶을 땐 언제든지 와. 난 항상 열려 있으니까. 아니, 난 문이 없어"라는 남자도 못 잊어 15년 전에도, 10년, 8년, 5년, 최근엔 3년 전에도 찾아가곤 했다.

그녀가 다시 한국의 남자를 찾게 된 것은 남편과 노르망디 지방 여행중 자기가 버렸던 애와 동갑내기인 한 한국인 입양 딸아이를 만나고서였다. 전과는 달리 "요즘엔 나도 결혼하고 싶어. 등이 시릴 정도로 쓸쓸함이 느껴질 때가 많아"라는 푸념을 늘어놓을 만큼 남자는 변했으나, 58일 만에 그녀는 남편의 집으로 귀환한다. 돌아온 탕녀를 위하여 남편이 마련한 것은 삼계탕인데, 이건 바람둥이 화가 피카소의 마지막 여인 자끌린이 만든 '뱀장어 스튜'에 맞먹는 역할을 해준다. 피카소는 여인과 요리에 두루 감동했던지 '뱀장어 스튜'란 그림 밑에다 요리법까지 자상하게 써 두었는데, 소설은 바로 이 대목을 인용하면서 화자인 '나'가 파리의 한 여인을 회상하는 형식으로 구성된다.

그러니까 피카소가 마지막 여인을 사랑했듯이 이 가난한 화가도 상처투성이 여인을 받아들여 그 성능이 엇비슷한 삼계탕을 끓이고자 스튜 냄비에다 1시간 타이머를 맞추곤 침대에서 뱀장어 스튜나 삼계

탕을 익히듯이 섹스에 탐닉하는 것으로 그녀의 상처를 치유코자 재
시도하는 것이다.

> 인생이란 화려하지도 않고. 더군다나 장엄하지도 않으며 다만 뱀장어의
> 몸부림과 같은 격정을 조용히 끓여 내는 것이 아닐까……. 스튜 냄비의
> 밑바닥처럼 뜨거움을 견디고 살아 내는 것인지도 모른다는 생각이 조용히
> 스며들기 때문이다. 신이 조절한 타이머에서 종소리가 날 때까지 말이다.
> 하긴 꼭 뱀장어 스튜가 아니면 어떤가. 삼계탕이나 곰탕, 뭐 이런 것들도
> 조용히 끓고 있는 것이다.
> ―〈뱀장어 스튜〉

‘나’는 상처투성이 탕녀가 귀가하여 남편과 섹스로 화해하는 과정
을 마무리하면서 "삼계탕이 끓고 있는 동안 그녀는 고즈넉한 평화로
움에 젖는다. 살아서 펄떡이는 것들을 모두 스튜 냄비에 안치고 서
서히 고아 내는 일. 살의나 열정보다는 평화로움에 길들여지는 일.
그건 바로 용서하는 일인지 모른다"는 정언판단을 내린다.

〈뱀장어 스튜〉는 우리 시대의 황량한 윤리의식의 부표다. 탕녀와
정절녀의 구분법이 효력 상실해 버린 후기산업사회의 사랑법은 여기
서 그 이정표가 다시 세워질 것이다. 주제에 걸맞게 형식도 잘 짜여
진 정치한 액자소설이다.

이렇게 여인의 육체적인 상처를 보듬어 내는 작업은 이미 등단작
〈두 개의 꼭두각시 인형〉부터 비롯된다. 5년의 열애 끝에 결혼한 지
7년째인 남편은 프랑스 유학중이고. 아내는 남편의 뒷바라지를 위하
여 "그림을 공부하고 싶어했던 늦은 꿈"을 재빨리 접고 귀국, 여섯
살 딸애를 키우며 수학 임시교사로 있다. 2년 만에 아내가 겨울방학
을 맞아 파리로 갔다가 귀국하기까지의 여정을 엮은 이 소설 전반부

는 남편의. 후반부는 아내의 시각으로 전개된다.

아내는 "3년 간 파리를 체험한" "터치와 색감이 아주 좋은 그림을 그리는 신진 화가"와 불륜의 관계를 가진 터라 "파리에 도착한 며칠 간 나는 남편의 얼굴을 마주 볼 수 없었다. 어색해서라기보다 남편의 믿음을 배신했다는 자책감에, 두렵고 가슴이 미어지는 듯"하여, "남편이 주는 형벌을 달게 받고 싶었"다. 더구나 그녀는 화가의 아이를 임신한 것으로 착각했던 터라 죄의식은 가중되었다. 그러나 이내 프랑스 여인과 남편의 불륜 사실을 포착하면서 "팔목에 자해"(이 방법은 〈내 가슴에 찍힌 새의 발자국〉의 정소연이나, 〈뱀장어 스튜〉에서 시도된 바 있는 익숙한 자살법이다)했으나 예상대로 실패, 남편의 불륜 증거품인 젊은 프랑스 여인의 금발을 고이 간직한 채 귀국길에 오른다.

비행기가 제주도 상공을 지날 무렵 그녀는 수첩 겉장에 행복한 부녀의 사진과 함께 금발녀의 머리카락을 들여다보며 "어쩜 갇혀 있는 건 내 영혼인지 모른다"는 데 생각이 미친다. 갇혀진 영혼! 상대편을 증거물로 옭아 매려는 마음 자체가 오히려 자신의 영혼을 가둬버리는 밧줄로 변할 것 같은 공포에 그녀는 사로잡힌다.

이 터럭들을 내 몸에 지니고 내가 사는 땅에 발을 디딜 순 없다는 생각이 든다. 어쩜 그것은 밤마다 조금씩 자라서 오랏줄처럼 나를 칭칭 감아 댈지도 모른다. 나는 얼른 수첩 속의 터럭들을 변기에 털고 변기 스위치를 내린다. 내 영혼을 묶었던 다섯 개의 터럭들은 소리도 요란하게 공중 분해된다.

　　　　　　　　　　　　　　　　　　—〈두 개의 꼭두각시 인형〉

이것은 속된 말로 '용서'의 차원이 아니다. 어떤 사랑이나 불륜도 운명의 '꼭두각시'를 벗어날 수는 없다는 게 이 작가의 인생관이자 애정관의 바탕을 이룬다. 여기서 윤리의식은 아예 그 자체를 분해시켜 버리는 차원에서 이 말은 수렴되어야 할 것이다. 결국 여인의 영혼이 갇힌다는 것은 스스로가 상대의 영혼을 가두려는 데서 연유하는 것으로 상대에게 자유를 부여하면 자신도 영혼의 해방을 구가할 수 있다는 자각이다.

운명의 꼭두각시이면서도 생명과 자유를 지닌 꼭두각시를 꿈꾸는 이 창백한 여인들은 결국 갇힌 영혼의 해방을 추구하는 인간상에 다름 아니다. 페미니즘을 배신한 듯하면서도 가장 페미니즘적인 사상을 담아내는 대목이다. 여기에 이르면 차라리 윤리의식의 잣대가 아닌 남녀 평준화의 실현이랄 수 있을 것이다.

귀국 기내에서 옆자리에 앉은 "눈썹에 문신한 여자"가 그녀에게 들려준 삽화 — "서로간의 생리적인 욕구는 인정해 줘야 해요. 우리 부부 일 년에 3,4개월은 떨어져 있어요. 내가 외롭듯 남편도 외로울 거고 외로워서 잠깐 바람나는 건 이해해 줘야 돼요 (……) 사실 우린 1년 간 시범적으로 살아 보고 결혼했어요"라는 대목에 이르면 향후 한국 페미니즘 소설이 어디로 지향할 것인지 가늠할 수 있을 것이다.

갇힌 영혼의 창백한 여인들이 선택했던 남성들(대개는 화가들이다)로부터도 구원받을 수 없었던 그녀들을 해방시킬 수 있었던 건 그녀 자신들의 의식혁명으로 밝혀진다.

예술적 창조와 역사 바로 보기

여인상이 창백한 모습인 것과는 대조적으로 그녀들의 영혼이 안주코자 했던 남성상은 자못 우악스럽다. 〈투우〉의 황병우의 별명은 "병든 황소"로, "시골 출신의 가난한 미대생"인데, 대학 입시를 위해 석고 데생이나 정물화를 그리는 학생들에게 "사생만 잘하는 건 죽은 그림"이라 빈정거리다 화실에서 쫓겨나 "섬뜩한 힘" "새로운 놀라움"이 있는 민중미술에 전념, 꽤나 명성을 얻기도 한다. 그런데 민주화와 함께 점점 예술계는 바뀌고 "가슴 속의 등대가 하나씩" 꺼져갔다.

문민정부 시대가 되었다고 왜 민중을 위한 운동이, 예술이 모두 끝났다고 생각하는지 모르겠어. 문민정부가 들어서면 고통받는 민중이 사라져? 갑자기 모두들 중산층이나 된 것처럼 똥폼들 잡구 말야. 사실을 말하면, 아아. 나는 예술가가 되지 말았어야 할 인간인지도 몰라. 내 예술이 이제 아무런 희망도 되지 않는다면……. 가난한 사람들도 이제는 내 그림을 좋아하지 않아. 구차스럽다는 거지. 그들이 변했다면, 그들을 이끈 내 그림에도 책임이 크다는 무거운 반성이 가슴을 누르기 시작했다.

—〈투우〉

그는 프랑스에서 관광 가이드가 되었는데, 공교롭게도 학창 시절에 혈서로 사랑을 고백했던 여인 문희원(바로 창백한 계열)이 남편의 재력 덕분에 신도시개발 붐을 타고 아파트 거실에 걸기 좋은 그림으로 유명해져 프랑스에 나타나 그 일행의 안내를 맡게 된다. 30년 후에 만나 함께 전시회를 열자고 약속했던 그녀는 남편 말고도 유력 미술잡지 편집책임자인 이종만도 동행하여 스페인 국경 지역에서 투우를 보곤 야비한 입씨름으로 번진다.

문희원의 명성을 띄워 준 대가로 그녀의 육체를 계속 범해 오고 있는 이종만은 급기야 황병우의 과거 정체를 알아채곤 느닷없이 민중미술을 내리 비하해 대며 이를 투우장에서의 소의 비겁함의 논리로 싸잡아 빈정대자 황이 황소처럼 덤비는 장면은 매우 상징적이다.

이튿날 아침 황이 바다에서 수영을 즐기는데 자살하려는 걸로 착각하고 문희선이 애타게 부르는 장면은 매우 희화적이다. 그들은 헤어지면서 이제 15년 남은 공동전시회의 약속을 상기한다. "예술의 이름으로 부끄럽지 않게, 삶의 이름으로 치열하게" 다시 만날 것을 다짐하는 마지막 장면은 자못 감동적이다.

이런 감동은 〈정육점 여자〉에서 더욱 치열하게 반복된다. 무정자증인 '나'는 첫 아내가 향수병으로 프랑스를 버리고 귀국함으로써 이혼, 결국 자신도 귀국해 두 번째 아내를 가지나 연극배우답게 불륜의 증거인 아이를 두 번이나 지우곤 태연하다. '나'의 뇌리를 지배하는 것은 파리에서 고생할 때 정육점 주인의 아내 라라(한국인 입양녀)와의 잊을 수 없는 정사였는데, 그녀는 한국 사창가 출신으로 파리에서 한국 유학생들에게 섹스와 각종 이용만 당하다가 버림받은 경력의 소유자이며, 그녀의 남편은 월남인으로 한국군으로부터 가족이 피살당하자 조국을 떠나온 사나이다. 그러니까 이들의 결합은 피해의식과 가해의식의 엉성한 심리적인 보상인 셈인데, 여인은 영혼의 공허감을 한국인 애인을 찾는 데서 메우려 하고, 남자는 언제나 무감각한 비정의 삶에 침잠한다.

'나'가 신세졌던 화가 김은 광주항쟁 때 군으로 투입되어 학살을 자행한 죄의식에서 진정한 예술이란 무엇인가를 고뇌하며 한동안은 개를 그리다가 한국문화원 주최 파리 전시회에서 브리지트 바르도의 발언 파문 직후라 퇴짜를 맞자 정육점의 거꾸로 매달린 소를 그리기 시작했다.

"왜 혐오와 분노는 예술이 될 수 없는지, 예술이 뭐가 대단한 건지, 인생이 뭐가 대단한 거냐고 술에 취해 고래고래 소리를 질러" 대는 김은 끝내 자신의 죄의식으로부터의 해방을 예술이라 믿고 창조작업을 계속한다.

"예술가는 말야. 악령에 쫓기는 불행한 인간이야. 내가 왜 이런 그림을 그리겠나. 난 살육을 했단 말야. 인간을 도륙을 했단 말야. 알 겠니? 이 그림들은 내 죄의식의 그림자들이야. (……)"

바로 그 김으로부터 라라의 죽음 소식을 듣고 회상 형식으로 이뤄 진 이 작품은 아마 권지예의 역사의식과 미학관을 이해하는 데 빼어 놓을 수 없을 것이다. 라라는 예상대로 '나'의 귀국 후 다른 한국인 과 냉동고에서 시신으로 발견되었다는 사족은 새삼 삶과 예술이 어 찌 분리될 수 있겠는가를 반문토록 유도한다. 김의 예술이야말로, 전시회에서 추방당한 그의 그림을 이 상처투성이 창백한 여인들은 요구하지 않을까.

〈사라진 마녀〉의 김서현은 그 외부적인 경력으로 보면 〈뱀장어 스 튜〉의 여주인공에 못지 않는 상처투성이다. 그녀는 전라도 남쪽 항 구의 횟집 딸로, 아버지의 배를 빌려 바다낚시 나가는 남자들을 안 내하다가 집단폭행을 당한. 하반신 문신에다 담뱃불로 지진 흉터를 지니고 있다. 그녀의 집념은 남자들에 대한 복수로 그들보다 더 똑 똑하고 씩씩하게 살겠다는 것. 불문과 수석을 달리며 문학상도 탔던 이 여인을 사랑했던 남자는 많았으나 다 그녀가 보여 준 상처 앞에 서 후퇴하고 말아. 그녀는 남프랑스에서 자신의 상처를 못 보는 아 랍 맹인과 살고 있다.

소설은 그녀를 사랑했던 신형민의 시각에서 그녀를 관찰하는 형식 을 취하고 있다. 어수선한 시국의 가운데서 입대를 앞두고 프랑스로 그녀를 찾아간 신형민 앞에 그녀는 임신한 배를 수박처럼 보듬어 대 면서 묘지의 벤치에서 햇빛을 즐기며 "행복하다"고 말한다. 형민은 여기서 "그녀를 놓아 주자. 그들은 행복할지도 모르지"라고 여기며 다음 행선지인 아일랜드를 향하여 떠난다.

그럼 마녀란 제목은 어디서 유래하는가. 바로 그 선상에서 중학생 때 영어 여교사를 만났는데, 그녀의 예쁘고 가녀렸던 모습, 남편이 운동권으로 뛰기에 생활을 감당했어야만 했던 이 여인이 어느 날 교탁에 두고 간 시계의 시침이 마녀고 분침은 빗자루 모양이었다. 신형민은 그 시계를 여교사에게 돌려주려다 일직 날 화재 사건으로 그녀가 사직해 버려 기회를 잃는다. 그녀를 통해 제기되는 전교조 문제는 문맥상 가입과 미가입이라는 흑백논리로 판가름할 성질은 아니다. 작가는 여기서 공지영의 소설에서 느낄 수 있는 1980년대적인 운동 현장의식과는 사뭇 다른 관조자로서 접근하고 있다. 애매하지만 작가의 입장은 전교조 반대도 지지도 아니다.

이 여교사 부부가 파리 교외에서 교민 상대로 콩나물 장사로 연명하는데, 마침 같은 배를 타게 되어 만났고, 잃어버린 시계를 보고 반겼으나 형민은 그들의 변모에 실망코 전혀 시계를 돌려줄 생각을 않고 있다가 김서현의 주소가 적힌 분홍색 메모지에 시계를 돌돌 말아 바다에 던져 버린다. 형민으로서는 앞선 세대들의 변모에 대한 불만을 이런 식으로 표출시키고 있다.

이와 같이 민주화 운동 후일담에 대한 부정적인 관점은 〈섬〉에서도 나타난다. 후배에게 저지른 과오 때문에 아내와의 불륜도 눈감아 준다는 식의 단순 논리로 오해할 수도 있는 〈섬〉 역시 〈사라진 마녀〉와 같은 맥락으로 이해될 수 있다.

이들은 직접적인 행동이나 참여보다는 자신의 양심상 잘못이 없어야 한다는 입장이다. 그러나 민주화운동에 대한 신뢰보다는 방관자로서의 관찰적 시점이며, 그것도 일관성있는 가치관의 담지자로서가 아니라 세파에 흔들거리며 약삭빠르게 변모하는 양태를 비아냥거리는 투가 느껴진다.

〈풋고추〉는 약간 준엄하다. 여대생 해진이 궁핍을 견디다 못해 차라리 유흥가에라도 나갈 요량으로 우선 자신의 '문'이라도 따 버리려고 성재를 유혹했으나, 그는 1980년 봄, 서클 선배를 지켜 주지 못한 죄의식으로 그녀에게 "지킬 걸 지키지 못해 후회하는 인간간큼 비참한 건 없는 거야"란 엉뚱한 충고만 듣는다. 풋고추를 둘러싼 회고담조로 된 이 작품은 아버지와 고추에 얽힌 삽화가 생생하게 살아 있다.

이 일련의 작품도 창백한 흰 얼굴의 여인이 등장하는데, 그녀들은 여러 요인으로 갇혀진 영혼의 해방의 출구를 찾다가 다시 상처가 덧나거나, 마이 홈주의로 귀착하는 결말을 짓는데, 전자가 예술적으로는 오히려 탁월해 보인다.

소시민적인 삶을 그린 〈행복한 재앙〉〈고요한 나날〉〈내 가슴에 찍힌 새의 발자국〉 등은 소재와 주제가 다르면서도 마이 홈주의의 신화에 함몰되어 있다는 점에서 일치한다. 가족은 있어도 가정은 없는 시대의 윤리의식은 여전히 공동으로 남지만 이 작가는 차라리 그로부터 탈출을 꿈꾸기에 더욱 아름답다.

정갈하고 차분하게 갈무리된 삶의 표정
— 권지예, 그 인간과 문학

그녀는 삶에 대한 열정과 문학에 대한 관심이 잘 정돈되어 내면으로 감춰진 사람이다.
그녀는 함부로 자신의 열정과 문학에 대한 고민을 내비치지 않았다.
그녀의 소설이, 그 여성들을 오늘의 세상과 삶의 당당한 주인공으로
섬세하게 불러 세울 것을 기대해 본다. 정갈하고 차분하게 갈무리된
그녀의 삶의 표정이 그것을 가능하게 만들 것이다.

이 현 식(李賢植 · 문학평론가)

새침데기 같은 도시풍의 얼굴을 가진 여자

새침데기 같은 도시풍의 얼굴을 가진 여자였다. 《라쁠륨》이라는
잡지는 새로 등단한 신인이라고 사진을 곁들여 권지예라는 여성 작
가의 작품을 실어 놓고 있었다. 이화여대 영문과를 졸업하고 프랑스
에 유학중이라는 사진 밑에 붙어 있는 소개문이 처음엔 거북살스러
웠다. '영문과를 나와서 웬 프랑스?' 하는 생각이 들었다. 그녀의 얼
굴도 전형적인(?) 이대 영문과를 졸업했을 법한 데다가 프랑스 같은
고상한 나라에나 유학할 것 같은 유한마담처럼 보인 터였다. 대학
시절 영문학을 공부하면서 그런 여자아이들 틈바구니를 꾸역꾸역 버
텨 낸 나로서는 처음부터 선입관이 좋을 리 없었다. "제대로 된 작
품이나 쓴 건지, 원……" 하면서 〈두 개의 꼭두각시 인형〉을 읽어
나갔다.

나는 한 출판사의 요청으로 그 해(1997년)에 문예지로 등단한 작

가들의 작품선집을 꾸리는 중이었다. 신춘문예등단 작품집이야 기왕에 몇몇 출판사에서 매년 출간되고 있었지만, 정작 주요 문학잡지를 통해 등단한 작가나 시인들의 작품은 제대로 묶여 나온 적이 없다는 편집자의 아이디어가 나로 하여금 이런저런 문학잡지를 뒤적거리게 만든 것이었다. 하긴, 나 역시 그 해에 막 등단한 풋내기 평론가에 불과했었다.

한 이십여 편이 넘는 작품 가운데에 일고여덟 편의 소설을 추리는 작업에서 나는 별다른 주저 없이 권지예의 작품을 골라 낼 수 있었다. 처음의 선입견이 보기 좋게 어긋나고 말았던 것인데, 그만큼 그녀의 작품엔 그 나름의 힘이 느껴졌었다. 당시 작품선집 말미에 붙인 해설 원고 일부를 인용해 본다.

이 소설은 남편의 시선과 아내의 시선, 그 차이로부터 의미가 형성되고 있다. 이 소설의 원제가 〈이중주〉였던 점을 감안한다면(〈두 개의 꼭두각시 인형〉이란 제목은 편집자가 임의로 수정해 붙인 것이다. 내가 보기에 이 두 제목은 하늘과 땅 차이만큼 서로 다르다. 더구나 '꼭두각시 인형'이라니!) 더욱 그렇다. 아내는 스스로의 행동을 반성하고 남편의 문제를 고민하는 삶의 주체로 등장한다. 그래서 그의 목소리는 반성적이고 삶의 주인으로서의 그것이다. 그러나 반대로 남편은 자신의 삶, 특히 자신이 저지르고 있는 불륜에 대해 아무런 자의식을 갖고 있지 않다. 스스로 다른 여자를 만나고 있음에도 불구하고 남편은 지극히 평온하고 일상적이다. 오랜만에 아내를 만날 때조차 그는 죄책감, 미안함의 기미도 느끼지 않는 것이다. 남편을 지배하는 것은 일상적 삶이고 그런 점에서 남편이 내는 목소리는 삶에 의해 지배당하는 객체의 목소리이다. 일상적이고 무반성적인 남편의 자아와 반성적이고 고뇌하는 아내의 주체적 자아는 그만큼 더욱 뚜렷하게 대비된다. 삶을 바라보는 이 두 시선의 차이에 소설의 핵심이 있고, 그것이 이 소설을 여느 소설과 구별시켜 주고 있다.

문학, 혹은 소설에서 주체(主體)의 문제를 나는 지금도 매우 중요한 내 나름의 소설독법으로 삼고 있는데, 그때도 그랬던 것 같다. '꼭두각시 인형'이라는 제목에 거부감을 갖게 된 것도 그 이유가 크다. 이 소설은 '꼭두각시 인형'의 놀음이 아니었던 것이다. 오히려 삶의 주인공으로 나아가고 있는 여성의 모습이 아름다워 보인 소설이었다.

삶에 대한 열정과 문학에 대한 관심이 내면으로 감춰진 사람

내가 그녀를 직접 만날 수 있었던 것은 책이 출간되고 얼마 안 있어서였다. 프랑스에서 집안일로 잠깐 귀국했다는 그녀를 출판사에서 만났다. 사진에서나 실물에서나 내가 받은 인상은 비슷했다. 아담한 체구이면서도 깍듯하고 예의 바른 서울 깍쟁이의 모습이 거기 있었다. 그래서 고향이 경주라는 말을 듣고 의외라는 생각을 잠깐 했던 것 같다.

그러나 사람은 겉볼안이 아니라는 것을 나는 권 선생을 만나면서 실감한다. 그녀는 새침데기도 아닐 뿐더러 서울 깍쟁이도 아니다. 물론 호사스럽게 프랑스 유학을 '즐겼던' 것도 아니다. 대학을 졸업하고 중학교 영어 선생을 하다가 낭만적이고도 열정적인 사랑 끝에 미술 평론을 하는 지금의 부군을 만났다. 모든 것을 팽개치고 공부하러 떠나는 남편을 따라 프랑스로 날아갔고 그곳에서 악다구니 같은 삶과 생활을 겪어 냈다. 두 남매의 어머니로 한 남편의 아내로 그녀는 생활인이 되었다. 못하는 요리가 없을 만큼 모든 것을 집에서 만들어 아이와 남편을 먹일 만큼 그녀는 억척스럽게 프랑스의 생활을 감내해 냈다. 그녀의 소설에서 만나는 일상들이 죽어 있지 않고 살아 숨쉬는 생활로 느껴지는 것도 아마 그래서일 것이다. 그녀의 소설은 그냥 젠체하면서 분위기만 띄우는 소설이 아니다.

그 힘든 와중에서 한국 문학으로 프랑스에서 비교문학 박사 학위를 취득하였다. 김동인을 주제로 인간의 본능과 욕망을 연구했다. 그녀는 삶에 대한 열정과 문학에 대한 관심이 잘 정돈되어 내면으로 감춰진 사람이다. 그녀나 나나 등단한 지 얼마 되지 않는 풋내기로 동병상련의 정을 주고받으며 자주 시간을 함께 보냈었다. 프랑스에 머물던 그녀로서는 이따금 한국에 들를 때마다 그래도 편하게 만날 수 있었던, 명색이 문인인 사람이 나밖에 없던 터였고, 나 역시 제대로 알고 지내는 작가도 없던 처지에 누이 같은 그녀를 만나 문학 공부에 도움을 얻는 경우가 적지 않았었다.

가끔 내가 주워들은 문단 소식을 전해 주기도 했고 그 무렵 읽은 작품들에 대해 되잖은 생각들을 주절주절 읊어 대기도 했었던 것 같다. 그렇지만 그녀는 함부로 자신의 열정과 문학에 대한 고민을 내비치지는 않았다. 왜, 세상이 알아주지 않는 신인 시절의 조급증과 우울함, 자괴감은 얼마나 이겨 내기 힘든 것인가. 그렇지만 그녀에게서는 그런 조급증이나 우울함이 보이지 않았다. 내게 그녀는 그냥 스스로의 삶을 살아가는 것이고 거기에 문학이 있는 것으로 비쳐졌다. 이미 그녀는 나처럼 안달복달하는 나이를 넘어선 것인지도 몰랐다.

〈뱀장어 스튜〉는 교통사고로 병원에 입원했을 때의 작품

내가 그녀를 그래도 조금 더 자주 보게 된 것은 그녀가 프랑스 생활을 마치고 인천에 정착하면서부터였다. 친정 근처라는 현실적인 이유로(그녀의 친정이 인천으로 이주한 것도 얼마 되지 않았다고 들었다) 인천에 정착한 그녀를 작은 모임에 소개하면서 비교적 자주 만날 기회를 가졌다. 인천이 고향인 나야 그렇지 않았지만 물 설고 땅 설은 그녀로서 인천에서 정붙이고 살려면, 게다가 작가로서 긴장감도 가지려면 그런 모임도 필요하지 않을까 생각한 터였다. 더구나 그 모임은 인천이라는 지역의 문화 현실을 고민하는 사람들이 정기적으로 회합하는 형식으로 이루어졌으면서도, 괜찮은 문인들도 회원으로 참여하고 있는 부담 없는 자리였다.

평론가로 이미 일가를 이루었으나 지역 문제에도 나름대로 진지한 고민을 하고 있는 최원식 선생이나 계간 《황해문화》의 주간을 맡고 있는 김명인 선생, 번역가로 많이 알려졌지만 여전히 소설가일 수밖에 없는 김석희 선생, 시 쓰는 장석남과 박영근 형, 소설 쓰는 천운영, 《문학사상》 평론으로 이미 예전에 등단한 김창수 선생, 그 외에 지역 문화계에서 활동하는 이런 저런 사람들이 한두 달에 한 번씩 편안하게 모임을 갖는 장소에 그녀를 소개했었다.

학위를 마치고 조금 여유를 찾은 그녀는 그 모임에 꽤 열성적으로 참여했었다. 새롭게 만나는 사람들도 사람들이지만 오랜 시간 논문 쓰랴, 소설 쓰랴, 집안 살림살이 하랴 여유가 없던 차에 그런 편안한 관계 자체가 반가웠으리라. 마침 그녀와 연배가 비슷한 몇몇 회원들은 마치 대학 때 친구마냥 말을 놓고 서로 편하게 대했다. 뜻하지 아니한 교통사고로 오랜 시간 병원에 누워 지냈을 때 그녀를 진심으로 걱정하고 찾아가 위로했던 것도 그들이었다.

〈뱀장어 스튜〉는 아마도 그 시절의 작품이지 싶다. 오랜 시간 병원에 누워 있으며 어쩌면 그녀는 그녀답지 않게 조금 조급해했거나, 힘들어했던 것 같다. 그 무렵 우리 모임의 홈페이지에 그런저런 넋두리를 늘어놓았던 것을 읽은 기억이 난다. 그때 최원식 선생께서 하신 작가가 겪어야 하는 경험, 현재의 조건을 창작의 동력으로 삼으라는 응원의 말도 인상에 남는다.

힘든 삶속에서도 늘 흐트러짐이 없는 모습

그 모임에서 우리는 참 많은 술을 마셔 댔다. 인천이라는, 서울의 주변부가 갖는 문화적 소외에 대해서도 많은 이야기를 나누었지만 인간적인 대화도 빠지지 않았다. 권 선생은 그때도 별로 흐트러짐이 없었다. 술을 마시나 안 마시나 그녀는 별 변화가 없어 보였다. 적어도 내게는 항상 손위 누이 같은 모습으로 술 취한 나를 대했을 뿐이다.

언젠가 술이 거나해져서 그 모임의 술자리에서 정말 궁금한 것을 물어본 적이 있었다. 그녀의 소설을 거의 빼놓지 않고 챙겨 읽으면서 들었던 의문이기도 했다. 명색이 평론가라는 사람이 그런 어처구니없는 질문을 해도 되는지 하는 의구심도 일었지만 어쩌랴, 궁금한 건 궁금한 거였다. 술을 핑계삼아 내뱉어 버렸다.

"권 선생님, 왜 선생님 소설에는 항상 가족 속에서 힘들어하는 여성이 나오나요? 그리고 언제나 다른 사랑을 꿈꾸기도 하고 불륜으로 괴로워하는 여자가 주인공으로 나오는 것도 그냥 소설에 불과한 건가요?"

"그게 어디 소설이기만 하겠어요. 제가 사는 것도 힘들다는 표시겠지요."

어렵게 한 질문이지만 그 질문에 대한 대답도 간단치 않았다. 그 무렵 그녀는 살아가는 문제에 대해 매우 힘들어했던 것 같다. 그녀 스스로도 질풍노도 같은 시기에 자신이 서 있다고 말하기도 했으니까. 그러나 그 이상은 나도 모른다. 가정과 일과 아이들과 남편과 그런 속에서 살아가는 일이 그렇게 녹록한 일만은 아닐 것이라고 짐작만 했을 뿐이다. 남자로서, 혹은 여자로서 가족 속에서 가정을 꾸리며 살아가는 문제들에 대해 더 깊은 이야기를 나눌 시간을 우리는 갖지 못했다. 약속은 했지만 그게 말처럼 쉽게 되는 일은 아니었다.

유감스럽게도 나 역시 한 작가를 아니, 한 인간을 허심탄회하게 이해할 수 있는 그런 기회를 놓쳐 버린 셈이었다.

그녀 소설이, 여성들을 오늘의 세상과 삶의 당당한 주인공으로 섬세하게 불러세울 것을 기대하며 그 가능성을 확신한다.

이제 그녀는 새로운 기로 위에 서 있다. 지금의 그녀는 '어느 날 잠에서 깨어 보니 자신도 모르게 무대 위로 이끌려 올라간 것'이나 다름없는 형국에 놓여 있다. 그간의 작품 활동을 정리하는 첫 작품집도 곧 출간될 예정이라고 한다. 게다가 그녀는 지금까지와는 다른 낯선 환경에서 대학 선생으로서의 삶을 시작할 참이기도 하다.

그녀를 보면서 사람의 운명이란 것을 생각하게 된다. 옆에서 지켜본 사람으로서는 너무도 일순간에 많은 것이 뒤바뀌고 있다는 느낌, 그래서 한편으로는 염려스런 마음도 없지는 않다. 그러나 그것이 어찌 한순간의 일일 것인가. 오랜 시간 갈고닦아 온 그녀의 노력이 이제야 제대로 평가받는다고 말해야 하지 않을까.

늦깎이로 등단했지만 그만큼 한국 문학의 새로운 길을 개척해 나아갈 의무가 이제 그녀의 어깨 위에 드리워진 것일 터이다. 한국 문학, 특히 중년의 중산층 여성을 주인공으로 한 숱한 소설들 속에서, 그녀의 소설이, 그 여성들을 오늘의 세상과 삶의 당당한 주인공으로 섬세하게 불러 세울 것을 기대해 본다. 정갈하고 차분하게 갈무리된 그녀의 삶의 표정이 그것을 가능하게 만들 것이다.

'이상문학상'의 취지와 선정 방법

—알기 쉽게 풀이한 이상문학상 제도

1. **취지와 목적** : 〈문학사상사〉(이하 주관사라고 한다)가 제정한 '이상문학상(李箱文學賞)'(이하 '본상'이라고 한다)은 요절한 천재 작가 이상(李箱)이 남긴 문학적 업적을 기리며, 매년 가장 탁월한 소설 작품을 발표한 작가들을 표창하고, 《이상문학상 작품집》(이하 '작품집'이라고 한다)을 발행하여 널리 보급함으로써, 순수문학의 독자층을 확장케 하여 한국문학의 발전에 기여할 것을 목적으로 한다.

《이상문학상 작품집》에 대한 독자의 관심이 고조됨에 따라 순문학 독자층이 광범위하게 형성됨으로써, 일찍이 한국은 물론 다른 나라에서도 유례를 찾아보기 어려운 순문학 중·단편집의 초장기 베스트셀러시대가 실현되었다는 것이 문단의 정평이다.

2. **수상 대상 작품** : 전년도 심사 대상(對象) 작품의 마감 이후인 당해년도 1월부터 12월 말 사이에 발표된 작품은 모두 심사 대상에 포함된다. 문예지(월간지의 경우 당해년도 1월 초부터 12월 말일 이전에 발행된 '2월호'에서 다음 해의 '1월호'까지 포함된다)를 중심으로 해서, 각종 정기간행물 등에 발표된 작품성이 뛰어난 중·단편소설을 망라하여, 1년 내내 독특한 방법으로 예비심사를 거쳐 본심에 회부한다. 예비심사 과정에서는 물망에 오른 작품의 작가에 대하여, 대상 또는 우수작상으로 선정될 경우, 본상의 규정에 따른 수락 의사 유무를 직접 또는 간접적으로 타진한다. 중·단편소설을 시상 대상으로 하는 까닭은 문학의 중심이 장편소설에서 점차 중·단편소설로 이행하는 추세를 감안하고, 작품 구성과 표현에 있어서의 치밀성과 농축성으로, 짙고 강렬한 소설 미학의 향기와 감동을 자아내게 한다고 믿기 때문이다.

3. **상의 종류** : 본상은 대상(大賞) 1명과, 10명 이내의 대상에 버금하는 작품에 대한 우

수상을 선정하되 경우에 따라 복수의 대상 수상자를 선정할 수 있다. 그리고 기수상작가를 포함하여 중견 및 원로작가의 문학적 공로도 감안해 당해년도의 뛰어난 작품에 수여하는 '이상문학상 특별상' 1명을 선정한다.

4. **포상의 방법** : 본상의 포상은 제3항에 명시된 각 상의 매절고료가 포함된 현상금을 일시불로 수여하는 방법과, 판매 실적을 감안하여 추가적인 상여금을 지급하는 두 가지 방법 중 수상자로 하여금 수상 수락 전에 서면으로 그중 한 방법을 자유롭게 선택게 한다.

5. **'본상'의 현상고료** : 위 제3항의 '본상'의 대상(大賞) 중 일시불 방식은 발행부수와 관련없이 3,500만 원을 지급하고, 우수상은 각각 300만 원을 지급한다.

위 항의 일시불 방식이 아닌, 발행 2년이 경과한 이후부터의 판매부수에 따른 추가적인 상여금을 원하는 수상자에게는, 2003년부터 1차로 시상 당시 대상(大賞) 수상자는 2,000만 원, 우수상 수상자는 200만 원을 지급하고, 작품집 발행 후 2년이 경과한 이후부터, 매년 말에 당해년도의 '작품집' 발행부수에 따라, 1부당 정가의 10%를 각 수상자별로 균분하여 10년간 지급토록 한다.

6. **특별상(현상고료)** : 특별상은, 기수상작가를 포함하여 한국문학 발전에 공로가 현저한 문단의 원로작가 또는 '본상'의 우수상을 3회 이상 수상한 작가로서, 당해년도에 우수 작품을 발표한 작가에게 '본상'의 대상(大賞) 작품과는 별도로 수여하며, 현상매절고료는 500만 원으로 정한다.

7. **예심 방법** : 예심은 월간 《문학사상》 편집진이 매 연도의 1년 동안 각 매체에 발표된 작품을 수집하여, 주관사의 편집위원과 편집주간 및 편집진으로 구성된 이상문학상 운영위원회에서 대학교수 · 문학평론가 · 작가 · 각 문예지 편집장 · 일간지 문학담당 기자 등 약 100명에게 수시로 광범위하게 추천을 의뢰하여 비밀리에 예비심사를 진행한다. 3회 이상 우수상을 받은 작가는 당해년도에 발표된 작품 중 뛰어난 1편을 선정하여 본심에 회부할 수 있다.

그 모든 자료를 일괄하여 주관사 편집주간이 중심이 되어 편집위원들과 예심위원들의 의견을 수렴하여, 연간 2분기로 나누어 본심에 회부할 작품을 선별한다.

이와 같은 독특한 예심 방법은 소수의 예심 및 본심의 심사위원이, 짧은 시일 내에 수많은 작품 속에서 본심에 회부할 작품을 선정하고 본심 심사위원이 단시간에 여러 작품을 심사하고 수상 작품을 선정하는 일반적인 문학상 심사제도의 단점을 보완하고, 되도록 문학 발전에 관심이 깊고, 전문 지식을 지닌 다수의 전문가에 의해 장기간에 걸쳐 많은 작품을 수시로 검토하여 심사 대상에 망라함으로써, 신중하고 세심한 예심 과정을 밟기 위한 것이다.

8. **본심 방법** : 예심을 거쳐 본심에 회부된 작품은, 권위 있는 평론가와 작가로 구성된 5인 이상 7인 이내의 심사위원회에 넘겨져, 수일간 개별적인 검토를 거친 후 본심 회의에서 최종 결정을 한다. 본심 회의는 대체토론을 통해 본심에 회부된 작품 가운데 10편 내외의 작품을 먼저 선정한다. 이 작품 속에서 1편(예외적인 경우 2편)의 대상(大賞) 작품을 선정하고, 나머지 작품 중에서 우수상 작품을 선정한다. 수상 작품 결정에 있어 심사위원의 의견이 일치하지 않을 경우에는, 무기명 비밀 투표로써 다수결 원칙에 의하여 최종 결정을 한다.

그러므로 이상문학상의 대상과 우수상은 모두 거의 동일 수준의 작품이라고 볼 수 있으며, 전문 문학인이나 독자의 주관적인 판단에 따라 그 평가는 달라질 수 있을 뿐이다. 그 때문에 한 번 우수상을 받은 작가는 대부분 자주 우수상을 받게 되며, 3~4회 내지 5~6회 만에 대상을 받게 되는 경우가 대부분이다.

9. **저작권** : 대상(大賞) 수상 작품(이하 '대상 작품'이라고 한다)의 저작권은 본상의 수상 규정에 따라 주관사가 보유한다. 단, 2차 저작권(번역 출판권, 영화화 · 연극화 등의 저작권)은 저자에게 있고, 《이상문학상 작품집》 발행 후 3년이 경과하면 동 대상 작품을 저자의 작품집 또는 저자의 전집에 한해서 수록할 수 있다. 다만, 어떤 경우에도 《이상문학상 작품집》의 표제(대상 작품명)와 중복되거나, 혼동의 우려가 없도록 하기 위하여 대상 작품명을 대상 수상작가 작품집의 서명(書名, 표제작)으로는 쓰지 않기로 한다.

10. **이상문학상 작품집 발행** : 〈이상문학상 운영 규정〉에 따라 대상(大賞) 작품과 주관사가 본상의 규정에 따라 저작자의 승낙을 받은 저작권법상의 편집저작권을 보유한 우수상 작품 및 특별상 작품을 모아, 염가 대량 보급을 목적으로 《이상문학상 작품집》을 발행한다.

이 작품집은 이상문학상의 공정성과 권위를 독자에게 다시 묻고, 수록된 작품과 그 작가들에 대한 표창과 홍보의 뜻도 담고 있다. 한편 이 작품집은 해마다 문단의 작품 경향과 흐름을 알 수 있는 앤솔러지적인 성격을 띠고 있다. 또한 이 작품집은 아무리 세월이 흘러가도 한 사람이라도 독자가 있는 한 이윤을 초월해서 제한 없이 영구히 보급함으로써, 이상문학상과 그 수상작가에 대한 영원성과 영예를 오래도록 선양하고 세계에 그 유례를 찾아볼 수 없는 문학상 작품의 영원성을 유지케 한다.

그런 뜻에서 《이상문학상 작품집》은, 그 영예로운 작가와 작품을 일과성(一過性)이 아닌 영구적으로 널리 독자에게 보급하여 읽히게 하고, 그 작가에 대해 더욱 탁월한 작품을 창조하기 위한 끊임없는 격려와 기대의 뜻을 담고 지속적인 홍보와 보급에 힘쓰고 있다. 때문에 30여 년 전의 작품도, 계속해서 한결같이 널리 알리고 홍보를 계속하여, 독자의 관심권에서 벗어나지 않도록 하는 매우 독특한 작품집으로 정착되었다. 그러한 노력은 작품의 우수성과 더불어, 이 작품집이 매년 수많은 독자들에게 애독서로 선택되어, 20여 년 전의 《이상문학상 작품집》도 계속 새로운 독자가 끊이지 않고 있다. 그처럼 여러 작가의 작품을 보아 매년 한 권의 책으로 묶은 중·단편 창작 소설집이 장기간에 걸쳐 다량으로 발간되고 있는 것은 세계적으로도 매우 희귀한 예로 알려지고 있으며, 그것은 우리의 문학과 독자의 성장도와 함께 성숙도를 가늠케 하는 한국문학의 상징적 발전의 척도이기도 하다. 그 같은 예는 세계 제일의 출판대국이며, 인구만도 우리의 9배 내지 3배에 가까운 미국이나 일본에서도 찾아보기 어려운 순수문학 중·단편집의 대량 보급 현상과 아울러 순수문학 애호 인구의 엄청난 증가 현상을 말해 주고 있다.

11. 이상문학상 운영위원회 : 주관사의 발행인을 위원장으로 하고 월간 《문학사상》의 편집인과 편집주간 및 문학사상사 이사회가 선임한 3인의 위원으로 구성되며, 본상의 제도와 운영에 관한 모든 업무를 관장한다.

12. 이상문학상 심사위원회 : 이상문학상 운영위원회는 매 연도마다 5~7인의 이상문학상 심사위원을 위촉하여 이상문학상 심사위원회를 구성한다.

동 심사위원회는 주관사의 편집주간의 주재로, 이상문학상의 대상(大賞)과 우수상 그리고 특별상을 수여할 작품을 심의 결정한다. 수상자를 결정함에 있어 의견의 일치를 보지 못할 경우는 무기명 비밀 투표로써 결정한다.

13. 규정의 수정 : 본 규정은 이상문학상 운영위원회에서 3분의 2 이상의 찬성으로 수정할 수 있다.

2002. 12. 20. 개정
문학사상사
이상문학상 운영위원회

이상문학상 수상작품집 26

초판 1쇄—2002년 1월 30일
초판 24쇄—2018년 3월 14일

지은이 — 권 지 예 외
펴낸이 — 임 지 현
펴낸곳 — (주)문학사상
주 소 — 서울특별시 송파구 중대로38길 17(05720)
등 록 — 1973년 3월 21일 제 1-137호

전 화 — 02)3401-8540
팩 스 — 02)3401-8741
홈페이지 — www.munsa.co.kr
이메일 — munsa@munsa.co.kr

ISBN 978-89-7012-403-2 03810

무라카미 하루키 대표작선

장편소설

어둠의 저편 | 임홍빈 옮김

하루키 문학의 새로운 전환을 알리는 획기적 작품!

백설공주 같은 미모의 언니와, 지적이지만 양치기 소녀 같은 외모의 건실한
동생을 중심으로, 인간과 사회의 축도같이 펼쳐지는 하룻밤의 이야기!

해변의 카프카 상·하 | 김춘미 옮김

산다는 것에 대한 의미를 확인케 하는 훌륭한 작품!

하루키 자신이 지닌 전 문학적 역량을 남김없이 발휘한 불후의 명작!
작가 자신의 이야기인 동시에 우리 모두의 이야기.

상실의 시대 | 유유정 옮김

하루키를 세계적 작가로 부상시킨 대표작!

조용하지만 격렬한 포옹, 그 포옹 끝의 밀물 같은 슬픔…….
사람이 사람을 사랑한다는 것은 무엇인가. 그 해답을 찾기 위해 우리는 방황한다.

양을 쫓는 모험 | 신태영 옮김

《상실의 시대》와 《댄스 댄스 댄스》의 밑거름이 된 기념비적 작품!

하루키가 자신의 젊은 시절을 지배하던 관념의 세계와 결별하고
새롭게 태어남을 다짐한 작품!

세계의 끝과 하드보일드 원더랜드 1·2 | 김진욱 옮김

일본 전후세대 첫 다니자키 문학상 수상작!

상실의 시대를 넘어 허무와 부조리에 싸인
'나'의 존재란 무엇인가를 추구한 기념비적 소설.

댄스 댄스 댄스 1·2 | 유유정 옮김

격동의 시대를 살아가는 젊은이들의 이야기!

자본주의 사회의 사랑과 섹스의 '있는 실체'와 '있어야 할 모습'.
모든 '상실의 시대'를 넘어 현실로 가는 재생의 길을 찾는다!

태엽 감는 새 1~4 | 윤성원 옮김

순문학 작품으로 수백만 부의 판매 기록을 세운 하루키 문학의 정점!

해체되어 가는 현대 사회에서 인간 존재의 근원과 사랑,
그리고 성(性)의 궁극적 의미를 우화적 필치로 탐험한다.

단 편 소 설 집

신의 아이들은 모두 춤춘다
김유곤 옮김

고베 대지진과 옴진리교 사건을 3인칭 시각으로 다룬 하루키 최초의 연작 소설집.

지금은 없는 공주를 위하여
유유정 옮김

하루키 문학의 고향이요, 출발점이 되기도 하는 단편 모음집.

바람의 노래를 들어라
윤성원 옮김

군조신인상을 수상한 하루키의 화려한 데뷔작.

1973년의 핀볼
윤성원 옮김

씁쓸한 젊은 날을 그린 하루키의 초기 대표작.

중국행 슬로 보트
김춘미 옮김

하루키의 전 작품을 관통하는 테마와 주제의식이 담긴 소설집.

밤의 거미원숭이
김춘미 옮김

36편의 경쾌한 글과 원색의 그림이 어우러진, 하루키의 상상력이 돋보이는 작품.

무라카미 하루키 단편 걸작선
유유정 옮김

선명한 이미지, 경쾌한 리듬의 하루키 단편소설 모음집.

에 세 이

스크랩
윤성원 옮김

하루키의 유머 넘치는 세상 읽기와 솔직한 프라이버시 공개.

먼 북소리
윤성원 옮김

하루키가 자신의 인생과 문학에 대해 솔직하게 고백한 삶의 기록.

그러나 즐겁게 살고 싶다
김진욱 옮김

생활 주변에 대한 소박하고 경쾌한 유머와 삶에 대한 이야기들.

슬픈 외국어
김진욱 옮김

고달픈 외국 생활과 이방인의 체험을 토대로 한 하루키 에세이.

작지만 확실한 행복
김진욱 옮김

하루키 문학과 그 인간미를 엿볼 수 있는, 그림이 있는 에세이.

대 담 집

하루키, 하야오를 만나러 가다
고은진 옮김

일본의 예술과 철학 세계를 대표하는 두 지성이 나누는 심오하면서도 즐거운 대화